上海百景

刘寅斌 著

上海大学出版社
·上海·

图书在版编目(CIP)数据

上海百景/刘寅斌著. —上海：上海大学出版社，2021.8
ISBN 978-7-5671-4284-8

Ⅰ. ①上… Ⅱ. ①刘… Ⅲ. ①散文集－中国－当代 Ⅳ. ①I267

中国版本图书馆CIP数据核字（2021）第136774号

责任编辑　盛国营
装帧设计　美文设计
技术编辑　金　鑫　钱宇坤

上海百景

刘寅斌　著

上海大学出版社出版发行
（上海市上大路99号　邮政编码200444）
（http：//www.shupress.cn　发行热线021-66135112）
出版人　戴骏豪

*

南京展望文化发展有限公司排版
江阴市机关印刷服务有限公司印刷　各地新华书店经销
开本710mm×1000mm　1/16　印张22.75　字数359千
2021年8月第1版　2021年8月第1次印刷
ISBN 978-7-5671-4284-8/I・635　定价　58.00元

版权所有　侵权必究
如发现本书有印装质量问题请与印刷厂质量科联系
联系电话：0510-86688678

序

我与刘寅斌是多年同事，但"隔行如隔山"，不是同一个专业，即便不能说在校园里素未谋面，也无从相识。缘分起于一门课。

2014年底，上海大学有了一门新的通识课，"大国方略"甫一推出，便在学校内外引起积极反响。课程行将结束时，听说管理学院有位年轻教授自告奋勇，要求参与教学。课程本就采取"项链模式"，由课程策划人当主持，相关领域专家担任不同主题的主讲，现在有教授愿意担纲，求之不得。于是，刘寅斌打了一个"飞的"，从深圳赶回上海，出现在"大国方略"最后一堂课上。

2015年秋，作为"大国方略"姊妹课的"创新中国"闪亮登场，我与刘寅斌再次合作，课上，刘教授口若悬河、妙趣横生；课下，众学生紧跟前后、追随左右。

2016年，一发不可收的刘寅斌提出开设以创业为主题的新课设想，参照"大国方略"的"项链模式"，为课程系列新增一门"创业人生"。

这门课无论在内容上还是形式上都颇有创意。课堂上有三位主持人：刘寅斌和我，还有教务处顾晓英教授。担任课程主讲嘉宾的没有一位本校老师，全部都是已经在市场上证明了自己的成功创业者，其中不乏一些知名企业家和公益人士。主讲嘉宾将亲身经历娓娓道来，不说惊心动魄，已自跌宕起伏。时间学生听得如醉如痴，我却老是走神，纠结于一些问题："一位年轻的副教授怎么能结识那么多企业家？怎么还能让他们放下手头工作，自掏路费，不要报酬，前来讲课？一个能被许多聪明人认可的人，一定有其独到之处，但表现在哪里？"

2020年，我在浙江金华一所高校开设了系列课程"你我职业人"，希望以今天职业人与未来职业人对话的方式，给大学生讲些职场的道理，让他们及早对职业生涯有所思考和准备。领略过刘寅斌课上课下与学生水乳交融，教学效果常给人意外之喜，就想着邀请他去做第一讲，为课程风格定调。

刘寅斌慨然允诺，而且给出了一个我不曾想到的角度，谈谈对网红的近距离观感。00后大学生是在互联网中长大的一代，熟悉乃至艳羡网红的不在少数，如此选题再合适不过。

这一讲题目叫："看看你能成网红吗？"

讲网红，少不了提到种种风光，还有财富，但这些表面的东西学生根本不需要到课上来了解，倒是风光背后的决心、自律、创意、开放、交往、学习，还有"稳定的交付能力"，才是学生可以用来衡量自己能否成为网红的标尺。

刘寅斌最后留给学生的是一条朴素的真理："一分耕耘一分收获"，网红也没有例外。

与刘寅斌接触多了，对这个人一探究竟的好奇会越来越强烈，至少在我是这样。如果让我选择一个词来形容，那于他最贴切的应该是"本色"。

在这里，"本色"不是日常用语中的意思，只要生性率真，坦诚相见，为人处世自然容易得到大家接受。有这个意思，但不完全是。更精准点，这里说的"本色"，带有某种哲学意味。人有感觉器官，比如眼睛，用来认识世界。呱呱坠地之时，人是看不见的，到看得明白的时候，已被戴上社会或文化的"有色眼镜"，看到的只是被遮蔽的世界。不经过特殊的思维训练，很少人能摘下"眼镜"，恢复"裸眼"，看到原来的世界。

刘寅斌似乎天然具有保持"裸眼"的能力，无论看人、看物、看事，能比常人少受一些先入为主的影响，而能更快地看出事物的本身、事件的本质。

对于一个接受了高等教育的人来说，"本色"意味着摘下学科的"有色眼镜"。刘寅斌虽然也有"理论框架"，但首先相信的是自己的第一感觉，在他的书里有找到不少简单的发现、直白的叙述，没有评判，没有论证，只有"有没有""行不行"。凭着感觉走，因为感性比理性更具人文艺术。做学生最容易学会的是理性和分析，而最不容易学会的是感性和领悟，感性和领悟不能跟老师学，得跟师傅学。未来人工智能很可能会取代人脑，机器第一个掌握的一定是理性和分析，而最后能不能掌握感性和领悟，还得另说。

比拆除学科理性更难的是拆除个人在成长过程中，不知不觉被戴上的"文化眼镜"。如果说接受学科理性是有意识的，那么戴上"文化眼镜"就是无意识的，自然而然的，理所当然的。这副"眼镜"决定了个人对事物的褒贬，也决定个人对价值的取舍。

在刘寅斌的待人接物、行文写作中，可以发现他的某种自觉不自觉的超脱，抛开了固有标准，而放任感觉自行寻找它的倾向或偏好。为什么选这个人，而不是那个人；这个人身上为什么会发生这件事，而不是那件事；这个人在这件事上为什么看重这个细节，而不是那个细节，如此等等。作者未必说得清楚，但感觉在那里，读者心中便清清楚楚。

如此彰显"本色"的选择与处理，有时难免让人对自以为熟悉的世界油然而生出一种陌生感或疏离感，甚至出现某种不适。这种在古人身上被揶揄为"不合时宜"的情境，在外国童话里则相当于说破"皇帝没穿衣服"。

见人所未见，言人所未言，是写作的本分。从同样的人、物、事上，不同的作者看出了不同的内涵和面相，世界才会接受多了一本书的事实，而探究这样的不同，来自作者独到的眼光，发现背后的道理，恰是阅读的乐趣所在。找找与自己在生活中看到的不同景象，找找与其他作者写到的不同地方，再到生活中找找自己新的发现，套用现在的流行语，是"打开这本书的正确方式"，如果能接受"正确"这一词语的话。

本色看世界，世界见本色。

顾　骏

2021年7月6日

前　言

2003年，我来到上海。从最初的求学到进入大学工作，从单枪匹马闯荡上海滩，到有了自己的家庭，有了太太，有了孩子，至今，我在上海生活已经近20年。

2003年，我29岁，来到上海，进入同济大学攻读博士学位。

那年，我本可以去温哥华、新加坡、中国香港或者北京。各种各样的原因，外加各种机缘，我最终来到上海。来的时候，没想过要留下来，直到博士毕业那年，我还在犹豫，真要留下来吗？

毕业前的一个夜晚，十来个一起读博的同学，有男有女，围坐在好朋友杜少剑的宿舍里讨论着未来。有人说："回去吧，留在上海，太难了。为房子，为生活，每天死去活来地挤地铁，有什么意思？"有人说："既然来了，为什么不留下来试试？"

他们问我："寅斌，你准备留下来吗？"

我摇摇头："不，住出租屋，挤地铁，我实在太不喜欢了。不就是过日子吗？在哪儿不一样？为什么非要在上海？"那时，重庆一所高校给了很好的待遇，我准备一毕业就回去。

可是，博士毕业后，我留了下来。不久前，有读博时的同学来上海，一见面就问我："你在上海待了快20年，真的有意思吗？"这些年，我常常被各种各样的人问到类似的问题。被问得多了，我似乎找到了一些答案。

这是一个充满温情与爱的城市。在上海生活，我常常会被很多人、很多处不经意间的细节所感动，在这里生活得越久，你越容易体会到它独有的温情。

这是一个充满烟火气和生活情趣的城市。春天的青团，夏天的杨梅，秋天的大闸蟹，冬天的羊肉，生活在这里的人们，把四季的交替流转过得有滋有味。在这里，你能轻松地找到全中国所有最具特色的美食，无论是重庆的火锅，还是兰州的牛肉面，无论是东北的炖菜，还是粤式的精致小点。这里有世界各地最地道的美食，从西班牙的海鲜大餐到传统的法国菜，从韩国烤肉到日本料理，从澳大利亚汉堡到中东大餐，来自世界各地的名厨在上海，尽情施展着他们的绝技。这里，时间最宝贵，为了美食，这里的人们也最舍得投入时间。每到就餐时刻，各大餐厅门口总会排起长龙。每到中秋时节，光明邨门前会排起蜿蜒数公里的长队，人们耐心地等待两个甚至三个小时，只为吃一口刚出炉的鲜肉月饼，而另外一支更长的队伍，则盘桓在杏花楼门口。

这是一个中西交融的城市。一位在上海生活了20多年的英国朋友告诉我，在徐家汇，在他家附近，有世界上最好的咖啡厅、最美味的汉堡店、最纯正的西餐厅，所有西方人生活需要的东西，在这里都能轻松获得。而且，比这些更重要的是，在这里，他每年都能结交各种各样、来自世界各地的朋友。总有人不断地问他，为什么一定要生活在上海，他说："这里有我想要的一切，我为什么要回去？"

这是一个充满机会的城市。勇敢无畏的创业者，胸怀天下的企业家，追逐梦想的年轻人，从中国各地乃至世界各地汇聚到这里。总有人不断抱怨，房价太高，物价太贵，上班太远，工作太累……可是，一波又一波奔涌而来的年轻人，用他们的行动诉说着一个最强的信息，这里是全中国乃至全世界最有吸引力的城市。每天深夜，陆家嘴、漕河泾、张江高科的一栋栋写字楼灯火通明，刚刚加完班的年轻人安静地排着长队，被一辆辆出租车送往城市的各个角落。我认识一位只有初中文化的企业家，刚到上海时，他每天夜里去各大卖场捡垃圾，慢慢地，他从老家陆陆续续带来100多号人，跟着他一起捡垃圾。从最初把垃圾卖给废旧回收站，到他自己建立起大型的现代化分拣工厂，这一切只用了五年时间。

这是一个秩序感非常强的城市。这里有全世界行政效率最高、视野最开阔的城市管理者，在他们的管理下，上海早已成为名副其实的"东方明珠"。在这里，秩序感已经渗透到人们的骨髓之中。每天清晨，在上海各大地铁站，来自不同方向的如潮水般的人群交织在一起，波涛汹涌，却滴水不漏，投入其中的每个人都仿若水滴般渺小，但每个人都能从这种秩序感中获得人与人、人与城市之间最重要的东西——建立在秩序之上的信任。

这是一个充满魔幻色彩、谜一般的城市。我在这里生活了快20年，依然发现自己对这个城市的了解还远远不够。这个城市有许许多多的门，每打开一扇，你都会看到一个完全不同的世界。曾经在我生活过的一个老小区，夏日里，我几乎每天都会看着一个穿着松松垮垮几近透明、颇有些年头的无袖白T恤的老人家，摇着扇子，借着小区大门门洞里吹来的风纳凉。就是这个貌不惊人的老人家，有一天，身穿条纹背带裤，头发被摩丝定型得一丝不乱，开着一辆豪华敞篷车，从我身边飞驰而去，留下目瞪口呆的我站在路边惊诧不已。早就听说过，在菜市场里斤斤计较的老阿姨，可能就是拥有数套房产、家资千万的大富婆。当然，比起魔都的魔幻来说，这些都不值一提。

在上海生活时间长了，很多人会爱上这座城市。一旦你爱上她，再难割舍，纵使离去万里，亦心心念念，无法忘怀。

在上海的近20年间，因为工作缘故，我服务过很多的企业，也邀请过百余位创业者来学校讲座。因为早年的记者生涯，我对身边一切事物都充满好奇，甚至连我生活的街道，我都为它写了一本书。这些年，我采访过很多人，从上市公司的董事长到双语学校的小学生，从独角兽公司的创始人到家政服务员，从穿梭于顶级写字楼的高级白领到穿着白衬衣系着领带的房产中介，从主管一方事务的政府官员到普通的菜场小贩……

他们生活在这个城市，和这个城市的某一处有着这样或那样的关联。有一天清晨，我去南京西路广电大厦，参加第一财经频道"头脑风暴"节目的录制。在电视台的门口，戴着时髦耳机的年轻人喃喃自语，手捧咖啡、西装革履的职场人匆匆前行，戴眼镜的男子埋头看着手机，长发飘飘的漂亮女生带着令人沉醉的香水脂粉气迎面飘过，手拉着手的情侣有说有笑，共享单车的铃铛声不时传来……那一刻，阳光初起，清风拂面，鸟语花香，生机盎然，这就是我热爱的生活。

  2020年6月，偶然间，我读到一本名为《东京百景》的书，作者将他在东京生活十余年的感受、体验和观察汇聚成一本非常有趣的书。看完后，我产生了非常强烈的写作冲动，于是有了这本书。这是一本和城市有关的书，更是一本和城市里的人有关的书，谢谢您的阅读，欢迎您和我一起继续读下去。上海是我的，也是您的，她是我们共同热爱的城市。

刘寅斌

2021年6月20日，于上海草根堂

目 录

01　上海大剧院：站在人生最重要的岔路口，大多人都无知无觉 / 001
02　密云路的小山东菜馆：怎么会这样？为什么不能这样？ / 004
03　123路公交车赤峰路站：有些事，错过就不能重来 / 005
04　樱花大道：看过同济的樱花，上海的春天才真正开始 / 007
05　复旦大学：消失的二手书摊，消失的书店，消失的步行街 / 010
06　南京西路地铁站：外婆的话 / 013
07　浦东滨江公园：福兮祸兮 / 015
08　金皇讲寺：放下放下放下 / 017
09　新天地：金风玉露一相逢，便胜却人间无数 / 019
10　陇上居：撒拉族小妹妹，还记得我们的约定吗？ / 021
11　聚丰园路：捡狗屎，是一种什么样的体验？ / 024
12　静安公园　泰廊餐厅：海上生明月，天涯共此时 / 028
13　米郎餐厅：做中国人多好呀，我过得好好的，干吗非得去做韩国人 / 030
14　韩国街：将来就是卖鸡蛋，也要跑到中国去卖 / 032
15　苹果浦东旗舰店：我买了两部一模一样的手机 / 034
16　东莱海上：韩国儒学宗师的家门口，为什么立着孔子后人书写的石碑？ / 035
17　佘山森林公园：韩国童装，到底有多可爱？ / 038
18　上海淞沪抗战纪念公园：千万不要再有战争，那是人间地狱！ / 042
19　上海和平饭店：知易行难，所以，大多数人都很难成功 / 045

20	高岛屋百货：每个匠人都有一颗不羁的心	/ 049
21	博世中国：我才20岁，我就是想按照自己的愿望，做一些自己想做的事情	/ 053
22	The colorist调色师：一个女生用3个小时化妆，是在浪费生命吗？	/ 055
23	上海书城：新书签售会	/ 056
24	海马体照相馆：橘猫的魔法屋	/ 059
25	万豪酒店：也许，这就是幸福的滋味	/ 061
26	上海国际饭店：你的人生，是为自己而活吗？	/ 064
27	保利叶之林：愿所有相爱的人永远深情歌唱，含笑凝望	/ 067
28	外环：养猪不易，生而为猪，惨惨惨！	/ 069
29	浦东机场：到底要不要在课外班给孩子提前补课？	/ 071
30	"光的空间"新华书店：漫画是比文字更高级的表达方式	/ 074
31	钟书阁：阿兰的战争	/ 076
32	上海交大海外教育学院：三斤不醉的周薇薇——我把孩子送进寄宿学校	/ 078
33	丁香花园：我从小在寄宿家庭长大——一个企二代的家庭观	/ 086
34	中骏广场：住在江苏，工作在上海，每天跨省奔波的年轻人	/ 089
35	国家会展中心：现在的年轻人，越来越看不懂	/ 090
36	兴业太古汇：万千世界，缤纷可能，一切才刚刚开始	/ 091
37	康师傅大厦：我们努力工作，不就是为了让每个孩子都高兴起来吗？	/ 094
38	静安嘉里中心：还记得暑假的颜色吗？	/ 096
39	东方明珠：毛毛，你究竟是哪国人？	/ 098
40	小辣椒川菜馆：大城市里，如何安放年轻人的一张床和一颗心？	/ 100
41	交大机械楼：宇轩，我在上海等着你	/ 102
42	上外附中：一个上海小姑娘小学一年级暑假和初中二年级暑假的读书清单	/ 104
43	上海大学宝山校区运动场：教师节不被呼唤和打扰的权利神圣不可侵犯	/ 106
44	虹桥天街：教育是让所有的孩子都能和你的孩子一样好	/ 107
45	法华镇路：你的眼睛一定吃过我做的菜	/ 109
46	上海大学乐乎楼：可盐可甜，真的好吗？	/ 111
47	上海市民办平和学校：美国海归博士，为什么要去中学教书？	/ 114
48	华东师范大学：优秀大学毕业生进中小学任教，这就对了	/ 119

49	华师大二附中：史上最难就业季 / 123
50	上海国际航运金融大厦：大时代总是毫不吝啬地给予每一个平凡的人各种机遇 / 126
51	上海教育超市：按照自己的节奏奔跑，别被别人带偏了 / 128
52	FullTime Coffee：红色的车，白色的裙，黑色的发，满眼的泪 / 130
53	吉祥馄饨店：孩子，别怕，这世界上没有过不去的坎 / 131
54	上海音乐厅：我的儿子叫唐朗朗 / 133
55	丹麦签证申请中心：我们都是热爱安徒生的人，积善之家，必有余庆 / 137
56	上海大学宝山校区J教学楼：听完这首歌，我们就不再年轻了 / 139
57	绿地缤纷城徐汇店：生活在小小星球上的人类，永远被地球人仰望 / 140
58	美兰湖高尔夫俱乐部：好女愁嫁 / 143
59	上海宝地广场：为了创业，我曾三次被120救护车拉进急救室 / 145
60	中华艺术宫：他在游戏世界重建了一座中华艺术宫 / 147
61	红星美凯龙：认真你就"性感"了 / 150
62	席家花园：结婚证都得写两个人的名字，婚房写一个人的名字，还算什么婚房？/ 154
63	游族网络：我如何一毕业就拿到五家行业顶尖公司的录用通知？/ 156
64	春秋航空：大学毕业后，我去春秋航空修飞机 / 161
65	上海星河湾双语学校：一名上海小学生的一年 / 165
66	上海犹太难民纪念馆：一个爱上以色列的彝族孩子 / 168
67	汉龙文化中心：我儿子放弃年薪12万美元的工作，回上海来搞电声音乐 / 173
68	鮨鲜（南丰城店）：孩子就是爸爸妈妈的镜子 / 175
69	Tim Hortons：一个家族的百年加拿大移民史 / 176
70	上海美兰湖妇产科医院：现在的小女孩，哪里是千金，都是十万金了，好不好？/ 187
71	小小运动馆：为什么体育那么重要？/ 195
72	地铁7号线上大路站：小猫小狗的大生意 / 197
73	港汇恒隆广场：老张的爱情 / 205
74	上海新世界丽笙大酒店：为什么有的年轻人会更幸运一些？/ 210
75	世界外国语小学：日日是决战 / 219
76	未来岩馆：这么年轻就当爷爷，是个啥感受？/ 221
77	王品台塑牛排：只款待心中最重要的人 / 223

78　上海磁浮列车：碎片化健身，人间处处是操场 / 224

79　新天地办公楼：梦想还真不是万一就能实现的 / 227

80　古北：她最好了 / 232

81　上海电影博物馆：生活的琐碎羁绊，让我们忘记了自己最初的样子 / 233

82　星巴克甄选上海烘焙工坊：当泥土的芬芳和咖啡的香气混在一起时 / 235

83　上海证券交易所：那间两平方米铁皮房子里的旅行社不但有了飞机，而且还上市了！/ 237

84　上海迪士尼乐园：麦肯寻梦记 / 239

85　上海大学（延长路校区）：妈妈，这就是我的大学 / 252

86　上海国际机场宾馆：一个可以听到航空公司各种八卦的地方 / 253

87　华山医院：我死不了，我一定能把你要的单车给造出来 / 254

88　崇明金茂凯悦酒店：一只名字叫雨果的狗 / 260

89　漕河泾开发区：飞行器设计专业的女博士生毕业后可以去研究二次元吗？/ 263

90　静安大悦城：SKY RING 屋顶摩天轮 / 264

91　爱琴海购物公园：从拉斯维加斯到上海，那些最壮观的喷泉 / 268

92　宇宙电竞中心：天下无双，何足挂齿 / 270

93　尚9·一滴水江景西餐厅：憧憬中国电竞热血沸腾的明天 / 273

94　上海世博会博物馆：警察同志，我得向您敬个礼 / 278

95　上海环球港：人得知道自己的斤两，千万不能好高骛远 / 279

96　誉八仙酒楼：我的香港亲戚们 / 283

97　长风大悦城：善待孩子，做最温柔的商业 / 290

98　筑桥实验小学：飞，只是想飞而已 / 292

99　黄浦江：一个上海家庭的50年，人生就像海上的波浪，有时起，有时落 / 298

100　上海交通大学：盈盈一水间，脉脉不得语 / 321

后　记 / 340

01

上海大剧院

站在人生最重要的岔路口，大多人都无知无觉

2003年，非典。那一年的下半年，我来到上海。

2003年上半年，我还在重庆。

研究生毕业后，头脑发热，去创了个业，焦头烂额的同时，也掂量清楚了自己的分量，重新回到职场。回到职场后，同样没找到感觉。有力无处使和有力气到处乱使，一样糟糕。

2003年初的一天，在重庆一个商场的下行电梯，当时的女友突然回头对我说："老刘，要不你先在国内读个博士吧？"她仰头看我的样子，今天我都记得。在此之前，我没有在国内攻读博士的计划。我已经考完GRE和托福，分数还不错。听她这一说，心里一动。当晚回到家，我就开始查找国内的博士报名情况。

因为一个人，或亲密或普通，因为一句话，或有意或无意，因为一件事，或重大或渺小，一个人的一生就走上了完全不一样的道路。站在人生最重要的岔路口，当事人可能完全无知无觉。

那年3月，博士入学考试前，女友去了澳大利亚。后来，我们没有了后来。

2020年，国外的情况不太好，我想方设法买了很多口罩，分别寄给还在海外的朋友，也给她和她的爸爸妈妈寄了一包，我始终记得她们一家对我的善待。在快递包中，我放了一张明信片，写下这么几个字："青山白浪，万重千叠。风雨同舟，守望相助。"

我的本科和硕士都是在重庆大学读的，硕士时代的导师朱老师同时也是一位博导。老师和师母对我很好，回母校重庆大学念博士，应该不难。但是，我确实不想再去了。在一个地方待了七年，足够了。我想换个地方，换个学校，

换个专业。我已经快30岁了，既然要从头来过，不妨彻底一些。

我先查北京的学校，再查上海的学校，有春季博士生考试而且还接受报名的只有同济大学和上海财经大学，然后再看各自考试科目，同济的科目相对简单一些，记得有管理学、管理信息系统、英语。管理学虽然没学过，但从头看书，感觉不会有多大问题。

我当晚就开始准备报名材料，同时，浏览了同济大学经管学院的网站，给博士生导师发了邮件。大约1小时后，收到回信，四个字：欢迎报考。我到同济念书后，和同门交流，发现导师给很多人的第一封回信都是"欢迎报考"，当然，也许他只回复了考得上的人，没考上的人，我无法求证。

导师的回复，给了我莫大信心。于是我立马开始复习，白天上班，晚上和周末看书。

2003年4月，我单枪匹马来上海考博士，住在大学同学的出租屋里，距离地铁1号线莘庄站步行约1公里。考了些什么，已经没有印象，只是觉得不难，确实不难。在考场外候考的时候，才知道博士考试还有复习班。好吧，我知道得太晚了。

考试最后一天，上午考试结束，下午我就去了上海大剧院，观看音乐剧《猫》，这是人生第一次在现场看音乐剧，印象极其深刻，尤其是最后"Memory"那段，难以忘怀。

考试结束后的第二天，乘飞机回重庆。机场门口，有医生模样的人，戴着口罩，逐一核实和登记每位乘客的信息。登机后，发现机舱里很多人戴着口罩。博士考试这几天，自己全身心地扑在考试上，没想到，就这么几天，世界已经大变样。

SARS来了！我从上海返回重庆那天，是全国各大机场逐一实名检测体温的第一天。

回到重庆，天天看报纸，看电视，看柴静的新闻专访，吓得不轻。真的，自己快把自己吓死了。随着天气一天天热起来，记得有一天，某家保险公司推出一个三个月的非典意外险，每份70元，每人最多可以买10份，如果因为非典身故，好像可以赔偿40万元还是50万元。看到这个消息后，我第一时间跑到附近的代销点，买了10份保险。

买完10份保险的那一刻，重庆沙坪坝区的街头，阳光明媚，郁结在心中、积压了很久的恐惧突然间烟消云散。这是我关于SARS印象最深的记忆，对我来说，购买保险后，它就结束了。很显然，我被收了"智商税"。

记不清6月还是7月，等来了同济大学博士考试的结果——考试通过，等待面试通知。面试是在QQ上进行的，面试前，我把各种书摊了一桌，结果，什么都没用上，导师非常温和。就这样，我考上了。

因为非典，当年的开学比常规年份晚了一个月。2003年10月，我又一次来到上海。

02 密云路的小山东菜馆

怎么会这样？
为什么不能这样？

来同济大学的第一天晚上，我去博士楼对面密云路上的小山东菜馆吃饭。

小菜馆里，四个大学生聚在一桌，大声地说话聊天。有意思的是，他们喝着大瓶可乐，不停地有人往大家杯子里加可乐，学生们有模有样地举起盛满可乐的杯子干杯，一副很开心的样子。

我在重庆大学念了七年书，在我的人生经验中，男生聚在餐厅吃饭，啤酒是标配。即使不喝酒，也不可能每人端着一杯可乐干杯。四个男生端着可乐干杯的样子，成为我来到上海后第一幅印象派的画面。

没过多久，我就能接受饭桌上用可乐代酒了。而且，我发现，不但可以用可乐，还可以用雪碧。来同济的第一天，我脑子里想的是：怎么会这样？几个月后，我反问自己：为什么不能这样？

在后来的岁月中，"怎么会这样"和"为什么不能这样"经常在我脑子里打架，直到今天，依然如此。

03

123路公交车赤峰路站

有些事，
错过就不能重来

2004年底，由冯小刚导演，王宝强、刘德华主演的电影《天下无贼》上映。同济大学赤峰路校门外的123路公交车站的户外广告牌上，伴随《天下无贼》的电影预告，赫然写着："安全支付，天下无贼。淘宝网，让天下没有难做的生意。"

那天，我和经管学院的几位博士生同学一起乘车去人民广场。一位同学指着《天下无贼》的广告牌对我们说："淘宝这样的小网站，怎么可能打得过eBay易趣这样的大公司？"那是一个迷信国际大公司和世界500强的年代。模仿美国eBay C2C模式的易趣已经被eBay收购，虽然淘宝上升的势头非常迅猛，但是，如果那个时候有人说，淘宝很快就会彻底击败eBay易趣，并且阿里巴巴会超越eBay，成为全世界最重要的电子商务公司，大多人一定会认为那是痴人说梦。

还有更有意思的事情。淘宝的人力资源部门跑到同济大学的博士生楼里，游说同济的博士生们去杭州的阿里巴巴实习。某天下午回宿舍，在楼下的大门玻璃上看到一张手写通知：下午2点，淘宝网的人力资源会到×××室招聘实习生，欢迎大家来坐坐。

当我到达那个博士生寝室的时候，客厅里已经坐着十来个人。坐在中央，面对大家说话的，是一位戴着眼镜、发型跟郭富城很像的人。"我们热诚地欢迎同济大学的博士们去阿里巴巴实习。欢迎你们来杭州，和我们一起共同成长，和我们一起见证中国电子商务的成长之路，和我们一起打造全中国最大的电子商务公司！"

"郭富城"越说越兴奋，手舞足蹈，唾沫横飞。怎么听怎么像传销，怎么听怎么像骗子。主持这场座谈会的博士生是我的一位好朋友，在"郭富城"喝水的间隙，他向"郭富城"介绍了我的情况：本科和硕士学计算机的，博士专业是信息管理与信息系统，在IT类媒体做过记者，有创业经历。"郭富城"的眼睛突然亮了，真的，是那种狼见到肉才会发出的光芒。"郭富城"特意邀请我走过去，希望我填一份表格，一再动员我去杭州看看。我留下了我的电话号码和MSN。

随后一周，"郭富城"给我打来无数个电话，发来数不清的短信以及MSN留言，搞得我心烦不已。去杭州实习，太麻烦了，在上海待着，挺好的，跑杭州去干吗呀？

很多年以后，在读博同学的一次聚会上，我问当时同在会场的几位同学："我没眼光看到阿里巴巴的未来，你们怎么和我一样目光短浅呢？"那几位同学一愣，反问我："阿里巴巴什么时候来过学校招实习生？"

好吧，他们更彻底，连这件事都忘了。

那一年是2004年，阿里巴巴刚刚进入跑道，即将起飞。就这样，轻易错过。

有些事，错过就不能重来。

04

樱花大道

看过同济的樱花，
上海的春天才真正开始

每年春天，回同济大学看樱花，对我来说，不仅是一种习惯，更是一种仪式。

有一年，实在太忙，眼看樱花就要落尽。夜里11点，从虹桥机场下飞机后，我直接打车去了同济。夜晚的校园里，刚下过雨。从赤峰路的校门进入，我拉着箱子，沿着樱花大道，一路走到瑞安楼。幽黄的路灯，落樱满地，树上只剩稀稀落落的残片。深夜的樱花大道，没有喧闹的游客，也没有拍照的人群，反而有些萧索的意味。

站在瑞安楼下，回望樱花大道，我告诉自己，春天来了。每年春天，只有看过同济的樱花，上海的春天才真正开始。

太太常笑话我总爱给一些东西强行赋予过多的意义，比如我曾经生活过的乡村和城市。太太出生在上海，亲戚、朋友、念书、工作、成家都在上海，她很难理解，随着大时代的洪流不断从一个地方迁移到另一个地方，刚刚适应之后又得重新漂泊的人们内心深处的那种孤独和无助。

为了对抗这种孤独感，我们愿意将自己的生命和一些地方、一些人或者一些事产生联系，也愿意因此产生某种人为的意义感。如果没有了这些人，没有了这些事，没有了这些地方，拿什么证明我们曾经轰轰烈烈、热热闹闹地活过呢？与其说是我赋予很多事物太多的意义，不如说，正是这些被我赋予各种意义的事物，构成了我生命的底色。

小时候，我和爸爸妈妈、外公外婆生活在山东沂蒙山深处的一个小三线兵工厂。2013年，在离开沂蒙山近30年后，我第一次回到那里。当年的兵工厂早已搬迁到临沂市区，并在随后倒闭。原先的厂区和家属区孤独地竖立在荒草之中，一切早已物是人非。这些年，我每年都尽可能抽时间去一次那里，看看曾经生活过的小院，静静地坐在河边，细听着外婆唤我回家吃饭的声音。

2005年，我在蒙特利尔生活，并深深地爱上了那座城市。我喜欢沿着运河边骑自行车，喜欢在公园里烧烤，喜欢大学地铁站的比萨，喜欢夏日街头的游行表演。那时的邻居是一对80多岁的老夫妻。老爷子不太爱说话，每次见到他，都直挺着腰板。老太太优雅端庄，待人和善，常给我送来她自己做的奶油蛋糕，我则把自己做的中国菜当成礼物，回赠给他们。老夫妻俩拿个面包，围着一盘红烧肉，吃得严肃而又认真，那画面永远难忘。那一年，三天两头地就看到老爷子穿着深色西服、小方巾插在胸前，老太太头戴黑色纱帽、身穿黑色长裙，出门参加葬礼。

2014年，在离开九年之后，我和太太专程回到蒙特利尔探访朋友。重返蒙特利尔的第一天，我就去寻找老夫妻俩。开门的是个中年女子，她说，他们一家在这儿已经住了四年，不知道以前是什么人住在这里。

还是继续说同济的樱花吧。

每年春天，从赤峰路校门，沿着笔直的樱花大道，一直到研究生院所在的瑞安楼，热烈绽放的樱花树下，你能看到各式各样的漂亮女生，当然，也有挥舞着纱巾的阿姨。

樱花大道两边分别是体育场和网球场。体育场的另一侧，是上海各高校一度非常知名的连锁咖啡店——"第五街"。他们家有冲得很淡甜味很足的咖啡、好吃的三明治、夹着香肠的美味法棍……

每年春天，我都会回同济，喝一杯没有咖啡味的咖啡，吃个三明治，看看樱花，在音乐广场听听音乐，上海的春天真美好。

Tips 每年春天，同济大学的官网和微信公众号都会发布樱花观赏时间表。同时，校方和学生社团也会举办各种活动。如果您去同济看樱花，不妨去同济大学的食堂吃顿饭。在上海的高校中，一直有"吃在同济"一说。大学食堂，一般不对外，不过没关系，找一个同学，请

他帮您刷卡，一般来说，他会乐意的。在同济念书那几年，常有人请我帮这个忙。

建筑设计是同济大学的王牌专业。在同济的每一个角落，你都能看到这个专业独具匠心的设计作品。几年前的一个夜晚，我陪一位小朋友在同济大学参观。我们走进一座座大楼，发现到处都有学生在做设计、做模型，还有导师在指导。同学们介绍着他们的设计，旁边的老师适时地做着补充。我们边走边看，和各种不同的人聊他们的专业，聊他们的作品，这是了解一所大学最好的方式，也是我最爱同济大学的地方。

05 复旦大学

消失的二手书摊，
消失的书店，
消失的步行街

从同济大学到复旦大学，不到3公里。在同济读书的日子里，一有空，就爱骑上自行车，去复旦大学的步行街。

复旦大学步行街最吸引我的是两家书店和一家流动二手书摊。

这两家书店，一家是"学人书店"，一家是"庆云书店"。

学人书店是一家连锁书店，主要分布在上海各高校附近。除了复旦大学这家店之外，在上海大学宝山校区、松江大学城、上海师范大学奉贤校区，都有分店。复旦大学这家学人书店，选书能力非常强，很多复旦的朋友们至今谈起它，都怀念不已。

2012年前后，书店生意江河日下，学人书店全面闭店。直到今年，我才知道，学人书店的创始人团队来自长春，在上海打拼多年后，面对行业性的衰退，独木难支，不得已全面收缩，退回东北。

步行街上的另一家书店——庆云书店。庆云书店出售的书，不是市面上的畅销书和流行书，其主力是各类陈年积压的库存新书和小众社科书籍，价格非常"美丽"。每次进庆云书店，都有一种探宝的感觉。所谓探宝，就是在这里，你总能看到一些平日里看不到的有意思的书。

步行街另外一处有意思的所在就是流动二手书摊。二手书摊最常见的形态就是一辆三轮车载着满满一车书。二手书摊虽然是个小行当，"行有行规"，二手书也有品相之分，好坏之别，层次之隔。2000年至2008年，上海比较有名的几个二手书摊,一个在复旦大学步行街,一个在赤峰路地铁站外,另一个则在浦东世纪大道的三岔路口处。服务质量最好、书籍内容最全、类别最多的则是复旦大学步行街这家。

复旦大学步行街上这家二手书摊的经营者是名中年妇女,她常推着一辆巨大的三轮车,在步行街两头出现。这个二手书摊,除了一些国内畅销书外,还有各类国外畅销书以及英美主流杂志,比如《经济学人杂志》《时代周刊》《商业周刊》《哈佛商业评论》,当然还有不少港台书籍。

复旦大学除了步行街上的书店之外,北区那一排的小书店,也是个宝藏之地,只要你舍得花时间,总能有所发现。不过,它们都成了历史。

复旦大学步行街已经消失了。那么好的一条步行街,说没有就没有了。

这些年,上海虽然有了钟书阁、大隐书店等一众新派书店,但我始终还是怀念学人、庆云、复旦北区的小书店,以及那辆拉着二手书的三轮车。

Tips

我在复旦步行街的书店买过很多书,其中几本特别有意思。

有意思的书1

《马扩研究》 姜青青 著
人民出版社
2008年10月

马扩,南宋抗金义军领袖,是北宋末年南宋初年一个非常有代表性的人物。他能文能武,一生阅历甚广。在那个风云变幻的年代,他去过宋、辽、金三个王朝的京都,与三个王朝的君臣都打过交道。后人对于宋室南渡这段历史,注意力主要集中在岳飞、韩世忠或秦桧、宋高宗等代表人物上,但就个人经历的复杂性和丰富性来看,无人可与马扩比肩。

在给《马扩研究》的作者姜青青老师的邮件中,我对姜老师说:"读书这么多年,《马扩研究》是难得的让我如此惊喜和热爱的一本书。"

《马扩研究》是"南宋史研究丛书"中的一册。寻迹所至,我还购买了这套丛书中的《岳飞研究》《辛弃疾研究》《南宋军事史》《秦桧研究》等多册书。

有意思的书 2

《大秦帝国》 莫秀璋 著
上海人民出版社
1997年1月

这本书和孙皓晖的鸿篇巨制《大秦帝国》同名。孙皓晖的《大秦帝国》从写作来说，确实精彩纷呈，但就我个人而言，我更喜欢莫秀璋的《大秦帝国》。相对来说，莫秀璋的《大秦帝国》更重考据，更接近历史本身。

有意思的书 3

《丘处机》 赵益 著
江苏人民出版社
1999年1月

但凡看过《射雕英雄传》的人，一定会对全真教和丘处机有印象。历史上，丘处机确有其人，而且丘处机确实曾经跋涉万里，去拜见成吉思汗。《丘处机》这本书，是南京大学赵益教授博览各种史料、引经据典而成的一部学术著作。在庆云书店碰到这本书的时候，我爱不释手。买好书之后，我飞快奔回同济大学的音乐广场，买了"第五街"的咖啡和三明治，一个下午就看完了。

06

南京西路地铁站

外婆的话

2010年9月的一天,我在南京西路地铁站的出入口给远在成都的外婆打电话,告诉她,我给她邮寄了功德林的月饼。外婆说了些什么,已记不太清楚,依稀有"莫要寄东西,早点结婚"之类的话。没想到,这是我和外婆最后一次通话。

外公外婆劳苦一生,为孩子,为家人。晚年,外公外婆选择和儿子生活在一起。空间的逼仄,儿子儿媳的冷脸相待,让外公外婆的晚年生活过得谨小慎微。

2010年清明前,90岁高龄的外公离世。同年的国庆节前,外婆选择以自己的方式结束生命。

外婆不识字,没有手机,不会用电话,也不敢用家里的电话。她静静地走了,没有留下只言片语。飞去成都整理外婆遗物时,我看到,功德林月饼整整齐齐地码放在玻璃瓶中,也许是给我留的。拿出一个,我咬了一口,眼泪刷刷地往下掉。

这些年,每次去成都,不管是开会还是出差,我都会在城里买一束最美的花,带上外公最爱喝的泸州老窖,去他们的墓地坐一坐。有时,我会在墓地待一下午,絮絮叨叨地跟他们讲我的事情:我养了一只名叫雨果的狗,我结婚了,我有宝宝了……

外公外婆,好想让你们看看我的一家,好想让你们抱抱我的宝宝。今夜,我很想你们,如果你们也想我,就到梦里来看看我吧。

> **Tips** 金子美铃（1903—1930）是日本著名的童谣诗人。她擅长用儿童般纯真自然的状态来描述世界，她的代表作《外婆的话》，是我非常喜欢的一首诗。

外婆的话

[日]金子美铃

婆婆从那之后再也没有说起，
那些她讲过的故事，
其实我是那么喜欢。

"我已经听过啦"，
当我说这句话的时候，
她脸上露出了寂寞的神情。

曾经，在婆婆的眼睛里，
映出草山上，野蔷薇花的模样。
我很想念那些故事，
如果她可以再给我讲一次，
讲五次，讲十次，
我都会不出声的，认真听下去。

（吴菲　译）

07

浦东滨江公园

福兮祸兮

  大概是2015年，我应C总之约，参加浦东滨江公园西班牙餐厅的晚餐聚会。C总是上海某国资银行的高管。当晚，除了C总之外，另外三位朋友都是互联网行业的创业者。

  那个饭局上，我第一次听到随后几年被炒得热火朝天的P2P业务和互联网金融。同时，一位戴眼镜的年轻人给我留下了很深的印象。他的公司早已通过互联网渗透到上海以及其他各大城市的高校，做起了小额贷款业务。面对C总连珠炮式的提问，年轻人激情昂扬地列举着各种数字。看得出，这些数字让C总非常吃惊。年轻人具体说了些什么，已记不清楚，但他传达的基本信息明确无误：大学生的小额贷款业务是个非常好的金融生意，回款周期短，利率高，复购率高，资金效率高，复利惊人。

  那会儿，对这个年轻人说的话，我将信将疑。我不太相信，那些考上大学的聪明的年轻人，会被如此粗暴的营销手段和拙劣的互联网留存方式所俘获。事实上，多年后的P2P热潮已经证明，这个年轻人说的都是真话。

  2020年春节前，C总邀请我去给他的管理团队讲课。聊天时，提到那位戴眼镜的年轻人。C总告诉我，年轻人的校园贷业务成长非常迅速，很快就得到多家资本的青睐。因为没有经验，几轮融资之后，他的股份被大量稀释。随后，共同创业的伙伴和后期加入的资本方联手将他踢出局。无奈之下，他卖掉所有股权，心灰意冷地带着套现来的钱，远走加拿大，买下一个农场，过起了退休生活。

  祸兮福兮。

  把他赶出局的那些人，在P2P的大溃败中，一个都没跑掉。反倒是这个提前出局的年轻人，成了真正落袋为安的受益者。

Tips 　浦东滨江公园,是黄浦江两岸和外滩的绝佳观景点。外地朋友在游览东方明珠后,可以步行去浦东滨江公园。公园里有不错的餐厅,适合一边吃饭一边看风景。

08 金皇讲寺

放下放下放下

聚丰园路最东边有一座很小的佛教寺庙——金皇讲寺。写《聚丰园路是一条快乐的街道》时,我曾带着学生去庙里,找到住持,表达了采访愿望。那天,庙里有个法事活动,住持正忙里忙外地安排布置。在客气地留下我的名片后,住持表示,等法事活动结束,他会主动给我打电话。

两个月之后,我还没有接到电话。同去的学生生气了:"出家人不打诳语,他怎么能说话不算数呢?"于是,我给学生讲了很多年前,我在蒙特利尔经历过的一个故事。

刚到蒙特利尔不久,朋友带我去了住处附近的一个教堂。神父见有新人来,非常热情,并留下我的电话号码。离开时,神父告诉我,以后教堂里有活动,会给我打电话的。

"他也没给您来过电话?"学生问。

"都过去十多年了,我至今都没接到神父的电话。"我笑着告诉学生。

学生又问:"老师,您想告诉我什么?"

我说:"第一,不管是神父还是住持,他们首先是人。是人,就会有正常人可能出现的所有情况。比如,他们没准都忘了呢?我又不是什么大人物,一个莫名其妙的人来采访,人家为什么要牢牢地把你记在心里?第二,就算没忘,人家可以选择不给你打电话吧?也许人家见我们第一面,就不喜欢我们,但又不好意思直接说,随便应付我们一句,把我们打发走。错就错在我们自己太认真。第三,我们可以严格要求自己,但不能严格要求别人,不管对方的职业或者身份多特殊,我们也不能因此强加给他们太多的责任和约束。"

放下,放下,放下。

Tips 金皇讲寺是一个很精致且不收门票的寺庙，是文殊菩萨的道场，主奉大智文殊师利菩萨金身。乘坐727路或68路公交车，在终点站丰宝路聚丰园路站下车，向北步行100米左右，即可到达。

09

新天地

金风玉露一相逢，
便胜却人间无数

2014年，好朋友大李来上海公干。晚饭后，他说想去马当路的新天地坐一坐。

在新天地的一个酒吧，我们坐在距离表演台最近的一张小酒桌旁。当晚第一个出场的是一个菲律宾小乐队，两男一女，年轻的女孩唱歌，年龄大一些的两位男子，一个弹吉他，一个弹电子琴。

菲律宾女歌手上场不久，就开始和大李热烈地互动起来。

"第一排的男孩子，我喜欢你。"菲律宾女歌手对着大李喊话，并做出双手献吻的动作。

大李也不怯场，站起来，双手张开，做拥抱状："我也喜欢你。"

"第一排的男孩子，我想为你唱首歌，《月亮代表我的心》。"

酒吧里响起口哨声和尖叫声。

"待会儿，能请我喝杯酒吗？"在唱歌的间隙，女歌手对着大李说。

大李站起来，非常绅士地鞠躬，做邀请状："我等你。"

乐手们都兴奋起来，一曲《月亮代表我的心》唱得情深似海。

表演结束，歌手下台，坐到我们的桌边，一口中国话，流利清爽。看他们聊得高兴，我很知趣地起身离开。

第二天，没忍住好奇心，给大李发了条消息："我走之后，你们怎么样了呀？"

大李的回复直白而热烈："金风玉露一相逢，便胜却人间无数。"

又过了几年，我和大李又一次坐在新天地的星巴克。谈起菲律宾乐队女歌手，我问大李，还有联系吗？

大李摇摇头,静静地望着曾经偶遇菲律宾姑娘的酒吧。

Tips 新天地是上海的旅游胜地和潮流胜地,这里有众多别具特色的酒吧、餐厅和咖啡厅。

10

陇上居

撒拉族小妹妹，还记得我们的约定吗？

我曾在上海的一个老公房小区住过很多年。小区大门口，来自青海撒拉族的一家人经营着一家小小的牛肉面馆。那是我爱去的一家店，面条筋道，牛肉鲜美。

那年，老板的小女儿6岁，马上要上小学。每次我去店里吃面，小女孩都会跑过来，给我擦桌子，送茶水，偶尔还会偷偷多送我一小份牛肉。每次送完，掉头就跑。

有一次，我叫住小女孩，问她："念过书没有？"

她说："没有。"

我又问她："我教你读书，好不好？"

她点点头说："好。"

从那天开始，每天下班回家，不管多晚，我都会先去店里，给小女孩上15分钟到20分钟的课程。课程内容主要是《三字经》和《诗经》，还有一些别的古诗及现代诗。

我给小女孩上课，重点不在认字，而在于练习记忆力。很快，我发现，小女孩记忆力惊人。那些她根本不懂意思的诗歌，我只要带着她读个两三遍，她就能大段大段地背诵。两个月之后，小女孩就能全文背诵《三字经》《木兰辞》和《长恨歌》。顺带着，我也会背了。

后来，因为在上海念不了书，小女孩被爸爸送回青海上学。走之前，小女孩的爸爸带她到我家告别。

她爸爸问我："以后给孩子看些什么书？"

我送了小朋友一堆书，对她爸爸说："这孩子，是天生的读书种子，千万别让她去卖牛肉面，一定要供她好好读书。"

　　小女孩拉着我的手说："刘老师，我会好好念书。以后念大学，考回上海来，您继续教我念书。"

　　好多年过去，我常会想起这个小小的学生。

　　如果她还在继续读书，现在应该上初中了吧。不知道她是否还记得我教她的《三字经》《长恨歌》《木兰辞》？不知道她是否还记得，要考回上海来？

Tips

　　上海交通大学徐家汇校区广元西路校门口斜对面，有家我自认为是全上海最好吃的兰州牛肉面餐厅——陇上居。陇上居所在的位置，曾经被称为商业"必死角"。虽然地处徐汇商业中心，但是以前无论开什么店，逢店必挂，直到陇上居开业。

　　陇上居装修简约干净，面条筋道，面汤醇厚，牛肉扎实，味道非常好，生意火爆得不得了。以前，我在交大讲完课，总喜欢去那儿吃碗面，最近，越来越不敢去了，因为人实在太多。

　　机缘巧合，曾经碰到餐厅的老板，我好奇地向他请教："为什么餐厅生意会这么好？"

　　老板反问我："上海是不是到处都能见到兰州牛肉面馆？"

　　我回答道："是的。"

　　"上海这些随处可见的兰州牛肉面馆，大部分的生意还不错吧？"

　　"看起来是的，至少都活着，就说明有生意。"

　　"您在上海生活了这么多年，碰到过喜欢的兰州牛肉面馆吗？"

　　"除了您这家，还真没有。"

　　"去过兰州吗？"

　　"去过。"

　　"在兰州吃过本地的牛肉面吗？"

　　"吃过。"

　　"好吃吗？"

"当然!"

"如果我们把兰州本地牛肉面放到上海来,您觉得会受欢迎吗?"

"当然会。就算上海本地人不喜欢,服务好生活在上海的北方人就足够了。"

"您说的没错。其实,只要是好东西,上海本地客人一样会喜欢。餐厅哪有什么秘诀,无非就是真材实料,用更好的面,更好的牛肉,更好的汤料,更好的辣子,比别人家干净清爽一些,还能有什么?……您是哪儿的人?"

我一愣,"重庆。"

"上海那些生意非常好的重庆火锅,不都这么干的吗?还有顶级的西餐厅、寿司店、韩国餐厅,不也是这样的吗?这不是常识吗?"

11 聚丰园路

捡狗屎，
是一种什么样的体验？

多年前，在我搬到聚丰园路上的这个小区不久，就发现，小区里的狗屎有点多，草地上，稍不注意就是一坨。

正如每一片雪花都不一样，狗屎千千万，每坨都不同。有时，小区的人行路正中间就是一坨别有特色的狗屎。我曾"有幸"踩到狗屎后，毫无察觉地走回家，整个楼道里，全是我留下的狗屎痕迹。人过留名，狗过留屎。

一直期待小区的有识之士出面组织，大家一起出门扫狗屎。我相信，如果有人组织，我一定第一个冲出去。等了好几年，也没等到组织。2016年，太太怀孕，眼看我的刘小师（别人称呼我刘老师，我给女儿取名刘小师）就要来了，不能用满小区的狗屎欢迎她吧。

不能等，先干起来再说。

第一次出门捡狗屎，左手提着塑料袋，右手套着塑胶手套，"全副武装"地去捡地上的狗屎。还没清理完我家楼下草地上的狗屎，一个大塑料购物袋就装得满满的，少说也有十来斤重。

普通人捡狗屎，得跨越两道门槛。

一是心理门槛。

你在那儿弯腰捡狗屎，知道的你是在捡狗屎，不知道的还以为你在捡什么宝贝。

曾有老大爷热情地问我："拿去养花儿呢？"

大爷，您家养花用狗屎呀？就算用狗屎，肯定要用新鲜的吧？干硬干硬的肯定不合适。再说，用得了这么一大袋吗？我家又不是开花圃的。

小区里捡垃圾的阿姨满脸疑惑地上来瞧,"你在捡啥呢?"

我观察了好久,小区捡垃圾的队伍有好几路人马,有专门负责收垃圾的清洁工,有专门捡有价值垃圾的农民工,还有小区里的上海本地老人。他们之间的暗战非常激烈,如果你扫垃圾桶的频次稍微少一点,值钱的垃圾就被别人抢走了。

一次,一位阿婆牵着小朋友从我身边经过,小朋友问:"外婆,他在干什么?"阿婆回答声音很大,仿佛怕我听不见:"快走,快走,脏死了。"如果您是个害羞的人,可能扛不住这个。

我活到这个岁数,对外界的这些声音,真的是一点不在乎。我更在乎自己是不是高兴,或者是不是真的做了一件自己认为正确的事情。

二是技术门槛。

您别说,捡狗屎也是个技术活,如果用手抓,需要不断弯腰,一是腰受不了,二是戴塑胶手套的手指接触到狗屎时,无论是稀糊糊的,还是硬邦邦的,都手感"奇妙",一言难尽。

后来我再捡狗屎的时候,技术上有了提高,在小区里捡两根细长的树枝当筷子用,不仅解决了弯腰问题,也解决了手感问题。毕竟直接接触狗屎,卫生也堪忧。

有热心阿姨建议,最好戴个口罩。狗屎的形状差别很大,干稀程度各异,有的稀粑粑,木棍捡不起来,还得用小铲子。于是,我的装备开始变成:口罩、塑胶手套、木棍、大塑料袋和小铲子。

跨过这两道门槛,捡狗屎的营生就正式上了轨道。很快,我家门前草地上堆积多年的狗屎不见了!然后,我迅速把事业扩展到整个小区。有一阵,由于我捡狗屎的频率太高,出门转悠半小时,竟然捡不满一口袋,怅然若失。

我曾向太太夸下海口说:"你看着,两个月后,肯定有人和我一起捡狗屎。"

比较遗憾的是,好多年过去了,梦想依然未能成真。

有次我捡狗屎捡得正高兴,居委会领导带着一群人,拿着相机冲过来,说是要拍好人好事,吓得我把狗屎往垃圾桶里一扔,落荒而逃,连着好几天不敢下楼。

居委会的同志们随后打来电话:"捡狗屎,是好人好事,我们要来拜访您。

多问您一句，您是党员吗？"

嘿嘿，都知道北京朝阳区的同志们觉悟高，我们上海宝山区的阿姨们也在角落里偷偷观察你呢。

"别来，别来，小区就是自个儿的家，在自个儿家里打扫卫生，多正常的事儿呀。"

居委会的领导们虽然没有来，可是每次见面，都爱提这事，搞得我有点尴尬。其实，我还有很多比捡狗屎更值得说道的事情。真的，除了捡狗屎之外，我还有好多别的技能。

捡狗屎时，碰到死去的小鸟儿或野猫，我通常会小心翼翼地用一个塑料袋将它们包好，每一个生命都值得我们尊重。有段时间，整个小区的狗狗好像都得了同样的肠胃病，所有的新鲜粑粑都是稀糊糊的。

捡狗屎时，也有高兴的事。

一天下午，阳光明媚，在小区里捡狗屎，恰逢小学生放学。一个扎着辫子、穿着小红裙、洋气而时髦的小女孩快步跑来，在距离我约2米处站定，捂着鼻子，指着身后说："那边有坨狗屎，快点去。"我愉快应答："遵命。"按照小女孩的指示，我把那坨刚刚新鲜出炉的狗屎捡了起来——颜色金黄，气味浓郁，回味悠长。

小女孩高兴地笑着，一边跑，一边找狗屎。找到一坨，就大声呼喊我："你快来，你快来，这里有一坨，好大好大！"

小女孩的妈妈远远地看着，对我说："刘老师，不好意思。"

"这说哪儿的话，多高兴呀。谢谢您，不嫌我脏。"我忙不迭地表示感谢。

小女孩问我："你为什么捡狗屎呀？"

我回答："因为没人捡呀。"

小女孩："你不嫌脏吗？"

我："就是因为脏，才要有人捡呀。"

上大附小（上海大学附属小学）的一个小学生曾经在我捡狗屎的时候，很严肃地对我做过一次采访，她说，老师布置了一篇作文——《我见过的最奇怪的人》。

小学生问我："刘老师，你刚捡完狗屎，人家的狗狗又拉在老地方，你不生气吗?"

"为什么要生气呀?我只管捡狗屎,拉狗屎的事情,不归我管呀!"我非常认真地回答。

小学生的问题变得高深起来:"刘老师,你天天这样捡,一辈子也捡不完,你觉得这样做有意义吗?"

"当然有意义,我自己高兴呀!"这是我的真心话。

小学生对我的回答显然不满意:"我说的是对社会、对国家的意义,你说的是你自己的感受。请问,对国家,对社会,这有意义吗?"

我没转过弯来:"这个,我还真回答不上……能让我想想吗?"

小学生看了我一眼,不再问下去,失望地走了。

我真的特别想知道,这孩子的作文到底写了些什么?

Tips

聚丰园路地处上海西北角,长约1.6千米,东边是上海大学,西边尽头的丰宝路稍北有一个佛教小庙,旁边新开盘的楼盘卖得非常火爆。聚丰园路上,密密麻麻排列着七八个小区,住着好几万人,上海大学的众多师生给这条街道注入了无限活力。

2018年,我出版了一本书——《聚丰园路是一条快乐的街道》,书里讲述的就是生活在这条街道上的普通人的故事。大时代的波澜起伏固然宏伟壮丽,小人物的一粥一饭同样弥足珍贵。

12 静安公园　泰廊餐厅

海上生明月，天涯共此时

"保险套世界"是台湾规模最大、产品种类最丰富、有独立产品的情趣用品连锁品牌。

2013年，我第一次去台湾。在九份，路过"保险套世界"，在同行的好朋友志成的怂恿下，第一次走进情趣商店。

面对店内五彩斑斓的各种新鲜玩意，我像大观园里的刘姥姥，不知所措。胡子店长耐心地逐一给我讲解，让我大开眼界。我一口气买下好多东西，准备带回上海送朋友。和胡子店长相谈甚欢，互相交换了名片。

从店里出来，我发了条微博，介绍我在"保险套世界"的所见所闻。凑巧的是，一位在上海工作的台湾朋友和"保险套世界"的创始人Jim曾经在台湾同一家报社工作过。朋友看到我的微博后，先给Jim打了电话，告诉他，有位上海的朋友对他的品牌赞不绝口。没想到，Jim告诉朋友，就在我刚离开店不久，胡子店长给他打电话汇报说，店里来了位有趣的大陆学者，一口气买了很多东西，应该是最近几个月以来金额最高的一单。胡子店长建议Jim约我见个面。

就这样，在台湾之行的最后一天，我和Jim约在西门汀喝咖啡。我们志趣相投，相谈甚欢，颇有相见恨晚之意。此后，他每次来上海，我们都会约上一起喝酒、散步、聊天。有一次，Jim和他的好朋友一起来上海，我在静安公园的泰廊餐厅宴请他们。那夜，微风轻拂，荷叶飘香……

2019年，我们一家人再次去台湾。适逢端午，Jim陪了我们整整一天：上午，带着我去访谈一对台湾年轻的精英夫妇，请教育儿之道；下午，带着我的女儿刘小师在淡水的海边踏浪而行；晚上，在他家楼下的餐厅，吃地道的台湾菜。临别，我们约定，来年中秋，在上海一起吃大闸蟹。

2020年中秋，Jim没有如约而来，他从台北发来信息："Tiger，中秋快乐。海上生明月，天涯共此时。"

我回复："Jim，最好还是江南，稻花香里醉酒剥蟹。家中备有两坛陈年女儿红，我喝了一坛，另一坛留着，等你来。"

Tips 泰廊餐厅主打泰国菜，在上海的泰国菜里还算不错。餐厅坐落在静安公园内部，环境优美，非常适合聚会就餐。

13

米郎餐厅

做中国人多好呀，
我过得好好的，
干吗非得去做韩国人

上海大学延长路校门不远处，有一家经营韩国料理多年的小餐厅——米郎餐厅。餐厅面积不大，总共就七八张小桌子。在延长路附近上课时，我很喜欢去那儿。

老板是来自延边的朝鲜族阿姨，待人热情，说话和气。她有个漂亮的女儿，有段时间，女儿常在店里，帮忙照顾生意。

老板在韩国有亲戚，女儿也曾去过韩国。作为朝鲜族人，如果想留在韩国，那是件非常容易的事情，但是，女孩只是去旅游了一圈就回来了。

"韩国人根本瞧不起我们延边的朝鲜族人，觉得我们又土又穷，看我们就跟看乡巴佬似的。他们总觉着我们特别稀罕他们，想占他们的便宜。"老板的女儿说，"做中国人多好呀，我过得好好的，干吗非得去做韩国人。"

在米郎餐厅，最神奇的偶遇是认识了另外一位相交多年的好朋友——韩国人尹南基。

2012年7月的一个晚上，我和尹南基都在米郎餐厅吃饭，因为坐在同一张桌子上，很自然地闲聊起来。他在韩国中央政府工作，因为喜欢中文，特意跑来上海大学进修了半年中文。那一天，是他在上海的最后一天。第二天一早，他就返回韩国。

聊得高兴，我们向老板要来啤酒，边喝边聊。告别时，互相留下电话号码。就这样，我们一直保持着联系。

这些年，他来过好几次中国，还在我家里住过一晚，我也多次去韩国，我们两家像亲戚一样，保持着频繁的互动和交流。

我非常喜欢韩国历史。中华书局出版、吴晗编辑的《朝鲜李朝实录中的中国史料》，我影印了一整套，做过很多笔记。其他韩国历史研究书籍，例如复旦大学出版社出版的《朝鲜通信使文献选编》等，我都有整套收集。

曾经有段时间，我想把明清两代皇帝给朝鲜国王下的圣旨理一理，摘录一些有意思的内容，再用白话文介绍给大家。第一篇写完后，发在知乎，被告知违禁，就没再写下去。自古以来，中国和朝鲜半岛的交往非常密切，而国内有关书籍却不多见。我实在是精力不济，时间有限，没法下手。

上海大学历史系的舒健副教授和我住同一小区，他的一个研究方向就是韩国宗教史。我喜欢和他聊天，多次怂恿他来写一本有关中韩交流史的书，他每次都是笑，绝不入坑。

尹南基曾经问我，为什么对韩国历史这么感兴趣？我说，韩国历史很有意思，一是本身韩国历史的记录，都是中文，容易看懂；二是透过韩国历史，回看中国的时候，会看到在我们的语境中看不到的很多东西，这让我非常着迷。

2019年，韩国首尔，刘老师和尹南基

Tips 米郎餐厅距离延长路地铁站非常近，步行200米左右即可到达。

在上海，我最喜欢的一家韩国料理餐厅是位于虹莘路3998号帝宝大厦2楼的青鹤谷。那家店在黄金时间段是不接受预定的，所以，我通常选择在下午5点左右到达，再晚些去，就得排队。青鹤谷的韩国料理味道很棒，但是环境较普通，有些嘈杂。

米郎餐厅

14 韩国街

将来就是卖鸡蛋，
也要跑到中国去卖

2019年8月，应韩国外交部邀请，作为"2019年第11届中国人气博主访韩交流团"的成员之一，我前往韩国，进行了为期五天的访问。在韩访问期间，一位负责中韩文化交流的L女士的个人成长经历，给我留下非常难忘的印象。

20世纪80年代，中韩两国尚未建交，两国之间没有任何官方往来。当时，英文几乎是韩国所有小学生学习外语的不二之选。每天放学后，L女士的同学们都被父母送去补习学校学习英文，而L女士的父亲却将她送去华侨学校学习中文。

"当时，我年龄还小，搞不清楚为什么大家都去学习英文，而我却要去学更加复杂的中文。"当L女士向父亲提出这个疑问后，父亲告诉她："将来就是卖鸡蛋，也要跑到中国去卖。"

父亲的回答让年幼的L女士困惑不已，她回忆道："当时，我特别不明白，为什么我将来要去卖鸡蛋？卖鸡蛋，不能去首尔吗？为什么非要去中国？我那么努力地学习中文，难道就是为了跑到中国去卖鸡蛋吗？"

L女士的父亲是位牧师，精通周易，熟读四书五经，深受中国传统经典熏陶，对中国文化推崇备至。他一生最大的遗憾就是不会讲汉语，送女儿去学汉语，很大一部分原因也是为了弥补自己的缺憾。

L女士说："童年时代，我就梦想长大后能够成为一名外交官。童年伙伴们嘲笑我，说我学的是和韩国没有外交关系的国家的语言，将来怎么可能当外交官。在他们看来，这简直是痴人说梦。"

历史的车轮驶入20世纪90年代，1992年，中韩两国正式建交。1999年，L女士以优异的成绩考入韩国外交部，成为一名外交官。过去20年间，L女士先后担任过金大中、卢武铉、李明博、朴槿惠等多位韩国总统的高级翻译，得以近距离接触不同时期的中国领导人。

曾经因为她学习汉语而嘲笑过他们一家的人，开始对她的父亲刮目相看。他们向L女士的父亲请教，"您是如何透过现实的迷雾，洞穿未来的？"

L女士的父亲回答得非常简单："这不过是对常识的尊重，哪有什么透过现实迷雾，看清未来真相的超能力。"

L女士解释道："我父亲常说，中韩两国经历过3年非常残酷的战争，也经历了数十年的冷战分隔，可是，这和中韩两国之间长达两千年的交往历史比起来，又算得了什么？韩国的官方历史、历代典籍，全用汉语写成，韩国历史上的历代科举，和中国一样，用汉字，写汉文。不为别的，就是为了了解自己的历史，继承祖先的文化，韩国的子孙都必须要懂汉语。更何况，自古以来，中韩两国一衣带水，鸡犬相闻，我们两国距离那么近，而且中国又是一个人口大国，只要稍微学过一点历史的人都知道，在过去几千年的历史上，中国经历过无数次的起起伏伏，这么一个有着深厚历史和文化积淀的大国，只要国家统一，肯定会强大起来，这是被历史证明过无数次的常识，不需要任何超能力。既然这个国家一定会强大，它又是我们的邻居，学习他们的语言，那不是很自然的事情吗？再说得深层一点，韩国人和中国人一样，使用着相同的姓氏系统，韩国人完整地保存和吸收了中国的传统文化。在价值观和传统道德的底层认知上，中韩两国高度一致。地理的相邻性、历史的纽带性、文化的相似性、价值观的一致性，在我父亲看来，中国和韩国，一定会成为彼此之间最重要的伙伴。"

Tips 上海的韩国街，通常是指位于虹泉路附近的几个街区。那里聚集着大量的韩国烤肉店和韩国商品超市。我喜欢研究韩国历史，也喜欢韩国菜。我和太太每隔一段时间就会去虹桥的韩国街吃饭。上海各大韩国菜连锁店，我基本都去过，说实话，只有在韩国街上，才能吃到比较正宗的韩国餐。

15 苹果浦东旗舰店

我买了两部
一模一样的手机

2020年12月，我在苹果手机专卖店试用新上市的iPhone 12，突然想起了一位好朋友——华子。

大一军训，我和华子同时被连长从队伍里拉出来罚站，从那时起，我们成了好朋友。我刚读研究生那会儿，他在交通局长途汽车站工作，我常跑到他那儿蹭免费的长途电话，跟着他一块儿吃饭喝酒。

有一年，他买了部新手机，见我喜欢，就直接送给我了。20年后，在上海的苹果手机专卖店，华子送我手机那一幕突然浮现眼前。于是，我买了两部一模一样的iPhone 12，一部给自己，一部送给他。

Tips 位于浦东国金中心IFC商场下沉式广场的苹果浦东旗舰店，是苹果在中国的第二家旗舰店。苹果旗舰店的圆柱体入口获得美国设计专利，圆柱体入口由若干块巨大的玻璃板组成，只有连接处靠金属固定。按照设计要求，巨大的玻璃板被弯曲成弧形后，再连接成玻璃圆柱体。顾客通过圆柱体入口，进入地下的苹果浦东旗舰店。

16

东莱海上

韩国儒学宗师的家门口，为什么立着孔子后人书写的石碑？

作为韩国的儒教之乡和孝道之乡，安东出过很多名门望族。在今天的韩国，提起安东人，大家普遍的印象就是比较保守和传统。陶山书院是安东儒家文化的代表建筑物，为追思韩国儒学宗师李滉（1501—1570年）于朝鲜宣祖七年（1574年）所建。李滉集朱子学之大成，被儒学界尊称为"东方朱子"，人称"退溪先生"。今天，1 000元韩币的一面就印着退溪先生的肖像，另一面则印着溪上静居图，画的就是陶山书院的全景。退溪先生一生不爱财物，唯爱书和梅花。

坐落在半山腰上的陶山书院，背靠高山，面朝洛川江，朝看旭日东升，暮送斜阳西下。正门外的不远处，立着一块石碑，刻着"邹鲁之乡"四个大字。邹即邹城，今日的山东邹县，儒家学派代表人物孟子的故里；鲁即鲁国，孔子的故里。

写这四个字的人，身份非常不凡——孔子第77代孙，世袭第31代衍圣公（末代衍圣公）孔德成。1949年，末代衍圣公孔德成迁居台湾，是台湾少数的世袭官员之一。

孔德成1949年离开大陆后，终生未曾返回曲阜。没想到在韩国安东，竟有他题刻的碑文。碑文的落款处，赫然标记"曲阜孔德成"。

石碑立于庚申年，即1980年。1980年，孔德成造访安东陶山书院，留下"邹鲁之乡"的题词。自此，开始了台湾的孔家、孟家（孟子的后代）与安东退

陶山书院正门外的石碑

溪李家长达数十年的交往。一家有婚丧喜庆，其他各家均会派员参加。2008年，孔德成在台湾逝世，安东市政府和退溪李家均有代表前往吊唁。

Tips 东莱海上是沪上一家非常有特色的山东菜馆，准确地说，是胶东菜馆。东莱海上以海鲜为主打产品，据说海鲜都是从山东烟台空运而来。我最喜欢他家的鲅鱼饺子。

东莱海上地处上海市中心，位于福建中路和广东路交叉路口，距离上海书城（福州路店）很近，步行几百米即可到达。

几年前，我曾去泰山，给一个由上市公司董事长组成的培训班讲课，顺道去了曲阜。在曲阜，一个上午的时间，走马观花地看了一遍孔府、孔庙和孔林。

以前只知道曲阜有三孔，从未细究过到底是哪三孔。到了孔林，才知道，那里是孔家的家族墓地。孔林是世界上现存时间最长的家族墓地，占地近200万平方米，林墙周长5 591米，共有孔氏家族坟冢10万余座，墓碑4 000余座，古建筑116间，历代石像、石仪85对。

虽然孔林内有电动游览车，但我靠脚力在园内走了一圈。和孔府、孔庙比起来，孔林的人少了很多，几乎没有人步行。还好，当日艳阳高照，晴空万里，虽在坟冢之间行走，也不觉得阴森。

孔府和孔庙是中华儒家文化的根脉所系，透过隆重的仪式感，我们可以静思中华先贤的伟大，回看传递千年的智慧。

顺带说一句，孔府门外有个煎饼小摊，裹着大葱、肉肠、鸡蛋，热烘烘的山东煎饼，那是真好吃。

17 佘山森林公园

韩国童装，到底有多可爱？

在海外旅行，给刘小师买当地品牌的童装，是一个重要项目。2019年我在首尔旅行期间，分别去了新世界百货公司、JAJU综合生活用品旗舰店和南大门批发市场——它们代表三种完全不同的童装市场。

1 首尔新世界百货公司

在首尔期间，我们住在L'Escape Hotel，旁边就是新世界百货公司。此次访韩，行程安排得特别紧，硬是到最后一天下午才有时间去百货公司逛了一个半小时。

新世界百货的童装和床上用品在同一层楼，大约有20多个童装品牌。特点：价格稍贵、设计感较强、做工精细。

这一组是三件套，上衣内里是件丝绸材质的衣服，可以单穿，外面是件小针织衣，裙子是很厚的棉纺材料，感觉很洋气，适合秋天出门参加聚会或相对正式的活动

这件套头衫有两个亮点,一是小娃娃设计得很漂亮,二是下摆有点像裙装。此前,刘小师的妈妈曾经批评我,说我给刘小师买的一些衣服像男孩穿的。所以,这次我特别注意,必须要有女孩元素或者女孩特征

这件衣服设计棒;不是完全的长袖,严格来说,是个七分袖,比较有特色;胸前的图案立体可编织;后背还有特殊设计

2019年9月7日,星期六,刘小师穿着它去上海郊区的佘山森林公园爬山

2　JAJU综合生活用品旗舰店

JAJU是韩国著名的生活时尚用品店,店面风格清新,对产品品质的要求严格,比南大门批发市场的产品明显高一个档次,当然价格也贵一些,但和新世界百货公司相比,价格还是比较亲民的。比较有代表性的衣服有:

儿童套头衫,帽顶和红色的带子非常有特点

特别干净的小女生套装

3 南大门批发市场

在南大门批发市场逛过两次,都是夜里11点团队活动结束后去的。批发市场里人很多,到处都是中国淘宝店主在做直播。很多我看上的衣服,因为只有一件,店主不卖,有点遗憾。南大门批发市场,总体来说,服装品质要低一些,但也有好的设计,前提是你得有耐心,慢慢兜。

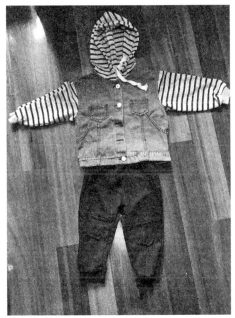

这套套装,刘小师的外婆很满意,设计很可爱

这套套装有点运动款,小短裤边上有点小设计,我比较喜欢

最后,总结一句:韩国的童装,非常值得去看看。

Tips 佘山是上海最高的山,佘山森林公园植被茂密,空气清新,是个周末的好去处。去佘山公园,要注意防蚊虫。

18 上海淞沪抗战纪念公园

千万不要再有战争，
那是人间地狱！

2019年韩国之行的最后一站是DMZ。这里的DMZ，特指朝鲜和韩国之间的非军事区。朝鲜战争结束后，朝鲜和韩国确立以"三八线"为分界线，为避免武装冲突，双方各自从分界线后退2公里，在这后退的2公里内，朝韩双方禁止从事任何军事和民用活动，就此形成非军事区。

从首尔到DMZ，大约80公里，驱车1个多小时就能到达，50多岁的安女士是我们参观DMZ的导游。

DMZ的第一站是望拜坛。朝鲜战争期间，约有500万名北方居民逃难来到南方。朝韩分裂的局面，导致几十年来朝鲜半岛南北双方亲人之间音信全无。

安导游的父亲是500万北方难民中的一位。独自离开家乡后，安导游的父亲日夜思念家中的父母、兄弟和姐妹。每逢中秋，韩国的离散家庭就会在临津阁设立临时祭坛，拜祭北方的祖先和亲人。1985年，韩国政府建立起永久性可以眺望北方领土的望拜坛，以方便民众祭拜北方的祖先，聊解思念之苦。

"每逢春节、中秋，我爸爸会流眼泪，他想念他的亲人。直到去世，我爸爸连家里亲人的生死都不知道。"安导游的声音明显哽咽，她的食指指向天空，"他们应该在天堂见面了吧？"

安导游父亲的家乡在"三八线"以北100多公里的地方。一条弯弯曲曲的停战线，让这短短100多公里的路程成为天堑。那个迷路的北方男孩，从少年到白头，穷尽一生，都想回到妈妈的身边，尝一口妈妈亲手做的泡菜汤，再恭恭敬敬地给妈妈磕个头，叫一声，"阿妈，我回来了。"

安导游的父亲逝世前，立下遗嘱，要求安葬在韩国最北端的公共墓地，以

望拜坛

便离故乡更近一些。

朝韩停战已经快70年，南北双方的众多离散家庭成员正逐渐凋零，他们怀着对亲人的刻骨思念，离开人世。过去几年，朝韩双方曾多次举行离散家属见面会，但相比数目庞大的离散家庭而言，几次短暂的小规模见面会，根本无法缝合战争给一个个普通家庭带来的伤害。"朝鲜战争是人类历史上最残酷的内战，战争对人民的伤害实在太大了。"安导游说。

离开拜望坛，去了第三地道。朝韩停战后，朝鲜秘密挖掘多条通往南方的地道。比较著名的有四条，位于DMZ的第三地道的发现，缘于1974年9月曾经参与第三地道建设的朝鲜工程师金富成的叛逃。根据金富成的供述，韩国军方经过三年多努力，发现这条地道。第三地道总长1 635米，向北1 200米，深入韩国领土435米，深度73米，高和宽各2米，每小时可输送士兵上万人。

在第三地道的演播厅，我们看了一段纪录片。残垣断壁之间，一位穿着朝鲜民族服饰的妇女死于战火，横卧在瓦砾之中。她的身旁，一个三四岁的小男孩，穿着破烂的上衣，下身赤裸，满脸黝黑，声嘶力竭，又蹦又跳，双手不断挥舞，涕泪横流。

我女儿刘小师长到两岁多的时候，一发急，也会这样又蹦又跳，双手乱挥，一边哭，一边大喊"不要不要"，像极了纪录片中的男孩。

朝鲜战争给韩国留下大量的寡妇，根据不完全记录，朝鲜战争之后，韩国有60万名寡妇。在一个长期以男性为主要家庭支柱和生活来源的国家，失去丈夫几乎意味着失去一切。

除了妇女之外，儿童是战争中最无辜且最悲惨的受害者。朝鲜战争期间，数以万计的儿童成为无家可归的战争孤儿。他们的父母或死于战火，或者在逃难途中失散，饥饿、疾病、心理创伤、死亡的阴影，是战争孤儿共同的童年记忆。

2017年2月，我曾去日本冲绳参加马拉松比赛。在一个陶瓷店，和72岁的老板聊天。他出生于1945年，那一年，日本战败投降。老先生的父亲死于美军的炮弹之下。

指着冲绳市中心的繁华街道，老先生说："这里曾经一无所有，片瓦不存。千万不要再有战争，千万不要再有战争呀！那是人间地狱！"

2021年清明节，我和学生们来到上海淞沪抗战纪念公园，瞻仰先辈英烈。在公园里的上海淞沪抗战纪念馆，我们献上带来的鲜花，向英烈表达我们的哀思和敬意。

Tips 上海淞沪抗战纪念公园位于宝山区友谊路1号，临江濒海。公园内不仅有上海淞沪抗战纪念馆，还有孔庙大成殿、古城墙、古水关、宝善桥等历史古迹。

19

上海和平饭店

知易行难，
所以，
大多数人都很难成功

四年前的夏天，我曾经的同事，也是我的好朋友，带着她小学毕业的女儿H去美国参加一个夏令营，途经上海，来我家中做客。当天晚上，一群暑假留在上海实习的大一、大二的学生也相约来到我家吃西瓜。

我本打算把大学生们的聚会推后两天，H的妈妈告诉我，H对大学生们非常好奇，想趁这个机会看看大学里的哥哥姐姐们都在做些什么。

于是，H和她的妈妈，还有七名大学生，齐聚我家。H是个好奇心很强的小姑娘，她不停地向大学生们提着各种问题，大学生们耐心地予以回答。看他们聊得热火朝天，我不插话，静静地在旁边听着。

他们聊到英语学习话题时，H问大学生们："怎么才能快速提升英文水平？"大学生们的答案归纳起来，大概有这么几条——"好好背单词""刷题，你要准备什么英语考试，就拼命刷跟那个考试相关的各种题目""参加新东方的培训班"。

乍听下来，答案都对，但好像都有点问题。H关心的是怎么提高英文水平，大学生们的答案则聚焦在如何对付英文考试。没错，在对付英文考试的过程中，英文能力肯定会提高。可是，另外一个问题来了，英文考试需要具备的能力和真实的英文能力，尤其最为关键的交流能力，似乎还隔着一堵看不见的墙。

年轻的时候，我考过托福、GRE、雅思，认真背过"红宝书"，分数还不错。时至今日，我非常清楚地知道，年轻时，我们花了大把的时间和精力去背单词，应付考试，路走歪了。

于是，我忍不住加入H和大学生们的聊天并向他们提出六个问题：

- 从影视作品的文学性角度来说，电影的台词是否代表了一种语言最精炼的表达和最纯正的应用？
- 美国电影，尤其是经典的美国电影，是不是代表了电影艺术或者电影商业领域的最高水平？
- 如果我们能够把一部美国电影完全吃透，也就是一部美国电影所有的台词，我们都能听懂，甚至能完整地背下来，在关掉字幕和声音，只看视频的情况下，我们能按照原片的语速把台词重复出来，英文的听说读写能力是否会有非常显著的提高？
- 一部美国电影的时长通常在90分钟到120分钟之间，一个月有30天，按照每天背4分钟电影台词计算，大家觉着，一个月的时间，能背完一部电影的全部台词吗？
- 如果一个月能背下一部美国电影台词，我们用一年的时间，背10部或者12部电影，逻辑上成立吗？
- 如果这个逻辑成立，我们的英文实际应用能力在一年之后，是不是会有非常显著的提升？

对这六个问题，H和大学生们都给出肯定的答案，一位大一的学生叫起来："刘老师，这个方法太棒了！您是从哪儿学到这种方法的？"

我回答："这不都是常识吗？"

H笑着问我："刘老师，您这样背过多少部电影呀？"

我一下子窘迫起来："一部也没有。"

H接着追问："为什么？"

我很无奈地承认："懒。"

在哄笑声中，H和大学生们又聊起其他话题。那天晚上，H和大学生们在我家一直聊到深夜。走的时候，H对我说："刘老师，我回去就背美国电影。"那群大学生们也附和："我们回去也马上背起来。"

此后的时间里，我没有H的任何消息。在H妈妈的朋友圈里，经常出镜的是她家的那只波斯猫，H被妈妈小心翼翼地保护在屏幕背后。直到2019年8月，

H的妈妈突然在朋友圈里发了H的照片,并宣布:H马上要前往美国排名最靠前的一所私立中学念书。

在这所全美著名的私立中学,绝大部分的毕业生都能顺利升入美国顶级的大学。进入这所中学,几乎相当于进入常青藤大学的预备学校。

H的妈妈给我发来微信,说要从上海乘飞机去美国,在上海逗留期间,想宴请我以及当年一起在我家吃西瓜的大学生们。2019年8月的一个晚上,我和四名一起啃过西瓜的大学生们,在和平饭店,见到了H和她的妈妈。

H已经是身高一米七出头的大姑娘,完全没有当年的稚嫩。饭局上,H还是那个充满好奇心的孩子,当然,我的学生们也对H充满好奇。

一个学生向H提问:"美国高中的面试复杂吗?"

H说:"还好,不算复杂。"

另一位人学生问:"对英语的要求很高吧?你是怎么做到的?"

H说:"这得感谢刘叔叔。我从初一开始,就按照刘叔叔的方法背美国电影。初一、初二两年的时间,在24个月里,我攻克了20部美国电影,这是我通过美高面试的法宝。"

啊!我当场惊呆了。我没想到,她真的会去背美国电影。

我问H:"你是怎么背的呀?"

H的妈妈插话:"老刘,三年前,从你们家出来后,她就开始按你的方法背美国电影。她每天不管早晨还是晚上,只要有空闲时间,几乎都在背美国电影。有段时间,我都觉着她有点魔怔了。"

我问H:"具体怎么执行的?"

H说:"刘叔叔,我先把选好的电影用剪辑软件,根据剧情剪成30—50个小片段,既有视频版,也有MP3的音频版。视频版是为了看剧情,控制发音速度和节奏,音频的MP3版是上学或者放学路上以及不方便看视频的时候用耳机收听的。"

"每天都这么干?"我问。

"是呀!您不是说,要天天背吗?"H说。

H的妈妈自豪地说:"她现在能一个人对着电脑视频,关掉字幕,自说自话,把这20多部电影全演一遍。"

看着我和大学生们一脸惊讶的表情，H问大学生们："你们都背了几部电影啦？"

饭桌上的局面突然有点僵，我连忙招呼大家吃饭。

2019年9月开学后，在上海大学的课堂上，我把H背诵美国电影的方法告诉了班上100多位学生，并鼓励大家试试看。过了一个月，我在课堂上提问，是否有人已经背完一部或者半部美国电影，结果，全班没有一个孩子背过。

我随机抽了三名学生，问他们为什么没有试试。第一位同学说，他还是更喜欢背单词。第二位同学说，她这个月太忙了。我问她在忙些什么？她说，社团活动和班级活动，有好几个活动需要策划，她忙了整整一个月。我又问她，具体策划了些什么呢？她说，老师，我也记不大清了。第三位同学说，她试了两天，感觉太麻烦，就没兴趣再背了。

这世界上，知道常识的人很多，但真正尊重常识并按照常识去办事的人，却很少。

2019年底，H给我发来一封很长的电子邮件。在邮件里，她告诉我，她在疯狂背诵了近30部美国电影后，对电影台词和电影拍摄似乎有了一些自己的心得，在美国高中的课堂上，当她把自己的思考告诉文学课的老师后，老师非常开心。

H的文学课老师曾经在好莱坞工作过20年，写过多部畅销美剧剧本，他给H布置了一个作业，让H在一周内看完一个剧本，然后就这个剧本写出自己的感想。信的末尾，H说："刘叔叔，您说，我以后是不是也可以成为一名编剧呢？"

Tips 在老一辈上海人心中，和平饭店是响当当的招牌。和平饭店龙凤厅主打上海本帮菜，在此，可以一边吃饭，一边欣赏黄浦江风景。

20

高岛屋百货

每个匠人都有
一颗不羁的心

2017年2月,我在冲绳参加冲绳国际马拉松比赛。在冲绳的街角处,偶遇一家陶器店,店内正在举办陶器大师——具志坚全心的个人陶器展。工作日的下午,店内没有一个客人,屋外还下着雨。70岁的陶器大师具志坚先生邀我一起品茗赏陶,他用自制的陶器,为我呈上一杯茉莉花茶。促膝而谈两个多小时,我幸运地走进了一位冲绳工匠的精神世界。

70岁的具志坚先生,曾是冲绳本地一家小公司的社长,公司虽然只有区区五个人,但老先生工作勤奋,为人低调,虽然不能锦衣玉食,倒也过得衣食无

具志坚先生

忧，一家小康。

从年轻时起，他就酷爱陶器，一有时间，就会去参加各种各样的陶器展。虽然一直有学习制陶的愿望，但两个女儿尚未成人，他必须承担起养家的责任，梦想和愿望只能深深地埋在心底。

50岁那年，女儿们终于长大成人。具志坚先生放弃生意，从零开始，学习制陶，经过近20年的努力，2016年，他的作品受邀参加全日本顶级的陶器大展，终于成为一代名匠。

制陶基本上挣不了什么钱，用老先生自己的话来说，也就勉强够他自己吃饭。

他的太太对他制陶特别不满意，因为从制陶那一天开始，他就再也拿不出钱来给太太养家了。

具志坚先生的大女儿从专业艺术制作学校毕业后，跟着他烧了整整两年陶器，他没有给女儿发过哪怕1日元的薪水。不是不想付，而是确实付不起呀。大女儿后来实在受不了，离开制陶坊，去了冲绳本地的房屋中介公司，做起房屋销售。

今天，当越来越多的工匠开始电炉制陶时，具志坚先生依然坚持古法制陶。每年，在冲绳深山的窑厂，他烧三次窑。每次烧窑，费时长达十余天。这十天里，仅仅木材的消耗量，就是一个非常惊人的数字！

他拿过两把壶向我展示。左边这把壶器型工整，平润规则，好像很好看，但在制陶工艺中，它只需比较底层的技能。而右边这把壶，长得不好看，甚至

工业制陶（左）与具志坚先生的古法制陶作品（右）对比

还有点粗糙,但这把壶才最耐看,而且行家一看就知道,做这把壶的人,技艺是更高一筹的。

普通的制陶工匠,制作比较规则标准的产品,用于卖给观光客。只有高水平的工匠,才制作自己喜欢的产品,等待着同好的青睐。

普通工匠,追求的目标是速度、效率和金钱;真正的匠人,他们用心去工作,总是试图做出更好的作品。

我问具志坚先生,年届50岁时,放弃社长位置,学习制陶,究竟是一种什么样的冲动?他拿出笔,在纸上写下两个字:不羁。

具志坚先生曾制作过一个只有一只眼睛的马形陶器。老先生说:

"做社长的时候,我就是一匹被束缚的马。每天,被主人套上马嚼子,从早晨太阳升起,一直干到太阳落山,终日劳作,永不停息,直到50岁生日那一天,我决定放弃工作,才感受到难得的自由。

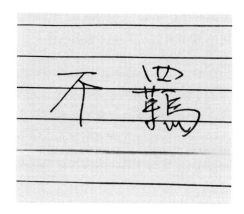

具志坚先生的字迹

"从事制陶这项工作,虽然自由,但是收入很低,而且不知道未来会是什么样。马有眼睛的一侧,代表当社长的时候,虽然有钱,但是不自由。不当社长,开始学制陶,看不见未来,所以马的另一侧没有眼睛。

"刚刚出窑的马配有缰绳,我砸断了缰绳。纵然残破,我也要自由,不羁的自由,就算没有未来,也是我自己的生活。

"当自由到来之后,马儿虽然能自由奔驰,但也付出了代价,必须自己找食。我虽然看不到未来,但我终究做了自己喜欢的事情。人生而自由,却无往不在枷锁之中。"

成为一匹不羁的马,哪怕前路迷茫;全心做喜欢的事情,就是人生最好的修行。在他看来,人活七十,多余出来的生命,全是上天的恩泽,不能轻易浪费。"制陶就是一场修行,我会一直做下去,直到死亡之时都是我最后的修行一刻。"

我问老先生:"您制作的陶器被客人买走后,会觉得遗憾吗?"老先生说:"每当有人买走我的陶器,我都非常激动。特别是当我知道您要将我的陶器带到中国,想到在那么遥远的地方,有人在使用我的陶器,想到这个陶器可能在您的家里世世代代传下去,我就更激动了,这是我作为一名工匠所能获得的最大的幸福和最高的赞赏!"

佛经有云,人身难得,譬如盲龟浮木。这世上,有太多的人,忙忙碌碌,劳累一生。可是,遇到真正一个喜欢的人,碰到一件真正喜欢的事,何其难啊!50岁开始的人生,也是人生。如果爱,用力爱。自己喜欢,才是人生。

Tips 高岛屋百货位于虹桥路,地铁10号线伊犁路站附近。高岛屋百货是来自日本的百货公司,各个商铺都非常有特点,尤其以日本商品为特色。高岛屋里的多家日本料理,口味很地道,亲子设施和娱乐设施也不错,是周末遛娃以及闲逛的好去处。

21

博世中国

我才20岁，
我就是想按照自己的愿望，
做一些自己想做的事情

2015年5月，我在顾晓英老师的"创新中国"课堂客串了30分钟。课程的最后环节，顾老师邀请学生们上台来分享课程感想。

位大二的女生发言道：

"我的导师告诉我，千万不要去德国。他们说，如果想留学，就去美国吧。要是去德国，以后回国，可能连工作都找不到。他们又说，还是选择保送研究生吧，未来的道路更明确，也更有保障。他们还说，如果既不想去美国，也不想选择保送，去香港也可以呀，性价比最高，费用低，又能拿研究生文凭，不用出国，离家还近，多好。何必舍近求远，非得跑到德国去？可是，我从小就向往辽阔的欧洲大陆，梦想有一天，徜徉在格林童话的古堡里，漫步在歌德走过的小道上，停留在贝多芬曾住过的小屋旁，和那些震古烁今的先贤重逢于德国。是的，美国很好，保送研究生也不错，去香港念书也很划算，可是，我不想呀。我才20岁，还那么年轻，我就是想按照自己的愿望，做一些自己想做的事情，为什么那么多人都说不可以呢？"

这段话，深深地打动了我。我把她的发言发在朋友圈里，还特意把这段话发给了博世中国的CEO陈玉东，并向陈师兄提出，能否给这个小女生提供一个实习生面试的机会？陈师兄回复：让她发简历过来。

很快，这个大二的女生得到了在博世实习的机会。大学毕业后，她选择前往德国留学。前年，她趁着假期回国，专程来我家中拜访。

我问她:"在德国留学,和你之前想的一样吗?"

她说:"完全不一样。"

我问她:"后悔吗?"

她说:"怎么会?要是完全一样,那才真没意思呢。"

2021年2月,这位女生在德国开始博士学业。

Tips

博世是德国最重要的工业企业之一,1886年由罗伯特·博世(Robert Bosch)创立。2019财年,博世在全球销售业绩达777亿欧元。根据其官网截至2020年12月31日的数据:2020年,博世在全球范围内约拥有39.45万名员工,总销售额达716亿欧元。

博世中国的执行副总裁徐大全曾来我的"创业人生"课堂做过嘉宾。在课堂上,他讲的三个观点,我至今记忆犹新。

第一,对于所有应聘成为他的下属的"海归",大全总有个基本要求:必须在半年时间内改掉两个毛病,一是说中文时故意夹杂英文,二是说话时故意耸肩。

第二,他在念MBA时,记得最清楚的一句话就是:很多人在进棺材前,回顾此生,可能会发现,人生大部分财富都是在45岁以后挣来的。据此,大全总的结论是:年轻时代选择自己喜欢的职业,认真工作,终有所成,必有回报。

第三,人生每个阶段,都要让自己处于不断学习和进步的状态。

22 The colorist 调色师

一个女生用3个小时化妆，是在浪费生命吗？

2020年秋季学期，美术学院2019级的学生赵嘉禾在她的期末试卷中，写下这么一段话："由于自己的兴趣使然，我经常研究和钻研化妆的技巧，并且自认为我的化妆技术在同龄人中算比较强的。为了一个自己满意的妆容，我愿意花3—4个小时，在镜子面前给自己来一个变身。从高中时乱画眉毛，到现在，连假睫毛都沉得住气一根根粘好。"

看完嘉禾的试卷，在课程群里，我对她说了下面一段话：

"嘉禾，我超级喜欢你所表达出的那种对生命用力喜爱的劲头。用几个小时去化妆，沉下心来一根一根地去粘睫毛，让自己大变身。有人可能会说，这是浪费时间，浪费生命。可是，我想问那些说浪费时间的朋友们，你可知道什么是浪费时间？什么是浪费生命？生命和时间对每个人都是公平的，当一个人全身心地沉浸在她的爱好之中，甘之如饴地做着她喜欢的事情，充满创造精神地探索更美好的自己，她身上所发出的光那么迷人，她身上所展现的创造力和学习力，是那么惊人。这种特质，与优秀的艺术家、作家有异曲同工之妙。坚持你所热爱的，继续探索你的美丽人生，努力绽放，人生最美。加油，我的孩子！"

Tips The Colorist 调色师是2019年成立的一家新型美妆集合店，深受城市年轻女生青睐。我和研究生朱佳芸、张艺馨共同完成了一篇近万字的商业研究文章——《这家美妆集合店为什么那么火》，发表在《商业评论》杂志2020年11/12月号。

23 上海书城 新书签售会

承蒙上海书城总经理江利老师厚爱，之前出版的两本书，都在上海最大的书店——上海书城（福州路）举办了新书发布会。2018年国庆长假期间，经江老师推荐，《聚丰园路是一条快乐的街道》在新华书店各分店举行了五次新书签售会。

在上海书城的新书签售活动中，印象最深的就是这三张照片。

照片1 《互联网+社会化营销：用匠心创意点燃交互》新书发布会
时间：2016年9月19日

刘老师新书发布会

2021年,照片上的孩子们已遍布世界各地,分布在各行各业,他们之中,有人即将研究生毕业(英国谢菲尔德大学人工智能专业的博士研究生、上海社科院的硕士研究生、复旦大学的硕士研究生),有人任职于国内外知名企业(蚂蚁金服、B站、毕马威、上汽集团、戴尔);他们之中,既有律师、教师、电视台记者,也有私募基金分析师和创业者。万千世界,缤纷多彩。

照片2　新华传媒全国新书发布厅神笔奖颁奖典礼
时间:2018年3月31日

左起:江利老师、刘小师、刘老师及太太

照片3 《聚丰园路是一条快乐的街道》新书签售会
时间：2018年10月1日

刘老师和刘小师

Tips 位于福州路465号的上海书城，是上海第一家超大型的零售书店，总营业面积超过1万平方米，毗邻著名的南京路，是上海的文化标志性建筑之一。

24 海马体照相馆

橘猫的魔法屋

1

有一次,在上海交通大学为一个总裁班讲课,刚下课,一位年轻漂亮的女生便走上前:"刘老师,您的课讲得非常好。"出于礼貌,我微笑着问她:"你是做什么行业的?"

她说:"照相馆。"

"现在还有人做照相馆?"我有点疑惑。

"海马体,您听说过吗?"女生说。

"啊!听说过听说过。你是?"我忙不迭地回答,我刚带着女儿在那儿拍过照片。

"我是海马体的创始人。"女生笑了,"我叫乌里。"

2

2019年的一天,看到朋友转发的一张摄影作品和为这张摄影作品配的一首小诗,我非常喜欢,第一时间联系上这张照片和诗歌的创作者——来自上海交通大学的周思未老师。

"思木老师,我是上海大学的刘寅斌。《橘猫的魔法屋》,无论是照片还

《橘猫的魔法屋》

是小诗，都极尽温柔细腻，非常打动我。"

"刘老师，看到您的微信头像，我也觉得我们特别投缘。摄影和写诗是我的爱好，如您所说，我确实有敏感而细腻的一面。从您的话里，我也能肯定，您也拥有一个有趣的灵魂。"

3

2019年12月，在我的"创业人生"课堂上，我邀请乌里和思未老师来为学生们做分享。乌里从杭州驱车远道而来，她已有孕在身。乌里问我："刘老师，我的宝宝是这个讲台上年龄最小的嘉宾吧？"

当天的课堂，乌里和思未老师分享了他们对创业、人生、摄影和艺术的看法，同时，他们还作为评委，为学生们的摄影作品进行了评选。当天的高潮是一群学生走上讲台，齐声朗诵《橘猫的魔法屋》中的那首小诗。

> **Tips**
>
> 海马体照相馆是一群"90后"年轻人创立、以"生活需要仪式感"为口号的新业态照相馆，在上海各大商业中心都有实体连锁店。如果您想拍摄理想的证件照、结婚照、个人形象照、家庭纪念照，又不想耽误太多时间和精力，海马体照相馆是最好的选择。

25

万豪酒店

也许，
这就是幸福的滋味

2016年12月，我的女儿刘小师出生。为了以最好的状态迎接她的到来，在2016年这一年里，我一边参加各种马拉松比赛，一边控制饮食，整整一年，没有吃过任何甜食，而在此前，甜食一直是我的最爱。

2017年1月11日，我在杭州参加新浪举办的活动，中午在杭州万豪酒店一楼的自助餐厅吃饭。那天，室外阳光明媚，突然间很想吃份甜点。那种从心海深处汹涌而来、不可阻挡的愿望，推着我来到甜点柜台。那些甜点，只是用眼睛看，就很诱人。

我告诉自己，只吃一个，下不为例。可是，那么多的甜点，究竟选哪一个？我犹豫不决。甜点柜台后的一位戴眼镜的年轻师傅看出我的犹豫，用托盘递过来一份甜点，微笑着对我说："刚出炉，热的好吃。"我就站在西点柜台旁，吃完了这个核桃派。哇！实在太美味！实在太好吃了！好吃得我都快哭出来了。

我正在品味余香，眼镜师傅又笑

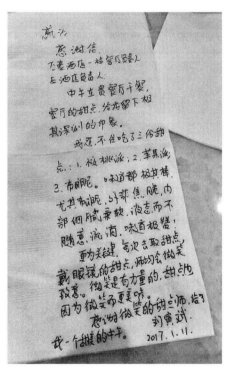

餐巾纸上的感谢信

眯眯地递给我两份甜点："这两份，是我们家大厨刚做好的，您尝尝，热的。"实在控制不住自己，我端着两份甜点，回到座位上。要不要这么好吃呀！可能是一年多没吃过甜食的缘故，身体突然被糖分唤醒后，那种幸福来得铺天盖地。我找餐厅经理要来一张餐巾纸，写下了一封感谢信。

  我喝着咖啡，等待着美好的事物出现。我从来都相信，当我们对世界表达善意的时候，世界一定会和我们热情相拥。

  不一会儿，餐厅的印度大厨走了出来。他说，他在世界各地的很多五星级酒店担任过大厨，这是第一次收到写在餐巾纸上的感谢信。他非常激动地告诉我，他会把这封感谢信裱起来，挂在他的家里。

  一听他这样说，我就着急了。写感谢信的时候，没有认真，早知道这字要被裱起来挂在世界某个角落的墙上，我真该找张好点的纸，认认真真、一笔一画地写。

  大厨带着我，给我介绍了每道菜，并带我参观了厨房。从厨房回到餐厅，大厨问我是否愿意带一些甜点和家人分享。我告诉印度大厨，晚上，我回到上海后，会有一群学生来我家里做客，届时，我会和孩子们一起分享大厨的甜点。

大厨和刘老师

大厨听完,问我会有多少学生来做客。我含糊地报了数:差不多10个。印度大厨给我打包了一个大蛋糕,还另外准备了15份甜点,对我说:"请你的太太、孩子和学生们一起甜蜜。"

当晚,家里来了满满一屋学生,我们一边弹着吉他,一边唱歌,一边分享着甜点,学生们都说,我从杭州带回来的蛋糕,是他们吃过的最美味的甜点。

也许,这就是幸福的滋味。

Tips 万豪酒店的甜点各具特色。如果您是位甜点爱好者,特别推荐您去万豪酒店品尝幸福的滋味。我个人认为,上海最好的万豪酒店是位于南京西路399号明天广场的那家。

26

上海国际饭店

你的人生，
是为自己而活吗？

1

2013年，在上海国际饭店，我接待了一位就职于美国某顶级互联网公司、回国探亲的好朋友。觥筹交错，黄汤下肚，当年意气风发的哥们，感怀过往。

20岁，活在别人的羡慕里

"当年看着别人去美国留学，感觉很帅，自己就赶时髦，跟着学托福（TOEFL）考GRE，兴高采烈奔赴美国，才发现自己给自己挖了个坑。一个天生不喜欢做学问的人把一生中最美好的时光用来做研究写论文，这是一件多么悲催的事。用了五年半时间，博士总算毕业，可找不着适合的工作。没办法，只得继续留下做博士后研究，研究项目做了一个又一个，一下又是三年时间。"

30岁，活在自己的虚荣中

"30岁那年，回国相亲，认识了个女孩，就是我现在的老婆，当时我们俩真有点一见钟情的意思。她希望跟我一起移民美国。那时，我虽然有了回国的念头，但为了她，我决定继续在美国待下去。"

35岁，活在美国的房贷中

"2008年金融危机，我35岁，被裁员，感觉整个人生都坍塌了。刚买房不久，还得供房贷，没有办法，漫天投简历，四处找工作，总算进了硅谷的一家创业型小公司。后来，陆陆续续又换了几份工作，好歹能够稳定度日，挺了过来。"

40岁，活在家庭的责任中

"这些年，国内互联网很热，以前的朋友们，有的已经把公司做到上市了。

我心里也很痒痒，和老婆商量是不是回国创业，搏一把。可老婆不愿意，孩子们也不乐意。老婆不是不知道国内这几年的巨大进步，可是她和孩子们不愿回来的理由多得很。没办法，为了这个家，慢慢过着吧。"

说到这，朋友用手捋了一下他那谢顶明显的头发，仰头喝下一杯酒，对着空酒杯，自言自语，"这辈子，我没为你好好活，对不起呀。"

2

我认识一位非常知性优雅的中年女性朋友。在职场上，她是公司高管，管理着数十亿元营收的项目；在家庭中，她的先生就职于某大型商业银行，温文儒雅，高大帅气，女儿集父母之精华，成绩优秀，漂亮聪明。一家人在一起，旁人观之，极其养眼。业余时间，她爱旅行，爱爬山，爱禅修，爱读书，有许多真诚的好朋友。

就是这样一位几乎完美无瑕的女子，在一次饭局中，谈到婚姻问题时，淡淡地说了句，"下辈子，我一定要找一个神仙眷侣。"

3

朋友雨尘是一位才华横溢的青年艺术家，她的妈妈则是位强势而且成功的企业家。曾经有很长一段时间，雨尘的妈妈非常看不上女儿的创业项目，屡次希望说服女儿回家帮忙打理家族企业。

为此，雨尘和她的妈妈曾有过一次非常深入的谈话。雨尘告诉妈妈："这个世界上有那么多的父母，穷尽一生努力，不就是为了让孩子有个幸福的人生吗？我在上海，和喜欢的人在一起，做着自己喜欢的事，既快乐又充实。这是很多父母孜孜以求却无法实现的事情，你们已经拥有，为什么还总想着改变这一切，让我去做那些我不喜欢的事情呢？"

雨尘说："我就是一颗种子。种子的使命不是向上发芽，而是向下扎根。至于哪儿发芽，哪儿开花，不是一颗种子考虑的事情。只要把根扎好了，一定会长成自己想要的样子。对待生活，我们不妨把时间拉长一些，取景框拉远一些，扎根的时候再用力一些。"

4

在最近一次课程结束的时候,我对学生们说了这么一段话:

"我们每个人来到这个世界,一定有某种特殊的使命。一定有那么一个人或者一件事,可以让我们心甘情愿乐此不疲地将所有时间和全部精力投入其中。唯有如此,生命之火才能以最热烈的状态燃烧。有的人很幸运,在很早的时候,就能找到它,而有的人忙碌半生,人到中年,也不知道它为何物。我的孩子们,祝你们不断探索,找到自己的挚爱,倾情投入,全力以赴。"

5

曾经在香港广场,看到SMART汽车的户外广告——万千可能,畅想张扬(Unlimited Individuality),这才是人生应有的挥洒自如。

有人说,这世上,有多少人,就有多少不如意的人生。

你的人生,是为自己而活吗?

Tips   上海国际饭店建成于1934年,是上海历史最悠久的饭店之一,曾有"远东第一高楼"之美誉。1950年,上海市测绘部门以国际饭店楼顶旗杆中心作为上海的"零"号位置,国际饭店作为上海大地原点的地位从此确立。

这里曾经是上海滩社会名流的聚集地,也是当年纸醉金迷的上海地标。国际饭店侧门的西饼屋,时至今日,依然每天排着长队,那一口蝴蝶酥,在老上海的阿姨爷叔眼里,是上海滩最正宗的西点。

27 保利叶之林

保利叶之林

愿所有相爱的人
永远深情歌唱，
含笑凝望

在一次有关电竞的峰会论坛上，我和明浩（经纬创投副总裁、熊猫直播前副总裁）、海涛同台。海涛是电竞行业的老人，IMBA映霸传媒的联合创始人。

2007年，那时还是大三学生的海涛，因为在一个游戏主播比赛中获奖，只身来到上海。月收入不到1 000元的他，在有上下铺位的群租房里住了整整三年。海涛的大学女友毕业后在广东某电台工作。为了制造一起看电影的感觉，他们一个在上海，一个在广东，数着321，一起点开电影，同步观看。

如今，海涛创立的公司获得了包括红杉在内的顶级风投公司的投资，年收入过亿，盈利状况良好，最新估值10亿元人民币。他们把家安在上海大学宝山校区附近的保利叶之林。

海涛和太太在"创业人生"课堂上

2018年秋天，海涛来到上海大学"创业人生"课堂。当晚，海涛的太太挺着大肚子，来为海涛做直播。2018年12月，已经有一个儿子的海涛，和太太一起，迎来了一位可爱的小公主。

衷心祝福海涛和海涛太太，永远像"创业人生"那个夜晚一样，幸福，快乐，深情歌唱，含笑凝望。

Tips 上大板块是上海外环以内中环以外区域的房产价格洼地，保利叶之林是这个板块中品质较高、管理较为完善的小区，对口的上海行知外国语小学，虽然是新建的学校，据海涛太太说，老师抓得很紧，学校不错。紧邻小区，有幼儿园和祁连公园。

28

外环

养猪不易，
生而为猪，
惨惨惨！

2019年1月25日，去骏地设计参加2019年年会，滴滴专车司机给我讲了一路养猪场的故事。他养猪七年，因为猪瘟爆发，所有生猪都必须填埋，就此结束了养猪场的生意。

我把听到的内容总结成五条：

第一，养猪生意，市场风险太大。他养猪七年，平均每年生猪出栏4 000多头，基本上一年赚钱、两年赔钱。

第二，进口猪生长速度比土猪快多了。一般进口猪养半年，长到230—240斤，便可出栏。此时，料肉比最高，如果继续养下去，料肉比会越来越低。

第三，小猪生下来，公猪去势，母猪抑制发情，我们吃到的猪肉，都是没有性生活的"纯良小猪猪"的。

第四，养猪场有专门产仔的母猪以及专门负责配种的公猪。这样的公猪，通常2万—3万元一头，可以活到五六岁，主要功能就是配种。在司机的养猪场，大约有五六十头这样的配种公猪，每头公猪大约要配种60头母猪。不要羡慕配种公猪，配种方式不是公猪和母猪自由选择，而是采用人工采精的方式。一般来说，一头公猪每周采精三次，质量会比较好。实际操作过程中，因为母猪发情期比较集中，所以，在母猪发情期，一头配种公猪每天要采精两次。

第五，每头配种母猪，一年要生产两胎，通常要连续生产四五年。

结论：养猪不易，生而为猪，惨惨惨。

Tips

我的博士师兄陈华曾给我讲过一段有关"养猪和养孩子到底有什么不同"的故事。

他说：

"我妈妈是个农村妇女，不认字。小时候，家里家境不好，三个孩子要念书。每到交学费的时候，妈妈就要卖掉几头猪，否则家里拿不出交学费的钱来。

"前几年，我买了套房子，在房产证上加上了我女儿的名字。我拿着房产证给妈妈看，多少有点炫耀的意思。我心里想，我给你孙女连房子都准备好了，她以后想干啥就干啥，多带劲。

"没想到，我妈妈说了这么一番话。她说，她一辈子养过三个儿女，也养过很多猪。

"养猪，就是把所有的事情都替它考虑好。猪饿了，要准备好吃的；冬天到了，要给它保暖。总之，什么事情都要替它考虑周全，因为你是它的主人。

"养孩子，就不一样。养孩子就要教会他自立，教会他自强，教会他自己谋生的方法，教会他懂得为自己奋斗，一句话，就是要学会放手。这是养猪和养孩子的区别。"

29 浦东机场

到底要不要在课外班给孩子提前补课？

2019年，我和复旦大学旅游学系主任孙云龙老师去海口，参加海南卫视"直通自贸港"节目的录制。在浦东机场，孙老师聊起了孩子教育的话题。

孙老师说：

"我有两个女儿，大女儿10岁，小女儿6岁。大女儿读五年级，马上要上六年级，初中预备班。我们从来没补过文化课，课外上的都是兴趣班。一个朋友告诉我，必须得补，再不补就来不及了，最晚最晚，五年级暑假必须补起来。

"我就问他，为什么要补呀？他说，复旦二附中，到了六年级，除了我们复旦自己的孩子直升上去的，还有40%从杨浦各校招来的孩子。这些牛娃一上来，复旦附小那些按照快乐教育和轻松教育成长起来、表现还不错的小孩，就排到后面去了。

"我又问他，都补些什么呢？朋友说，提前开始学初中的课程呀。我就糊涂了，为什么要提前学呀？朋友说，你上初一的时候，人家牛娃已经把初一的课程学完了。你上初二时，人家已经学完初二的课程，开始学初三的课程了。等你上到初三，还在学新课，人家已经开始吭哧吭哧地复习，准备中考了。不补课，怎么能行？

"华东师大的一位朋友说，这就是典型的剧场效应。大家在剧场里看戏，本来都坐着，挺舒服，也不知道什么时候因为什么原因前排有人站了起来，他身后的人为了能看得见，也站了起来，再后面的人都跟着一排排地站起来，结果就是，整个剧场的人全部站着看戏。本来，大家都能舒舒服服地坐着看戏，这样一来,全站着看了。从看戏来说,结果没有什么不同,但过程却难受了很多。

"剧场效应最大的问题,不是有人站了起来,而是有人站起来后,没人去管他,这是中国K12(学前至高中)教育里最大的问题。有些事情,大家都知道不对,大家都觉得很痛苦,可是大家都还得这么做。当剧场里所有人都站起来之后,如果你非要做那个守秩序的人,那你就是最吃亏的那个,你一定什么都看不见,除非你一开始就坐在第一排。这种概率有没有呢?当然有,只是真的非常非常低。

"在小学阶段,我女儿确实没补过课,到了初中,必须得补。教育是一个庞大的社会体系,在这么强大的体系面前,个体的力量实在太微不足道了。作为成年人,还可以'死扛',你'打死'我我也不投降,就是'死扛'。可是孩子不行呀,他们那么小,怎么能和你成年人一样,去扛得住那么大的压力?他们有自尊心,他们有荣誉感,他们必须要融入所在的小社会和小集体中,你完全不按规则来,小孩子就废了。

"我们是大学教师,但是大学教师,只是说明你在大学里工作,并不意味着你能教好你的孩子。一位朋友告诉我,他女儿小学开学的时候,小学校长当着所有家长的面,直截了当地说,'我们家长中有很多大学的老师,但是中小学教育和大学教育有着完全不一样的规律和特点,所以,请各位家长全力配合老师的工作。'

"有个理工科的同事,坚决不给孩子报课外班,他认为凭一己之力教个孩子应该没问题。到初三,孩子参加考试,他发现不对了。现在的招生,早就不是单纯的考试那么简单,自主招生,提前录取,名堂太多了。人家上辅导班,不仅仅是补习功课那么简单,还教你如何写简历、如何做材料,这也是技术活,有方法,有套路,纯靠感觉,不行的。结果,他的孩子什么都没抓住,最后只能通过裸考定胜负。还好,他的孩子比较争气,裸考考进一所很好的高中。分数出来后,他一身冷汗,后怕不已。他跟我讲,'千万不要盲目自信,该补习就补习,该上课外班,就上课外班,随大流,跟着大家齐步走,不会吃亏。'"

吴教授是我的同事,也是我的邻居。2020年夏天,吴教授的爱女被上海交通大学安泰经济与管理学院的经管试验班录取。吴教授说,从小学一年级到高三,女儿从来没有参加过任何课外辅导班。我问他为何不上辅导班,吴教授回答:"考试不就是考老师上课讲的内容吗?把老师课堂上讲的内容搞清楚,把作业做明白,认真准备考试,不就好了吗?为什么还要补课?"

同事李教授的女儿从上海中学毕业后,本科去了哥伦比亚大学,博士就读于哈佛大学。我请教李教授:这样优秀的孩子,是怎样培养出来的?对家长来说,主要是做对了哪些事情?

李教授的回答耐人寻味:"好孩子是上天给的,跟家长真没太大关系。在培养孩子这件事情上,我真不觉得自己做对过什么。恰恰相反,我倒是清楚地知道,自己做错了不少事情。如果再有机会,我会做得更好一些。"

30

"光的空间"新华书店

漫画是比文字更高级的表达方式

很多年前,我为一家日本大型商社讲课。下课后,社长的助理告知我,社长请我去办公室喝杯咖啡。

到社长办公室时,我发现社长正在看书。

我随口问社长:"您看的是什么书?"

社长双手将书递过来,竟然是本漫画书。是的,年近60岁的社长在看漫画书。"这是一本介绍丰田公司员工成长历史的漫画书,"社长见我感兴趣,就介绍起来,"这位丰田公司的前辈,东京大学毕业后就加入丰田公司,被派遣到海外,从海外公司的客服人员干起,一步一步成长为丰田公司高管。"

我问社长:"您为什么会对这本书感兴趣?"

"刘桑,最近十年,我们商社在探索国际化发展的道路上,一直不是很成功,总是有这样或者那样的问题。这次邀请您来授课,也是基于国际化这个目标。这本书,表面上看,是在讲员工成长,实际上,它的核心是丰田的国际化进程。透过这个丰田职员的成长,我们可以看到丰田在国际化的过程中遇到过哪些困难,以及他们解决这些困难的路径和方法。"社长说。

"这书对您有帮助吗?"

社长回答说:"启发非常大,解开了我心中很多谜团。"

"一本漫画书,还有这么大的学问?"我越发好奇。

"当然了,您看我这里的书,几乎一半是漫画书。"社长指着满墙的书。

他从墙上的书架,随手抽出一本开本类似杂志厚度却有几百页的书,"这是我最近在看的一本漫画书——《阿兰的战争》,一本有关二战的法国漫画小说,非常棒的一本书。"

"漫画还可以写小说?"

"为什么不可以呢?"社长反问我。

社长从书柜里取出他喜欢的各式各样的漫画书,开始给我做漫画启蒙。他说,漫画只是一种表达形态,漫画书不是儿童书,更不是低龄书,漫画书既可以是历史题材,也可以讲管理,还可以写小说。漫画和文字一样,只是一种表现形态,本质上并没有差别。

社长说:"事实上,一幅漫画可以传达的内容和思想,要比文字丰富得多。您不要觉着漫画书简单,事实上,漫画书的创作比文字版本的书籍更复杂、难度更高。为了让读者阅读起来更简单更轻松,漫画书作者通常要比普通文字作者花更多的心血。汉语中的'大道至简',在我看来,就是这个意思。"

Tips

"光的空间"新华书店位于爱琴海购物公园,距离韩国街非常近。"光的空间"新华书店由日本建筑设计大师安藤忠雄设计,被称为上海最美的新华书店,绝对名副其实。

安藤忠雄被誉为"清水混凝土诗人",谈到"光的空间"时,他说:"人们和书的关系日渐疏离,我们希望这个空间能增加人与人、人与书的邂逅,使人们对书产生新的认识。犹如光之于建筑,只有阅读,能让未来的希望照亮人们的心房。"

2019年,我第一次带着刘小师走进"光的空间"。刘小师席地而坐,读着她喜欢的绘本,我在书店中慢慢地走,静静地看,这家书店满足了我对书店的一切想象。不仅书店本身设计非常唯美,书籍选品也很棒。绝对真爱,强烈推荐。

31

钟书阁

阿兰的战争

这套共三册的漫画书讲述的是二战时期美国士兵阿兰·科普的真实故事。

不同于传统二战题材,阿兰参加二战的过程,几乎可以用"儿戏"来描述。作为侦察车炮手,在整个二战期间,他仅开过一次炮,炸毁了山腰的一座空房子,只因怀疑房子里可能有埋伏;他也仅开过一次枪,用机关枪扫射之后,对面的射手转换了方向,然后阿兰的机枪枪托断裂,机枪报废;作为一个虔诚的基督教徒,战争期间,他也有一次在民房里顺手牵羊的经历。

战争结束,长官来统计战争期间的受伤经历,以此为依据颁发勋章。阿兰因为从房屋高处下来时没注意到扶梯被抽走而摔伤,并因此获得紫心勋章。

主人公——美国青年阿兰·科普在18岁那年,因为日军袭击珍珠港,被应征入伍。

《阿兰的战争》

阿兰在美国受训期间，先后做过坦克通信兵、无线电教员、巡逻步兵和侦察车炮手，两年后被派往欧洲战场。

阿兰和一万多名士兵漂洋过海，横渡大西洋，到达法国。在二战后期战事最激烈的时候，阿兰和他的伙伴们在法国的诺曼底休整了整整两个月，因为整个部队的武器在运输过程中运不见了。坦克、运输车、机枪、火箭筒和迫击炮，统统不见了，整个部队，只有少数军官拥有随身携带的手枪。看到这儿的时候，我不禁哑然失笑：在当时那么大规模的战争中，整个运输体系混乱程度，可见一斑；美国人真有钱，把整个部队扔在那儿，休养两个月，一点不碍事，完全无关痛痒，也就美国能扛得住。

欧战时期，艳遇是美国大兵最津津乐道的话题，阿兰也曾有过聊斋志异般的桥段。在一个民间舞会上，美丽的吉卜赛女郎喜欢上阿兰，并要求阿兰送她回家，吉卜赛女郎的家在密林深处的木屋。深夜里，经过一条又一条岔路，吉卜赛女郎牵着阿兰的手越走越远。终于，吉卜赛女郎抱住阿兰，准备以身相许，并将阿兰扑倒在地，不解风情的阿兰不知道出于什么原因，竟然拒绝了。之后，女郎牵着阿兰的手继续前行，到达密林深处的木屋。木屋里除了一个相貌可怕的老太太，别无他人。挥别女郎后，阿兰怅然若失地回到营地。第二天夜里，阿兰决定再去寻找女郎，他鼓励自己，至少要去体验一下爱情的滋味。等他到达木屋时，木屋已空无一人。这一段，是不是像极了书生在野外碰到狐妖一家？

二战结束后，阿兰从美军退役，回到美国，发现自己已经无法适应美国的生活。于是，阿兰回到欧洲，以民间职员的身份加入美军驻欧洲的机构，一直工作到退休。退休后，在生命的最后五年中，阿兰在法国巧遇本书的作者，两人成为好友。五年间，阿兰把自己的一生讲给漫画家听，而漫画家则用了整整14年的时间，完成了这部伟大的漫画作品——《阿兰的战争》。

Tips 钟书阁是一家非常有特色的连锁书店。上海各家钟书阁风格各异，特色鲜明，都是网红打卡地。

32

上海交大海外教育学院

三斤不醉的周薇薇
——我把孩子送进寄宿学校

周三斤的传说

在上海交通大学海外教育学院的连锁企业总裁班，周薇薇被大家戏称为"周三斤"。她酒量惊人，三斤不醉。婚礼那天，周薇薇和新郎，手持酒杯，50多桌，一桌一桌地敬下来。酒席未散，新郎已醉得不省人事，被人抬了出去，而新娘周薇薇则神采奕奕地坚持到了最后。

婚宴结束，周薇薇立于门外，向来宾致谢："多谢光临，欢迎下次再来。"

周薇薇来自江南水乡，自带江南的温软婉约。但是，一到酒桌上，她马上就变成了另一个人。在总裁班移动课堂北京站的第一场晚宴上，周薇薇凭着过人的酒量，击垮了酒桌上所有的男生。

"非得这样喝酒吗？"我问。

"习惯了。一喝酒，我常常连自己的性别都给忘了。"话音落下，周薇薇哈哈大笑起来。

短暂的小学教师生涯：她们不是在教孩子，完全是在毁人

大学毕业那年，周薇薇成了当地的一名小学数学老师。

"我非常喜欢教师这份工作，可是，当我进入学校后，我发现，这个本该充满活力的地方却成了最死板和最僵硬的小世界。"周薇薇说，"我所在的这个小地方，老师们关心的是如何拍校长的马屁，如何应付考核，如何评上高级职称，如何保住饭碗，以及如何拿到更多的奖金。我就纳闷了，不是应该让最有见识、最有阅历、最聪明的人去做老师吗？为什么是这样一群'家庭妇女'在教孩子

呢？她们自己的世界本来就很小，更别提眼界和视野了。我的那些'家庭妇女'同事们最喜欢三种类型的学生：家境好的、聪明的和会拍马屁的。她们真正在意的是自己，根本不关心教育。刘老师，您觉得，一个小学一年级孩子的眼神应该是什么样的？"

"明亮清澈，充满好奇？"我说。

"可是，在我工作的那所小学，那个不受老师喜欢的孩子，虽然才上一年级，但他已经学会察言观色。当你的目光和他相遇时，他的眼神是躲藏的、游离的，充满恐惧和不安。"

当了半年数学老师后，周薇薇提出辞职。"她们不是在教孩子，完全是在毁人。我无法改变这一切，但至少能做到不和她们同流合污。"

家里人不理解，劝她："你一个女孩子，有一份稳定的工作，多不容易。"周薇薇的回答让家人有点糊涂："等我以后成功了，再回来教书。"

"现在算成功了吗？"我问。

"还早着呢。"周薇薇说。

创业维艰

离开学校后，周薇薇先是在一家美资公司工作，十年后，她开始了在光伏行业的创业。

"去年，国家产业政策发生巨大调整，光伏行业的政府补贴全部取消，整个产业受到非常大的冲击。以前，和我们一起竞争的企业少说有三四百家，经过去年的政策调整，现在就剩下三四家还在苟延残喘。"

"你是剩下的三四家中的一家？"

"没错。"周薇薇说。

总裁班的班主任老师告诉我，2018年，周薇薇的压力非常大。她本来是总裁班第19期的学员，结果2018年一整年，她根本没有心思来上课。

"对我来说，那是非常黑暗的一段日子，压力大到我都抑郁了。"周薇薇说。

后来，周薇薇靠着体育锻炼和顽强的自我修复能力，慢慢地从抑郁中走了出来。"当交人的老师约我来北京补课时，我毫不犹豫地答应了。"周薇薇说，"虽然现在的市场情况并没有得到彻底改善，但是，只有我先走出来，整个团队才会有希望。"

"创业不容易吧？"我问。

"当然，尤其对女性。"周薇薇说。

"那为什么非要创业？不能选择不创业吗？你那么聪明能干，干什么不行呀？"

"我老公也经常这样说我。他说，家里又不缺钱，为什么要这么拼？好好回家过日子，不行吗？"

"对呀，你老公说得没错。"

"刘老师，您也觉得他说得对？"

"是呀！"

"好吧，男人可能都这么想。"

"哈哈，也不一定。要看什么样的男人。你老公是个什么样的人？他现在在做什么？"我对她的老公突然好奇起来。

"我老公是公司的财务。"

"啊！你这么强势的性格，夫妻俩在一起工作，能行吗？"

"哈哈，刘老师，您的眼光很毒辣呀。"周薇薇说，"他是一天只喜欢做一两件事的人，而我恨不得一天能同时干十几件事。在我们公司，经常出现的情况就是，当有人给我们打款，或者我们打款给别人的时候，我常常得和对方解释，不好意思，我们的财务不在公司。对方很不解，现在都是网络支付，财务在外面也可以付款的呀。我只能耐着性子跟人解释，不好意思，我们的财务在外面，不太方便网络付款。"

"这样的财务，不好管吧？"

"没错，我老公只要不在公司，就绝不干公司的事。公与私，他分得很清楚。"

"公司不是自己的吗？自己家的公司，还分这么清楚？"

"是的，这就是人和人的不同。"周薇薇有点无奈。周薇薇的先生出生于商人世家，家境优渥，从小就没坐过公交车，上学放学都有私家车接送。结婚后，周薇薇常劝先生去创业。"我老公不愿意求人，更不愿意创业。他从小安逸惯了，不知道世事的艰难，也没兴趣去体会，只想吃吃喝喝，过自己高兴的小日子。"

"过好小日子,不挺好吗?"我问。

"对别的女孩子来说,可能挺好,可是我不行呀。"周薇薇说。

"为什么?"

"我有个双胞胎姐姐,我们7岁的时候,就开始上柜台给客人找钱了。我们家是做小生意的,每年寒暑假,我和姐姐一人一个店,一个管加油站,一个管烟酒店。"

"所以,你从小就会做生意。"

"不能说从小就会做生意,但至少,对于我们这种家庭长大的孩子来说,从小就知道,只有靠自己奋斗,才能争取到自己想要的生活。"

"你的老公就不需要奋斗。你努力争取的生活,他生来就有。"

"是的。"

"爸爸,你给我滚出去!"

"你们的婚姻,看起来不是那么匹配。你这么刚烈的性格,完全是男人做派。在家里,会吵架吗?"我小心翼翼地问。

周薇薇倒是一点不介意,非常豪爽:"当然吵了,刚结婚那几年,吵得不可开交。"

"我一直有个很陈腐的观点,不知道对不对,"我还是有点小心,"在婚姻中,门当户对很重要。"

"没错,门当户对太重要了。"周薇薇的赞同,打消了我的疑虑和担心。

"我们两家显然不太般配。在我们的婚姻中,问题还真的挺多。"周薇薇说。

对周薇薇来说,让她感触最深的一件事就是,有一天,她的女儿因为一件小事与她先生发生了争执,女儿突然大喊一声:"爸爸,你给我滚出去!"

"你当时是什么反应?"我问。

周薇薇:"我下意识地批评她,怎么能这样跟爸爸说话呢?我女儿很委屈。当我弯下腰,与她的眼神相对的一刹那,我一下子愣住了。20多年前的某个夏天,我妈妈和爸爸在家里吵架,他们彼此之间恶语相向,我妈妈曾对我爸爸说过一模一样的话。而我平时在家里,也经常这样跟我老公讲话。现在,这种讲话的方式已经传到了第三代我女儿身上。"

"这就是原生家庭的影响吗?"

"是呀。我一直认为,我的父母很早就丧失了父母能力。"

"什么叫丧失了父母能力?"

"我妈到现在还常说,辛辛苦苦把你们拉扯大,容易吗?又没饿着你们,有什么好抱怨的。可是,养个孩子,哪里是吃饱饭这么简单?我的父母,根本不懂得怎么照顾孩子。我们家从来没有任何仪式感,比如,从来没有给谁庆祝过生日,也从来不过什么节日,更别说陪着孩子出去玩。他们只关心自己的生意,再有一个就是打牌。我爸爸妈妈喜欢打牌,从来不管我们的作业,也不问我们的学习成绩。我小时候,经常出门,不干别的,就是帮我妈去约麻将搭子。"

"这不太好吧?"

"还有更不好的。"周薇薇继续说,"我和姐姐一不小心,就会挨我妈的巴掌。她给你一巴掌后,根本不会管你疼不疼。她认为,小孩子打过之后,过几天自己就好了。从小到大,我和姐姐都是自己管自己,自己和自己玩。"

"我明白为什么你那么强势了……"

"原生家庭的影响根深蒂固,我自己身上的缺点,我并不是意识不到,是根本没办法应对。这种原生家庭的影响,是好几代人传下来的。说得远一点,我妈妈小时候,没有父亲,缺失父爱,她一直缺乏安全感,甚至有点神经兮兮,崇尚用暴力解决问题。一个家庭中,妈妈的角色最重要,妈妈很凶,孩子不可能性格好。"

"你认识到问题后,怎么解决的呢?眼看着女儿又要陷入原生家庭的漩涡中吗?"我问。

"最开始,我还试图通过自己的努力去消除原生家庭带给我的影响。"

"结果呢?"

"根本做不到,太难了。"周薇薇说,"我脑子里有个挥之不去的场景。小时候,爸爸妈妈在家里吵架,我和姐姐趴在小凳子上,假装做作业,其实吓得要死。我既怕我爸会打死我妈——要是没了妈妈,谁给我们做饭,我们以后吃什么呀?又担心我妈把我爸气走——没了爸爸,以后谁都可以欺负我们。越想越觉得自己可怜,一边想,一边偷偷地哭。"

"童年时代的伤,一生都无法修复?"

"再怎么修,也总有裂缝。"

"那怎么办?"

"经过了去年一年的挣扎,公司总算活了下来。除了锻炼身体之外,我开始尝试回归家庭。"周薇薇说,"我意识到,把孩子养好,是我的第二次创业。"

家庭和孩子是第二次创业

为了第二次创业,周薇薇和她的先生做了很多改变。

他们第一时间办理了离婚手续。

"离婚?"看着周薇薇云淡风轻的样子,我惊愕不已。

"没错,这主要是为了家庭稳定和家庭财产安全。"周薇薇顿了顿,"我和老公是很多公司的法人,被别人担保,也为别人做过很多担保。为了确保家庭财产安全,给女儿一个稳定的未来,我们决定,先从法律上分割清楚。"

"只是法律上取消了夫妻关系,事实上,还住在一起?"我问。

"没错。"周薇薇说,"我们去办离婚手续的时候,一对在吵架,另一对在哭,就我们俩特别平静。业务办理员问我们,你们俩是为了买房吧?"

"离婚后,有什么不一样吗?"

"太不一样了。"周薇薇说,"办了离婚证后,我突然感觉整个人都轻松下来。而且,我老公也有这个感觉。"

"他对你讲过吗?"

"他才不会讲呢。"周薇薇脸上难得地露出娇羞的神色,"不过,我能清晰地感受到他的变化。比如说,我特别喜欢邀请朋友来家里吃饭。以前,他经常说我,来家里吃什么饭呀,闹哄哄的,吃完饭还要收拾,麻不麻烦呀?在外面吃吃好咧。现在,完全不一样了,每次朋友来吃饭,他都主动买菜烧菜,忙得不可开交,还乐在其中。"

"怎么会有这么大的变化?"

"法律关系的解除,让我们之间的关系发生了非常微妙的变化。"周薇薇说,"我觉得他更像一个好朋友,而不是家人或者老公。离婚前,我们是一个屋檐下的仇人,他爱对我唠唠叨叨,一会儿这不好,一会儿那不对,抱怨非常多。我也会故意拿他最不爱听的话刺激他,说那么多废话干什么,有本事,滚回你自己家,去继承家产呀。你不是那么有本事吗?为什么你父母把整个家产都交给了你姐姐呀?"

"你够狠的,全是诛心之语。"我说。

"是,离婚前,我和老公就是这样,互相怒怼。"周薇薇说,"离婚后,我们俩反而不吵了。周一到周五,我们会在家里喝喝茶,看看电影,晚上一起散散步。周末,我们会一起出去吃个饭。结婚这几年,我们几乎没在一起做过这些事。"

夫妻之道,相敬如宾。也许,就是这个道理。

办离婚手续的同时,把女儿送进寄宿学校

周薇薇喜欢看电影,《流浪猫BOBO》里的一段对话对她触动很大。电影中,男主人公捡了一只母猫,一个女孩子对男主人公说:"如果你不能收养它,至少请你带它去做个绝育手术,你无法想象,一只母猫独自在外流浪,她的生活会有多惨?如果你不能帮她,至少请让她活下去。"

"看到这段对话的时候,我立马想到了我的女儿。作为父母,如果我们不能帮到她,至少别害她。她会慢慢长大,等她长大了,她会组建自己的家庭,会有老公,也会有孩子。那些我曾经受过的伤,不能再传给我的女儿,更不能传给她的孩子。"周薇薇说,"显然,我和我老公都不是合格的父母,那就让孩子离我们远点,至少可以少受些干扰和辐射。"

于是,周薇薇把女儿送进寄宿制学校。

在周薇薇看来,她和老公之间的争吵,对女儿来说,就是一次次的"核爆炸"。成年人比较皮实,"核爆炸"之后,该怎么活还怎么活。孩子不一样,她对污染没有任何抵抗力。每一次"核爆炸"所产生的辐射,对孩子来说,都会写进她的血液,刻入她的灵魂。

每个孩子都是一颗种子,童年时代接收的信息,无论是爱还是干扰,无论是正向教育还是"核辐射",都会忠实地记录在种子的"基因"里。有什么样的种子,未来就会有什么样的树。

"孩子送进寄宿学校后,效果好吗?"我问。

"效果非常好。"周薇薇说,"女儿在寄宿学校,虽然会缺失一点父爱母爱,

但是她和小朋友们在一起，远离成人世界，远离网络，远离争吵，她显然更快乐，她也有更多的时间用于学习和社交。我们根本不知道她在未来世界会面临多少困难。我们正好也趁着这个机会让她早日扔掉拐杖，独自勇敢面对。与此同时，因为将女儿送进了寄宿学校，我和老公有了更多相处的时间和更好的交流，我们开始找到最佳的相处模式。领了离婚证之后，我们更像夫妻了。"

谈话最后，周微微说："对于孩子，很多家庭的方式是圈养，而我们家是放养。我老公以前把女儿看成自己的私有财产，想骂就骂，想说就说。我经常告诉他，孩子不是我们的个人财产，更不是我们的附属品，她是社会的孩子，她属于未来，属于她长大以后自己的家庭。此刻，我们不是在和自己的孩子交流，而是在和未来的一位妈妈沟通。现在，大部分家庭重视的是孩子的智商，在我看来，孩子的智商再高，能比得过AI（人工智能）吗？孩子的数学再好，能算得过计算机吗？孩子的体能再好，能跑得过汽车吗？我们要培养她掌握工具的能力，而不是把她变成工具。那么多的人努力地把孩子培养成工具，那我们就努力把她培养成那个掌握工具并且指挥工具的孩子吧。"

Tips

2019年9月22—23日，作为上海交通大学海外教育学院第21期连锁企业总裁班移动课堂的任课教师，我和总裁班的学员们，在位于北京密云的张裕爱斐堡国际酒庄一起待了两天。

以前，给总裁班上课，上完课就走。这次，和企业家朋友们朝夕相处两天，得以有机会听到很多有意思的故事。

丁香花园

33 我从小在寄宿家庭长大
——一个企二代的家庭观

豪祥是上海交通大学海外教育学院第21期连锁企业总裁班里最年轻的学员，1992年出生的他，是典型的富二代加企二代，谦虚、礼貌，说话慢条斯理，思路井井有条。

从南京财经大学毕业后，小林就开始了自己的线下服装专卖店生意。他打造的GF品牌，专注于拓展二三四线城市市场，线上销售占比不高。

一次，在丁香花园的夏朵餐厅聚餐时我问他："小林，你为什么不做线上？"

豪祥说："这次给交大同学们定制的纯棉T恤，在我们店里卖139元，如果放到网上，您觉得，有价格优势吗？"

我想了一想："比较危险。在你们店里，这个价格，能卖得掉吗？"

"卖得掉呀，还卖得非常好。我们品牌的顾客更加注重衣服的品质。"

"为什么？"

"我觉得，线上和线下是完全不同的两类购买人群。我们的衣服，用料讲究，在二三四线城市的专卖店，价格适中，生意还不错。现阶段，我们在做好线下管理的前提下，逐渐融合线上销售。目前线上的价格战打得那么血腥，我们不必人云亦云地挤进去

豪祥

凑热闹。"

当几乎所有年轻创业者都热衷于做和互联网相关的生意时,这位不到30岁的年轻人,在三四线城市有条不紊地扩张着他的线下专卖店。

我们的对话很快就从生意转到了他的成长和家庭,以下是豪祥的自述:

"我是温州人,1992年出生,从小在苏州长大,因为爸爸妈妈一直在苏州做生意。

"小时候,爸爸妈妈的生意太忙,没时间照顾我,把我寄养在班主任老师家里,每个月付5 000元钱。在我们那儿,很多小孩从小就被寄养在老师家。一来,爸爸妈妈没精力照顾我们;二来,老师是专业教育工作者,专业的工作让专业的人来干。

"我的班主任老师夫妇俩在同一所小学教书,他们自己的孩子已经成人,我跟他家的小孙女差不多一样大。白天,我在学校上课。晚上放学,就跟着老师回家。先吃饭,再做作业,然后是老师辅导功课。在老师家里,我有个独立的房间。老师对我也跟对自家的小孩一样好。

"我有个妹妹,从小学就开始寄宿。每到周末,爸爸妈妈会接我和妹妹回家住两天,那是我们一家团聚的时间。

"有人曾经问我,从小被寄养在别人家里,和父母的感情会淡吗?别人家是什么情况,我不好说,至少在我们家,家人之间的感情非常好。我一直觉得,亲情,并不在于陪伴时间有多长,关键是有质量的陪伴。

"我们一家人平时见不到面,只有周末才能聚在一起。每个周末,对我们一家人来说,都像节日一样。当我和妹妹欢天喜地地回到家,爸爸妈妈不管有多忙,都会尽量放下生意,全身心地陪伴我们。小孩子都很敏感,爸爸妈妈是不是用心,我们很容易体察。

"我特别享受和爸爸妈妈还有妹妹在一起的日子。我们一家人在一起的时候,每个人都会很用力地享受彼此的爱,也会很用力地表达对彼此的爱,那是我们最幸福的时光。

"我在老师家里寄养了整整六年,在家庭关爱上,我觉得自己没有任何缺失。反倒是我发现,很多从小和爸爸妈妈住在一起的孩子,缺了不少东西。

"上初中后,我开始住读。从初中到高中,直到大学毕业,都很顺利。大学毕业后，我开始继承家业，不敢说做得有多好，至少目前运转得还不错。

"小学六年的寄宿时光，对我的一生来说，非常重要。很多人都说我脾气好、性格好、生活习惯好，这都要归功于老师一家对我潜移默化的影响。他们一家人都是读书人，典型的书香门第。

"那段寄宿时光，也锻炼了我的独立能力。寄宿家庭毕竟不是自己的家，这一点，从入住第一天，我就很清楚。从很小的年纪开始，我就必须得学会与父母之外的人相处，学会自己拿主意，这些训练，为我后来能够继承家业也打下了非常好的基础。

"现在，逢年过节，我都会去看望老师一家。在家里，我喊他们好公好婆（苏州地区对爷爷奶奶的称呼），他们就是我的亲人。"

Tips 丁香花园，位于华山路和复兴路路口。夏朵餐厅（丁香花园店）是一家开了很多年的意大利菜餐厅，适合生日聚餐、约会以及宴请宾客。

34 中骏广场

住在江苏，
工作在上海，
每天跨省奔波的年轻人

骏地设计年会的固定节目就是对上一年所有项目进行评奖，金奖获得者的奖金10万元，银奖5万元。

2019年年会的金奖获得者是一位来自郑州的90后年轻人。因为在河南老家找不到合适的发展机会，他选择来上海闯一闯。他在上海上班，住在昆山（江苏省辖县级市）。他住的地方距离昆山高铁站步行只需5分钟。

每天早晨，他从住处步行5分钟，到达昆山高铁站，然后乘坐15分钟高铁前往上海虹桥高铁站。从虹桥高铁站出来后，找一辆共享单车，骑车15分钟到达公司。"公司从浦江镇搬到虹桥高铁站附近的中骏广场，从方便程度来说，相当于给我加薪20万元人民币。"这位年轻人说，"其他同事还在地铁上挤得死去活来的时候，我已经在办公室里冲咖啡了。"

Tips 2019年初，骏地设计的办公室搬到中骏广场23号楼。骏地设计是一家全国著名的建筑设计公司，获得过无数设计大奖。中骏广场是虹桥商务区的高档写字楼群。

35 国家会展中心

现在的年轻人，
越来越看不懂

骏地设计2020年的年会在国家会展中心的洲际酒店举行，主题为：90正当道，90正年轻。劲松兄（骏地设计CEO）告诉我，2019年，骏地设计的90后员工人数已经超过员工总数的50%，他们活跃在公司各个部门，已经成为公司各个业务条线的绝对主力。

年会开场，骏地设计四位同济大学毕业的创始人登台，高唱《恋曲1990》，全场沸腾。

2020年，骏地设计的管理工作目标非常明确。一是扁平化，二是给90后压担子压任务，三是破格提拔一批优秀的90后年轻人到管理岗位上来。

"我们公司发展了这么多年，员工从60后到90后都有，公司的实习生已经有00后了。最大的90后员工已经30岁，可以挑大梁了。"劲松兄说，"我们也想给70后和80后制造一些压力。大家干一样的工作，这帮90后更有拼劲，更敢冲，说加班就加班，说出差就出差，绝不叽叽歪歪。人家业务水平一点也不差，在创意上丝毫不输任何人。当这群90后在公司越来越活跃，你什么都不用说，70后、80后自然就会有压力。"

劲松兄指着台上的主持人，"这个小朋友是91年的，福建人，现在是一位出色的项目经理，工作努力，天天加班，情商极高，团队气氛管理得特别好。除此之外，他还在上海开着两家赚钱的公司，并且通过Airbnb经营着自己的两套房产。现在的年轻人，越来越看不懂。"

36 兴业太古汇

万千世界，
缤纷可能，
一切才刚刚开始

2018年7月，梅大师一家从加州、昆哥一家从曼谷，分别回到上海，"龙珠联盟"又一次在上海聚会。孩子们逐渐长大，我们正年富力强。万千世界，缤纷可能，一切才刚刚开始。

2018年7月的聚会，小南国
刘老师一家、梅大师一家和昆哥一家

2019年7月的聚会,老吉士
左:刘老师一家,中:梅大师一家,右:昆哥一家

梅霖,著名的培训讲师,主讲领导力、谈判技巧,人称"梅大师"。十多年前,我们在一次校园活动中同台,一见如故。几年前,梅大师移民美国,开启加州和上海之间的穿梭飞行:定期飞回国内,密集上课;上完课,飞回美国,和家人团聚。

陈昆,大家称呼他为"昆哥",上海文广集团的前制片人,太太是复旦大学的高才生,也任职于文广集团。几年前,为了给儿子一个快乐的童年,昆哥和太太选择移居曼谷,儿子A小师就读于曼谷一所国际学校。

每年夏天,孩子们放暑假,三家会在上海聚会,我们戏称为"龙珠联盟"的聚会。三个家庭,四个上海小孩,在完全不同的环境中成长,他们的未来会是什么样的呢?

Tips

兴业太古汇是位于上海核心商贸圈南京西路的大型综合商业体。我太太在那里工作，商场B2层的"巷弄里的那家川菜"有她最喜欢的牛蛙，旁边的"Woody Baker"烘焙坊有她喜欢的抹茶羊角面包。2020年春节之后，她发现，牛蛙的量明显变小了，抹茶羊角的馅料也变少了。

2019年，"龙珠联盟"聚会的老吉士酒家是上海本帮菜餐馆。老吉士、圆苑餐厅是我接待外地朋友常去的本帮菜餐馆。如果想走高端路线，福1015、西郊五号是好选择，它们胜在服务和体验。就口味而言，我个人觉得圆苑真的不错。

37 康师傅大厦

我们努力工作，
不就是为了让每个孩子
都高兴起来吗？

2019年7月30日，在康师傅大厦给康师傅方便面团队授课。课程间隙，收到CMO训练营负责人班班转来的一篇小学生作文。一周前，我在北京参加班班组织的中国CMO增长峰会时，碰到了一个漂亮的小女生，没想到，竟被她写进了暑假作文。

小女生的暑假作文

漂亮小女生和她的爸爸

我们努力工作，不就是为了让每个孩子都高兴起来吗？

38 静安嘉里中心

还记得暑假的颜色吗?

每年暑假,外甥女焓焓都喜欢来上海,她喜欢漫画展,喜欢书展,喜欢演出,喜欢上海的所有东西。

只要不上课不做作业,她就是个明媚的孩子。

2019年7月25日,在静安嘉里中心的日料店,看着焓焓愉快地点菜,我发了条微信:

还记得暑假的颜色吗?

"西瓜红。"

——于洁,界面新闻"好问"栏目主编

"最后几天赶作业是灰色的。"

——张申彦,食品造型师

"七巧板的颜色。"

——黄春华,创业者

"周二下午电视机里的彩条。"

——蚊子,曾经的媒体人,和老公一起旅居泰国,儿子在曼谷念书

"高温黄色预警,高温橙色预警……"

——张磊,春秋航空安全总监

"盛夏是深蓝色的。深蓝色的天空,深蓝色的早晨和夜晚,深蓝色的很黏稠的空气,深蓝色的海洋一样的带着咸味的空气包裹着每一个人,于是我们就都是漂浮在深蓝色一旋又一旋的大气环流中的鱼。"

——陈泉松,上海大学学生,哈尔滨人

"绿色的。远处的山是偏灰的绿,爬山虎是葱葱茏茏的绿,西瓜皮是深浅不一的绿,外婆炒的空心菜是泛着滋滋油光的绿。"

——徐辛夷，重庆人，上海大学本科毕业后赴香港攻读研究生

"不记得了。"

——陈鹏，中国电信上海长宁公司党委书记

Tips 静安嘉里中心，奢侈品牌及各类潮牌集结地，一个非常时尚的商场。我每次从地铁静安寺站出来，一进入嘉里中心，就觉得特别不一样。

39 东方明珠

毛毛，
你究竟是哪国人？

2005年8月，蒙特利尔，中国同学们相约去爬皇家山，毛毛只是个3岁半的小娃娃。14年后，小娃娃已经变成青春少年郎，高中毕业，即将进入大学念预科。

2019年7月，趁着暑假，在离开中国十多年后，毛毛第一次回到中国。在正大广场的韩式料理店，我问毛毛妈妈："他能喝两杯吗？"毛毛妈妈说："他自

2005年，蒙特利尔，左一：刘老师，右二：毛毛和妈妈

2019年，上海外滩
左起：刘老师，毛毛姨妈，毛毛，毛毛妈妈

己决定。"几杯下肚，毛毛就喝飘了。

正大广场出来就是东方明珠。在东方明珠塔下，毛毛兴奋地大叫："太科幻了！真棒呀！"

我问毛毛："你究竟是哪国人？"

毛毛说："不管我在哪儿，都觉得自己不是那里的人。"

我又问："对你来说，母语是什么呢？"

毛毛："法语是母语，英语是母语，汉语也是母语。"

我正要细问，毛毛说："刘叔叔，不管中国，还是加拿大，我都喜欢。不管汉语，还是英语、法语，我都热爱。为什么一定要有个第一第二呢？"

2021年3月，毛毛妈妈发来微信，毛毛已经收到UBC的录取通知书，正在焦急等待MIT的消息，希望他能成功。

40 小辣椒川菜馆

大城市里，如何安放年轻人的一张床和一颗心？

2019年夏季的一个晚上，一群在上海工作的学生们来访，在我家门口的小辣椒川菜馆吃饭。

一位在广告公司工作的学生说，这是他2019年下班最早的一次，一到6点就离开了办公室。

一位在工业自动化领域工作的学生说，过去三年间，每年的大年三十，他都要进驻工厂，实施项目。只有这个时候，工厂才会停工，公司也才有机会实施项目。每年的春节，他都是在各地工厂里度过的。

年轻人的房租也是讨论最多的话题之一。他们的房租，最便宜的2 000多元，租的是合租房的一个房间。

孩子们都说，根本存不下钱。不是不想存钱，是没办法存钱。尤其是各行各业，裁员和降薪非常普遍。孩子们普遍感觉比较焦虑。2019年，如果选择跳槽，想在短期内找到一份满意的工作是非常困难的。

孩子们还说，生活压力大，婚恋压力更大，不敢结婚，更不敢生孩子；情感孤独，养只猫或养只狗，是不错的选择；没有家庭资助，在上海买房，根本不可能。

每个在上海打拼的年轻人都不容易。

有人说，不是只有上海如此，全世界的大城市，纽约、东京、伦敦……都是这样。年轻人想在大城市里立足，必须要经受挑战，优胜劣汰，适者生存。

小辣椒川菜馆的聚餐

年轻人是国家的希望和未来，我们创造的所有，不都是留给他们的吗？既然如此，何不在他们最需要的时候，早点给他们？

Tips　"小辣椒"是聚丰园路上的一家川菜馆，聚丰园路上住着上万人，餐饮除了麦当劳、肯德基之外，再无任何一家知名品牌。整条街道，无论餐饮，还是生活服务，可提升的空间都非常大。朋友的爸爸从贵阳来，在聚丰园路上住了一个月，说："你们上海连我们贵州的县城都赶不上。"朋友很无奈，一再向爸爸解释："宝山，这里是宝山。"

41

交大机械楼

宇轩，
我在上海等着你

每年暑假，上海交通大学机械楼门外都会摆出一块牌子，上面写着8个大字："教学基地谢绝参观"。

2019年7月的一天，我在机械楼给一个总裁班讲课，下午课间，去隔壁楼里的星巴克买咖啡。

在机械楼门口，一对夫妻带着一个10岁左右的男孩，正在那儿探头张望，三个人满头大汗。妈妈拿着一把扇子，不停地给孩子扇着。爸爸见我要进楼里，怯生生地上前，小心翼翼地问："老师，您好，这楼里，我们能进去参观一下吗？"

我指了指"谢绝参观"的牌子说："这就是一个教学楼，教室、黑板、课桌，没有什么特殊的东西。"

孩子的爸爸有点紧张，嘴巴嗫嚅着。

孩子的妈妈急了，拉着孩子走上前："老师，我们大老远地带孩子来旅游，就是想给孩子开开眼界，长长见识。您帮个忙，带我们进去参观一下，我们看一眼就走。"

我心里动了一下，说："这样，我马上要上课了。我的教室后面还有空座位，你们可以在教室里歇一会儿，听会儿课，就当乘凉。唯一的要求就是，一定不能发出声音。你们休息得差不多了，从后门自己走，好不好？"

孩子的爸爸妈妈一个劲地道谢。

进教室后，我先问学员们是否可以将我在楼下碰到的一家人请进教室，全班学员一致表示同意。

当我打开前门，请一家人进教室的时候，总裁班的30多位学员报以热烈的掌声，一家人紧张地走到教室后面的空座，坐了下来。

立马就有学员送上矿泉水、纸、笔。

一家人安静地听了半小时的课。

下课后，后排的学员送来一家人离开前留下的感谢信。

下面是孩子父母写的：

教授：
  您好！
  谢谢您圆了我们一家人的大学梦。这是我们有生以来第一次进大学。
  谢谢您。

另一份，字写得歪歪扭扭，看得出是孩子写的：

尊敬的教授伯伯：
  您的课讲得真好，叔叔阿姨们都笑得那么开心。
  谢谢您，我一定会努力学习，考上交大。
此致
  敬礼！
宇轩

可爱的宇轩，我在上海等着你。

交大机械楼

42

上外附中

一个上海小姑娘小学一年级暑假和初中二年级暑假的读书清单

在一次外地朋友来沪聚会中，觥筹交错之间，谈到孩子，谈到高考。来自高考大省的外地朋友大发感慨："你们上海的孩子太轻松了，要是到俺们那儿参加高考，肯定考不过俺们的孩子。"

本想回应一句，为了主人的面子，算了。

成年人的强大，并不在于凡事都去争个对错，夏虫不可语冰，多说何益？

好朋友的女儿六六，小学就读于上外附小（上海外国语大学附属外国语小学），中学就读于上外附中（上海外国语大学附属外国语学校），2020年初中毕业，直升本校高中部。它们都是上海家长最喜欢的学校。

下面两张图，一张是六六初二暑假（2019年夏天）的读书清单，另一张是六六小学一年级暑假（2012年夏天）的读书清单。这只是一个上海小姑娘暑假众多安排中的一个项目而已。您认真读过几本？

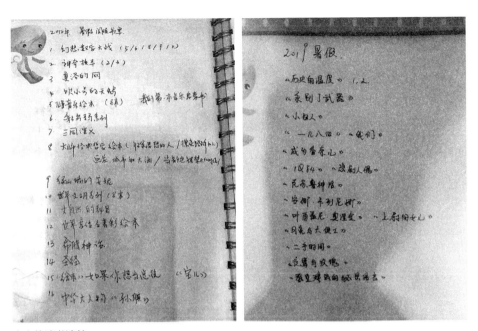

六六的读书清单

43 上海大学宝山校区运动场

教师节
不被呼唤和打扰的权利
神圣不可侵犯

2019年9月10日早晨，刚在上海大学宝山校区的运动场跑完步，课程微信群里已蠢蠢欲动，各种"刘老师节日快乐"的复制粘贴，眼看着如排山倒海之势，即将到来。我马上在所有的课程群里发布群通知：

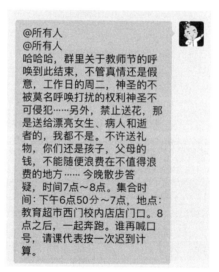

刘老师的教师节通知

通知一发，群里顿时安静了。

44

虹桥天街

教育是让所有的孩子都能和你的孩子一样好

2019年受韩国外交部邀请访问韩国时，我有幸认识了政昊兄。2020年春节前，我在上海虹桥天街的一家餐厅宴请政昊兄。

政昊是朝鲜李朝时期王族后人，一生非常传奇，懂中、英、日、越四国语言。我们一起交流的时候，他以中文为主，英文为辅。

政昊兄1966年出生于韩国军政府时代，大学时的专业是建筑工程。1988年大学毕业后，他获得日本政府奖学金，前往日本学习日本和韩国的比较历史。为了更好地读懂日文文献，理解日本社会，政昊兄用尽全力学习日文。两年后，政昊兄结束学业，回到韩国，进入三星集团工作。政昊兄说，在日本留学的收获有两个，一是了解了日本社会和日本人的思考方式，二是彻底认识到，对于同样一个历史事件，不同的国家、不同的人，会有完全不一样的认识。

在三星，政昊兄的事业进展非常顺利。他没有像大多数在大公司工作的韩国员工那样，一直干到退休，然后领取一笔丰厚的退休金。2012年，46岁的他，选择从三星辞职，前往英国攻读MBA。那年，他已经是四个孩子的父亲，所有人都认为他疯了，身边的人都把他看作异类。

"可是我自己知道，我很正常。"在虹桥天街的一家川菜馆，我们一边喝着黄酒，一边聊。

"我觉得自己还年轻，人生还有无限可能。到英国，既是为了学MBA，也是为了把英语学好。"政昊兄说。

在英国念完MBA之后，政昊兄加入了哥哥创办的物流公司，先是在中国，后来去越南。生意越做越好，语言越学越多。

我问政昊兄:"为什么总是不断地学习各种语言?"

他说:"一门语言就代表一种文化、一种思考方式和一个完全不同的世界。学习语言的过程,也是延长生命价值感的过程。每个人的时间都有限,在任何时候,我总是有意识地在学习一门语言。对我来说,这是最有意思,也是最值得花时间的地方。"

我们很自然地讨论到教育问题,政昊兄问我:"寅斌,你认为教育最重要的东西是什么?"

我说:"创造力、想象力、执行力以及团队合作能力。"

政昊兄摇摇头:"不对,不对。教育是让所有的孩子都能和你的孩子一样好。"

我问:"怎么讲?"

政昊兄把杯中的黄酒一饮而尽,问我:"寅斌,请你想想,如果你的孩子特别好,而别的孩子都跟不上,那你的孩子会怎么样?或者说,如果你的孩子长大后,她身边的每个人都不和善,她的朋友们都非常自私,她生活的环境就是一个残酷竞争的丛林社会,胜者为王,败者为寇,这是你期望的未来吗?"

我说:"好像不是。"

政昊兄:"在那样的未来中,即使赢了,又能如何?"

我问政昊兄:"那你的结论是什么?"

政昊兄:"为了自己的孩子,就要让更多的孩子和我们的孩子一样好。我们要做的,不仅仅是培养好自己的孩子,更重要的是培养好下一代,这比一个孩子的成功更重要。"

Tips 虹桥天街是毗邻虹桥高铁站和虹桥机场的一个商业中心。乘飞机飞抵虹桥机场后,我常会先去虹桥天街吃个饭再回家。

45

法华镇路

你的眼睛一定吃过
我做的菜

张申彦是中国广告行业和影视剧行业的顶级食品造型师,没有之一。"这是一个非常小众的行业。在中国,真正从事这个行业的人,十个指头都数得过来。张申彦是这个行业里成就最高的一位,我们都称他为'大师'。"著名广告人蔡萌这样评价他。

蔡萌说:"广告是个制造欲望的行业,是让占有欲、购买欲和食欲每日新鲜上架、供应不绝的行业。食品造型师的职责则是为所有的食品广告输送优质的食品演员——那些跳来跳去的汉堡、能弹走鱼尾纹的筋道拉面、总是失足掉入巧克力岩浆中的坚果和永远不会化掉的冰激凌都是他们的杰作,不仅如此,连酒水饮料广告中必不可少的泼洒液体的秘密手法也掌握在他们手中。我们热衷于那些广告中诱人'犯罪'的'万恶'食品桥段,而张大师就是那个亲手调教'食优'的人。"

经蔡萌介绍,我邀请张申彦来到上海大学,为我的学生们授课,他当天的演讲题目是"你的眼睛一定吃过我做的菜"。在课堂上,张申彦现场制作了一只冰激凌。一位学生提问:"老师,这个冰激凌看上去太诱人了,实在是太想吃一口了,下课后,我能把这个冰激凌吃了吗?"张申彦回答:"最好别吃。"下课的时候,那个同学来收拾桌子,偷偷地尝了一口残渣。我问味道如何,他回复了一个一言难尽的表情。

张申彦1982年出生于上海,受动画片《中华小当家》的影响,立志要成为名厨师。初中毕业后,本可以上普通高中的他,坚持报考职高,去学厨师。他的父母直接拒绝了他的要求,为此,张申彦离家出走。终于,父母妥协,他

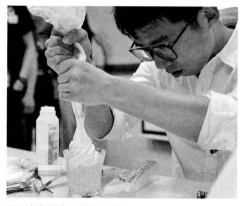

张申彦在课堂上制作冰激凌

上了职高,开始学厨师。

在厨师学校,同学们个个苦不堪言,无法忍受,而张申彦却兴高采烈,乐此不疲。一步步下来,各种机缘巧合,张申彦成为广告行业顶级的食品造型师,他和麦当劳、肯德基以及各种大型机构都有合作,也为很多电影提供过食品造型服务。

这是一个充满机会的时代,对于那些真正有才华的人,这是一个非常美好的时代。这个时代,尊重才华,尊重个性,尊重你的每一个闪光点,只要你自己足够强,这个时代会让你足够亮。

Tips

张申彦是我非常喜欢的一位朋友,人品好,有才华,待人谦和。我多次为他介绍女朋友,都未果。最近的一次,在法华镇路的一家餐厅,我给他介绍了一位非常漂亮的女生,绝对算得上郎才女貌,结果还是没成,颇为遗憾。

法华镇路,得名于北宋开宝年间所建的法华禅寺。法华镇据说是上海最早出现的小镇,民间甚至有"先有法华,后辟上海"的说法。一位在法华镇路生活多年的老人家告诉我,这里曾遍植牡丹,鲜花盛开之时,被人誉为江南洛阳。在法华镇路,上海交通大学有个规模不大的校区,我常去那儿讲课。每次去,都有说不出来的欢喜。这条路上,充满着浓浓的生活气息,洋溢着别样的上海烟火气。如果您喜欢上海的市井味道,这里是好去处。

46 上海大学乐乎楼

可盐可甜，
真的好吗？

骎玺曾经在博世工作，有一年我给博世南京团队讲课，就是她安排的。骎玺写得一手好毛笔字，离开博世后，开了间工作室，专门教人写字。

2019年10月，苹果总裁库克访问中国，骎玺受邀，向库克展示中华文字之美。

2019年12月9日，骎玺来到我的"创业人生"课堂担任嘉宾。面对上百名学生，当她介绍到自己是两个孩子的妈妈时，教室里发出难以置信的尖叫声。

课程结束后，我和几个学生送骎玺去学校的乐乎楼。在乐乎楼的大厅，骎玺为我们每个人写了一幅字。她问我想写点什么，我说，太太马上要过生日，能否写几个字送她。骎玺稍加思索，提笔写下——"可盐可甜"。

"可盐可甜"，是一个网络流行词，指的是女孩子既可以很可爱很甜美，也可以立即变得很霸气，在甜咸之间瞬间转换。这词，用在我太太身上，倒也有几分贴切。

盐和糖在食物中，是两味最重要的调料。

骎玺的字

盐乃百味之王，奈你何种珍馐美味，如果没有盐来打底，那也只能算作一道食材，离"美味"还远着呢。

我在小区里遛狗结识的狗友张老师，今年已经70岁。张老师年轻时，从上海下乡到安徽，在生产队里负责养猪。张老师说，那个时候，他养猪，完全是散养，把猪放到山坡上，让它们自己找吃的。每天黄昏收工的时候，张老师打个呼哨，沿路撒一把盐，猪就会排成一溜长队，跟着他回圈里。

对动物来说，盐是身体必需的物质，而大自然又没有纯度这么高的盐，所以，张老师那点盐，对猪来说，是世间绝顶的美味。

我曾经看过一部纪录片，讲的是东南亚丛林里有一处特殊的水洼，盐分含量较高。对丛林里的动物来说，那里是天堂，更是修罗场。

阳光炙热，空气黏稠，含盐的水洼正在快速蒸发。森林寂静无语，危机四伏，食肉动物潜心埋伏，期待腾空一跃，将猎物置于死地。猴子听着蝉鸣，饥渴难耐，吐着舌头，喘着粗气，耐心苦熬，熬到食肉动物们终于撑不住了，才敢小心翼翼地快速冲过去，喝上一口含盐的泥水，还来不及品味盐分带来的欢愉，就得立马逃回树上。

在大自然中，动物们为了获得一丁点儿盐，要以生命为代价。

盐和甜，都是美食必备。

似乎所有让人欢喜的美食，都与健康无缘。

一位川菜厨师告诉我，做饭烧菜时放调料，放多了，口味重点，没事，还能下饭下酒，放少了，那就是寡淡，客人要跳起来的。

上海菜浓油赤酱，重庆火锅麻辣烫，都算不得健康食物。站在美食的立场，唯有向你提供超越正常生活的体验，才有胜出可能。

站在普通人的立场，平常的生活太乏味，通过探寻各色美食，寻求不同的味蕾刺激，借此体会到些许生活的乐趣和生命的快感。

所以，你现在知道为什么重油重盐重辣的川菜和火锅，早已走出四川，成为中国人最普遍意义上的美食。过去几年，在欧美各国，奶茶早已成为年轻人的时尚饮品，拿着奶茶拍照，是Ins上年轻人最爱干的事情。奶茶里的糖，那可不是一般的多。

盐和甜，代表人对欲望的渴求。人是欲望动物，控制欲望是一件非常困难的事情。从远古走来，稀缺基因早已刻在每个人的灵魂深处。

看到好吃的食物，为什么不多吃一口？谁知道下一口饭在哪里？偶遇心仪之人，为什么不快些表白，谁知道灾祸和幸福，哪一个先到？

苏东坡说：日啖荔枝三百颗，不辞长作岭南人。荔枝当然好吃，但是吃多了，是要上火的。看到喜欢的人，我们爱说，在天愿做比翼鸟，在地愿为连理枝。话说得婉转浪漫，意思倒是直白浅显，那就是时时刻刻腻歪在一起。谁都知道，英雄终究会老，美人也会迟暮，婚姻尚且有七年之痒，当曾经渴望的超常体验成为生活常态、家常便饭时，那颗躁动的心还能跳得动吗？

仅就体验来说，相忘于江湖，可能远比终生厮守来得更强烈而持久。

相忘于江湖，这种带有悲剧色彩的美好，足以让人回味一生。终生厮守，看似美好，但终究无法逃脱平淡无奇的结局。

相忘于江湖的情愫，可以在岁月的磨砺中历久弥新，被打磨得更加圆润通透，到最后，怀念的到底是那个人还是自己制造的剧中人，可能连自己都答不出了。

> **Tips**
>
> 乐乎楼是上海大学校园内的宾馆，可承接对外业务。延长路校区的乐乎楼距离延长路地铁站，步行约三四分钟，宝山校区乐乎楼距离地铁站仅300米左右。乐乎楼均在校园内，环境很好，设施较普通。个人出差或旅行，住在大学校园里，是一个非常适合的选择。
>
> 我到北京，经常住北航的干部培训中心，也是这个道理。校园里，安静舒适，跑步、运动、就餐都很方便。
>
> 如果您对"可盐可甜"这个话题还有更深入的兴趣，向您推荐一本书：《盐糖脂：食品巨头是如何操纵我们的》，作者：美国人迈克尔·莫斯（Michael Moss），中信出版社2015年11月出版。

47

上海市民办平和学校

美国海归博士，
为什么要去中学教书？

第一次知道北大毕业生去中学工作的消息，来自《商业评论》杂志副主编刘雪慰老师的朋友圈。

安佳·罗娜，一个锡伯族女孩，1983年出生于乌鲁木齐。2002年，她以新疆民考汉理科状元的优异成绩考入北京大学。

"从高一开始，我就爱上了电影制作，并为此投入大量精力。与此同时，我也知道，电影纯粹是我的个人爱好，它不大可能成为我未来的职业。所以，高中毕业那年，我没有选择电影类相关专业。"罗娜说，"高中阶段，我各科成绩都不错，对未来没有明确的规划。班主任老师建议我先选一个基础学科，一来，未来可以有更广阔的职业前景；二来，将来也有更多机会出国深造。我听从她的建议，选择了北大化学系。"

一进北大，罗娜就强烈地感受到浓郁的学习气氛和巨大的竞争压力。"来北大之前，大家都是学霸。来到北大之后，我真正体会到什么叫人外有人，天外有天。"罗娜笑着说，"至少对我来说，学习压力和工作强度，跟中学相比，不但没变小，各种情况也变得更复杂而且更困难。"

"在北大，我身边几乎所有的人都在准备TOEFL和GRE，我也不由自主地成了出国考研大军中的一员。虽然我对化学仍然没有太大的兴趣，但是出国去开开眼界、长长见识，对我来说还是非常有吸引力的。"罗娜说，"更何况，理工学科留学生，只要申请到硕博连读，一般都有奖学金，几乎不会给家里增加任何经济负担。"

于是，北京大学本科毕业后，罗娜去了美国纽约城市大学（CUNY），师从美国纳米材料领域的专家松井弘史（Hiroshi Matsui）教授。

"纳米材料的实验周期相对较短，一般一两周就能看到实验结果。我不久便在纳米材料合成实验中取得了一些令人满意的成果，也得到了导师的表扬和器重，这给了我很大信心。但是，幸运的天平不会总是向我倾斜，实验结果也并不是每次都那么出彩。一篇论文，从初稿到成型，从投稿到修改，反反复复地来回周旋，也迅速磨平了我好不容易才建立起来的对科研的好感。"罗娜说，"在纽约读博士那几年，我已经把自己看得很清楚，我不是一个喜欢搞科研的人。所以，博士毕业，我就没考虑要进大学工作。"

罗娜在纽约

我问罗娜："大学里很多人都不喜欢搞科研，不也活得很好吗？"

罗娜说："我明知自己不喜欢搞科研，何必非跑到大学里占个位子呢？博士毕业那年，上海一所大学的纳米材料研究所已经同意给我职位，我实在没兴趣，就婉拒了。"

"不去大学，可以去大型化学公司的研发部门，收入也不错吧？"我问道。

"去化学公司的研发部门也是做科研，和大学的工作非常类似。读博士期间的一个暑期，我曾经在一个大型化妆品公司的研发部门实习。在那儿，我几乎没有见到任何真正意义上的创造性工作。化妆品公司的研发人员，更像餐厅的厨子，市场部要你做什么菜，你就得上什么菜，没有机会表达自己的想法。"罗娜回答道。

"那可以去咨询公司、金融公司、顾问公司、投资公司或者其他任何公司。你博士毕业，才29岁，就凭北大毕业和博士头衔，只要你愿意放下身段，大部分公司都会为你开门的。"

"可是我都没有什么兴趣呀。"

"就对去中学教书有兴趣?"

"哈哈,刘老师,我听明白了,您一直在纠结我为什么非得去中学教书,对吧?"罗娜反问我。

"没错。"我不好意思地笑了。

"我在美国读研究生期间,长期担任各种化学课程的助教和任课老师。我喜欢教学工作,也喜欢和学生们一起就一个单纯的科学问题展开深入的讨论。"罗娜说,"对我来说,教书是一个比较合适的选择。"

"那是什么样的机缘让你来到上海呢?"

"我的爱人在上海工作,所以,博士一毕业,我就立即来了上海。"

"罗娜,那你又是怎么加入现在就职的这所国际高中的呢?"

"在上海,国际高中课程的市场很大,教师缺口也很大。通过招聘网站,我直接给上海的几所国际高中投递简历。第二天,就接到上海民办平和学校的电话。对我来说,在国际高中教化学,既能发挥专业特长,也能发挥语言优势。"

"在上海的国际高中体系里,上海民办平和学校一直是顶级学校。"我替她补充道。

"接完学校的电话,后面的事情就很顺理成章。平和学校的文化氛围和人文气息让我着迷。之后,我陆续收到其他几所国际中学的面试邀约,但都被我一一拒绝了。"

"罗娜,很多人会觉得博士去高中教书太浪费了,你怎么看?"

"刘老师,您也这么看吗?"罗娜没有直接回答我的问题。

"我觉得,博士去中学教书,对学校和教育当然是好事。但是,对博士本人,多少还是有点可惜的。"

"刘老师,对我来说,在平和学校,在国际高中,我是真正物尽其才,人尽其用。"

"怎么讲?"

"恰恰是基础教育,需要学历更高、视野更广、阅历更多的人参与。您看,包括清华北大在内的世界名校,本科的基础课,一定会请最资深、科

罗娜和她的学生们

研成果最多的教授来执教。今天,国际高中的很多课程都是大学的预修课程,它们和大学一年级的基础课几乎完全一样。它们对于课堂讨论、实验设计、论文撰写都有很高的要求,只有拥有丰富科研经历的人才能更好地指导学生。"

"罗娜,从2012年到现在,在平和学校工作的这些年,你有过厌倦感吗?"

"还真没有。"

"为什么?"

"这里的工作氛围特别好。在平和学校,作为教师,你只需要考虑怎么教好学生就行了。我们教研组,有硕士,也有博士,大家都很年轻,大家在一起,与其说是同事关系,不如说更像研究生同学。"罗娜说,"平和学校聚集了上海最优秀的学生,他们朝气蓬勃,充满求知欲。面对他们,要远比面对冰冷的科研材料更让人兴奋。和他们在一起,我也慢慢找回了那个热爱科学、崇尚科学、对世界形成机制曾经充满探索欲望的自己。"

"你曾提到高中阶段喜欢电影制作,现在还喜欢吗?"

"当然喜欢。"谈到电影,罗娜的脸上泛起了光。"在北大读本科期间,除了专业课之外,还必须修满足够的通识课学分。我在各大通识课门类里尽量选择靠近电影的课程,例如历史类的'中国电影史',艺术类的'影视鉴赏'。到美国后,利用纽约的天时地利,我学习了很多有意思的课程,例如纽约时装技术学院(FIT)的珠宝设计课程,纽约城市大学(CUNY)的表演课程、Photoshop课程,美国化妆品学会面向业内技师提供的香水制作课程,纽约电影学院(NYFA)的电影制作课程等。"

"看得出,这才是你真正的兴趣所在。"

"是的,"罗娜说,"现在,我是平和学校电视台的指导老师,这让我在影视制作领域也有了一个施展空间。同时,在业余时间,我也充分利用自己的影视技能,为保护锡伯族的濒危文化贡献自己的一分力量。"

"罗娜,你非常享受在平和学校的工作吧?"

"没错,这里有良好的工作氛围、优秀的同事和充满活力的学生,我既能充分施展专业特长,也有时间做自己想做的事情,还能兼顾家庭,多好啊。"

Tips 上海市民办平和学校是上海一所非常著名的民办学校。历年毕业生表现优异,每年都有学生被哈佛大学、斯坦福大学、哥伦比亚大学、牛津大学、剑桥大学等名校录取。

48

华东师范大学

优秀大学毕业生进中小学任教，这就对了

夏蓓是我非常喜欢的一个学生，2019年6月，她从华东师范大学研究生毕业。2019年3月，夏蓓给我发来微信说马上要去深圳参加一所中学的语文教师面试。

我一听就急了，拿起电话直接打过去："蓓蓓，怎么要去中学教书呀？"我当然知道，基础教育需要最优秀的人，可是，当我自己的学生要去中学时，至少在2019年3月那个时间点，我还难以接受。

"老师，我喜欢教书。"夏蓓说。

我开始自责起来："最近我一直在忙自己的事，没有及时关心你们找工作的情况。你们有困难，应该主动告诉我呀。"

"老师，我不是找工作困难才去中学的，是真的喜欢。"夏蓓说。

"哦，真的吗？"说实话，我不太信。那天，和蓓蓓聊了近一个小时，最后的结果是，我勉强说服她，允许我在朋友圈发一条有关她

> 【为上海留下一个优秀的小朋友】一个非常优秀的小朋友，女生，上海大学中文系本科2017届优秀毕业生，后保送华东师范大学学科教育（语文）专业研究生，2019年应届毕业。这是个非常优秀的小朋友，聪明、勤奋、好学，智商高，情商高，身体好，能跑马拉松，可以任意加班。她已经在深圳找到很好的工作，我想把她留在上海。我可以负责任地说，这是个非常非常能干的小朋友，她曾经在摩拜等企业有过较长的实习经历，可以从事各种类型的工作，强烈推荐。
>
> 2019年3月19日 22:48 删除

刘老师发在朋友圈的推荐信

的推荐信息。

我在朋友圈发出推荐信息后，当晚就有好几家企业的人力资源负责人向我索要她的简历。随后几天，包括某世界500强企业、互联网上市公司、独角兽创业公司在内的十余家优秀公司向她抛去橄榄枝。

几天后，夏蓓给我发来很长的微信，告诉我，她已经和深圳的一所公办中学签约了。

"老师，我昨天已经通过学校的面试了。学校的整体情况我非常满意，校长是'十佳校长'，特别有想法。学校地处龙华的中心区，深圳北站附近，回家以及去香港都挺方便。收入方面，研究生是××万（对于她提供的这个数字，我挺满意的）。同时，学校提供免费住宿。这次语文教师招聘，一共录取了四个人，分别是华南师大的博士、新加坡国立大学的硕士、华东师大比较教育的硕士，然后就是我。和其他三位比起来，我真的不觉得自己有什么过人之处。这个机会对我而言，很难得，我不想放弃。"

真没想到，中学教师的竞争，已经如此激烈。

"这次面试，还有川大、北师大、人大的硕士，都被淘汰了。一起进考场的一位川大女生，在得知自己被刷掉之后，一边哭一边给家里人打电话。当时，我就站在她旁边，我既庆幸自己被录取，也为她被淘汰感到难过。老师，我真的很幸运，这么多同龄人都在艰难地四处找工作，我已经幸运地拿到入场券。而且，因为有您这样始终关心和鼓励我的老师，我还有那么多可以选择的机会。谢谢您！"

"老师，昨天晚上，Z公司（一家著名的互联网英文教育创业公司）的人事给我打来电话，她对我很满意，我对他们公司也很有好感。我以前在摩拜和其他大公司做过实习，我知道，Z公司的工作我肯定能干得下来。相比起来，我还是更愿意站在讲台上。当我站在讲台上，对着台下讲话的时候，我会觉得更有热情。我知道中学语文教师这条路也不好走，但是，我真的想试一下。"

"老师，您推荐的很多工作都很好，前景更广阔，充满挑战，我常常会在您的鼓励下感受到无穷的力量。但是，偶尔我也会想，我有您说的那么好吗？如果真的有那么好的话，我大概也能在专业教师的道路上干出个样子来。"

夏蓓和她的学生们

对于夏蓓的选择,我当时多少有点遗憾。直到2019年11月,当我看到华中师大一附中以及深圳南山外国语学校的拟招聘公告后,我明白了,基础教育的一线教师,已经进入中国各大名校毕业生的职业选择列表。没想到,这一天会来得这么快!

几天前,一名学生来看望我,提到夏蓓,他问我:"老师,蓓蓓去了深圳当中学教师,会不会有那么一个时间点,你觉得有点生气?"

"从来没生气过。"我说,"刚开始的时候,我只是觉得有点遗憾。现在,我已经不这样想了。"

"您现在怎么想?"学生追问。

"现在,我的想法只有四个字。"

"哪四个字?"

"这就对了。"我说。

"这就对了？"

"没错，这就对了。基础教育是国民教育最重要的环节，最好的学校，最优秀的毕业生，去做最重要的事情，这就对了。"我说。

"老师，您变了。"学生笑着说。

是的，我变了。

写这篇文章的前一天，我和上海民办平和学校负责课程设计的总监郑腾飞老师通了长达两个小时的电话。郑腾飞老师的经历更为传奇，她本科毕业于北京大学，博士毕业于麻省理工学院。和罗娜老师一样，郑腾飞也是读了博士之后，才知道自己不喜欢搞科研。郑腾飞现在在平和学校负责课程设计，同时也是平和新筹建的一所小学的助理校长。

我告诉腾飞老师，前不久，我刚刚给香港浸会大学的MBA班上过一门"商业创意"课程，颇受校方和MBA学生好评，也许我可以尝试着把这门给MBA开设的课程改造成一门适合高中学生的课程。

腾飞老师非常兴奋："为什么不行呢？快来，我们好好聊一聊。"

49 华师大二附中

史上最难就业季

2013年，作为新浪微博的传播顾问，我参加了新浪微博商学院组织的全国高校巡讲，那次巡讲的主题是"史上最难就业季"。有意思的是，2013年之后，几乎每年，我都会受邀参加一个或者两个有关"史上最难就业季"的主题活动。2019年，我参加第一财经频道骆新老师主持的"头脑风暴"节目，其中一期的主题依然是"史上最难就业季"。

2019年，全国新增就业人口约1 500万人。这1 500万人中，全国各高校毕业生有834万人，海归留学生近50万人，这两个人群叠加，全国高校应届毕业生求职人数高达近900万之众，大学生早已不是"天之骄子"。

2019年11月18日，位于武汉的华中师大一附中（华中师范大学第一附属中学）发布了2020年第一轮教师招聘拟录取人员名单。拟录取的9名新教师，分别来自北京大学（3人）、清华大学（3人）、中国科学院生物物理研究所（1人）、中国科学院大学（1人）、约翰斯·霍普金斯大学（1人），其中，硕士3人，博士6人。

在此之前的2019年10月30日，深圳南山外国语学校（集团）高级中学发布了2020届毕业生拟聘名单。拟录取的20人均为硕士及以上学历，其中，19人毕业于北大或清华，1人毕业于北师大。

这些中学大量录取北大、清华毕业生的新闻，向全社会传达了几个非常强烈的信号：

信号1 一线城市及新一线城市的重点中小学，已经可以非常有底气地将招聘目标锁定在国内的顶级高校——北大、清华、复旦、交大以及其他一些著名的985高校。

信号2 中小学教师已经成为高校应届毕业生的一个非常热门而且竞争激烈

的就业渠道。

信号3 中小学教师招聘的门槛迅速提高。985高校或者211高校毕业,即将或者已经成为国内很多城市中小学教师招聘的基本门槛。

我们来做一个不完全准确的假设。因为北大毕业生A应聘去了一所顶级中学,占据了一个职位,相应地就挤走了一位原来有希望进入这所中学、相比北大次一级的大学毕业生B;B进入次一级的中学,原本与次一级中学匹配的学生C则被迫选择更低一级的中学,甚至小学;而与更低一级学校匹配的学生D可能被彻底挤出教育行业。当A越来越多,被挤出去的D也会相应增加。

必须得说明的是,事实上,这个假设没有考虑其他行业的影响,也没有考虑国家教育投入不断增加的背景下,基础教育系统有能力大规模吸纳毕业生等诸多变量。之所以这样假设,是为了便于更好地描述这个从上到下挤压所形成的就业压力模型。在就业金字塔中,这种从上向下的挤压所形成的压力,一定会逐层传导到所有毕业生身上。

同时,我们必须看到另外一股在未来可能会影响就业市场的力量。随着中国的开放程度越来越高,无论是作为世界大国必须承担的责任,还是世界各国在经济政策上不断博弈的结果,中国的劳动力及就业市场,或迟或早,或多或少,一定会成为全球劳动力市场的一部分。

今天,在中国劳动力市场上,上至年薪数百万元人民币的职业经理人、高级技术人员和科学家,下至年入几万元人民币的普通服务行业从业人员,任何一个行业,或者领域,如果向海外从业者开放,从职业金字塔的顶部到底部,可能都会面临巨大的外部横向挤入的压力。

影响职业金字塔的还有第三股力量——新技术的创造性破坏力。近两年,全国各地都在大力推广ETC,ETC已逐步成为所有车辆的标配。当ETC完全成为标配,高速公路上的人工收费站就没有任何存在的必要了。没有收费站,自然就没有了收费员。

2019年,在复旦大学、上海交通大学的校园里,无人快递车已经开始试运行。刚开始的那几天,很多人围着无人快递车拍照,一段时间之后,大家就习以为常、见惯不怪了。这几年,随着智能工厂和智能制造项目的迅速推进,全国各地开始出现越来越多的"熄灯工厂"。在新闻领域,尤其是在财经新闻领域，机器人自动写稿已经非常成熟。微软的小冰机器人不但可以写稿，还可以写诗，甚至还出版了诗集。

新技术迭代进化的速度已经远远超过人类学习和适应的速度。越来越多的事实告诉我们，在新技术产生巨大就业机会的同时，技术性失业的风险也在等比例放大。新就业机会所惠及的人群和技术性失业人群可能很难重叠，那么，对于技术性失业人群而言，新技术的创造性杀伤力和破坏力不容小觑。

今天的年轻人，他们的未来充满机会，也充满挑战。当从上向下挤压所形成的压力、从外向内的横向推力以及新技术产生的创造性破坏力这三者叠加在一起时，这一代的年轻人将面临史无前例的竞争压力。

我们有理由相信，这种史无前例的竞争压力，一定会造就出更强的一代中国年轻人。

一周前，我在上海大学的本科生课堂和研究生课堂上，分别做了一个相同的问卷调查——"毕业后，你愿意成为一名中学教师吗？"

本科生课堂，43位学生来自全校各专业，从大一到大四均匀分布。研究生课堂，学生全部是管理学院一年级研究生，一共47人，男生大约10人，其余为女生。

本科生中，愿意的为24人，占比55.8%；不愿意的为19人，占比44.2%。
研究生中，愿意的为6人，占比12.8%；不愿意的为41人，占比87.2%。

Tips 华师大二附中（华东师范大学第二附属中学）是上海顶级的中学之一，名校毕业的硕士或博士是新进教师的入职基本门槛。

50

上海国际航运金融大厦

大时代总是毫不吝啬地给予每一个平凡的人各种机遇

刘丹是我认识了近十年的朋友。关于她，我脑子里有这么几个片段。

第一个片段：

2011年的一天，在时任新浪华东大区市场部总经理沈威举办的一个酒会上，我认识了刘丹。当时，刘丹来向我敬酒，她个子小小的，并不出众。多年后，刘丹回忆说："我一点都记不得了。我根本没搞清楚这是谁的酒会，那时，我和沈威隔着好几级呢。"

第二个片段：

过了几年，在2015年的一个周六的中午，我在交大给总裁班讲课。刘丹来电话，说打算自己创业，想听听我的意见。下课后，我们从广元西路出发，边走边聊，她说她想开一家广告公司，从媒体采购和代理业务做起。我心想：不就是一个平淡无奇的生意吗？似乎没什么新东西……

第三个片段：

前几年，我从朋友圈里看到，刘丹在读EMBA，她的客户里大牌公司越来越多。透过朋友圈，我都能感觉到，在这个小个子女生身上，有一股巨大的能量正在向外迸发。

第四个片段：

2020年的特殊时期，我跟她通电话，问她受影响大吗？她说，不太大，公司里忙得很。

我又问:"2019年,营收大概是多少?"

"几个亿吧。"

"啊!"这完全超出了我的想象。

耳听为虚,眼见为实。2020年4月,我带着研究生一起去刘丹的公司拜访。办公室里坐满了五颜六色发型各异的新人类,直播间里,主播们忙得不亦乐乎,办公室的走廊和过道里堆放着甲方公司的各种产品和物料。

整个公司,有一种抑制不住的向外迸发的活力。

在刘丹的办公室,她给我讲她的项目、她和B站的合作、她对Z世代用户的理解、她对直播的看法、她如何投资短视频团队并在短视频领域发力……她有条不紊地讲,我飞快地记。

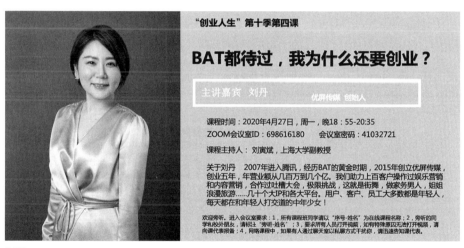

刘丹

在上海这些年,看到太多人的崛起,这是大时代给予每个平凡人的机遇,也是上海给予每个普通人的机会。

Tips 2020年4月,刘丹的公司优屏传媒和小鹏汽车合作,在B站上推出了一次长达24小时的新车上市直播,取得了非常好的效果,也被业内视为标杆,此案例甚至出现在B站当年的半年度财务报告中。

51 上海教育超市

按照自己的节奏奔跑，别被别人带偏了

文胜是上海大学法学院的学生，上过我的课之后，常来旁听。胖胖的文胜是个腼腆的孩子，我常跟他说："文胜，该减减肥了。"他总是回答："好的，好的，好的。"

大学期间，文胜按照自己的目标，一步一步前进，先是通过了司法考试，继而在2020年5月26日，接到了华东政法大学的研究生录取通知。

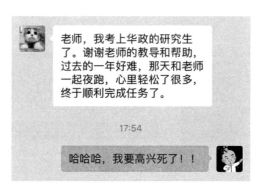

文胜向刘老师"报喜"

考研前的一天，我和文胜一起跑步。他气喘吁吁地跟我跑了几公里之后，中途退下，颇不甘心。

我对他讲："我起步比你早，练得比你多，跑得比你快，这不是很正常吗？每个人都要有自己的节奏，生活如此，跑步如此，考试更是这样，千万不要被别人的节奏带偏了。"

"第一财经"头脑风暴节目录制现场
右：文胜

几年前，一名学生第一时间发来微信说，他获得了英国某大学的入学通知。感慨万千，我竟比自己拿到入学通知还激动，特意翻出很多年前的GRE"红宝书"。这些年，不管去哪儿，都把它带在身边。拍拍书上的灰，它们在阳光下跳舞。

前不久，一名毕业多年的研究生发来微信说："刘老师，我还得跟您汇报一下，我最近脱单了。"我感觉比自己脱单还高兴。

Tips 在上海各高校的校区中，上海教育超市随处可见。我和学生碰头，常以教育超市为坐标。教育超市的商品价格普遍比较便宜，选品也比较适合学生和教职员工，加之可以使用校园卡，所以很受欢迎。

52 FullTime Coffee

红色的车，白色的裙，黑色的发，满眼的泪

"我至今还记得毕业那年的夏天，在学校门口送娜娜和你上出租车去机场的情景。红色的车，白色的裙，黑色的发，满眼的泪。"2020年的夏天，在FullTime Coffee，偶遇一位女孩子，像极了大学室友林少当年的女朋友娜娜，忍不住给他发了条微信。

Tips FullTime Coffee位于田子坊附近的日月光中心B2层，是一家小小的精品咖啡店，老板是一位来自台湾的女生。如果您热爱咖啡，强烈推荐您去这家小店，和同样热爱咖啡的台湾老板聊聊天，再喝一杯她亲自手冲的咖啡，相信您一定能喝出不一样的味道。

53

吉祥馄饨店

孩子，别怕，
这世界上没有过不去的坎

2020年6月17日，深夜遛狗，经过吉祥馄饨店。

店门外，一个20岁左右、背着双肩包的瘦高男孩子，隔着玻璃窗看菜单。男孩的T恤湿漉漉地粘在身上，头发渗着汗，脸上带着泥印，满脸仓皇，眼神无助。

从他身边走过十余米后，我感觉不放心，回头看去，发现小伙子还在看菜单。牵着我的雨果，掉头回到馄饨店。

"小伙子，饿了吧？"我先发话。

男孩咬了一下嘴唇："叔叔，……"那声音里带着哭腔。

我把食指竖在嘴边，示意他不必多说，"没事，我懂。"

我把男孩带进到店内，点了两碗馄饨，一碗给他，一碗给自己。

眼看着男孩的眼泪要掉下来，我心里一动，牵着雨果，赶紧离开。

孩子，别怕，这世界上没有过不去的坎。

Tips　　上海人爱吃馄饨，各种馄饨店遍布大街小巷。吉祥馄饨是上海有名的馄饨连锁品牌，口味多样，全家福是把多个口味的馄饨混在一起煮的。我吃馄饨时，最喜欢加这么几样辅料：一小勺醋，一点辣椒，一小撮香菜。这样的一碗馄饨，实在是美味。

　　小时候，我和外公外婆生活在山东的沂蒙山。有一次，跟外公去镇上赶集。在一个羊肉汤的摊头，外公买了两碗羊杂汤。我们正要坐下喝汤，旁边围拢上来四五个农村小孩，留着鼻涕，眼睛直勾勾地盯着我们手中的汤碗。外公顿了一下，放下碗，掏出钱，给这些孩子一人买了一碗。

我妈妈每次出门，只要看到有年轻人给她递传单，她就会接过来，小心地放好。她说："这些年轻人不偷不抢，认真工作，多不容易，不管怎么说，发传单也是份正经工作。我们举手之劳就能帮得上这些娃儿，为什么不帮他们一下呢？"

2019年8月的一天，晚饭后，我抱着刘小师在聚丰园路遛弯，看见一个农民工模样的中年男子，个子不高，穿一身偏大的蓝色工作服，裤脚拖到地上，从头到脚，一层白白的灰，像刚从工地或者装修房里出来。

男子在面包店门前驻足良久，似乎没有勇气进去，于是继续向前走，走到一家烧饼店，观察了一会儿，走向柜台，问了几句，满脸尴尬地退出来。

我换了左手抱着刘小师，上前，用右手拍了一下男子："你等我。"

我走到柜台，买了三只牛肉烧饼，转身递给男子。中年男子涩涩地笑："谢谢你。"

谁都有被一分钱难倒的时候，"刘小师，我们继续——云对雨，雪对风，晚照对晴空……"

54 我的儿子叫唐朗朗

上海音乐厅

时间：2020年6月

在批改学生试卷时，我看到一篇奇文——《我的儿子叫唐朗朗》，作者是上海大学计算机学院大三学生小唐。

这位计算机专业的孩子，热爱钢琴，喜欢音乐，立志要把自己未来的儿子培养成像郎朗一样的音乐家。

看完试卷，我给了一段长长的批阅备注：

最后，我要说一句，万一你的儿子是唐东坡、唐鲁迅，或者唐白石、唐盖茨、唐巴菲特、唐崔健、唐李宁呢？

我想对唐爸爸说的是：唐朗朗是你的梦想，你可以叫自己唐朗朗，但是，千万别想着把你的儿子变成唐朗朗。

我想问你几个问题，供你参考，无须回答：

1. 一个从天分、资质和情趣上，本来应该成为一流足球选手的唐贝克汉姆，就算被你塑造成唐朗朗，这就是成功吗？你只想着自己的感受，可曾想过唐朗朗的快乐？

2. 唐朗朗是一个人，一个活生生的人，他不是泥巴人，更不是谁的玩具。他有自己的人生，有自己的未来，他来到这世间，有自己的使命。作为唐朗朗的父亲，你当然可以鼓励他、要求他、帮助他，但是请不要命令他、限制他，甚至在他还没来到人间的时候就替他规划好未来。

3. 纵然唐朗朗有钢琴天赋，如果他想做一个普通人，一个普普通通、不要出类拔萃、不要出人头地、不要各种光环的普通人，唐爸爸，也请你支持他。毕竟，这是他的人生。他的幸福和快乐，他的梦想和选择，由他自己

答题纸

题目：我的儿子叫唐朗朗

如果我以后生个儿子，我要给他起个名字，叫唐朗朗。我喜欢郎朗，我喜欢音乐，我喜欢钢琴，我希望我的儿子能成为像郎朗一样的音乐家。【批阅备注：笑死我了！】

"你有病吧，都什么年代了，还要强迫自己的下一代成为这个，成为那个？自不自私？俗不俗？"我没病，只要他是我生的儿子，那他一定会喜欢上音乐的。我的儿子唐朗朗肯定特别喜欢练琴，往琴凳上一坐屁股都挪不下来。唐朗朗一天到晚哼唱着大师们的曲调，唱着附身，走路带风。可怜的唐朗朗有时候对音乐太上心，着了魔，上课会走神，睡觉睡不稳，唉，希望他不会有这种烦恼。

他的爸爸，也就是我，是上海大学计算机学院一名大三的学生。我的父母从来没有要求我成为一个什么样的人，大多数时间都是放养我，我爱干什么就干什么，只要干的不是坏事。他们没有什么高学历，小时候也从来没有培养过我什么兴趣爱好，没有为我规划人生。怎么我才二十出头，就连活着干什么名都给起好了？

因为我希望唐朗朗能一辈子做他爱并且他擅长的事，并且他做的事是他的家人支持和关心的。

也许上面的文字会令读者觉得我是一个年轻人在生命中的一个阶段里浪漫或热情过了头，以为我爱上了些什么了不起的东西就对逢人必说。但我是真的爱音乐，有关唐朗朗的一切都是认真的。

在初中以前，我的课余时间都在打游戏，那时候我觉得课余时间打游戏就是最快乐的。有一回，我在4399小游戏上玩了一款游戏叫Flash钢琴。这个游戏设计很简单，电脑键盘上的一个键对应了游戏中的一个琴键，只要按键，就能发出模拟钢琴的声音。就是这么简单的一个玩具，彻底改变了我的人生。

对于没有什么乐理基础的人来说，当他想要测试一样会发声的乐器的时候，也许会选择小星星的开始。在那款Flash钢琴里，我就是从电脑键盘上摸索小星星的旋律那一刻开始的，走进了音乐的世界。

我发现我喜欢上个东西，我马上在百度上搜"电脑钢琴"，想找一个更像样的软

件，而不是一个简陋的Flash小游戏。不久后，我便寻得一款软件，叫做iDreamPiano。我观看了一些"演奏"视频，简直不敢相信电脑键盘除了WSAD之外还能干这样的事情。视频中，演奏者拿着一块全尺寸的键盘，左手在字母区，右手在小键盘区快速移动着，与此同时，美妙的音乐从音箱中倾斜而出，屏幕上的模拟键盘随着不同的按键而跟着音乐闪动着。我的感官被刺激到了。

干！我加入了社群，开始自学乐理，尝试双手配合弹奏键盘，让音箱传出动听的音乐。很难，但我很快乐。我可以一练练一天，练出了颈椎病，但仍然阻挠不了我的热情。花了两个月，我竟然可以用电脑键盘弹奏了久石让的summer。我那个开心，那个得瑟，拉着家人来到电脑前来看看我能用键盘干出这神奇的事情。

这个阶段持续了一两年。现在回过头看，这个阶段的我喜欢音乐，但局限在流行钢琴曲；我喜欢钢琴，但我喜欢的键盘钢琴。

接下来这个阶段的开始和郎朗有关。一次在优酷上下了几部电影，其中一部叫《梦幻飞琴》，是郎朗友情出演并录音的和钢琴有关的动画电影。当三角钢琴飞的那一刻，一首华丽的音乐自上而下，自左而右地飞进我的脑中。我被征住了，我说不出什么感觉，但它一下子抓住了我。随着钢琴声响起，屏幕上有配字幕：op. 10 no.1, Chopin。于是，我走进了古典音乐的世界，从肖邦的练习曲开始。

家人看我这么喜欢，问我要不要学钢琴。第一次的时候，我拒绝了。我都这么大一个孩子了，还跟小孩子一块去学琴？我很不好意思。第二次，我把握了机会，一个初中生去学钢琴。我现在谢谢要命，幸好那个时候鼓起勇气，不怕难为情，不然我现在会失去多少快乐呀。

一个已经冒出胡须的大男孩，开始从0开始学钢琴。学了一年整，不学了。啊？你不是这么喜欢吗？没错，我开始回应，五线谱上一上一下的音符令人眼花缭乱，两只手蜷缩在琴键的中央区不敢越雷池一步，还有该死的新颖的要死，不出半个小时颈椎病就发作了。再加上要中考了，那就不学了，总是考试要紧紧的。

钢琴停了，音乐不停。此时期，我靠着音乐过日子，做作业开着音响放肖邦，放巴赫，胡听海听的，不仅听名作，而且是整集整集的听。从开始的听什么都一样，到渐渐

听每首都有滋味，到开始哼哼唧唧。后来不好了，上课走神不再是幻想游戏画面，而是无休无止停不下来的音乐在脑中反反复复的播放，晚上睡不着，被音乐折磨。甚至一度没法上学，去看心理医生，吃药。

挣扎了半年走出来了。中考第一门是语文，紧张的要命，发卷前心中默唱巴赫哥德堡变奏曲的主题，挺了过来。之后有一些故事，都和音乐有关，来不及写了。

高考后报考志愿，选择上海大学有百分之五十的原因，是因为上海有全中国数一数二的音乐演出资源，上大学后，我的确利用了这个机会，去看了好几场音乐会。我也不打游戏，除了课业，就是看音乐视频或者练琴（寝室有电钢琴，后来我又迷上了）。

我读的是计算机，我得靠计算机吃饭。我虽然不讨厌，但也不热爱。希望唐朗朗有个好运气，能有一个更富力强供得起他学音乐的爹，快乐地学琴，快乐地做一辈子他一家子都喜欢的事情。

（郎朗的父亲郎国任曾经逼郎朗跳楼，这种事情我肯定不会干的。）

【试卷批阅备注：

最后，我要说一句，万一你的儿子是唐东坡、唐鲁迅，或者唐白石、唐盖茨、唐巴菲特、唐崔健、唐李宁呢？

我想对唐爸爸说的是：唐朗朗是你的梦想，你可以叫自己唐朗朗，但是，千万别想着把你的儿子变成唐朗朗。

我想问你几个问题，供你参考，无须回答：

1. 一个从天分、资质和情趣上，本来应该成为一流足球选手的唐贝克汉姆，就算被你塑造成唐朗朗，这就是成功吗？你只想着自己的感受，可曾想过唐朗朗的快乐？

2. 唐朗朗是一个人，一个活生生的人，他不是泥巴人，更不是谁的玩具。他有自己的人生，他有自己的未来，他来到这世间，有他自己的使命。作为唐朗朗的父亲，你当然可以鼓励他，要求他，帮助他，但是请不要命令他，限制他，甚至在他还没来到人间，就替他规划好未来。

3. 纵然唐朗朗有钢琴天赋，如果他想做一个普通人，一个普普通通、不要出类拔萃、不要出人头地、不要各种光环的普通人，唐爸爸，也请你支持他。毕竟，这是他的人生。他的幸福和快乐，他的梦想和选择，由他自己决定。

4. 最后，我想对唐郎的爸爸说：你的人生才刚刚开始，一切都来得及，把唐朗朗这个名字送给自己吧。加油，不要做唐朗朗的爸爸，你就是唐朗朗。】

《我的儿子叫唐朗朗》原文及刘老师批阅备注（最后一页）

决定。

4.最后，我想对唐朗朗的爸爸说：你的人生才刚刚开始，一切都来得及，把唐朗朗这个名字送给自己吧。加油，不要做唐朗朗的爸爸，你就是唐朗朗。

清华大学戴宛辛教授评语："要我就批注：先得努力为未来的唐朗朗找到品学兼优、主持家务，也有音乐才艺，同时能有耐心陪孩子学琴练琴的妈妈……"

我将我的批阅备注和戴老师的评语一并发给了唐朗朗的爸爸——小唐同学，于是有了这么一段互动：

小唐同学：

"受宠若惊，这些真的是肺腑之言，我也没和别人讲过，老师就这么给晾出来，多不好意思啊。考试的时候，东捡一句西捡一句，思路很不清楚，写到后来还没时间，草草收尾。谢谢刘老师，谢谢刘老师的评论，真当了孩子他爹，他要是不愿意，那我肯定也没办法。我希望他从一开始就能感受到音乐的美好，打心底里喜欢音乐。如果他爱音乐，我又有能力供他学音乐，那会多么幸福。郎朗是国际巨星，唐朗朗这个名字，一来是沾朗朗的才气，二来是'朗'这个字本身就很积极向上，采用叠词又显得活泼。但我没有要他非出人头地不可，只是希望他能从事音乐相关的工作，他的事业就是他所爱的生活，每天早上起来都是精神抖擞的，哼着曲儿，走路带风。"

刘老师：

"万一孩子不喜欢哼曲儿，只是个沉默的孩子呢？古典音乐于你而言，优美动听，绕梁三日，绵延不绝。但是，也有人能在音乐厅酣然入睡。子之蜜糖，彼之砒霜。"

小唐同学：

"刘老师，可能只有等他真的呱呱落地的那一天，我才会改变我固执的想法。我的梦想我也在追，但那顶多是自娱自乐。我的家庭条件也不能支持我肆意追梦，我还是先踏实一点、现实一点。"

刘老师：

"所有真实的东西才最有力量，如音乐，如你的热爱，如你的梦想，如你的文字，如你的唐朗朗，谢谢你。"

Tips

上海音乐厅位于人民广场附近,原名南京大戏院,建成于1930年,当年3月26日开业。1950年更名为北京电影院。1959年再度更名为上海音乐厅。

迄今为止,我只去过上海音乐厅一次。那是2017年3月31日,小也邀请我参加"琴声谊长"音乐会。

55 丹麦签证申请中心

我们都是热爱安徒生的人，
积善之家，必有余庆

2014年6月，我和太太在加拿大旅行。

从班芙（Banff）开车前往百公里外的高登（Golden），我们在路边"捡到"两位丹麦姑娘。她们的目的地是250公里之外的贾斯珀（Jasper），和去高登的方向完全相反。我们直接掉头，跑了整整3个小时，把两位丹麦姑娘送到了目的地。

刘老师和太太与两位丹麦姑娘

这两位丹麦姑娘，一个19岁，一个20岁。在路上，我问她们为什么不坐公交车。她们说，85加元的车票实在太贵了，坐不起。

每年的假期，只要凑够机票钱，她们背上行囊就出发。从欧洲到中国，从日本到韩国，从越南到北美，她们的足迹遍布世界各地。

到达贾斯珀后，放下姑娘们，我们掉头往回开。

丹麦姑娘很诧异："你们难道不是来贾斯珀的吗？"

我太太摇头："不，我们要去另外一个地方。天黑之前，我们要先赶回碰到你们的地方，然后再开车去高登。"

"你们真是太好了。我们该怎么感谢你们呢？"

我笑着对她们说："那就感谢安徒生吧，我们都是热爱安徒生的人。"积善之家，必有余庆。

Tips　2018年，我跟随新浪微博的团队去冰岛。有意思的是，手续是在丹麦签证申请中心办理，签证也由丹麦大使馆签发。北欧五国号称兄弟之国，此言不虚。

56

上海大学宝山校区 J 教学楼

听完这首歌，
我们就不再年轻了

20多年前，我在大学里念书。

一个闷热的下午，我的老师提着一台录音机走进教室。

"今天，先请同学们听一段我年轻时喜欢的歌曲。"

知了在窗外的树上鸣叫，风扇在教室的屋顶呼呼作响，南方闷热潮湿的天气让人喘不过气来，在重庆大学的老教学楼里，我们一群70年代出生的学生，在90年代的课堂上，听着40年代出生的老师播放60年代的流行歌曲。

录音机里吱吱呀呀传来陌生的音乐，老师很陶醉，学生很迷惑。

三首歌放完，老师按下停止键。

"时间真快呀，同学们。昨天，我还是和你们一样的20岁的年轻人，怎么一觉醒来，就老了呢？"老师取下眼镜，不知道是擦眼泪还是擦汗。老师的衬衫已经完全湿透，稀稀拉拉的头发湿漉漉地拂向右边，紧贴着头皮。

"同学们，要珍惜时光哟。我们再听最后一首歌，听完这首歌，你们就不再年轻了。"

弹指一挥间，又是一个夏天的下午，在上海大学的课堂，我给我课堂上的孩子们播放了一组我年轻时喜欢的歌。他们和我当年一样迷惑。

我给他们讲述20多年前我的老师在教室里播放音乐的故事。

也许，再过些年，我的某个孩子会在他的课堂上，给他的孩子们播放他喜欢的音乐，讲他自己的故事。只是不知道，在故事里，我会是一个什么样的人。

57

绿地缤纷城徐汇店

生活在小小星球上的人类，永远被地球人仰望

时间：2020年6月

这是我在上海大学开设的课程——"创业人生"第10季的一份学生作业。

当我的星球和地球碰撞时，我在想些什么

黄伊，上海大学文学院2017级学生

我不是一个正常的女生，自认为是这样。

后来分析了下自己，大概小时候不是跟父母一起生活的，有时候会对亲情、友情、爱情都有一种疏离感，不知道如何正常表达情绪，所以我很小就有了自己的星球。在这20年里我除了读书，就是在观察正常人在地球上是怎么生活的，然后去模仿他们，让自己也变成一个正常人。大多数时候我喜欢发呆、走神、想自己的事，有时候明明课上在讲数学公式，却可以由数学符号联想到昨天的梦境，所以考试经常考不好，只有到最后的毕业考才开始集中精神，因为发现被父母和老师盯上了，不得不从自己的星球里醒来，跳到正常的地球，考上了不好不坏的高中和大学。

作为一个文学院学生，来参加"创业人生"也是我的非正常体验之一。在倒数第二节课上，平和学校那位老师[①]的人生轨迹跟我有着很大的相似之处。

[①] 我在上海大学开设的课程——"创业人生"第10季课程的嘉宾郑腾飞，网名小飞机，北京大学化学系本科毕业，麻省理工学院博士，上海平和教育集团课程中心总监助理，上海筑桥实验小学校长助理。

等上了大学，我还是不知道地球人是怎么思考的。我曾经尝试进过最大的社团，这个社团主要是吃喝玩乐，但是一阵短暂的新鲜感过去后我陷入了空虚，这就是地球人的生活吗？我觉得还没有在自己的星球发呆好玩儿。当平和学校那位老师谈道"虽然自己学习很好，但我不知道自己的人生有什么意义"的时候，我觉得看到了高考后面对新世界的自己。

记得在被父母接回家读一年级后，我面对这个地球听到的第一句话就是"你要好好学习，以后有个好工作。"第二句话就是"你英语怎么这么差啊！"。本来小时候不在父母身边长大就已经有了被抛弃感，一连串的学习打击更是让我提心吊胆。那时候我好像就开始与自我脱轨了，我努力的所有意义就是为了好成绩、好工作、肯德基的汉堡包、父母和老师的表扬……就是没有"我"。

但是回头想想自己的这20年，这是一件很可怕的事情，没有自我的人，是没有热情去探索自己喜欢的事情的，更别提有自己的爱好、框架、世界观和人生意义。我的星球只是一个保护壳，只要固定向地球输入考试成绩，别的时间就不想再被打扰。

大学对我而言是个好地方，我在这里完成了自我整合和人生真正意义上的重生。刘丹老师[1]说："我们要主动求变。"大学就是我主动求变的地方，我可以自由呼吸空气，可以在书籍中与文学巨人谈话，解决我的困惑和烦恼，也可以在实践中去跟不同专业、不同行业的人交流，让自己的思维更加开阔。

……

回想人生第一阶段，让我遗憾的是，我在人生每个关键点都没有去寻找自己真正热爱的东西，就这样随波逐流、随遇而安了。在最后那节课上，看到Hercy[2]从小到大如此轻松的经历，我非常羡慕。只有真正热爱一件事物，才会废寝忘食满怀热情地去探索它，才会在每次遇到挫折时继续咬牙坚持。

《致匠心》广告的制作人蔡萌也是如此，找到了自己人生真正热爱的东西，才会由此达成自我和社会的平衡，而不是被社会所吞噬，成为调侃中的"社畜"。

---

[1] 我在上海大学开设的课程——"创业人生"第10季课程嘉宾，优屏传媒创始人，CEO。
[2] 我在上海大学开设的课程——"创业人生"第10季课程嘉宾，LeetCode力扣联合创始人，CEO。

我的星球，马上就要毕业了。我的星球，将脱离单纯的学生时代，去跟地球人的社会接轨。我的星球，马上就要不得不为生存而奋斗。在这些来临之前，我想我要为我的星球去加固世界观，防止被地球人的社会摧毁。

在"创业人生"里看到的经验，都融入了我的血脉中。在我之后的职场人生中，它们会反复跳出来，指引迷茫的我走正确的路，这就是这门课带给我最大的感悟。值得我珍惜、回味、反思。

当我的星球跟地球碰撞时，我在想些什么？如果什么都想清楚了，我就不会来"创业人生"，也不可能碰到这么多可爱的老师和同学们。做一个正常人，完成社会的各项指标，真的就是人生的意义吗？我始终在前进中思考。

嘿，先别想啦，碰撞可能就是人生最大的意义。

我给这份作业的批语是：生活在小小星球上的人类，永远被地球人仰望。

Tips 两位"创业人生"课程的学生，因为创业项目，向刘丹老师请教。刘丹老师约了学生们在绿地缤纷城徐汇店的西餐厅比萨玛尚诺见面，边吃边谈。绿地缤纷城徐汇店，位于龙华中路地铁站出口处，这里餐馆林立，往前走800多米是徐汇滨江。比萨玛尚诺的薄饼比萨很美味。

58 美兰湖高尔夫俱乐部

好女愁嫁

姜师姐和她的先生早年在深圳打拼，白手起家，先生做外贸生意，她自己则经营着一家大型服装企业。

2020年6月，在上海美兰湖高尔夫俱乐部，姜师姐对我诉说了她的烦恼：

师弟，在朋友圈看到你帮朋友的女儿找男朋友，我就很想和你聊聊。我家女儿今年也30岁了，本来我想请师弟帮我看看，你有没有合适的人，但仔细想想算了，自己都找不到，人家怎么可能帮你找得到？

我跟师弟讲讲我们家那位的故事，还有我这个妈妈的心路历程。

女儿在25岁以前，不管是她本人，还是我和她爸爸，大家都不着急的。我女儿性格外向，朋友多，天天不着家。她留过学，生得漂亮，身材好，长头发，人聪明，工资也高。家里就更不用说啦，我们就她一个孩子，信用卡随她刷。

今年，眼看着生日一过就整整30岁了。这下，我和她爸爸就急了。我们讨论了很久，做出一个决定。我们跟女儿讲："如果33岁以前，你不结婚不生孩子的话，我们也不要你结婚啦。试管也好，人工授精也好，反正你就去生两个孩子吧。孩子生下来，也不用你负责，我们来带。"

我们做出这个决定并不是偶然事件，这里面有很多必然因素。这不仅仅是我家女儿一个人的问题，在很大程度上，它代表这个社会中一群人的共性。

我跟我先生也会讨论人为什么要结婚：志同道合的朋友加伴侣？共同合作打拼天下的生意伙伴？还是延续家族的血脉传承？在我们看来，如果结婚就是这三个目标的话，不结婚的总体收益可能更高。

喜欢我女儿的男孩子很多，但是她为什么不结婚呢？我也问过她，她说她一想到结婚就头疼。对她来说，结婚除了传宗接代之外，不能给她带来任何新东西。她现在什么都不缺，她说一个男人再有钱也超不过爸爸，一个男人再有趣也超不过爸爸，论知识丰富、陪她聊天、给她人生指引，也没法超过爸爸妈妈。要说关心她，男人再怎么关心她，也不如给她找两个保姆，把她照顾得好好的。她找不到非要结婚的理由。我理解她的无奈，所以，我和她爸爸现在也没那么硬性地逼她，非要她结婚不可。

师弟，你是否还记得，几年前，我曾经介绍过姓郑的年轻人给你？那个小郑对我女儿很好，我女儿对小郑也不反感。这个小郑的父母，在企业里做高管，在深圳来说，是很一般的家庭。小郑在各方面也比较一般，我女儿说了，跟小郑这样的人过一辈子，肯定不行。

比我们事业更好、家底更厚或者更有钱更优秀的人，有没有？当然有了！但是问题是，她自己也说过，碰到这样的人，她又驾驭不了。她才不愿意降低身价，跟在别人后面，做个贤内助。这样一来，她的婚姻就变得无解了。

我现在看我女儿的生活，她每天过得都很充实，也很开心，完全没有缺憾。她常跟我说，在她认识的男男女女老老少少中，没有一桩婚姻值得她羡慕。

几年前，她爸爸帮她在上海买了套24小时管家服务的高级酒店式公寓，花了700多万元。她爸爸最近也在反思，是不是我们给女儿创造的条件太好，反而让她对结婚失去了动力。她爸爸说："如果我们逼她一下，看在没钱的情况下，她是不是会做一些妥协？"说是这样说，事实上，我们都知道这是不可能的。我们只有这么一个孩子，她也知道我们的底线在哪里。她知道我们是爱她宠她的，在她面前，我和她爸爸是彻底的弱势群体。

师弟，今天你朋友圈里推荐的两个优秀女孩子，我不知道是她们自己想找一个优秀的伴侣，还是她们的爹娘委托你帮忙，说不定，她们自己根本没这个想法，就是爹娘在那起劲。

我相信，我女儿也在等待那个合适的人，她心里也肯定想找一个能够两情相悦、互相成长的人。但是，什么时候才能找到呢？万一到100岁也找不到呢？人是会老的呀，这世上还有时间这个制约因素。

这些是永恒的难题，我身边做生意的朋友们，被类似问题困扰的人有很多。女孩有女孩的问题，男孩有男孩的问题，等哪天你有兴趣，我单独再给你讲讲，高净值家庭二代男生的婚姻，这个问题更复杂……

59 上海宝地广场

为了创业，我曾三次被120救护车拉进急救室

在过去的15年间，Jessi曾参与过两家著名的儿童培训机构独角兽企业的创业，鲸智学程是她的第三个创业项目。

"创业是个非常艰辛的过程，对人的身体和精力的消耗非常大。"Jessi说。

在上一次创业中，她曾三次被120救护车拉进急救室。

"有一次，在一个宾馆的会场上，我在给几百家加盟商讲课，讲得正高兴，突然就倒下去了。"Jessi比画着说自己的事，"救护车直接就给我拉进急救室。等我醒过来，输完液，手臂上的胶布都还没撕，我就直奔回酒店，接着讲。当时，我脑子里想的只有一件事，几百个加盟商在酒店里等着，课还没上完呢，这怎么行？"

最后，医生循迹而来，从会场上直接把她带走。

创业不易。

Tips　上海宝地广场有一家鲸智学程的旗舰店，有兴趣的朋友可以去咨询。2020年端午节假期，我和太太去鲸智学程参观。有一个教室，坐满了家长，老师正在给家长讲些什么，"魔都"的家长真够拼的。

太太的同事有两个儿子，在上海的一所国际学校念小学。每个周末，两个孩子都去上游泳课。

太太问我:"你猜,他们上一次课多长时间?"

我试着往大了猜:"两个小时?"

"四个小时。"太太说。

"怎么会那么长时间?"我问。

"不仅仅在水里训练,还有在陆地的训练,每次课下来,整整4个小时。"我太太说,"这些练游泳的孩子大部分来自上海滩的各所名校,每次孩子们训练的时间,就是家长们换题的时候。大家一交换,所有学校的题都有了。"

60 他在游戏世界重建了一座中华艺术宫

中华艺术宫

京京是浦东一所国际学校的四年级学生。从2019年3月份开始，京京几乎把所有的业余时间都花在一款名为《我的世界》的游戏上。在《我的世界》中，京京正在进行一个人项目——重建上海世博会中国馆，也就是现在的中华艺术宫。

《我的世界》是一款关于方块、探索、创造与冒险的沙盒游戏。在游戏中，玩家既可以独自一人，也可以和朋友们组队，靠着自己的想象力，将一个个简单的方块，制作成各式各样的3D立体建筑物。游戏分两种模式，在创造模式中，玩家拥有无限资源，可以尽情发挥创意，建造一个属于自己的世界；在生存模式中，玩家则需要尽可能地收集和利用各种资源，打造武器和盔甲，和怪兽做斗争。

自从京京爱上《我的世界》后，每周六上午11点到下午一点半，在兴趣班的间隙，他会背着照相机，扛着三脚架、测量仪，去中华艺术宫拍照、测量数据，以便在游戏中按照1∶1的真实比例，还原中华艺术宫的真实场景。

他的第一个成果"中华艺术宫"，大约花了八个月的时间。京京的妈妈告诉我："去年，京京跟我说，他要重建中华艺术宫，请我开车送他去实地拍照和测量。我没太当真，小孩子嘛，兴趣变化快得很。没想到，他这一干，就是一年多，还真干出了点模样。"

"哦，都干了些什么？"我很好奇。

"刚开始的时候，他就是拿着单反相机、卷尺，对着中华艺术宫拍照片，回去之后，按照照片还原。"

"还真测呀?"我问。

"这算什么呀,做了一个月,他就把所有的东西全部推翻重来。我问他为什么,他说之前的测量太粗糙了。他给我开了个清单,要买专业的测量设备——经纬仪、水准仪、测距仪、速测仪,一大堆东西,而且还指定了品牌,比如红外线测距仪,他只要博世的,便宜的他还不要。"

"啊?这些都是建筑测量设备吧?他会用吗?"

"自己上网,买书,找视频,自学。他自己说不难。"京京妈妈说,"后来,他还买来一台大疆无人机,用作航拍。这一年多,我们买了不少设备。"

"哇!"我不由得惊叹。

"他自己做了三个月后,中华艺术宫初具雏形。这个时候,他跟我说,我有好多好多问题,找不到答案,您能帮我找个老师问问吗?"京京妈妈说。

通过朋友介绍,京京妈妈带着京京拜访了同济大学的一位教授。"教授特别喜欢京京,本来只约了40分钟的见面时间,在看了京京的作品和我们带去的各种仪器后,教授和京京聊了整整两个小时。"

同济的教授给京京开了一个由15本建筑学经典教材组成的书单。教授太忙,没有办法指导京京,把自己的一个博士研究生介绍给了京京妈妈。

"我们按照教授的指导,买来所有的书,京京看得津津有味。每隔两周,我们去一次同济大学,和博士哥哥见一次面。京京的爸爸也是博士毕业,知道读博士不容易。所以,每次去同济和博士见面,时间为两个小时,我们支付2 000元钱。这样的交流,一直延续到现在。特殊时期,京京和博士哥哥还通过网络进行交流。"京京妈妈说,"那时候大学都是网络授课,经过教授和博士的介绍,京京旁听了一个学期好几门建筑学的本科生课程。"

"京京自己的网课怎么办?"我问。

"我们先录下来,上完大学的课,再上自己的课。"京京妈妈说。

到2020年6月,京京在游戏中重建中华艺术宫的计划仍在进行中,为了更好地理解建筑的力学结构,京京已经自学完初中物理,并开始自学高中物理。

祝愿京京重建中华艺术宫的梦想计划早日成功,也祝愿所有努力的小孩子,都能开出自己想要的花。

Tips

2010年上海世博会期间,中国馆是最受欢迎的热门场馆。世博会之后,中国馆更名为中华艺术宫,上海美术馆也从南京路搬迁至此。除了常设展馆外,中华艺术宫会不定期地推出各种高水平的特色展。中华艺术宫是上海旅游必去之地,五星推荐。

我曾在大学课堂里讲过京京的故事,课后,一位学生留言:"我可能玩了一个假游戏。"

61 红星美凯龙

认真你就"性感"了

何兴华是红星美凯龙家居集团股份有限公司副总裁,长期负责红星美凯龙的品牌和市场工作,曾经操盘过一系列优秀的营销案例和经典的广告作品。

在上海大学"创业人生"课堂上,何兴华作了主题为"认真你就'性感'了"的演讲,演讲的部分精彩观点,总结如下:

观点1 商场如战场,战争就要不惜代价,为了胜利和生存,战士必须要拼尽全力

何兴华:"看着我每天早出晚归,没日没夜地工作,我父亲特别不理解。他曾经非常直接地问我,是不是资本家剥削得太残酷?我只能笑笑。我现在的状态是一天工作24小时都嫌不够,没有任何人逼我,完全是自愿的。现在的商业,竞争之残酷,与战争无异。战争是一个你死我活的事情,为了胜利,必须不惜任何代价,调动所有能调动的资源。为了生存,有时候还不得不突破各种底线。这里的底线,不是道德底线,而是成本底线、效率底线和业绩底线。行业里本来一个月才能完成的工作,你半个月就做完,成本就能节省一半。但是,如果另外一个人只需要一个星期就能完成,并且做得更好,最后一定是他会赢。"

刘老师:"既然商场就是战场,那每一位身处其中的职场人士,如果没有拼死一搏的状态,如果没有竭尽全力的准备,不要说荣誉和胜利,恐怕连生存都不是件容易的事情。现在,大家应该能理解,身处职场,努力向前,拼死相搏,并不全是对企业的爱。有时,就是为了自己能够活下去。创业时期的企业九死一生,职场中人,何尝不是如此?"

观点2　中国经济绝不会有问题

何兴华:"在国际竞争中,我们中国企业既有创造力,又能吃苦。外国人的大企业,工作8小时,就差不多了。我们工作24小时,还嫌不够。你说说,最后谁会赢?就凭这股狠劲,中国经济绝不会有问题。"

观点3　第一名才能获得最高的性价比

何兴华:"人们只会记得第一名,而只有第一名才能获得最高的性价比。"

刘老师:"中国电竞第一人李晓峰Sky来讲课的时候,曾说过这样一句话,'我今天所有的荣耀和成就,都归功于2004、2005年我能获得WCG世界冠军。这个世界,人们只记得冠军。'说句公道话,冠军和亚军,第一名和第二名,就实力而言,真的有很大区别吗?在大部分竞技项目中,第一名和第二名之间,实力差别非常小,甚至没有差别,可是效用差别就太大了,性价比更是天壤之别。你已经付出了80%的努力,何不再努力一下,争个第一?从性价比角度看,如果不是第一,你这80%的努力,和那些一点不努力的,有什么本质区别呢?很多时候,有点努力或者比较努力,真的没什么意义。"

观点4　把一个事情研究透彻,琢磨明白,成为某个小领域的专家,这才算得上学习

何兴华:"现在,最重要的不是你过去掌握了多少知识,而是你能否不断学习。学习能力是一个人最核心最重要的能力。学习能力,不是微信上看几篇文章,读点东西,那是获取信息,不是学习。真正的学习,是把一个事情研究透彻,琢磨明白,成为某个小领域的专家,这才算得上学习。"

观点5　这是一个前所未有的黄金时代

何兴华:"这是一个前所未有的黄金时代,资本很重要,知本更重要。只要你有知识,你有能力,你就一定会有发光发热的机会。我们看到的达人经济,其实就是这样一个黄金时代最好的体现。你不需要强大的家庭背景,你也不需要多大的社会资源,只要你真正有才华,这个时代就一定不会辜负你。"

刘老师:"我想起之前著名歌手李健接受采访时说过一段类似的话。今天这个时代，不会辜负那些真正有才华的人，而恰恰是那些可上可下、大多数时候处于可下状态的人，最容易被这个时代忽略。那么，问题来了，你是那个真正有才华的人吗？你在全力以赴地成为一个有才华的人，还是一个整天处于平均状态的人呢？"

观点6 专心应对这个纷繁复杂充满变化的世界

何兴华："热情，匠心，研究。只有找到你真正喜欢的事情，投入你的全部精力，用匠心精神去研究和琢磨所有的细节，你才有可能成功。当你全神贯注，用心投入时，全世界所有的智慧都会为你所用。"

刘老师："汉龙文化创始人赵丽静董事长来讲课时说'当你用尽全力时，上天自然会给你开一扇门'。她说她在很多时候都遇到过这种情况。我在想，这是不是也在说，当你足够努力，足够正向，你会吸引那些和你相同能量的人以及资源。很多时候，眼见着'山重水复疑无路'，只要再努力一下，捅破窗户纸，马上就'柳暗花明又一村'。可是，努力一下，再努力一下，说着容易，做起来好难，尤其是在绝望无助山穷水尽之时。另外一句心灵鸡汤，和大家分享——'你只管努力，上天自有好安排'。"

何兴华："我们集团董事长特别喜欢讲三个木匠的故事。第一个木匠说，我怎么就做了个木匠呢？唉，干吧，叫干什么就干什么。第二个木匠说，真不容易，有这么一份工作，我一定好好干，把工作干好。第三个木匠说，我太喜欢木匠这个工作了，我一定要把每个木工活都做成最好的艺术品，让所有人都能喜欢我做的木工活。从这三个木匠的状态，你就能看得出他们未来的区别。"

刘老师："没有偏执的爱，哪会有非同凡响的成功？"

观点7 年轻人应该具备的基本职场能力

何兴华："最重要的能力是领导力、总结力和感性素质。领导力是最重要的能力之一，仅从性价比看，你带着一个团队工作，把工作干好，当然性价比最高。我特别主张同学们去学习领导力、表达以及心理学的课程。另外，感性素质非常重要。现代社会，高科技固然越来越重要，可是跟人相关的、跟消费者相关的，理解和洞察他人的感受和体验并且能产生强烈共鸣的感性能力，将是更加重要的一种能力。它不仅涉及人际交往，还是所有商业最必不可少的东西。甚至，当你有了宝宝，你会发现，你的感性能力能够为你的宝宝提供一个更加丰富、完美、充实的学习和生活环境。"

刘老师："感性能力，如果一定要理性表达的话，它可能和诗歌、舞蹈、音乐、美术更相关。所以，我常常爱问一些朋友们，你一年背过多少首诗？别一提到诗，就是'鹅鹅鹅'或者'锄禾日当午'。我们来问问自己：一年里看过多少让自己身心都受到震撼的电影？一年中看过几本有意思的书？一年中听过多少首喜欢的歌曲？是否尝试过画点什么？是否在艺术能力上做过一些提高性的尝试？如果答案都是否定的，那真的是一件很悲伤的事情。"

祝你认真，愿你"性感"！

62

席家花园

结婚证都得写两个人的名字，婚房写一个人的名字，还算什么婚房？

歆妍，上海人，出生于70年代末，是一家著名连锁品牌的创始人。先生老黄，长歆妍13岁，某世界500强公司高级总监。女儿妞妞，在上海一所重点高中念高二。

歆妍大学毕业后，在一家外资银行工作，老黄是她的客户。

老黄第一次见到歆妍，就喜欢上她，然后奋不顾身地发起攻势。

"我是个很传统而且很理性的人。"歆妍说，"谈恋爱，就要奔结婚去。我直接跟老黄说了，和我谈恋爱有三个条件，你同意，我们就谈，不同意，也别浪费大家的时间。"

歆妍的三个条件，就是三个问题。

第一个问题，歆妍问老黄："你先回家问问你妈妈，我不会做家务，行不行？别等到以后结了婚，再嫌弃我这个不会做、那个不会做，就太晚了。"

老黄跑回家，认真地问了他妈。黄妈妈的回复很干脆："上海女孩儿都是这样，谁会做家务？没事，结婚以后，自然就会了。"

第二个问题，歆妍对老黄说："我们俩结婚，必须要买新房。钱，你们家出，同时，必须写上我的名字。你问问你妈妈，行不行？"

黄妈妈的回复更直接："我们家有钱，买房子没问题。结婚证都得写两个人的名字，婚房写一个人的名字，还算什么婚房？"

第三个问题，不用再问黄妈妈，需要老黄自己回答。"我是个不安分的人，将来一定是要自己做事情。如果你想找个贤妻良母，我肯定不是。现在这个阶段，你在外面闯荡，家里靠你挣钱。将来，可能要你主内我主外，我来负责挣钱养家，你受得了吗？"

老黄的回答很爽快："没问题，我能行。"

歆妍问老黄："你仔细想过没有？"

老黄回答很诚实："仔细想过了，放心吧，我也不是一般的人。"

老黄和歆妍结婚后的头几年，一直没要孩子。

"我是个根本不想要孩子的人。"歆妍说，"后来，为了证明我们没毛病，我才生了妞妞。"

妞妞9岁之前，歆妍自己带孩子。那时，老黄负责工作养家。妞妞9岁之后，歆妍开始创业，老黄立即将时间和精力转移回家庭。

"老黄对女儿太宽松了。如果是我带孩子，我女儿肯定会更优秀。"歆妍说，"但是，没办法，我根本没有时间去管他们。"

回归家庭后，老黄的职业生涯就止步不前了。

我问老黄："正是顺风顺水的时候，戛然而止，不可惜吗？"

老黄笑着说："如果歆妍不出来创业，是不是更可惜？"

Tips

那天，我约了歆妍一家在席家花园吃饭。歆妍更像一家之主，饭桌上，主要是她在说话，大部分时间里老黄都是在倾听。

聊天的间隙，我会偷偷看一眼老黄。他要么在看女儿，要么看着太太，面带微笑，不多说一句话。

席家花园是上海一家以怀旧氛围和本帮菜为号召的连锁餐厅。席家曾是上海的名门望族，第一代中的席正甫曾担任汇丰银行买办数十年之久。席家花园第一家店开在东平路一栋建于20世纪20年代的花园洋房里。

平时我常去的是席家花园巨鹿路店，那里是一栋老式花园洋房。在上海老洋房，用上海菜招待朋友，无论是宴请上海本地人，还是欢迎外地客人，都是很好的选择。

63

游族网络

我如何一毕业就拿到五家行业顶尖公司的录用通知？

这些年,"史上最难就业季"的话题年年都会被人谈起。可是,每年我都会发现,总有那么一些孩子,一个人拿到很多优秀公司的录用通知,甚至还顺带着考上了研究生或公务员。

今天,进互联网大公司、传统的顶级咨询公司、四大会计师事务所、世界500强、大型国企以及考公务员,依然是大学生们的就业热点。竞争极其惨烈,选拔也是优中选优。能够胜出的年轻人,都是出类拔萃的精英。

罗逸,出生于1995年10月,上海人,2018年毕业于上海大学管理学院会计系。从大二开始,他就把目标锁定在顶级咨询公司和全球四大会计师事务所。

到了大四,当他正式获得全球四大会计师事务所的录用通知时,却选择进入了游戏行业的一家上市公司。2017年的秋招,罗逸一举拿下五家行业顶级公司的录用通知。

我问他:"找工作容易吗?"

他回答:"非常不容易。"

罗逸是个目标感非常强的孩子,设定好一个目标,就会一步步,稳扎稳打地向着目标靠近。我请罗逸帮忙,写一份求职心得。如果换作一个特别擅长写作的孩子,没准能把每个录用通知都写出上万字的攻略来。

冷静、坚忍、多思、寡言,静若处子动若脱兔,没有情况绝不乱动,碰到机会绝不含糊。从文字中,或多或少能看出他的一些特点。必须得说,这是一个我喜欢的孩子。

以下是罗逸自己写的求职经历和心得。

1 德勤

过程：大二进入德勤俱乐部→寒假实习→实习评价为"超越期待"→合伙人面试→录用通知。

挑战：德勤俱乐部通过率低（据说是3%），群面大致是10个人过1—2人。

心得：团队感。我群面的那一组有7个人，最后有5个人进入德勤俱乐部，原因是互相配合得比较好。在一个团队中，不是只有leader（队长）重要，每一个人都不可或缺。

实习过程中，我会不断思考如何超越同事的期待，做得更好。例如，一项工作要求3小时内完成，我会想办法2小时内高效完成，剩下1小时主动让同事安排更多的工作。超越期待，这一点也获得了合伙人的肯定，最后幸运地拿到录用通知。

2 安永

过程：安永校园大使→暑期领导力训练营（SLP）→录用通知

挑战：SLP是安永特色，通过候选人一天的表现决定是否给予录用通知。早上开始，一天面试3轮，强度大。

心得：

——尽可能早接触目标公司。

——过度准备。面试之前，我大致想好了自己在团队的定位（计时员和进度推进者），提前想好了最后要问合伙人什么问题。事实上，合伙人对于最后我问的问题（工作中的远路和捷径）非常满意，当场提出加微信，最后顺利获得录用通知。

3 三星

过程：笔试→面试

挑战：笔试极其"变态"，三星称其为三星集团工作能力测试（GSAT），全球统一试卷。一个半小时考察数理逻辑、语言逻辑、空间想象能力……

心得：我觉得能过笔试是运气比较好。此外，在面试中展示自己和别人的不同。例如，我会特意强调自己曾在咨询公司一天翻译160页文件，这是我能做到而别人很难做到的。

4　某顶级咨询公司

过程：笔试→面试→实习生录用通知→作业→实习评价→两轮案例面试→线上测试→正式录用通知

挑战：笔试加面试一共12轮，最后只要4人。竞争对手不乏国外顶尖商学院研究生。

心得：

——做敢于接过话筒的人。在部门会议和实习生考评中，敢于做第一个分享和发言的人，给各个部门留下好印象。

——疯狂地工作，疯狂到人力资源部门发邮件警告不要再加班。

——实习时随身携带笔记本做记录，后来才知道这个小习惯让我获得了很多加分。

5　游族网络：游戏上市公司

过程：游戏公司高管来刘老师的"创业人生"课堂进行分享→刘老师临时起意，问有没有学生愿意模拟面试→第一个举手，获得模拟面试机会→面试官对我的表现很满意，邀请到公司进行正式面试→3轮面试→正式录用通知

挑战：这样的机会千载难逢；课程现场有300多人，等于是在众目睽睽之下面试。

心得：

——机会出现时，把握住，拼命地发力。在课程开始前，我就想好了，要尽一切办法投递简历，所以我对能搜集到的有关公司的所有资料事先进行了分析和整理。能不能成功我并不知道，但是我不想放过任何一个机会。

——英语。这是一家出口收入超过50%的游戏公司，国际化程度非常高。正式面试涉及英语能力的考察，在我用英语自我介绍后，破例直接通过。面试

罗逸

官的解释:没有必要继续面试了,我觉得非常好。

求职心得总结:
(1)机会出现时,把握住,拼命地发力。
(2)靠近优秀、有特点、有野心的人。
(3)应该有信心应聘任何一个岗位。
(4)努力到无能为力,上天就会开一扇窗。
(5)自强则万强。

Tips 　　游族网络是上海一家非常优秀的游戏公司。地铁9号线桂林路站4号口出来,步行700米左右,就到了游族网络的总部——游族科技。从收入规模来说,游戏是中国目前第一大文化产业,2019年游戏产业的收入高达2 308.8亿元,是当年电影行业票房收入(642.66亿元)的3.6倍。

在这2 308.8亿元的总收入中,海外收入非常亮眼。2019年,中国自主研发游戏在海外市场的营销收入为115.9亿美元(811亿人民币),占比高达35%。在过去十年间,中国自主研发游戏在海外市场的营销收入增长超过100倍,中国的游戏出口额如今仅次于美国,位列世界第二。

2019年,游族网络的营业收入为32.2亿元,其中,海外市场销售收入为20.3亿元人民币,占63%。

罗逸在毕业后,进入游族网络,从事的第一份工作就是海外游戏运营。

64

春秋航空

大学毕业后，
我去春秋航空修飞机

　　欧阳斌，1994年1月出生，江西赣州人，上海大学理论与应用力学专业2017届毕业生。2017年7月，欧阳斌加入春秋航空公司，成为一名机务维修学员。

　　2015年10月，我带着一群学生去崇明参加半程马拉松赛，学生夏蓓带来她的同学——欧阳斌。在崇明，我和欧阳斌几乎没什么交流，因为他跑得太快了，根本见不着人。从崇明回来后，欧阳斌常和我一块儿在学校跑步。

　　在我眼中，欧阳斌是个体力特别好、永远累不垮的小孩。直到有一天，我们一起进行半程马拉松训练，跑到19公里时，我正酣畅淋漓，他突然放慢脚步，面露难色："老师，您先跑，我实在追不上了。"把欧阳斌跑垮，在我的运动生涯中，是个有纪念意义的里程碑事件。

　　和欧阳斌的交流日渐多起来，我越来越喜欢这个来自江西的农家子弟。他有着农村孩子特有的执拗和坚持，爱学习、肯吃苦，相信奋斗就能成功。

　　2016年初，欧阳斌告诉我，他

春秋航空维修工程师欧阳斌，2017

准备考研究生，想听听我的意见。

我问他为什么要考。

他说：一来，受身边同学影响，他在力学系的同学几乎都在积极备考；二来，他感觉本科几年过得太快，想在研究生阶段学点有用的东西。

我问他打算考什么专业。

他说就考他自己的本专业——力学。

我接着追问为什么。

他说这样感觉比较容易一些。

很显然，在考研这个问题上，关于为什么要考，考什么专业，考了以后做什么，以及更远的未来，他还没什么想法。我鼓励他说以他的数理功底，不妨在研究生阶段去探索一些新的方向。北京航空航天大学经管学院的王惠文教授是我非常尊重的一位前辈，对学生好，对后辈更是提携有加，我自己一直受惠于她。我向王老师推荐了欧阳斌，王老师表示非常欢迎他来报考北航经管学院。

经过仔细考虑，欧阳斌决定跨专业报考北航经管学院，并开始了半年多的复习。结果比较遗憾，他考研失利，与北航擦肩而过。

2017年初，在得知他考研失利的消息后，我有些自责。如果当初他报考力学系的研究生，没准就考上了。可是，人生没有假设。这时，反倒是欧阳斌来安慰我："老师，考试失败，是我自己复习不充分，水平不够，不怪您。您已经把路铺好了，没走好，那是我的问题。"

考研失败后，欧阳斌开始找工作。当我得知他去了一家汽车技术公司实习并能留用时，心里多少有些踏实了。后来，听他说起，公司的规模有限，感觉发展空间还是不够时，我开始琢磨怎么能帮到他。

2016年，我曾对时任春秋航空总工程师的王志杰做过一次两个小时的专访。在那次访谈中，志杰总告诉我，飞机维修不仅仅是工程师修理机器那么简单，它还涉及财务、供应链管理、运筹、全球调度、工程师配置甚至外汇市场等一系列复杂内容。2017年，志杰总已经出任春秋航空总裁。多说一句，志杰总是马拉松爱好者，全马半马都不在话下。今天的企业高管，身体不好的同志，真的玩不动。虽然企业高管是个智力活，但更是体力活，没有长期体育锻炼的底子，别轻易干这个。

我特意咨询了春秋航空人力资源部总经理王天和："力学专业的小朋友如果来应聘飞机维修工程师，是否合适？"天和的兴奋超过我的想象："太对口了，当然合适！叫他快来投简历！我们的飞机维修工程师岗位最欢迎这样的年轻人。在我们这里，他们有的是机会，快来！"

于是，我建议欧阳斌去试试应聘春秋航空的飞机维修工程师。之后的事情，就比较顺利了，他拿到吉祥航空和春秋航空两家公司的offer！当然是去春秋，在这个问题上，我是坚决而果断的！偏执！必须得偏执！

2017年夏天，上海的室外气温高达40℃，欧阳斌穿着工作服，跟着师傅一起，顶着烈日，在地表温度超过50℃的停机坪上检修飞机。2017年冬天，上海的最低气温低至0℃，在四面通透的机场，再厚的衣服也挡不住透心凉的寒气。

这些时候，我常会想起欧阳斌，他扛得住吗？他会不会跑掉呀？如果他选择留在之前实习的汽车技术公司，会不会更好？

我给欧阳斌发微信，想说几句鼓励的话。小伙子反应很快："老师，我是从农村出来的，什么苦都吃过，这点苦不算什么。"紧接着，他就开始兴奋地给我谈起他的工作，讲他怎么跟着师父学修飞机，讲他怎么在师父带领下给发动机加润滑油，讲他每天迎来送往一架架飞机时，那种抑制不住的骄傲和自豪。

他说："刘老师，我真的喜欢修飞机，我做梦都想成为顶级的飞机维修工程师。"

"就是环境苦点。"我插了一句。

没想到，他竟然反过头来安慰我："刘老师，飞机那么大的个儿，总不可能放在空调房里修吧？您说过，这世界上，每样工作都有壁垒。从修飞机来说，技术是壁垒，时间是壁垒，辛苦是壁垒，天气是壁垒，英文是壁垒，环境也是壁垒。您看，这些对别人来说是壁垒的东西，不就是我的优势吗？我待的时间越长，壁垒就越高，优势就越大。我非常幸运地找到自己喜欢的工作，并且有了明确的职业发展方向。您不是告诉我，要耐得住吗？说实话，我一点也没觉得是忍耐，手一碰到飞机，我就觉得特别享受。前段时间，有同学周末约我一块出去吃饭，我觉得一点都没意思，还不如在公司培训部自习呢，和飞机待在一起，多带劲呀！刘老师，您说过，各个行业最顶尖的人，未来都会在金字塔顶端相遇。希望有一天，我会成为顶级的飞机维修工程师，在金字塔顶端，和高手们相遇。"

我强压住内心的喜悦:"小朋友,咱们能不能低调一点?"

欧阳斌回复我:"老师,我可低调了,不敢随便加班的。每天一到机坪,我就特别兴奋,特别高兴。老师,您知道那种感觉吗?"

朋友,您每天出门上班或者上学,会很兴奋吗?

65

上海星河湾双语学校

一名上海小学生的一年

2016年，经过2 000∶160的选拔，彦宝成为上海著名的民办学校——上海星河湾双语学校的小学一年级学生。上小学前，彦宝已经认识2 000多个汉字，钢琴5级，围棋业余4段，芭蕾3级。

教育问题一直是热门话题。大家在讨论教育问题的时候，有谁曾停下来，问问孩子们在想什么，听听孩子们到底要说些什么？

2017年9月，彦宝念小学二年级。2017年底，彦宝给我发来她的年终总结，让我们看看一个上海的小学生一年里都做了什么？

二年级小学生彦宝的2017年年度总结

2017年，我已经适应了小学生活，还有了很多第一次的美好体验。

2月，我和爸爸妈妈一起去了北海道，漫天大雪让我很兴奋。我们第一次参加滑雪课程，爸爸却临阵脱逃。我不仅坚持到最后，还得到了教练的表扬，我很喜欢滑雪，真希望妈妈每年都能带我来。

3月，学了两年半的围棋升到了业余5段，我很高兴，这比我预期的要早很多。5段是我业余升段赛的第一个小目标，今后，我会更努力地练习，下一个目标是能升到业余9段。

4月，参加学而思综合测试，我取得了一年级组三等奖，小应氏杯（上海市少年儿童围棋锦标赛）女子一年级第三名。

5月，第一次参加学校运动会，我报名参加了跑步、跳高、掷实心球等多个项目，虽然没有拿到奖牌，但是运动让我非常开心，和小伙伴们一起拼搏更是难忘。

彦宝在北海道

6月,第一次参加学校的才艺秀,我的节目是钢琴独奏——《献给爱丽丝》。

7月,参加2017"肖邦纪念奖"香港国际公开赛,获得三等奖。这个比赛中,我有个小小的遗憾:因为临场发挥时有个大失误,导致曲目中断。老师告诉我,我是三等奖中的最高分,如果没有失误,我应该有实力冲击一等奖。台上十分钟,台下十年功,2018年,我一定会争取取得更好的成绩!

8月,妈妈带我和小伙伴一起去了西北自驾游。我第一次看到了沙漠,还找到了小蜥蜴,第一次看到雪白的盐湖,第一次看到了莫高窟。

10月,我和爸爸妈妈去西安参观了秦始皇陵。去了郑州,少林寺是我的最爱,好想留下来学习中国功夫呀!

10月底,参加少年儿童围棋锦标赛,取得1—3年级组的团体冠军、个人亚军。

11月,参加上海全能五星英语竞赛,获二年级组优胜奖。

12月，参加美国数学大联盟杯赛，获得中国赛区二年级初赛三等奖，并获得复赛资格。

这一年的暑假，我开始学习第二门外语——法语，并且学会了自由泳和蛙泳。英文正式进入初章的自主阅读，看了100多本原版书，妈妈说我英文进步很大。

新的一年，我一定会去更多的地方，学更多本领，很期待哦！

Tips 上海星河湾双语学校是近几年成长非常快、口碑非常好的一所上海民办学校。

66 上海犹太难民纪念馆

一个爱上以色列的彝族孩子

摩瑟伊萝,彝族,上海大学社会学院学生,来自四川大凉山。下面是她2017年的总结。

大学生摩瑟伊萝的一年

当刘老师邀请我写写自己的2017年时,我才开始认真回想这一年自己到底都做了些什么。翻了下朋友圈和手机里一张张舍不得删的照片,然后用笔记本简单记下当时发生了什么。看着一整年里自己经历的那些大大小小的事情,猛然恍过神来,发现这是我大学生涯里最有意义的一年。

1月

我作为上海TED×Lujiazui的一员,代表团队去广州参加了TED×Zhujiang Newtown的年度大会。在沙面公园邂逅了一群来中国领养残障儿童的外国父母,我被他们深深感动。1月的广州,温暖湿润,我骑着单车,沿着珠江,思考人生。

2月

我回到家乡——大凉山深处的美姑县进行田野调查,见证了一群宗教神职人员(彝族称"毕摩",智者之意)捍卫传统宗教文化的坚韧与固执,他们无比艰难地维持着受全球化、市场化和城市化影响而日渐分崩离析的彝族社会传统价值观。

坐在被烂路颠簸得像玩具碰碰车似的破旧小面包车里,微醺的老毕摩正在赶往下一个山村，他说："我也想家，可是没办法，大家需要我。"

3月

苏州，参加TED×Suzhou的年度大会。在金鸡湖畔，聆听了年过八旬的文化古迹保护专家阮仪三先生讲述2008年汶川地震后的灾后重建故事，也了解了在他的大力呼吁和抢救下，如今名声大噪的平遥、丽江、周庄、西塘、乌镇等古城镇背后的故事。

4月

福州，参加TED×Fuzhou的年度大会和TED×China的工作坊。

5月

远在上海的我得知了大凉山的近况，一直关注家乡变化和发展的我深深感受到了那份思乡的情怀。"曾经，大凉山是母亲，她哺育了我，成长中我学会自爱；如今，大凉山是孩子，他需要我，思念里我学会了爱他。"

6月

大三这一年，我顺利修完了大二、大三两年的社会学专业课课程。我是一名受少数民族政策照顾而考入上海大学就读的学生。为此，我在北京邮电大学多读了一年预备本科，并被安排到汉语言文学专业就读。

但是，我并不喜欢汉语言文学专业。经过两年的努力，在大二结束时，通过转专业考试，我顺利进入社会学专业。转专业后，我所面临的挑战就是，我必须在接下来的两年里，修完社会学专业规定的所有学分，不然就会延迟毕业。因为热爱，我仅用一年的时间，就完成了别人两年才能修完的学分。

7月

在专业导师的鼓励和指点下，我的关于毕摩群体社会地位变迁的田野调查论文取得了很好的反响，我也有幸受邀参加中国社会学年会，并获得在经济社会学分论坛上进行报告的珍贵机会。

8月

通过学校暑期项目，我去了以色列，这是我第一次迈出国门。永远记得那个清晨，在耶路撒冷的晨曦照耀下，我从酒店一路步行到旧城大马士革门。一位热心的犹太教徒带我绕进了哭墙，在那里，我看见一位哭得快要昏厥的女孩，强大的信仰力量摄人心魄。

摩瑟伊萝在以色列

返回酒店后才听说,两小时前,在我刚刚经过的大马士革门,发生了一起枪击案。

9月

大四,我前往台湾"中央大学",开启了为期一学期的交换生生涯。初来乍到,我感受到新鲜、刺激、惊讶与不同:101大厦门口穿着黄衣打坐的老年团、校园里随处可见的彩虹旗、图书馆里成系列的印有不打马赛克的裸体人像的书籍、电视上换个台就各讲各话的真假难辨的新闻、各种各样的游行、无论何时何处都干干净净的厕所……临行前,刘老师告诉我的那句"台湾之美,在于其人",也在每一句谢谢中得以印证。

10月

我的"YI谈"微信公众栏目在一周年之际正式落幕。"YI谈"的"YI"是彝族的"彝"的拼音和"伊萝"(我的名字)的"伊"的拼音,指这是一个由伊萝负责的讲述彝族优秀青年奋斗故事的专栏。

这个由我个人自行采访、编辑、润色、排版、发布、无投资、无利润的栏目,一年时间中,对20位彝族青年进行了访谈,并顺利推出了17位嘉宾的人物访谈专稿,获得了累计超过10万次的阅读量和1 000元左右的打赏(虽然大部分都是我妈的钱,每一篇她都几乎不看就直接拉到文末打赏50元。因为在刘老师的班级群里宣传自己的栏目,才引起了刘老师的注意,哈哈)。

虽然不得不因为学业原因,暂停了这个栏目,但我心里很清楚:分别,是为了下一次久聚。

11月

我在大二暑假与一位外国友人共同拍摄的关于大凉山留守儿童的纪录片 *Down From the Mountians* 得到了普利策新闻中心的资助,并在中美亚洲协会的ChinaFile网站和美国PBS公共电视台播放。

影片播出当晚,一位美国作家联系我们,表示愿意长期资助影片中两位小女孩读书,目前这一资助计划正在协调,即将达成。

12月

心神不宁的自己丢了西瓜捡了芝麻,硬是连报两场雅思考试,却把申请国外学校的文书写作事宜一拖再拖,结果第一次考了6.0分,隔一周的第二次考了5.5分。谁告诉我说台湾雅思好考来着?

我妈妈安慰我说,这世上不可能有任何事都一帆风顺的人。我决定重新复习,2018年,再战雅思。

2017年,就这样度过了。2018年,已然来到。

摩楚伊箩在大凉山拍摄纪录片

从以色列回国后，摩瑟伊萝就爱上以色列这个国家，并开始申请以色列的研究生。2019年，摩瑟伊萝前往以色列，开始她的留学生涯。

Tips

上海犹太难民纪念馆是犹太摩西会堂旧址，始建于1927年，位于虹口区长阳路62号（原华德路62号）。二战期间，上海曾是犹太人的重要避难所。上海犹太难民纪念馆保存了众多犹太人在上海生活的宝贵资料。

犹太民族是个非常强悍的民族，以色列也是一个非常彪悍和独特的国家。有关以色列的书，我个人比较喜欢的有这么几本：

（1）《我的应许之地：以色列的荣耀与悲情》，[以色列] 阿里·沙维特 著，中信出版社2016年出版；

（2）《耶路撒冷三千年》，[英] 西蒙·蒙蒂菲奥里 著，民主与建设出版社，2013年出版；

（3）《剑桥插图宗教史》，[英] 约翰·布克 主编，山东画报出版社2005年出版；

（4）《以色列》（共3册），十一点半（司洋）著，知乎网知乎一小时系列，2016年出版；

（5）《以色列：一个民族的重生》，[以色列] 丹尼尔·戈迪斯 著，浙江人民出版社2018年出版。

67

汉龙文化中心

我儿子放弃年薪12万美元的工作，回上海来搞电声音乐

赵丽静，汉龙文化的创始人、董事长。她创办的汉龙文化，是对外汉语培训领域著名的一对一培训机构，蓝海市场中的隐形冠军。

赵丽静的儿子小A从小到大一路名校。初中在上海华育中学（上海最著名的初中之一），高中就读于上海中学（上海重点高中四大名校之一），本科在加州大学洛杉矶分校（UCLA）念数学系，研究生在布朗大学读计算机系。

小A在研究生毕业时，已经在美国拿到某知名企业年薪12万美元的录用通知，但是，他没有留在美国，而是返回上海，成立了自己的音乐室，专心做电声音乐，这让作为母亲的赵丽静非常不解。

"为了儿子的成长，我们花了很多心血。别的不说，单说在美国留学的费用，一年至少要花掉50多万元。我们这些付出，难道就是为了让他做电声音乐？"

赵丽静发现，儿子这一代人的想法、视野、考虑问题的方式、看待问题的角度，都已经完全不一样。

"我儿子身边，有一群毕业于美国名校的孩子。这些孩子的职业，真是五花八门。有的开甜品店，有的专心写作，有的开了自己的绘画工作室，我儿子则和他的伙伴们一起创作音乐。乍一看，感觉可能是不务正业，可是，当你仔细去了解，你会发现，他们的甜品店和普通的家庭作坊甜品店真的还不太一样。他们的画廊，不是开着玩的，既能满足个人爱好，也能赚钱。这帮孩子都是非常聪明的人，当他们全身心投入自己喜欢的事情中，赚钱一点都不难。我们这

一代人穷的时间太长了，总有不安全感，所以，一直在不断地挣钱、挣钱。年轻的孩子们，从一开始就知道自己喜欢什么，也知道什么东西能最大限度地发挥自己的天赋，所以，他们只要认准目标，就会努力去做。他们从一开始，就会自己安排自己的人生，在这一点上，我儿子比我强太多了。如果他真的接受了那份12万美元薪水的程序员工作，一直做下去，最后又能怎样？从12万美元的初级程序员变成20万美元的高级程序员？这样的生活，真的有意思吗？也许有的人觉得有意思，可他不觉得。每个人的生命都是独一无二的，我们并不指望他挣多少钱。既然如此，为什么不能让他去做自己喜欢的事情呢？更何况，音乐也是工作，谁说就不能挣钱呢？"

我问赵丽静："小A念书那么好，关键是什么？"

赵丽静："我们自己靠着念书，一步一步走到今天。我们的孩子，不管从基因还是家庭环境来看，基本条件都不差，这点自信必须要有。作为家长来说，只要给孩子做好榜样，孩子读书上进、成绩优秀就是一件顺理成章的事情。"

我接着问："那你认为，教育过程中，最重要的事情是什么？"

赵丽静说："尊重，充分的尊重。每个孩子都是独特的个体，每一代人都有不一样的使命。我们要充分尊重孩子，尊重他的选择，尤其是尊重那些我们自己理解起来有困难的选择。毕竟，这是他的人生。"

我接着问："那在孩子教育过程中，你有没有遗憾的地方？如果有，最大的缺失是什么？"

赵丽静回答："耐心不够。我是个急躁的人，在孩子成长过程中，对待孩子的好奇心以及他不同于成年人的思考方式和思考过程，我缺乏足够的耐心。我缺乏站在孩子的角度去理解世界、思考世界的过程。这中间是有一些教训的。对待小孩子，家长一定要有足够的耐心，要有足够的宽容心，孩子毕竟是孩子，不是小大人。孩子的成长历程，对家长来说，也是一个不断修炼和不断成长的过程。"

Tips 汉龙文化中心是上海一家为外国人提供一对一培训的汉语服务机构。

68 鮨鲜（南丰城店）

孩子就是爸爸妈妈的镜子

鲸智学程创始人 Jessi 在选择加盟商时有自己的小窍门。通常，她会邀请加盟商夫妻俩一起来聊天，如果这样还不行，她还会邀请对方的孩子一起来。

"如果和一个人谈，对方总会把最好的一面呈现给你。你很难全面地了解一个人，当你把对方的太太，或者先生一起邀请来的时候，从 Ta 的伴侣身上，你就能看清这个人的很多基本情况。"Jessi 说。

当然，也有例外。

有一次，Jessi 见了一对夫妻，男的英俊潇洒，女的漂亮大方，夫妻俩举止得体。"我觉得很难从他们身上看出什么问题来。"Jessi 说，"于是，我和他们约了第二次见面，并邀请他们带着孩子一起来玩。"

那对夫妻如约而来，他们的孩子当时在上幼儿园小班。Jessi 一边和父母聊天，一边非常仔细地观察孩子的表现。"这个孩子的表现非常不好，在我们相处不长的时间里，那个小朋友身上释放出非常多不良信号。孩子这么小，正是最纯真的时候，爸爸妈妈是什么样，孩子就是什么样。"Jessi 说，"最有意思的是孩子的妈妈，妈妈多次试图制止孩子的行为，曾经那么温文尔雅的一个女子，在孩子身上，明显地表现出很强的戾气。我立刻得出结论，我们不能合作。"

Tips　鮨鲜是王品餐饮集团的一个日料品牌，以新鲜海胆著名。2020 年 7 月，我去拜访鲸智学程的创始人 Jessi，鲸智学程的总部位于遵义路的安泰大楼。中午，我和 Jessi 一起在安泰大楼对面的虹桥南丰城共进午餐，餐厅就选在鮨鲜。

69 Tim Hortons

一个家族的百年
加拿大移民史

2005年，我在加拿大的蒙特利尔学习工作。在当地的华人社区报纸《新视界》中，我开设了一个专栏"Tiger物语"，其中一篇访谈文章《一个家族的百年加拿大移民史》，引发很多读者的共鸣，甚至有多位老一代广东籍移民到报社表示感谢。

在此，将那篇文章全文记录于此。文中的时间，仍然按照2005年发表的时间计算，未做修改，特此说明。

一个家族的百年加拿大移民史

前几日，外出拍摄，碰到一位华人老移民。闲聊之际，Tiger好奇地问："您是什么时候来加拿大的？"

老先生回答道："我出生在加拿大，祖辈是光绪六年来到这里的。"

光绪六年？

从那个遥远的年代到今天，在这个移民家庭身上发生过什么故事？

大曾祖父

我（为了叙述方便，本文以第一人称"我"来叙述）的祖籍是广东台山。清朝的时候，广东沿海一直有下南洋（现在的东南亚一带）讨生活的传统。青年男子长到十八九岁，便由同乡亲朋带着，漂洋过海，去南洋寻找生路。运气好的，在南洋打拼二三十年，荣归故里，盖上一套宅院，娶上一房老婆，做个小生意，过上富足的生活，甚至还可以捐个官；运气差的，从此一去，杳无音信，或客死他乡，或攒不够返乡娶亲的钱，索性就不回来了。

光绪六年，西洋历法公元1880年，我的大曾祖父（曾祖父的哥哥）19岁，曾祖父5岁，家中兄弟3人，姊妹6人，十分贫困，上无片瓦遮阳，下无寸土栖身。

那年，加拿大铁路修建公司在广东招募5 000名工人前往加拿大修建铁路。大曾祖父身材矮小，看上去像一个发育不成熟的少年。铁路公司的洋买办嫌弃他太弱小，不想收他。在远房表叔（远房表叔是这家公司的通事，也就是翻译）的极力通融下，大曾祖父蒙混过关，登上了开往加拿大的轮船。

1880年，19岁的大曾祖父在"此去万里，生死难卜，我辈华工，甘愿前往，死生自负"的生死契约上画押盖手印时，根本不明白，加拿大究竟有多远。

转道香港，大曾祖父与另外5 000名华工一起，在苍茫的大海上漂泊数月后，抵达加拿大。

此前的1871年，即清朝同治十年，BC省①同意加入加拿大联邦政府，条件是联邦政府承诺在十年内修建一条横贯加拿大、从东边蒙特利尔直抵西边温哥华的铁路。

大曾祖父一行5 000名华工，与前期从美国加州赶来的7 000名华工一起，负责兴建其中一段大约390公里的铁路。根据加拿大皇家华人移民事务委员会1885年的报告称，1881年1月至1884年10月，参加筑路工程的华人移民总数达1.7万人。华人工区集中于利华士笃（Revelstoke）至温哥华路段，这段390公里的铁路横穿落基山脉，是加拿大太平洋铁路最艰巨、最复杂、最困难的一段路程。

所有平路基、爆破山石、凿隧道、筑桥梁、铺枕木、架铁轨等工程，均由华工凭借一己之身躯奋力完成。由于华工所承担修建的路段万山重叠、森林茂密，熊罴出没无常，施工条件十分艰苦，加上气候恶劣，时疫感染等因素，造成华工大量死亡。

1884年，加拿大政府的调查报告估计，铁路施工期间，大约有6 000名华工为修建加拿大铁路丧命异域。与大曾祖父一起来的5 000名华工，在铁路修建完成后，只剩下1 000来人。大曾祖父幸运地活了下来，代价是左手丢了3根手

---

① 不列颠哥伦比亚。

Tim Hortons

指，右腿被飞石砸伤，走路已经不太稳当。

1885年，大曾祖父24岁，横跨加拿大东西两岸的加拿大太平洋铁路正式建成，写下加拿大交通史上最辉煌的一页。加拿大太平洋铁路的建成，华工居功厥伟，永载加国史册。

让人始料未及的是，太平洋铁路竣工后，加拿大政府不仅没有提高华人移民的社会地位，反而推出一系列针对华人移民的不利政策，这主要表现在：将华人移民政策从自由移民改为限制移民。1885年，加拿大政府宣布征收华人人头税每人50加元。BC省也一度颁布条例，另行加征华人丁口税每人15加元，采矿税每人15加元，因遭华人强烈反对，此项附加税1年后被迫宣布废除。

尽管加拿大的华人政策日趋恶劣，但包括大曾祖父在内的大部分幸存华工在铁路建成后，还是选择留在加拿大，他们主要聚居在温哥华附近的唐人街。为了生存，大曾祖父干过各种不同的工作，从在码头晒鱼干，到去仓库当人力工人，大曾祖父不顾自己的残疾，卖命地从事着各种高强度的体力工作，积攒着每一个加元。

又过了10年，到1895年，大曾祖父34岁，在加拿大闯荡15年后，大曾祖父已经有了一些积蓄。带上全部积蓄，大曾祖父回到广东，一为盖房，二为娶亲，三为带小弟来加拿大。

那年，小弟（也就是曾祖父）20岁，尚未婚配。

大曾祖父在台山老家修了两套连在一起的大宅院，一套留给尚健在的老母和二弟一家，另一套留着给自己以后养老。回老家不久，通过媒婆介绍，大曾祖父相中了邻村的一个姑娘。大曾祖父不想让小弟再受他曾经受过的苦，决定在去加拿大前，把小弟的婚事一起办了。

按照广东民间的风俗，亲兄弟不能在同一年结婚。大曾祖父考虑到带上小弟这一去加拿大，短期很难再回来，所以，也就不管什么风俗了。

新房一盖好，大曾祖父和曾祖父在同一天成亲，为此，大曾祖父请来道士做过法术，希望"神仙"理解他的苦衷。新婚一个月后，大曾祖父一家和曾祖父一家四口人，依依不舍地离开老家，返回加拿大。谁也没想到，这是大曾祖父最后一次回家。

也许是水土不服，也许是旅途的过分劳累，船出海不久，大曾祖父的新婚妻子就一病不起，起初是恶心，大家以为不过是晕船而已，可后来越发地严重，等到达温哥华，大曾祖父的妻子已经两三天无法进食。在一家人抵达加拿大后不到十天，大曾祖父的新婚妻子就撒手西归。

新婚妻子的去世，大曾祖父痛心不已，大曾祖父觉得是自己害了她，这个只与大曾祖父生活了几个月的女人，让大曾祖父用后半生所有的时间去怀念和忏悔。

终其一生，大曾祖父再未婚娶，这也就是为什么大曾祖父一直和我的曾祖父一家生活在一起，而所有的后代将其视为整个家族加拿大初祖的主要原因。

曾祖父

大曾祖父出洋那年，曾祖父5岁。由于大曾祖父总是按时向家里寄钱，家里由比大曾祖父小4岁的二哥支撑，生活虽说不上宽裕，一家人也不必为衣食担忧。

曾祖父7岁的时候，进了私塾。在学堂里，孩童总是免不了私塾教师的篾片敲打。曾祖父是个聪明的孩子，不仅从未被敲打过，心高气傲的私塾老先生常对乡人夸耀："此子前程不可限量。"

广东一带出洋的人多，得西洋风气之先，十三四岁，曾祖父就常有惊人之语，其中不乏在朝廷看来大逆不道的话。曾祖父的二哥是个谨小慎微的乡下人，觉得小弟在学堂里读坏了脑子，于是赶紧去私塾，向老先生赔礼道歉，退了学。私塾老先生苦劝二哥把曾祖父留下，无奈二哥早已被曾祖父那些忤逆言行吓坏了，说什么也不肯同意让他再念书。私塾老先生叹着气从学生名牌中取下曾祖父的牌子，还给二哥。

从私塾退学回来，二哥买了礼物，带着曾祖父去回国养老的远方通事表叔家，百般央求，留下曾祖父给通事表叔做学徒。

远方通事表叔出洋归来后，做起与洋人的买卖。曾祖父刚开始在店里帮着做杂活，既不怕苦也不怕累。他念过书，知书达理，写得一手好字，加上人勤快，好学上进，店里人人都喜欢他。后来，通事表叔让曾祖父上了柜台，慢慢地，曾祖父开始独当一面。

做生意，曾祖父是把好手，但生意没有磨灭曾祖父骨头里的那股子反劲。

随着年岁渐长，曾祖父开始越来越多地关心国家大事，他常常针砭时政，说些让家里人胆战心惊的话。在那时，这都是抄家杀头灭族的罪过。

二哥是个老实巴交的汉子，管不了学问大挣钱多的小弟。不得已，托人带信给大哥，详细告知小弟的情况。大曾祖父急了，十多年来，他在海外，出生入死、省吃俭用，就是为了养活广东的一大家子人，眼见家里的日子逐渐红火起来，没成想出了个革命党。这可是要命的事，不能让小孩子胡闹。

大曾祖父决定提前回国，把小弟一同带到加拿大来。在大曾祖父面前，曾祖父就是个孩子。两人年龄相差15岁，整整就是两代人。曾祖父从小就知道大哥在加拿大打拼，这个家是大哥一手撑起来，在曾祖父心中，大哥就是神。

大曾祖父回国后，先是安排曾祖父辞去通事表叔家店里的差事，然后帮曾祖父相好亲。广东老家的房子盖好后，大曾祖父、曾祖父的亲事一块操办，该买的地也买了，一切安排妥当，大曾祖父带上曾祖父和新娘子们，再次踏上出洋之路。

多年的劳累，返乡归来的大喜大悲，尤其是新婚妻子的去世，使得一向坚强的大曾祖父一夜白头，轰然病倒。这场病来势汹汹，几乎夺去大曾祖父的性命，经过曾祖父和曾祖母半年多的悉心照料，大曾祖父终于康复。大曾祖父前半生的所有积累，经过这一折腾，不仅彻底耗尽，还欠下同乡不少债务。

1896年，大曾祖父35岁，曾祖父21岁。因为大曾祖父突然病倒，曾祖父不得不承担起养家的重担。在广东老家，曾祖父过着少爷式的生活，即使在远房表叔的店里，曾祖父也没干过什么重活。但在19世纪90年代的加拿大，曾祖父没有任何选择的机会，他可选择的职业只能是白人不愿意干的重体力劳动。

曾祖父聪明，肯吃苦，加之在国内跟着远房表叔学了些英文，因此，很快就适应了加拿大的生活。不到一年的时间，曾祖父便可以与洋人顺畅地交流。早期的华工，认字的人不多，会写字的更是凤毛麟角。

无论是写个书信给家乡报平安，还是开个店面贴个对联，总得有人写字吧。曾祖父少年私塾的功底，加上一手漂亮的毛笔字，在唐人街有了用武之地。渐渐地，曾祖父索性放弃体力活，专门在家中代写书信及各种店面对联，同时开始一些生意上的尝试。

1885年，为应对加拿大逐步升温的反华情绪以及维护在加华人利益，加拿大华商在维多利亚创办了第一间中华会馆。随后的1895年，温哥华的中华会馆成立，会员包括住在温哥华的所有华工移民。中华会馆的工作很多，例如在法律纠纷中代表华人打官司、运送亡故华人的遗体回国。

曾祖父识文断字，很快就成为中华会馆的骨干成员。唐人街上中国人之间发生纠纷，街坊邻里愿请曾祖父来评判个是非。跟洋人或者警察打交道，大家也爱委托曾祖父前往交涉。曾祖父为人耿直，好打抱不平，慢慢地，俨然成为唐人街的华人代表。

就在这个阶段，大曾祖父的身体慢慢好起来，他在家门口开了间小店，经营日用百货。曾祖母在家中开了个浆洗房，为唐人街的单身华工缝补和浆洗衣物，补贴家用。日子就这样过着，虽然清苦，但慢慢地还完所有的债，又开始有了些积蓄。

就在曾祖父一家逐渐适应加拿大生活的时候，加拿大的排华政策又一次升级。加拿大联邦政府曾在1885年开始向每名华人征收50加元的人头税，试图阻挡华人的不断涌入，但并未奏效。1900年，鉴于华人移民有增无减的趋势，加拿大远东移民委员会建议政府拒绝华人入境。1901年，加拿大政府颁布限禁华人入境法令，将进入加拿大的华人移民人头税由50加元增至100加元，至1904年又增至500加元（相当于2005年的8 000加元），华人移民大幅度减少。

1904年3月，在"百日维新"失败六年后，康有为到达加拿大，为保皇会筹款，曾祖父那年29岁。康有为自称持有皇帝的衣带诏，组织保皇会，鼓吹开明专制，反对革命。在听过一次康有为的讲话后，曾祖父义无反顾地加入了康有为的保皇会，为保皇会在加拿大的活动呐喊助威。

大曾祖父不喜欢这些过分招摇的活动，但现在曾祖父当家，大曾祖父也就不好多说什么。

1906年，孙中山领导的同盟会到加拿大华人社区进行活动，经过一番接触，曾祖父认识到，康有为所谓的保皇党无非是敛财而已，并不能从根本上解决国家的问题，于是开始主动与同盟会接触，后来索性脱离保皇党。

1907年，曾祖父一家经历了一场前所未有的浩劫，温哥华发生第二次排华大暴动（前一次在1887年）。这场大暴动中，唐人街楼宇全部受到破坏，几乎家家都受到冲击。有的华人甚至被白人暴徒逼到海边,跳海逃避。大曾祖父在这场暴动中,奋力阻止白人暴徒哄抢小店物品,遭白人暴徒殴打休克,没多久,就客死他乡,终年46岁。

大曾祖父临死前,交代后事:"一,死后,一定要把尸骸运回老家,与早逝的妻子合葬,进祖坟;二,将他和妻子的遗(画)像挂在老家的大宅院,他活着的时候回不去,死后一定要回去守着宅院。"

暴动过后,华人纷纷购买枪械保卫家园。曾祖父认识到,如果没有一个强大的祖国做支撑,海外华人永远逃脱不了受人欺凌的命运。曾祖父加入孙中山领导的同盟会,开始热心地为同盟会募捐,并积极支持同盟会在国内的反清运动。曾祖父曾数次计划回国,参加同盟会的反清起义,但终因曾祖母的极力劝阻,未能成行。

祖父

祖父出生于1897年。祖父7岁的时候,曾祖父正式给祖父启蒙,在家里教祖父念书,这也吸引了唐人街上其他的中国家庭将自己的孩子送来。曾祖父索性就办了一所小规模的家庭学校,并延聘当地一些白人来教授小孩英文和现代知识。祖父就这样接受了现代教育。祖父的英文和中文功底都很棒,家中现在还保存着祖父当年的墨宝。

1917年,祖父20岁,曾祖父42岁。由于加拿大对华人的政策越来越苛刻,曾祖父取消了祖父回国成亲的行程,在加拿大为祖父娶了一位台山同乡的女儿。

1923年,加拿大国会通过被华人称为"四三苛例"的"中国移民法案"[①](共43条),禁止除外交官员、商人和留学生之外的华人入境,也不准华人申请其亲属来加拿大团聚。

祖父由于自小出生在加拿大,语言上没有问题,加之曾祖父的严格管教,很早就表现出与众不同的气质。也许是曾祖父的过于强势,祖父一直非常谨慎。

祖父成亲那天,正式接手家中的小店。祖父经营有方,很快就把小店经营

---

① 《1923年华人移民法案》。

成小有规模的杂货店，同时，祖父又开了一家海鲜店，专门做西洋人的生意。海鲜店虽然比较苦，但收入要比杂货店好很多。

1923通过的"中国移民法案"一直到1947年才被废除，这段时间是加拿大华人历史上最黑暗的时期。据称，在该法令实施期间，只有44名华人移民加拿大。当时，一些排华的政客甚至笑称："用不了多久，加拿大的华人社区就会自动消失。"

在这样的至暗时期，祖父凭借过人的天赋和中国人特有的耐心，竟然将杂货店和海鲜店的生意越做越大。

父亲

1919年，我的父亲出生。父亲的到来，给这个华人家庭带来新的希望。在祖父的多方努力下，父亲得以有机会进入一所私立的西人学校念书，这在当时，对华人而言几乎是不可能的事情，却让祖父办到了。

学校里没有中国孩子，父亲很自然地成了被欺负的对象。加之全加拿大的排华风潮正盛，学校实在没有给父亲留下什么美好的回忆。

父亲上学第一天，就被白人孩子欺负，老师完全漠视这个东方面孔的孩子，仿佛什么也没发生。父亲浑身脏兮兮地回到家，告诉祖父，他再也不想去念书了，这迎来祖父的一顿痛打。

祖父告诉父亲，作为中国人，尤其是生活在加拿大的中国人，如果不能比别人承受更多的苦难，将永无立锥之地。这一切，对于年幼的父亲来说，实在太难理解了。父亲唯一知道的是，不上学，遭祖父打，上学，遭同学打，比较之下，还是去学校比较舒服，至少小孩打得没那么疼。

年幼的父亲第二天上学的时候，偷偷地在书包里放入一根铁棍，当白人同学再来欺负他的时候，他毫不客气地拿出铁棍，照着那个可怜的白人小孩一阵乱打。就这样，刚上学两天的父亲被开除。祖父叹了一口气，没多说什么，就从学校领回父亲。祖父生意忙，实在没有多余的时间，教育的重任落到曾祖父身上。

父亲十四五岁的时候，开始帮着祖父做生意。在商业上，他比祖父更精明，这让一家老小颇感欣慰。

第二次世界大战爆发后,加拿大华人社区于1937年成立"救国总会"①。那一年,父亲18岁,祖父40岁,曾祖父62岁。祖父虽然对政治没有任何兴趣,但曾祖父的热情却不减当年。曾祖父虽然已过花甲之年,仍积极筹划和响应"救国公债""捐献飞机""伤兵之友""一碗饭"等运动,来支持国内的抗日活动。随后,曾祖父参加了"全加华侨驳例总会",组织华侨华人反对加拿大政府的不合理华人政策,要求放宽华人移民条件,善待华人。

父亲由于一直跟着曾祖父,因此性格更像曾祖父,和沉稳老练、谨小慎微的祖父反差极大。

1940年,加拿大政府饬令本地出生的适龄华裔男子参加军事训练。父亲21岁,参加了联邦政府的军事训练。1940年底,曾祖父病逝,终年65岁。曾祖父临终留言:"一,待日本被逐出中国后,尽快归葬故土祖坟;二,倭寇未除,死不瞑目。"

1941年12月8日,太平洋战争爆发,日本偷袭珍珠港成功并空袭英美在远东的军事基地。12月9日,英国、美国同时对日宣战,加拿大、澳大利亚、新西兰等二十余国随后也对日宣战,加拿大成为中国的盟友,联邦政府对华人的态度明显转变。同时,在加华人积极超额购买国债,支持加拿大政府的对日宣战。

1942年2月15日,新加坡英军司令帕西瓦尔签订投降书,新加坡沦陷,日本占领马来西亚和新加坡,俘虏大量英军。同年,加拿大政府开始征召华人青年入伍,华人青年积极响应。尽管祖父强烈反对,但23岁的父亲还是毅然从军。

1944年,父亲所在的华裔军队被加拿大政府派往远东(马来西亚地区)。他们的主要任务是训练当地的抗日游击队,并侦察日军的情报,为盟军的作战提供支持。战争在1945年结束,父亲转道香港回加拿大前,第一次去广东台山老家,探望在台山的亲人和大曾祖父无比牵挂的宅院。这次返乡,父亲与台山的一名小学教员一见钟情,誓约永不分离。

1945年,华人争取恢复公民权的运动成功。1923通过的"中国移民法案"到1947年终于废除。我的母亲,台山的小学教员,于1948年来到加拿大。也是在同一年,祖父将大曾祖父、大曾祖母、曾祖父和曾祖母的遗骨归葬回乡。

---

① 即华侨统一抗日救国总会。

父亲退役回到加拿大后，不愿意再从事祖父所经营的杂货店和海鲜店生意。在祖父的支持下，父亲开了一家以粤菜为主的餐馆。二战之后，百废待兴，加拿大经济成长迅速，父亲的餐馆生意获得巨大成功。母亲来到加拿大，成了父亲很好的帮手。

我的兄弟姊妹和我的孩子们

我出生于1950年，家里兄弟姊妹五人。我们这一代的华人子女，已经可以自由进入本地人的学校读书。祖父和父亲坚决不许我们碰家里的任何生意，我们唯一的任务就是好好念书，将来谋一份好职业。

祖父在这一点上，尤其坚决。祖父对于华人社区曾经历过的温哥华排华暴动，一生心有余悸，深知华人若要自强，仅靠做生意还远远不够。祖父倾尽全力培养我们，希望我们能进入加拿大的主流社会。

祖父晚年卖掉了他经营一生的杂货店和海鲜店生意，除了将一部分钱交给父亲作为餐馆的流动资金外，其余的钱全部用作我们兄弟姊妹的教育基金。

1963年，祖父因病逝世，终年66岁。临终前，祖父交代，他这一生都在加拿大生活，已经把加拿大当家，死后就不回台山老家安葬了。

我们兄弟姊妹五人读书很努力，实现了祖父对我们的要求。我本人在加拿大的大学拿到本科学位后，在美国的大学拿到硕士和博士学位，现在世界最大的生物制药公司的研发中心任高级职务。我的两个妹妹，一个是美国一家艾滋病研究中心的负责人，另一个在加拿大当律师。我的大弟弟在美国获得金融学博士学位，现在美国一家著名的银行任高级经理。我的二弟在美国拿到MBA学位后，在一家跨国公司里工作了十年时间，后来开始做国际贸易，现在是非常成功的商人。

我们这一代人的成功，除了自己的努力以外，也与中国的强大密不可分。只有背靠一个强大的祖国，中国人才能有地位，才能不受人欺负。1964年10月16日，中国成功地爆炸了第一颗原子弹，继美国、苏联、英国、法国之后，成为世界第五个拥有核武器的国家。整个加拿大朝野为之轰动，华人社区个个眉飞色舞，气氛昂扬。近年，中国经济飞速发展，国家日益强大，海外华人地位也明显提高。

我结婚的时间很晚，1981年结婚，现在有三个孩子，两男一女。老大是个儿子，今年22岁，老二也是男孩，20岁，最小的女儿今年16岁。

说起我的孩子们，真是百感交集。我的兄弟姊妹五人，最低的学位是硕士，而到了我的孩子一代，却没一个人喜欢念书。尽管我对他们有很高的期望，可时代毕竟不同，已经管不了他们。

大儿子勉强进了加拿大一所大学念书，但他最想做的是成为一名冰球运动员，为此，他将大部分的时间和精力用于冰球训练，而对自己的学业，纯粹是敷衍了事。老二更有意思，7岁那年，我送给他一台照相机做生日礼物，从那之后，他就迷上摄影，从小到大，不知玩坏多少相机，拍过多少照片。他中学一毕业，就跑去一家地理杂志做摄影师，全世界乱跑。小女儿更绝，一次偶然的机会，参加了一个社区选美比赛，就一发不可收拾，一到假期就跑出去给人做模特儿，要不是我极力劝阻，说不定早不念书，直接做模特儿去了。

从最初的苦工到杂货店小老板，从海鲜店到后来的父亲从军，从开餐馆到我们这一代进入加拿大主流社会，从不会说一句英文到我的子女们彻底融入加拿大社会，完全按照自己的意志和意愿选择生活，我们这个家族整整走了一百多年。

从最初的欢迎华工修建铁路，到后来逐渐排华，出台"中国移民法案"限制中国移民进入，到后来取消移民限制，继而先是从香港，后是台湾，然后是中国大陆，大量吸引华人新移民，加拿大政府整整走了一百多年。

从清末的任人宰割，到孙中山先生领导辛亥革命成功，从反法西斯战争胜利到新中国的建立，从一穷二白建设新国家到今天中国已成为世界经济不可分割的重要组成部分，从没有任何发言权到今天中国已成了世界政治舞台的重要力量，中国整整走了一百多年。

百年的沧桑，百年的血泪，百年的辛酸，百年的追求，一个日益强大的中国，一个安宁祥和的加拿大，一群勤劳善良的中国人，在这片土地上生活、栖息、繁衍。

Tips Tim Hortons是加拿大的一家连锁餐饮品牌，主打咖啡和各类三明治。2019年，第一次在上海看到Tim Hortons时，我兴奋不已。最喜欢Tim Hortons的拿铁咖啡和蒙特利尔风味牛肉恰巴塔，它俩是绝配。

70

上海美兰湖妇产科医院

现在的小女孩，
哪里是千金，
都是十万金了，
好不好？

2016年4月，曹小姐发现自己怀孕了。

曹小姐，26岁，上海人，结婚两年，外企职员。

"怀孕第5周的一天上午，正上着班，我突然蹦出念头，是不是该去医院建档了呀？"曹小姐笑着说。

"我立刻给我妈打电话，约上我妈一起奔向长妇婴。"

在众多上海孕妈妈的眼中，长妇婴（长宁区妇幼保健院）、一妇婴（上海市第一妇婴保健院）、国妇婴（中国福利会国际和平妇幼保健院）是首选待产医院。

长妇婴：令人绝望的排队

上午9点50分左右，曹小姐在长妇婴挂号成功，单号为193号，护士直接敲上蓝章"下午就诊"。

医院候诊室外的长凳上，坐满孕妈妈和陪同家属。此起彼伏的说话声，让本就拥挤的医院显得混乱嘈杂。"一排排候诊的孕妈妈，面无表情。"曹小姐说，"在这样的地方生宝宝，看着就不舒服。"

眼看时间尚早，曹小姐打车回公司上班。曹妈妈无处可去，就在医院一直坐等到下午。

下午4点，曹小姐再次来到长妇婴。4点半，见到医生。医生简单地问了两句，直接安排曹小姐去做检查。因为看病时间太晚，验血报告没办法当天出来，医生只安排曹小姐做了尿检。

尿检结果确认怀孕。曹小姐拿着尿检单去服务台申请建档，却被告知，在她的预产期时间段内，已经没有名额。

"排了整整一天队，就只做了个尿检，还不能建档，太沮丧了。"曹小姐说，"我后来听人讲，长妇婴是上海唯一一家严格控制区外户籍产妇建档的医院。外区户籍如果要在长妇婴建档，必须在怀孕后30天内申请。"

一妇婴：人，人，到处都是人

同事告诉曹小姐，位于长乐路上的一妇婴门诊可以网上预约。在经历了长妇婴漫长的排队体验后，一妇婴的网上预约显然要亲民得多。

"在一妇婴的那几次检查，我们每天早晨6点起床，急急忙忙赶往医院。"曹妈妈说，"一妇婴和长妇婴一样，闹哄哄的，人很多。一进医院，心里就感觉发慌，人很紧张。我姐姐家的女儿今年就在一妇婴生宝宝，孕妇在产房里生产，我姐姐一家人坐在楼梯过道里等了整整一夜。孕妇的病床都不够，别说家属了。"

第一次去一妇婴，医生给曹小姐安排验血，并预约了一周后的空腹验血。一周后的空腹验血，排队用去近一个小时。之后，医生安排了第三次的检查项目：B超。

第三次去一妇婴，B超室门口的长队让曹小姐很崩溃。"我和我妈7点半到医院，我们感觉已经够早了。可是，你早，别人来得更早。我们硬是排了两个多小时的队。"

更让曹小姐哭笑不得的是，B超医生说孩子太小，医生指定的项目看不清楚。医生随后又安排了一次B超。两周后，曹小姐按照医生约定的时间，再次去一妇婴。这次，7点10分到，排队时间从之前的两个多小时直接变成三个小时。B超依然看不清，于是，医生又安排了第三次B超时间。

"白去了两次，第三次我实在不想去了。"曹小姐说，"一是觉得医生太不靠谱,二是受不了人多和排队。生小孩本来就不容易,在那种环境下,心情相当糟糕,我怕去多了,会得抑郁症。"

一定要选家人少的医院

曹小姐开始认真做功课。长妇婴、一妇婴都去过了,国妇婴怎么样?在大众点评搜索一番后,上海美兰湖妇产科医院进入了曹小姐的视野。

美兰湖是上海北部的别墅区,距离市区较远,从曹小姐家所在的聚丰园路往北,乘坐地铁或出租车,都很方便。在看了不多的几条评论后,曹小姐凭直觉判断,这家妇产科医院可能人不多。

曹妈妈受命前往"侦察"。医院位于美兰湖别墅区中心,由两栋西式建筑加独立花园组成,医院四周都是大型别墅楼盘,外围非常安静。

医院内部,安静整洁,宽敞明亮。上午9点,除了服务台的护士外,医院里几乎没见着孕妇。曹妈妈说:"医生护士特别认真,态度非常好。外面医院的医生,大多数时候,根本没时间理你。"

尽管如此,曹妈妈心里还是有点打鼓,人这么少,靠得住吗?曹小姐一听说人少,环境好,很笃定地选了这家医院。

"网上的评论说了,这里的医生不错。有国妇婴的医生,也有别的医院退下来的主任医生。"曹小姐说,"我老公也说,要不要再看看别的医院?去了一妇婴、长妇婴,一想到以后要挺着个大肚子排队,我就很抵触。这家医院人少,而且离家近,多好呀。再说,不就是生个小孩吗?又不是什么疑难杂症,只要是正常的医院,都不会有问题的。"

随后,曹小姐和上海美兰湖妇产科医院通了电话,做了详细咨询。医生告诉她,怀孕满三个月,就可以来医院建档,定期产检。

美兰湖妇产科医院建档:顺产单人间套餐,3.4万元

怀孕满三个月,曹小姐自己开车去美兰湖妇产科医院做产检。

按照之前去医院的习惯,早晨8点,曹小姐来到医院,结果竟挂了第1号。护士请她稍等一会儿,医生去病房查房去了。8点半左右,医生查房回来,开始门诊。

医生详细询问了曹小姐的情况，不厌其烦地解答曹小姐和曹妈妈的各种问题，开具检查单。B超、验血、验尿，各项检查很快结束，完全不需要排队。

　　"直到我做完所有检查项目，也没看见一个孕妇。我来得太早了。"曹小姐说，"一进美兰湖妇产科医院，窗明几净，无论医生还是护士，都很温和，笑意盈盈，所有的人都以我为中心。在这里，我才有点孕妇的感觉，才有点被保护的小幸福。在长妇婴、一妇婴，我就是个战士，必须得时刻保持警惕，随时准备战斗。"

　　完成当天的检查后，没有任何犹豫，曹小姐直接建档办卡。

　　曹小姐选择了"产检+顺产+VIP单人房"的服务套餐，金额共计3.4万元，并指定当天的申主任为孕期产检医生。

　　在随后的孕期产检中，曹小姐无须6点起床。每次定期产检，门诊等待时间最长不会超过30分钟。至于B超、血检、尿检等项目，从不排队。

　　曹小姐说："我要特别推荐美兰湖妇产科医院的申主任。申主任人特别好，也很细致。每次去产检，一看到申主任，我心里就特别安定踏实。从小到大，我都不喜欢去医院，嘈杂的声音、焦躁的人群、愁眉苦脸的人、冷若冰霜的医生护士、白色的墙壁，没有一件东西让人觉得舒服。而这次在美兰湖妇产科医院，彻底改变了我对医院的感受，原来医院还可以是另外一种样子。"

　　"我老公特别喜欢美剧《实习医生格蕾》。有次聊天的时候，他说，如果中国的医院能像美国的医院那么干净，中国医生能像美国医生那么耐心，该多好。这次，我在这里生完宝宝，搬到月子中心后，他说，这才是真正的医院。"曹小姐说。

　　曹小姐："我老公平时比较忙，经常出差，所以，大多数的产检都是我自己开着车，带着我妈妈一起来的。在美兰湖妇产科医院，不需要去争抢排队，他来不来没关系。如果我们在别的医院，他要是不去，我非吃了他不可。"

剖宫产差价：1.6万元

　　12月中旬，预产期临近，根据申主任的建议，曹小姐在预产期前一天住进VIP单间病房。病房开阔明亮，房间朝南，整个房间面积约70平方米。除病床外，房间内主要设施包括：

- 恒温可调节中央空调；
- 独立的卫生间和洗浴间；
- 一张足够长且宽大舒适的沙发，家属可以陪夜睡觉；
- 大茶几，可当饭桌用；
- 一张写字台；
- 一张足以当写字台用的长梳妆台；
- 立式衣柜；
- 单人软沙发2只；
- 软垫椅子4把；
- 电视机；
- 房间独立WIFI。

基本上，这就是一个小家的全套装备。

入院第二天，医生给曹小姐注射了催产素，没有任何反应。B超体检判断婴儿体重可能超过8斤，医生建议曹小姐选择剖宫产，并将剖宫产的时间定在入院的第三天上午。

剖宫产手术前一天，剖宫产医生、值班医生、当班护士及产检医生，分别来到病房，和曹小姐聊天，分析情况。

曹妈妈很感动，"申主任特意过来，和我女儿聊了差不多一个小时，安慰她不要害怕。我同事的女儿在别的医院生小孩，手术前，医生过来看一眼就走了，根本没时间跟你说话。哪像这里，医生来，护士也来。上手术台前，我们真的特别安心。"

入院第三天，曹小姐顺利产下一个体重超过8斤的女宝宝。手术后一小时，一对一服务的月嫂到位。

由于剖宫产不在曹小姐之前选择的服务套餐内，所以，她补交了1.6万元的手术及自选药物费用。这个价格，在曹小姐看来，非常合理，"我的一个同事去年也在私立医院生孩子，剖宫产手术费就是10万元。"

月子中心：5.39万元

剖宫产手术后的第三天，紧靠医院的月子中心安排专业护理人员将曹小姐

月子会所房间

接过去。之前,在产检期间,曹小姐已经提前预订了美兰湖妇产科医院月子中心的VIP服务套餐:28天,单人间,月嫂24小时贴身服务,5.39万元。

在曹小姐看来,月子中心的专业服务对新科妈妈而言,太有必要了。"孩子刚生下来的那几天,怎么催奶,怎么喂小孩,怎么给小孩洗澡,怎么给小孩换尿布,这些都是非常专业的事情。如果全靠自己摸索,孕妇和宝宝都太遭罪了。"

宝宝刚生下来的时候,还不会吸奶,月嫂要帮助宝宝建立吸奶的习惯。但是,在刚生宝宝的两三天里,很多妈妈都没有产奶,月嫂就必须会催奶,会按摩,帮助妈妈慢慢产奶。这个过程急不得,越着急越出不了奶。月嫂的经验太重要了,不但催奶的手法要好,而且还要会交流,为宝妈进行心理疏导。

曹妈妈说:"如果不是月嫂在身旁帮忙,换了我们自己带,宝宝哇哇一哭,我们就心疼,就着急。一着急,我们肯定给宝宝直接喂奶粉,宝宝一喝奶粉,更不愿意费劲去吸妈妈的奶。平时,形容做一件事情很用力,大家都说,要用上吃奶的力气，吃奶真的是很费劲的事。宝宝一旦不愿意吸妈妈的奶，宝妈开始产奶后，就很容易产生肿胀、硬块、不通畅，非常受罪，严重的还会发烧发炎。"

"刚开始的两三天，月嫂托着宝宝，在我胸前使劲吸。根本就没奶，使劲吸什么呀？要不是月嫂特别专业，不停地鼓励我，我肯定就给宝宝直接上奶粉了。"曹小姐笑着说。

"很快，我和宝宝度过了最初的适应期，现在我产奶正常，宝宝也很乐意吸，这就是月子中心的好处，专业的人员，专业的服务，能给宝宝养成正确的生活习惯。我的很多同事告诉我，宝宝第一个月的生活习惯养成了，后面要省很多事。"

曹妈妈说："月嫂的工作非常辛苦，婴儿期的宝宝大部分时间都在睡觉，每隔两三个小时就要吃一次奶，每次吃奶的流程还挺复杂。比如最近一两天，先让宝宝吸妈妈的奶，宝宝总是闭着眼睛，边睡边吃，吃一会儿，睡一会儿，然后再吃一会儿，再睡，吸一次奶，要用20来分钟。等宝宝吸不动了，就让宝宝休息一会儿，月嫂抱着宝宝给她拍嗝。这时，宝妈用吸奶器把多余的奶吸出来，再由月嫂喂给宝宝。宝宝吃饱了之后，拍拍嗝，再玩一会儿，才睡觉。整个过程，基本上要花1个小时。"

曹小姐说："宝宝睡觉了，月嫂要去消毒，然后帮我做一些护理。再过两个小时，又要喂奶了，全部流程再来一遍。这个流程，24小时不间歇。晚上11点、凌晨2点、清晨5点，都是给宝宝喂奶的时间。一天算下来，月嫂能够睡觉的时间，最多也就五六个小时。睡眠时间少，工作状态还特别好，真是相当敬业。"曹妈妈补充道："除了喂奶，月嫂还要给宝宝洗澡、换衣服、换尿布、做按摩，给宝妈做胸部按摩、擦澡、洗头，一天下来，没见着有停下来的时候。"

月子中心，除了月嫂之外，还有专业的医生检查、护士查房以及营养合理的餐食。每天，月子中心的专业营养师为宝妈配备三餐以及早中晚三次点心，如果宝妈对食物不满意，可以提出调换和更改。

同时，月子中心也为家属提供家属餐。曹妈妈和曹小姐的老公轮流住在月子中心陪同。曹小姐的老公把瑜伽毯、健身器材、笔记本电脑、茶壶、茶杯、书籍、杂志统统搬到了月子中心。

曹小姐说:"我老公在这里,每天工作,锻炼,给宝宝念诗。他说,这地方有点像疗养院,也有点像度假村,挺有意思。"

采访当天,曹小姐的老公正抱着宝宝,一边拍嗝,一边念着:"桃之夭夭,灼灼其华。之子于归,宜其室家。"

曹小姐指着老公,笑着说:"他已经开始琢磨宝宝念小学的事情了。他特别痛恨奥数和应试教育那一套东西,他说,已经给孩子选好私立的国际学校,不跟着大伙玩奥数了。"

曹妈妈补充道:"那个学校也不容易进的,需要考试才可以,还好贵的,现在的学费是10万元一年,等我们宝宝念书的时候,说不定涨到20万元了呢。"

Tips 上海美兰湖妇产科医院的地址:罗迎路500号,地铁7号线美兰湖站下车后,步行约1 000米即可到达。

71

小小运动馆

为什么体育那么重要？

邹睿博士是我大学时代的好朋友。他2001年赴美攻读生物医学博士学位，现居美国新泽西州，就职于一家数据软件服务公司。

邹睿告诉我，美国人对体育的重视程度远远超过国内。美国的一位爸爸，在网上写了篇文章，讲他为什么要花那么多钱让孩子去练体育。邹睿把文章翻译了一份，我在此分享给各位。

文章如下：

我的一个朋友问我："为什么你要给你的孩子们花那么多钱让他们参加体育运动？"其实，我想坦白一件事，我并不是为我的孩子参加体育运动付钱。从个人来讲，我根本不在乎他们参加何种体育运动。那么，如果我没有为体育付钱，那么我付钱，是为了什么呢？

我在为我的孩子们觉得很累想要退出而仍然继续坚持的那些时刻付钱。

我在为当我的孩子们从学校回家后觉得太累而不想去训练但还是去了的那些日子付钱。

我在为我的孩子们学习如何遵守纪律、专注和投入付钱。

我在为我的孩子们学习如何照顾好他们自己的身体和器材付钱。

我在为我的孩子们学习如何和别人一起工作、怎么成为好队友、在失败时豁达、在获胜时谦逊付钱。

我在为我的孩子们学习如何对待失望、当他们没有得到他们想要的名次和头衔时仍然回到训练场一个星期又一个星期地尽自己最大的努力付钱。

我在为我的孩子们学习确立和完成目标付钱。

我在为我的孩子们不但要尊重自己，还要尊重别的运动员、裁判和教练付钱。

我在为我的孩子们知道要获得冠军需要日复一日、年复一年的艰苦训练，成功从来都不是一蹴而就付钱。

我在为我的孩子们能够为他们的小成就自豪并学会朝着长期目标努力付钱。

我在为我的孩子们有机会让他们建立长期友谊和终生难忘的记忆并像我一样为他们的成就自豪付钱。

我在为我的孩子们可以到户外或体育馆而不是待在屏幕面前付钱。

我可以继续写下去，可是简而言之，我没有为体育付钱。我在为体育运动可以让我的孩子们有机会去培养那些让他们受益终生并有机会祝福其他人生活的诸多品质付钱。从目前看来，我觉得这是一笔很棒的投资！

Tips 小小运动馆是一家儿童连锁体育培训机构。对我的女儿刘小师来说，小小运动馆（经纬汇店）是她最喜欢的一家培训机构。刘小师喜欢那里的每位老师，最喜欢的是Kitty老师，其次是Tim老师。每周，刘小师在小小运动馆上两节课，然后自由玩耍2—3次。每次去，少则一小时，多则两个半小时。看着刘小师走平衡木、拉单杠、前滚翻、跑圈圈，每一次的小进步都让我雀跃不已，五星推荐小小运动馆。

72 小猫小狗的大生意

地铁7号线上大路站

2019年12月，因为我的狗狗雨果牙齿发炎肿大，面部皮肤都被顶了起来，我带它去7号线上大路站附近的欣宠医院看病。给雨果看病期间，我和医院的医生、助理、投资人、院长有了一些交流。

实习助理医生小Y

小Y是个爱笑的女生，2019年毕业于扬州大学兽医专业。

小 Y："这份工作比较脏，而且比较累，可我就是喜欢。大学四年，我一门心思想着毕业后能去宠物医院工作，终于如愿以偿。现在，我已经在医院实习两个月了。"

刘老师："同班同学里，干这行的多吗？"

小 Y："不多，我们一个班40多人，大概四五个人干这行。"

刘老师："其他人都去干什么了呢？"

小 Y："干什么的都有呀。我们这个专业的学生，很多人家里都有相应的行业背景。有的家里开鸡场，有的家里开鹅场，毕业后，人家直接回去继承家业。当然，还有人改行，干别的去了。"

刘老师："你一个女孩子，怎么想着学兽医呢？"

小 Y："喜欢呀，我从小就喜欢小动物。"

刘老师："家里人支持吗？"

小 Y："爸爸妈妈很开明，只要我喜欢，他们都支持。爷爷奶奶就不太理解，爷爷老是说，干点什么不好，非要去给动物看病？"

刘老师："是呀，为什么非要给动物看病？"

小 Y："开心呀！每天跟小动物打交道，多开心呀！"

刘老师:"从学校到宠物医院,改变大吗?"

小　Y:"特别大。"

刘老师:"具体表现在什么地方?"

小　Y:"真没想到会那么累。"

刘老师:"哦?"

小　Y:"我第一天上班,早晨8点到岗,一直忙到晚上10点多,几乎没坐过。下班回宿舍的时候,路都不会走了,脚好疼好疼,彻底累懵了。"

刘老师:"后来呢?"

小　Y:"干了一个星期,慢慢就适应了。我们院长这样的'大拿'也是一样,往那儿一站就是一整天。我们这么年轻,有什么不能站的,习惯就好了。"

刘老师:"平时加班多吗?"

小　Y:"挺多的。前天晚上,我们都换好衣服准备下班了,结果,来了只拉布拉多,食物中毒,口吐白沫,上吐下泻。送到我们这儿的时候,它的主人整个人精神都快崩溃了。我们院长二话没说,抱起狗就冲进手术室。我们也马上换回工作服,跟进手术室。"

刘老师:"救过来了吗?"

小　Y:"救过来了。打消炎针,催吐,大量输液,一直弄到晚上12点半,总算把拉布拉多给抢救回来。"

刘老师:"好辛苦。"

小　Y:"还好,工作嘛,都辛苦。狗狗已经送到医院,我们总不能眼睁睁地看着不管吧。"

刘老师:"对未来有什么计划?"

小　Y:"我才来两个月,现在还是实习助理,马上要转正式助理。我想一步一个脚印,从助理医生到实习医生,再到住院医生、正式医生,慢慢升上去。"

刘老师:"这是个漫长的过程吧?"

小　Y:"挺漫长的。从助理医生到实习医生,差不多就得两年时间。"

刘老师:"都需要些什么条件?"

小　Y:"首先得有全国职业兽医证。我今年(2019)第一次参加考试,职业兽医证的分数线是231分,我考了222分,差9分,只拿到职业兽医助理证,职业兽医助理证的分数线是209分。我明年还会接着考，没有职业兽医证，在这个行业，根本没人要你。我们店里大门进来右边的墙上，就挂着我们医院医生们的职业兽医证。其次，你起码得有几年的临床工作经验，一些简单的软组织手术、绝育手术，你都得会做，并且可以独立接诊。这两个条件具备，基本上就可以从助理医生升成实习医生或者住院医生。很多大型宠物医院都是24小时营业，全年无休，需要有医生住在医院里。住院医生比较苦，我们医院没有住院医生，晚上九点半就下班了。"

刘老师："住院医生，是不是有点像给人看病的大医院的急诊医生？"

小 Y："差不多。"

一台复杂的手术

Z医生比小Y大5岁，来自安徽，无论是待人还是对待宠物，都极其温柔而客气。

Z医生："前不久，一只叫腾云的大狗被车撞了，形成膈疝。"

刘老师："什么是膈疝？"

Z医生："在狗的身体内，把胸腔和腹腔分开的东西叫膈。因为有了膈，胸腔里肺的一张一缩才会有足够的空间，这和人是一样的。腾云被汽车撞了之后，膈破裂而形成了洞，叫膈疝，进而导致腹腔的肠管甚至其他一些器官都会经过膈疝进入胸腔，肺无法张开，导致呼吸困难。它被主人送到医院的时候，因为肺部遭到压迫，呼吸非常困难。同时，它还伴有股骨骨折。它的主人本来想放弃了，我们院长反复跟主人讲，它还有救，我们的治疗费用可以降到最低，请一定给狗狗一个生存的机会。"

刘老师："这个手术复杂吗？"

Z医生："挺复杂的。我们给狗狗做手术的时候，上了麻药，打开胸腔后，狗狗就不能自主呼吸，全靠我们为它手动呼吸。"

刘老师："没有自动呼吸机吗？"

Z医生："我们有呼吸机，但选择了手动控制模式。我们不但需要控制一分钟呼吸多少次，还要控制肺扩张的程度，必须恰到好处，不能扩张太大，太大了，肺就会炸掉。手动控制的方式虽然麻烦，但更稳妥一些。"

刘老师："对经验要求高吗？"

Z医生："要求挺高的，当天一共四位医生做手术，有两位是从其他医院邀请来协助的专家。这两位专家中，有一位是上海非常厉害的宠物麻醉医生。"

刘老师："医院没有麻醉医生吗？"

Z医生："有的。正常的手术，我们自己的麻醉医生可以上，但是这次手术比较特殊。在给狗狗做检查的时候，我们发现它怀孕了，而主人并不知道。按照它当时的身体状况，无法正常生产。我们除了要给它做膈疝手术之外，还要给它引产，同时还要做子宫和卵巢切除手术。考虑到手术风险比较大，我们院长特意邀请了两位'大拿'来帮我们。"

刘老师："手术成功吗？"

Z医生："手术很成功，七只小宝宝已经孕育成形，好小好小，真的太心痛了。可是，没有办法，只能拿掉。膈疝手术和卵巢子宫切除手术一起做完后，它就在我们医院住院。前几天，我们又给它做了股骨骨折修复手术。"

刘老师："现在狗狗的情况怎么样？"

Z医生："生龙活虎，再过两天就可以出院了。"

店狗柯基

宠物医院最新的店狗是一只两个多月大的柯基。这只柯基得了"细小"（危害犬类最主要的烈性传染病之一），主人一听说，就直接告诉医生，给这只柯基安乐死。它的主人家里有两只柯基，主人更喜欢另外一只。

虽然医生苦劝，完全有把握治好它，但是，柯基的主人还是头也不回就走了，走的时候，还撂下一句话，就算治好，我也不要了。

"我们院长心肠好，看着这狗可怜，就给它治好了。"小Y说。

现在，小柯基能吃能喝，精力充沛，活蹦乱跳，人见人爱，成了欣宠医院的店狗。

投资人

投资人："我家这只金毛给别的狗狗献过3次血。今天是它7岁生日，特意带它到店里来庆祝。这么好吃的生日蛋糕，可惜它吃不了。它从买回来的时候，身体就不好。当初，我们花了1 200元钱，把它买回来。一回来，它就生病，花了四五千元钱，传染病是看好了，但它的异位性皮炎和遗传性过敏症无法根治。它对环境和食物超级敏感，吃什么都拉肚子，而且皮肤会痒，抓得一塌糊涂，所以，只能一直吃处方粮，而且每天都要吃过敏药。这种处方粮每袋7公斤，690元一袋，它一个月要吃两袋，加上其他花销，每个月在它身上要花掉三四千元钱。它当初生病，就是付医生（欣宠医院的院长）治好的。我们和付医生成了朋友，后来，索性一起开了这家宠物店，主要考虑自己开店，自己拿药，价格便宜点。"

院长付医生

刘老师："你们投资人的那只金毛，吃的是进口药还是国产药？"

付医生："它吃的是进口药，能让皮肤速效止痒，10片400元。宠物行业里，高端消炎药大多数是进口药。"

刘老师："国产药真的不行？"

付医生："很多人以为我们是故意用国外产品，其实根本不是这样。做国产产品，利润要比进口产品高得多。可是，如果只做国产产品的话，医院的口碑根本做不出来。前一阵，有一家公司来推销一款止吐针，价格比进口药便宜一半。正好我们自己店里的一只猫在吐毛球，我就给它打了一针，一点用都没有，当天还是吐了三次。幸好是我们自己的猫，如果是客人的猫，打了针，还继续吐，客人会怎么想？肯定说我们技术不好，水平不够。后来我们给那只猫打了一针进口药，马上就没事了，这就是疗效。归根到底，药要讲效果，光是便宜没用。

"我们这还有一只狗，得了阴道炎，打了一针国产的长效消炎针，没效果，换了一针进口的，就好了。

"别的行业我不懂，但是宠物行业的医药领域，国外发达国家要比中国领先很多年。"

刘老师："除了药品，我们在宠物方面的其他领域水平如何？"

付医生："也不太行。之前，有家国内很有名的宠物粮公司出品了一种处方肉罐头，刚上市的时候，效果很好。后来，公司为了节省产品成本，把真空包装外包给别的公司，结果出了问题，导致罐头变质。所以，我们把他家的产品全退了，再也不敢用他们家的东西。再比如，皇家的处方粮就是比其他牌子的好，疗效很明显。这种大品牌，有严格的临床病理实验，配方经过再三筛选，加工过程也很规范科学。"

刘老师："我可否这样认为：正因为中国宠物行业整体水平不够高，才存在着巨大的投资机会和成长空间？"

付医生："没错，你说的对。这几年，像红杉资本、高瓴资本这些投资巨头，在宠物行业投了很多钱，收购了很多医院。"

刘老师："成功吗？"

付医生："感觉他们的投资收益并不好。"

刘老师："怎么讲？"

付医生："首先，他们扩张得太快，盲目收店，成本太高，动辄几百万元，甚至上海的单店，听说都有以上千万元的价格交易的，这么高的收购成本，什么时候赚得回来？其次，这些医院被收购之后，人力成本大幅度提高。单单是医生的工资，就不得了。前几年，在资本助推下，他们花大价钱，到处挖医生，也确实挖走了不少医生。这一两年，很多医生又纷纷从这些医院里出来了。"

刘老师："为什么要出来？"

付医生："宠物医生这个群体，每个人的专长不一样，有的擅长看狗，有的擅长看猫，有的擅长外科，有的精通内科，可是连锁医院，没办法完全按照医生的特长来安排诊疗。这种连锁医院的管理模式，对很多医生来说，不自由。另外，按理说，医院连锁化之后，批量采购，统一分派，成本应该降低。事实上，他们的成本反而比我们个体经营的店要高得多。"

刘老师："为什么呢？"

付医生："一方面是浪费，不花自己的钱，心态就变了。比如，我听说有的宠物医院，光装修就花了150万元。搞过医院装修的人都知道，怎么可能花这么多钱？反正是资本的钱，大家都不心疼。另一方面，设备浪费也是大头。比如，医院需要上高端设备，这可能会花费几十万甚至上百万元。如果是自己私人开医院，得经过非常严格的计算和仔细的考虑，才敢投资买设备。在资本投资的医院，购买高端设备就容易得多。事实上，这些设备很多时候都是躺在那里睡大觉，这样的投资浪费就很可怕了。"

刘老师："资本进入对宠物行业有帮助吗？"

付医生："当然有帮助。大量资本涌入宠物行业后，在这个行业掀起了一轮'军备竞赛'，整个行业的基础水平有了大幅度提高。"

刘老师："哦，怎么个竞赛法？"

付医生："比如，大家都在争相购买CT机、核磁共振这样的高端设备。就我所知，上海有核磁共振的宠物医院，至少就有6家，有CT机的就更多了。这些设备，动辄两三百万元一台，加上装修，为了这套东西，至少得花个400多万。上海的宠物核磁共振和CT机的设备数量，在全国排名第一。中国的宠物核磁共振和CT机的设备总数量，已经超过日本。另外，资本不仅进入医院，它还进入了食品、经销商、分销渠道、培训等各个细分领域，整个行业的产业链提升得很快。这几年，行业的学术交流明显增多，不得不说，资本在其中做了很大的贡献。"

刘老师："宠物行业中开始出现越来越多的连锁医院，它们会不会对你们这种单体医院形成碾压性优势？"

付医生："目前看不会。这个行业的核心竞争力是人，一个医院的核心竞争力是医院的人才储备。比起人来说，其他的都不重要。"

刘老师："你这里的医生干劲都很足，斗志昂扬，战斗力很强，是不是因为他们现在都还很年轻？过几年，等他们业务熟练，水平提高，就跑了呢？"

付医生："你说的这种情况肯定会存在，谁都避免不了。"

刘老师："那你怎么办？"

付医生："是人才，就应该给他提供适合他的平台。我们的脚步不能只停留在这里，如果说他有更进一步的可能性，我们一定继续支持他。"

Tips

从地铁7号线上大路站下车后，步行100米，就能找到欣宠医院。因为给我的狗狗雨果看病，我与欣宠医院的院长、医生有过很多次交流。

欣宠医院给我印象最深的有几个地方：第一，我是一个对气味和声音特别敏感的人,在欣宠医院的前厅,宠物的气味极小,医院非常干净,这和一般的宠物医院差别非常大。乍看之下,倒有点像给人看病的私立医院。第二,医生们都非常敬业而且充满热情,尤其年轻医生们,既阳光又充满爱心。

地铁7号线是2010年世博会期间开通的一条从上海西北角经市中心直至浦东的一条地铁线路。目前,地铁7号线一共有33个站点,这些站点中,既有老上海最具特色且焕然一新的老城区,也有新兴的高档社区,当然也有还不那么漂亮的城乡接合部,形态多样而复杂。我一直有个写作计划,想写一本有关地铁7号线的书。如果您平时乘坐7号线或者住在7号线附近,并且愿意分享您的故事,欢迎您发邮件给我:yinbinliu@126.com,并请标明"7号线"字样。期待着您的故事。

好朋友张老师家养了10年的狗狗团团,2019年因为生病走了,一家人痛不欲生,再也不想养狗。2020年8月的一个下午,雷阵雨让上海瞬间进入"黑暗模式"。伴随电闪雷鸣和狂风暴雨,一只看上去不到两个月大的小奶狗闯进张老师家的花园,叫个不停。张老师开门,鬼使神差地喊了声"团团",那狗仿佛能听懂,围着她不停地转。张老师小心翼翼地把小奶狗抱进屋,用吹风机吹干,把准备晚饭食用的红烧狮子头拿出来,喂饱小狗。"刘老师,你知道吗?这小家伙吃饱喝足之后,直接跑到团团以前睡觉的地方,趴在那儿,一动不动,很享受的样子。难道真的是我们家团团回来了吗?"张老师的声音有些兴奋也有些颤抖。

73

港汇恒隆广场

老张的爱情

老张，江苏人，博士毕业后任职于上海某三甲医院，本性纯良，喜欢所有美好的事物，美食、美景，当然还有美女。

1

有一年，老张参加黑人朋友的婚礼，碰到一位女孩，怦然心动。女生是黑人朋友的研究生同学，从同济大学毕业后，回到天津老家，就职于一家外资银行。老张赶紧要了联络方式，半个月后，借出差去北京的机会，特意绕道天津。当晚，女孩带着他一起吃狗不理包子，一块儿听相声。

第二天中午，女孩来送行。上车前，老张实在没忍住，对女孩说："我喜欢你。"

女孩嫣然一笑："我知道。"

老张一下子哽咽了，竟然说不出话。

女孩上前，温柔地拥抱老张，轻轻地拍了一下老张的后背，仿若妈妈哄孩子："走吧，该上车了。"

2

博士毕业后，老张相亲百余场，最忙的时候，一个周末有三场相亲。老张说，大部分相亲在前10秒钟就知道结果，随后的时间，不过是为了介绍人的面子和彼此的礼貌而已，纯属浪费。

有一回，老张所在科室的主任给老张介绍了一个女孩。主任的老公是上海一所大学的系主任，女孩是系里的一名年轻老师。主任跟老张说：这个女孩好，上海人、漂亮、独生女、博士毕业、家里有四套房子，女孩妈妈就想找个医生，有没有房子、有没有钱，都没关系。

老张和女老师约了在浦东正大广场二楼大厅见面。两人碰头后，老张第一眼就感觉很索然，女孩长发稀疏，皮肤病态的白，感觉不仅缺钙，还可能有其他家族遗传病。

老张还未从诊断模式里拔出来，女老师先开口："不好意思，我还有事，先走了。"随即掉头离去。老张目瞪口呆地看着女生飘然而去。

很多年以后，老张还经常提起这个女孩："我就喜欢这样的爽快人！"

3

多年前的一个周末，老张在港汇相亲。从徐家汇地铁站出来后，才发现没带钱包。那年，手机还没有支付功能。

老张和相亲对象见面的第一句话就是："不好意思，我今天没带钱包出来。"女孩笑了："没关系，我请你。"

后来，老张常说："这个女孩人真好，可惜不是我喜欢的类型。"

4

"世纪佳缘"刚创立的那几年，还是非常纯粹的相亲网站。老张在"世纪佳缘"上认识了一位上海交大博士一年级的女生。一看照片，老张很喜欢。两人在网上聊得非常投缘。

老张他们医院为了庆祝医院建院多少年，各个科室都要排演节目。老张和科室的几个医生排练了一部小品，老张邀请女博士前来观看。

"那小品太无聊了，毫无笑点，极其乏味。但是，作为局中人，在排小品那会儿，我还自得其乐，甚至有点自鸣得意。"

第一次线下见面极不成功。那段时间，老张工作特别忙，手术特别多，一有空，就约女博士。几次下来，老张明白，虽然郎有心，奈何妾无意。老张和女博士开始以朋友相处，十多年下来，竟成了共同见证彼此成长的挚友。老张甚至还受邀主持女博士的婚礼，在婚礼上，老张第一次见到女博士的老公。暗地里一番比较，老张不明白自己到底差在哪儿，除了小品没演好之外。

女博士毕业后，先去高校，后去政府机关，一路顺风顺水，做到处长，后来被一家大公司挖走,成为管理上万名员工、负责全国业务的高级副总裁。

"我俩每年总要见个两三次面,吃吃饭、散散步、聊聊天。聊她的家庭,聊她妈妈去世后老爸的二婚,聊她的婚姻,聊她的焦虑和压力。"老张说,"我劝过她好几次,女人呀,何苦这么拼?"

5

老张在澳大利亚做过一年半的访问学者,导师安排一个乌克兰来的女医生和他同组。一起做实验,一起听课,一起观摩手术,一起过周末,老张做梦都没想过和一个白人姑娘谈恋爱。

老张到澳大利亚的第十个月,乌克兰女医生回国。

老张去机场送行,女医生泪眼婆娑,老张也肝肠寸断。

"愿意和我一起去中国吗?"

"我愿意。"

和女医生在机场吻别后,两人再也没见过面。通过Facebook,老张知道,女医生结婚,生子,离婚,再婚。

6

同科室的郭医生,既漂亮又洋气,只可惜结婚太早。

在一次次相亲失败后,地球人都知道老张喜欢漂亮女生,郭医生也知道。

一天,郭医生一本正经地向老张口头介绍了自己的师妹,"家境好、教养好、工作好,关键是漂亮,绝对漂亮。"

老张反复求证:"和你相比怎么样呀?"

郭医生笑着回答:"比我可漂亮多了。"

于是,在没有看照片的情况下,老张和对方约着在正大广场的一楼大厅见面。

那天,老张有手术,到正大广场时,已经迟到半小时,女孩发来信息说没关系,会在一楼大厅等他。老张走进正大广场一楼大厅时,远远就看到一个身材高挑的女孩站在大厅中央,长发披肩、明眸善睐、齿如含贝、肤白如雪。

老张顿感血脉偾张,心跳加速。

"冷静，一定要冷静。"老张一边给自己打气，一边拿出手机，拨打女生的电话。

"喂，你到了吗？"电话瞬间接通，而大厅中间的女生依然静静地站在那儿。

认错了！

郭医生的师妹和大厅中央的女孩相比，就相貌而言，确实乏善可陈。老张强打着精神，和女孩吃了顿饭，瞎聊了一个小时，以第二天早上有手术为由，匆匆离开。

至今，每次说起正大广场一楼大厅的那个女孩，老张都是仰望天空，两眼闪烁着星光，"实在太美了，就像仙女一样。"

7

老张曾喜欢过一个女公务员。女公务员是东北人，毕业于复旦大学。两人谈了一年多恋爱，连手都没拉过。

"我也不知道为什么会这样。"老张说，"我不是保守的人。"

每次约会结束，老张会送女公务员回家。下了地铁，女公务员就不让老张再送了。她家住哪儿，对老张来说，至今都是谜。

就这样，两人还见了彼此的父母，开始谈婚论嫁。

女公务员过生日那天，老张准备了一个礼物，自以为挺贵重。没想到女公务员一会儿要买这个，一会儿要买那个，并和老张说从今天开始所有的卡都归她管。然后又和老张商量，卖掉老张的小房子，去哪哪儿换个大房子。

老张后来回忆说："我一下子都懵了。这么实在，太生猛。"

在生日晚宴上，老张婉拒了女公务员的要求。"我不是不能把钱交给老婆，但是，得我自己愿意。我那些钱，都是一刀一刀开出来的，都是累死累活挣的，不容易呀。"

那天晚上之后，女公务员再没联系过老张，老张也没再主动联系过女公务员。

"失恋过很多回，不在乎多这一回。"老张说。

"年轻时，第一次失恋，用了很多年都无法平复，至今心里还有恋恋不舍之意。这次没一个星期，我就完全恢复了。老刘，你说这是为啥？"老张问。

8

老张说,这些年相亲,长了不少知识。

老张曾见过一个劳教干部,女干部给他讲了两个多小时的监狱故事。

一个幼儿园老师给他讲了一下午育儿常识。

一个大型乐团的女乐手给几乎是乐盲的老张普及了三个小时的乐理常识后,特意约了老张去看她的演出,老张在演出现场强忍到最后的送花环节。之后,女乐手再要给他上音乐课,老张都以要给病人做手术为由婉拒。

9

老张后来的结婚对象不是相亲认识的,女孩也并非貌若天仙。包括我在内的所有给老张介绍过女朋友的人都说,老张变了。

老张说,你们不懂,这就是爱情。

Tips

港汇恒隆广场,国际顶级品牌最集中的商场之一,也是上海顶级的商场之一,交通方便,人气极旺。

港汇中庭,常有各种品牌的推广活动。2020年,在港汇完成新一轮装修的同时,众多商家店面也完成了装修。

港汇广场、正大广场、来福士广场、环球港这四大商场,因为交通便利、餐饮娱乐发达,被老张称为上海四大相亲胜地。

74　上海新世界丽笙大酒店
为什么有的年轻人会更幸运一些？

2014年，我曾做过一个项目，调研世界500强公司、大型互联网企业以及全球最著名企业中那些最出类拔萃的90后年轻人。杨菁和杜晶就是我调研的90后年轻人中的两位。她们的故事，被我写进《互联网+社会化营销：用匠心创意点燃交互》一书中，也同步发布在微信公众号里。

2019年10月，杜晶和杨菁分别从吉隆坡和香港飞来上海，在我的"创业人生"课堂上，分享了她们的成长经历。

杨菁在上海大学"创业人生"课堂，2019年

杨菁的人生履历是这样的：

17岁，考入复旦大学。

17—21岁，在大学修读两个专业——主修英文，辅修国际贸易。同时，在罗兰贝格、Towers Watson、罗氏诊断、汇丰银行、浦发银行实习，开始探索人生未来的方向。

21—23岁，上海，作为全球最著名的咨询公司波士顿咨询（BCG）前合伙人的助手，为顶级私募基金华平做医药项目投资顾问。

23岁，上海，摩根大通投资银行。

25岁，香港，经过13轮面试，加入高盛。

27岁，香港，离开高盛，加入国际人用药品注册技术协调会基金（ICH Foundation），成为一名对冲基金经理，管理5 000万美元的全球医药股票投资组合，年化收益超过20%，连续跑赢摩根士丹利医药指数。

杜晶的职业生涯是这样的：

23岁，天津，天诚丽笙世嘉酒店微博专员，社会化媒体营销主任。

24岁，上海，新世界丽笙大酒店电子营销经理。

杜晶在上海大学"创业人生"课堂，2019年

25岁，新加坡，卡尔森酒店集团亚太区高级数字营销经理。

27岁，马来西亚，洲际酒店集团区域数字营销总监（马来西亚、泰国、新加坡地区）。

我和远在美国的好朋友邹睿博士，曾专门就这两个女生的职业生涯有过一段深入的对话。

邹　睿："这两个女生，在你看来，有什么共同点吗？"

刘老师："杜晶和杨菁是两个完全不同类型的女生，一个热情奔放，另一个温润婉约。要说共同点，倒还确实有相似之处。

"第一，独立判断能力。

"大学毕业后，杜晶曾经在家人的安排下，进入一家国有企业，才上班几天，她就忍受不了那种朝九晚五、按时上下班的日子，于是，立马辞职。'我不喜欢这种整天无所事事的工作，而且，它确实养活不了我。在那儿，每多待一天，都是浪费。'杜晶说。

"杨菁说：'从15岁那年起，妈妈就经常跟我讨论，将来是不是要从事金融领域的工作。妈妈的理由很简单，家里的姐姐们都在从事金融工作，干得都不错，你不比姐姐们差，肯定能干得更好。'杨菁说，'这个推理完全不符合逻辑。金融行业是个好行业，没错；姐姐们干得很好，也没错；我不比姐姐们差，可能也没错；但是错就错在推导上，这三条怎么就能推导出我就该干金融，而且也能干得不错呢？'所以，高考选择志愿时，作为文科生的杨菁，特意避开了经济学和金融专业。"

邹　睿："杨菁后来怎么又走上金融的道路呢？"

刘老师："这就是最有意思的地方。上大学后，杨菁一边在英语系念书，一边选修了一门经济学课程。虽然她并不认同妈妈关于她也应该从事金融行业的结论，但这并不影响她去了解这个行业。上完微观经济学课程之后，杨菁觉得经济学还有点意思，于是，选修国际贸易作为她的第二专业。同时，开始紧锣密鼓地在金融领域实习。'我当时想的就是，大学阶段的试错成本是最低的，要是工作之后，干个四五年，才发现自己并不喜欢手里的工作，时间成本就太高了。'杨菁说。

"摩根大通和高盛都是投资领域中全球顶级的公司。25岁那年，杨菁经过长达好几个月的13轮面试，离开摩根，加入高盛。'很多金融公司把年轻人当齿轮用，既不加油，也不保养，玩命地用，直到用坏为止，换一个就好。高盛不是这样的公司，高盛有非常好的培养年轻人的氛围，他们真的愿意拿出大把的资源来推动年轻员工的成长。'杨菁说，'在高盛，几乎每个月都有午餐会，公司的合伙人、高管，以及其他受邀的来自公司以外的全球顶级投资人，会来和我们分享他们工作的经验和体会。对我这样的年轻人来说，这样的培训非常重要。这也是我特别喜欢高盛的地方。'

"杨菁说到特别喜欢高盛的时候，我忍不住插话：'既然那么喜欢高盛，而且为了加入高盛，费了那么大劲，为什么只待了两年就跳槽了？'"

邹　睿："我也很好奇。"

刘老师："杨菁告诉我，她的职业梦想是成为投资人，但是在高盛，她的职务是研究员，干的是分析师的工作。她说：'在旁人看来，高盛的研究员岗位是非常难得的机会，但我一直想做的是投资人，当机会来临时，我当然不会放过。我必须遵从自己内心的安排，而不是活在别人的意见里。'"

邹　睿："有主见。"

刘老师："这就是你一直强调的独立判断能力。"

邹　睿："除了独立判断能力之外，她们还有其他共同点吗？"

刘老师："第二，跟对老板。

"在职场生涯刚起步时，跟对老板，可以少走很多弯路。杜晶的伯乐是澳大利亚人克莱夫（Clive）。克莱夫在天津天诚丽笙世嘉酒店任总经理的时候，杜晶是天津天诚丽笙世嘉酒店的微博专员；当克莱夫调任上海新世界丽笙大酒店总经理时，杜晶是上海新世界丽笙大酒店的电子商务经理。之后，杜晶去马来西亚工作，也和克莱夫有很大的关系。'一个赏识你的老板，会不断地给你各种各样的机会。'杜晶说，'我们要做的就是，接住每一个机会，并超越老板的预期。'

"杨菁初入职场，遇到的最重要的老板是波士顿咨询的前任合伙人。'他离开波士顿咨询，自己成立了一家小型咨询公司。'杨菁说，'这家公司虽然是新成立的小公司，但是，老板是非常厉害的人。在这样的小公司，我有机会和顶级咨询公司合伙人级别的人一起工作，而在大公司，带我的人可能只是一些比较低阶的项目经理。直到今天,我依然很感恩这个老板,跟他一起工作的两年时间,为我的职业生涯打下坚实的基础,无论是工作方法还是思考体系,乃至大局观,都令我受益终生。'

"第三,尊重强者,与强者为伍。

"我认识杜晶的时候,她还是天津天诚丽笙世嘉酒店的微博专员。2014年,新浪微博和新浪天津在天津举办了一场微博营销推广大会。杜晶主动找到新浪天津,希望可以成为活动的酒店赞助商。新浪微博的朋友们入住酒店后,杜晶带着老板Clive宴请我们。之后,她一直和新浪天津、新浪微博总部的朋友们保持着非常密切的联系。在这种背景下,一家酒店的微博做到天津企业微博排行榜前十名,会是一件很困难的事情吗?

"杜晶来到上海担任电子商务经理后,直接对接包括携程在内的各旅游平台核心业务负责人。2015年,她去新加坡工作。2016年,我去新加坡参加马拉松比赛,她直接带上我去了Twitter亚太区总部。她始终和强者为伍,始终和真正的规则制定者保持密切联系,唯有如此,才能走得更快。

"从摩根大通到高盛,再到对冲基金,杨菁始终在金融行业最头部的机构工作。'只有在最高处,才能看到最好的风景。'杨菁说。

"第四,自律+勤奋+努力。

"这两个女孩都是自律而且勤奋的人。'我一直像管理公司一样管理自己,大学阶段以及刚工作那几年,我会将长期目标分解成年度目标,年度目标分解成每个季度的指标,每个季度指标又会分解到每个月,每个月进而分解到每周和每天。我每天都会详细记录自己的日程和安排。'杨菁说,'在应聘摩根大通的前两周,压力非常大。那时候,我一个人住在外面。我爸爸妈妈担心我压力太大,吃不消,专门买好菜,上门来给我做饭。在我的日历记录中,我也把这条记录了进去,因为要陪爸爸妈妈吃饭,时间就少了一个半小时,我必须另想办法,从别的地方把这一个半小时给补回来。'

"杜晶刚到新加坡的时候,她是办公室里唯一的中国人,也是年龄最小的人。'在国内的时候,没怎么用过Facebook、Twitter,也没怎么用过Google,我只懂微博、微信和百度。一到新加坡,要命了,我没怎么用过的东西,成了我的主要工作。'杜晶说,'刚开始那阵,大家在办公室里开会的时候,我根本不

知道大家在说什么，人都是懵的。'

"太多的功课需要补，太多的资料需要看，时间永远不够，怎么办？起初，她每天6天半起床，看资料，直到9点上班。后来发现，6点半还是不够，就改成5点。在新加坡工作的两年时间里，每天早晨5点起床读文件，成为杜晶雷打不动的习惯。

"第五，尊重权威，并且总能在权威的阴影中找到自由伸展的空间。

"这里的'阴影'，不是贬义词，只是描述一种状态，这种状态就是权威看不见或顾及不到的那些区域。

"杨菁在上高三那年，有位非常权威的老师，曾经给她造成非常大的压力和负担。'这位老师非常有名，他多次参加上海高考命题，也是阅卷组成员，甚至是负责人。他在校外的辅导班，也是一票难求，非常非常贵。他每年都会带出他那个学科全校乃至全市高考最高分。他对学生的要求极其严格，甚至苛刻。举个例子，所有的论述题，他都会给出在他看来至臻完美的答案。他对学生的要求就是，必须一字不差地把答案背下来，错一点都是不被允许的。'杨菁说，'可我从小到大，就不是那种一字不漏背书的学生。对于所有的问题，我会先理清它的大框架，然后搞清楚每个框架下还有哪些分支，在我看来，这就差不多了，我实在做不到一字不漏地背诵，这显然达不到老师的要求。'

"大部分同学都服从老师的要求，严格地执行着老师的指令，除了杨菁。'我知道，他可能会参与命题，也可能会改卷。可是，我想的是，就算他出题，标准答案也不可能和他的要求一字不差吧？这不科学呀。另外，就算他参加改卷，我的试卷也未必会落到他的手上。既然如此，我为什么要强迫自己按照自己不喜欢的方式去学习呢？'杨菁说。

"那个时候，杨菁已经拿到复旦大学的自主招生提前录取通知，只要高考发挥正常，进入复旦，应该没有问题。高三那一年，每次考试，杨菁总会有一些地方不符合权威老师的要求，而权威老师几乎每次评卷时都会把杨菁批评一通。老师常常当着全班同学的面数落杨菁：'就你这个不认真的劲，即使考进复旦，也去不了好专业。'

"每次面对老师的批评，杨菁总是点头，表示接受，但是，课下她依然按照自己的方式保持着复习的节奏。那年高考，杨菁的单科成绩名列全市第一，老师舒了一口气，杨菁也舒了一口气。

"'高考成绩出来之后，老师再也不提我不认真背答案的事情了。'杨菁有点小骄傲，'我已经变成他的得意弟子了，考试嘛，只以分数论成败。'"

邹　睿："这个女生有个性。"

刘老师："岂止是有个性，简直太强大了。你想想，眼看着就要高考，一个超级权威时不时地批评你一通，谁扛得住？反正我肯定乖乖地一字不差地背诵。事实上，我就是这样背过来的。"

邹　睿："杨菁的这个特征，在她工作之后，还有体现吗？"

刘老师："有的。杨菁在高盛香港工作的时候，一边工作，一边还在香港科技大学读硕士。高盛的工作本来就很累，香港科大的教授们还布置了非常多的作业，有一段时间，杨菁感觉自己快承受不住了。"

邹　睿："她是怎么解决的呢？"

刘老师："杨菁说，她开始仔细研究老板的作息规律。她发现，虽然老板每天都会加班到深夜，但是每天晚上7点到9点半这个时间段，老板会从办公室消失，这是老板吃晚饭的时间。自从发现这个规律后，每天晚上7点，老板一离开办公室，杨菁就会打车回住处。她住的地方距离公司打车只需5分钟。回到住处，杨菁会先洗澡，吃饭，再去健身房跑步或者练瑜伽，然后再做个桑拿，一切停当，她会在9点半老板回来之前回到办公室，开始工作。"

邹　睿："老板不会发现吗？"

刘老师："我也问过这个问题。杨菁说，她也不知道老板是没有发现还是装作不知道，或者根本就不在意这件事。杨菁说，她每次素颜回到办公室，感觉自己又满血复活，这种状态和一直待在办公室里的那个她完全不一样。杨菁说：'对权威，我肯定百分百尊重，但我一定会在权威的阴影下，找到自己可以自由腾挪的空间，尽量让自己活得舒服一点。'"

邹　睿："厉害。那么杜晶呢？她除了早晨5点起床看报告之外，还干别的吗？"

刘老师："杜晶在新加坡那几年，拿到帆船驾驶证，买了电子钢琴，从头开始学油画。现在，她的钢琴、画画都练得有模有样。说到画画，补充一句，杨菁从小练了十多年画画，她最早的梦想是做一名设计师。"

邹　睿："聪明人是一通百通，一个领域到顶，其他方面也容易触类旁通。"

刘老师："第六，她们都有一种超强的能力，能够让身边所有的人很愉快，而且能让大家都喜欢她们。

"杜晶来上海大学讲课的那天，我同时邀请了另外一位90年出生的年轻朋友——陈茵茵。陈茵茵是新浪微博上一位粉丝超过100万的大V博主，2019年8月，作为韩国外交部邀请的'中国人气博主访韩交流团'成员，我们一起访问韩国。来上海大学课堂之前，茵茵和杜晶素不相识。

陈茵茵，上海大学

"上课当天，茵茵从深圳飞来上海，直接从虹桥机场赶到学校，还没来得及安排酒店。我正准备请学生去上海大学的宾馆安排房间，杜晶直接邀请茵茵晚上和她一起住到洲际酒店。杜晶说，她可以把大床房改成标准间，这样，两人可以住一个房间，还可以聊聊天，茵茵爽快地答应了。当天课程结束后，茵茵和杜晶住在一个房间，她们彻夜长谈。两个90后女生，就这样成为知己。

"杜晶说，她一直有个习惯，不管见到什么人，跟谁开过会、聊过天，事后，她都会发一封邮件、一条微信或者一条短信，谢谢对方花时间和她见面。'这是对别人的尊重，也是让别人记住你的方式。'杜晶说。

"与杜晶不同,杨菁更内敛,她说话的语调起伏不大。课程结束时,学生们在课程群里高喊,'杨菁老师简直像仙女一样,听杨菁老师讲话,我都感觉自己恋爱了。'"

邹　睿:"哇!学生很喜欢她们呀!"

刘老师:"非常非常喜欢。如果继续总结下去,还会总结出很多内容,比如她俩的英语都很棒,比如她们都热爱健身,比如她们的工作业绩都非常棒。"

邹　睿:"刘老师,你看,杜晶和杨菁,都是国内教育体系培养出来的年轻人,她们在国际舞台上竞争,不会输给任何人。未来的中国,像她们一样的年轻人,一定会越来越多。所以,对中国孩子,我们要有信心。"

刘老师:"和美国教育相比,中国教育有明显的优点和显著的特点,当然,也存在不可忽视的问题和众多的挑战。今天,我们既没有蒙面而行,也没有两耳塞木,虽然我们不清楚未来究竟会是什么样,但在中国,小到每一个家庭,大到学校、社会,乃至中央政府,都充分意识到,未来的竞争,归根到底,拼的还是人,尤其是受过良好教育的年轻人。所有的个体都在按照自己的步伐努力向前,虽然前进的脚步可能不那么整齐划一,虽然前进的节奏未必那么合拍,但是只要我们都在努力,最后的结果,一定不会差。"

Tips　新世界丽笙大酒店位于南京西路88号,紧邻上海中心位置人民广场和南京路步行街,地理位置优越,出行方便。2014年,杜晶从天津调来上海,就在这家酒店担任电子商务经理,我曾在这里对她做过访谈。

75

世界外国语小学

日日是决战

很多年以前,我参加高考的时候,老师告诉我们,若要战时像平时,就要平时像战时。意思是说,如果我们希望高考的时候不紧张且正常发挥,那么,高三阶段的各种训练,就要严格按照高考的要求来进行。这话里有个关键词"像",什么是"像"呢?"像"其实是在说,战时和平时实际上是不同的,我们只是尽量让它们很像。

冲绳某培训学校校门

2017年，我去冲绳参加马拉松比赛。住处附近有个培训学校，深夜10点，穿着校服背着双肩包的学生们从培训学校里出来。他们低着头，一言不发，仿佛生产流水线上的方便面，整洁而且安静。培训学校临街的大门玻璃上贴着的一个横幅，引起了我的注意——"日日是决战"。这句话，比"若要平时像战时，就要战时像平时"来得生猛多了。没有差异，没有分别，不是模拟，每天都是决战！

2018年，上海的一家媒体刊登了一篇有关幼升小的文章，题目是《上海的小学生为何那么鸡血—初战即决战》。这篇文章认为，在上海，教育竞争的关键阶段早已从高考、中考、小升初前置到了幼升小。随着上海教育竞争的加剧，幼儿园升小学的竞争越来越白热化，只有进入好小学，才有机会升入好初中，进而进入好高中和好大学。文章最后的结论就是：初战即决战。

"初战即决战"比起"日日是决战"来，又"鸡血"了不知道多少倍。越来越多的上海家庭，为了让小朋友在幼儿园升小学的首战中获胜，将小朋友送进各种各样的幼升小强化班，这已然成为一个产业。很多小朋友甚至要在这种全日制的幼升小考前强化班里进行为期一年的强化训练。

Tips 上海市世界外国语小学是上海第一梯队的学校，入校竞争非常激烈，据说，也是非常"鸡血"的学校。几年前，我和朋友老蔡曾试图撮合一对年轻人，男方是我的同事、上海大学的副教授，女方是老蔡女儿的老师——世界外国语小学的语文老师。两人见了一次面，就没了下文。我的同事没觉得有啥，我跟他说，等你以后有孩子，就知道这事多重要了。

76

未来岩馆

这么年轻就当爷爷，是个啥感受？

从竹乃屋日料店出来，乘坐滴滴的礼橙专车回家。满头黑发的滴滴司机大我两岁，孙子已经5岁了。我问他：这么年轻就当爷爷，是个啥感受？他反问我：这么晚才当爸爸，是个啥感觉？

哈哈哈，和聪明人聊天，就是有意思。下面是这位滴滴司机的故事。

"我1972年出生，已经来上海20多年。在我们老家，大家结婚都早，我21岁就结婚了。孙子是老大的孩子，老大下面还有个老二，今年20岁。老大和老二都在上海，老大在餐厅当厨师，一个月挣6 000多块钱，老二在工厂，每个月挣5 000多块。他们两人的工资加在一起，还没我一个人挣得多。

"我一个月挣1万多块钱，早晨9点出车，一般要干到第二天凌晨1点收车，没有星期六和星期天。我们这个工作，干得多就挣得多，舍不得休息呀。每天回到家，肯定也累。累了，就爱喝点酒，黄酒、啤酒、白酒，我都爱喝。越累越爱喝高度酒，劲酒、二锅头，我都喝。我喝得不多，但总会喝点，喝完酒，睡得好。

"早晨8点左右醒，9点准时出车。每个人对睡眠的要求不一样，有的人要睡10来个小时才能睡饱，我睡六七个小时就足够了。

"来上海这20多年，干过几十种工作，数都数不清。没有文化，只能干力气活。像我们这样的人，年龄也大了，什么本事也没有，一个月能挣5 000块钱，就是看得起我们了。我这个人，能耐没有，但是年龄渐长，脾气也跟着长，不太服管。还是干滴滴实在，钱嘛，在我这个能力来说，算不少了，又没人管，想多干就多干，不想干就早点回家，也没人东说西说，图个自由。

"开滴滴好几年了,还能干多久,我也说不清,能干多久就干多久。

"这几年里,有两件事给我印象最深。

"第一是上海人对小孩子的教育。不管是对话的内容,还是说话的方式,都和我们完全不一样。我经常能拉到年轻的爸爸妈妈带着小孩,有的小孩看上去最多也就三四岁,一会儿跟爸爸说中文,一会儿跟妈妈说英语。那英语说得好听得很,虽然我听不懂,但我知道,这些小娃娃好厉害。

"第二就是上海人有素质。有一天下午,我在五角场接到一个好漂亮的女孩子。一上车,她就拿出两个冰激凌,对我说:'师傅,您辛苦啦!这是我刚买的冰激凌,特别好吃,咱们一人一个,您别着急开车,吃完了再走。'"

Tips

位于上海沪松公路1177号的未来岩馆是一家面积上千平方米的独立大型专业攀岩馆。在攀岩馆的创始人程琳(Linda)邀请下,我和太太带着刘小师去体验了一把专业攀岩,深深地爱上了这项运动。

竹乃屋日料店和未来岩馆在一幢楼内,那次攀岩后,我们非常偶然地选择了这家餐厅,没想到味道极其惊艳。炭火烤牛舌和炭火烤鸡肉都特别好吃,尤其是他们家的辣酱调料,我很喜欢。牛肉寿喜锅分量大,味道也很棒。

77 王品台塑牛排
只款待心中最重要的人

朋友上大学那年，是他人生第一次走出县城。在县城最大的商店，中学老师送了他人生第一双皮鞋，那是一双棕色的鞋。

上大学后，看着宿舍的同学用鞋油擦皮鞋，他也借来鞋油擦他的棕色皮鞋。没承想，鞋油有颜色之分，一双棕色的皮鞋被擦成了黑皮鞋。宿舍里的同学笑得眼泪都出来了，他的眼泪也忍不住掉了下来。

几年前，老师的女儿考上上海最好的大学。来上海报名的第一天，朋友和他的夫人开车，载着老师的女儿去了港汇，给她买了20多双各式各样的鞋。

当晚，朋友在王品台塑牛排设宴，欢迎老师一家。桌子上摆放着一张欢迎笺："王品台塑牛排：只款待心中最重要的人。"

Tips

王品台塑牛排是我非常喜欢的一家餐厅，王品台塑牛排的总经理赵广丰也是我非常喜欢的一个人。

朋友Jessi是一家教育机构的创始人，她告诉我，在过去十年间，她在王品已经点了超过800份套餐。

78 上海磁浮列车

碎片化健身，
人间处处是操场

虽然大家都说自己很忙，可是，如果你认真去审视一下自己的日常生活，也许会发现，大把大把被浪费的碎片化时间可以用于健身。这些时间加起来，总量相当可观，下面是我的一些体验。

1. 可以爬楼梯的，绝不坐电梯

可以爬楼梯的时候，我绝不坐电梯。爬楼梯时，我通常会以最快的速度进行一个短距离冲刺。这种高强度的训练，消耗热量的同时，也提升了心脏的耐受力。经常给心脏一些高强度的刺激，对提高心脏的活力有好处。

2. 能走路的，绝不坐车；能快走的，绝不慢走

从我家门口出发，到最近的地铁站，步行距离为1.2公里，我通常会选择快速步行。在一个新城市旅行，步行和跑步是观察城市最美妙的方式。

3. 机场是个大运动场

在机场安检口排队等待时，大多人都是无所事事地干等。我会利用这个时间，把随身的背包当杠铃用，进行抓举训练。我的随身背包通常有笔记本电脑、充电器、厚书籍，还会有2—3瓶矿泉水。矿泉水主要用来增加包的重量，过安检时扔掉就行。抓举训练，一般50个一组。排队时间长的时候，曾经做过7组，轮到我过安检时，早已满头大汗。有一次在浦东机场安检口，看到我汗如雨下，安检员好心地递过一张餐巾纸，问："这么虚呀？"

在机场候机厅，我会因地制宜进行各种锻炼。贵宾室空间狭小，我一般在大厅进行训练。例如：折返跑，选个10米左右的距离，跑上半小时，照样大汗淋漓；很多机场候机楼有地毯区，可以很方便地进行HIIT训练（高强度间歇性训练）；或者就原地起跳，一边跳一边还可以通过微信读书同步听书，什么都不耽误。

登机前，我会冲进厕所，用矿泉水瓶接水，快速地冲个澡，然后换上随身携带的衣服，清爽登机。如果在上海虹桥或者浦东机场，我一般会在东航贵宾室洗个澡再上飞机，那就更舒服了。

当然，也有来不及洗澡的时候。有一次在虹桥机场，练得兴起，忘记登机时间，突然听到广播里呼唤我的名字，背上背包狂冲去登机口。顶着一身臭汗，直到近半小时后飞机平稳飞行，我才到机舱的厕所里擦了个身。机上厕所的水少，而且矿泉水瓶口根本递不进去，我只能靠随身带的一瓶矿泉水解决问题。

碰上飞机晚点的时候，在机场练两个小时，一天的运动量就够了。

4. 飞机上也可以锻炼

坐得太久，对身体肯定不好，无论是在地面还是天上。飞机飞行平稳的时候，我常常会起身，徒手做各种身体拉伸训练。有时站着做，有时在座位上做。大多数时候，空乘不管。个别时候，空乘会建议我坐下，系紧安全带。

曾经有朋友问我，你在机场蹦蹦跳跳，在飞机上扭来扭去，不怕别人看吗？我哈哈大笑："我早就过了活在别人眼里的岁月。只要我不扰民，不影响公共秩序，他们爱看就看。路人甲，路人乙，怎么能影响主角的状态呢？"

在地铁或者高铁上，只要人不多，有空间的时候，我也会进行各种徒手训练，别怕时间短，日积月累后效果了不得。

5. 看电视的时候绝不闲着

现在，大家看电视的时间越来越少了，可总还是有看电视或者看电脑视频的时候。很多人喜欢蜷缩在家里的沙发上，或躺在床上，一边看电视，一边吃东西。每个人生活选择不同，这完全无可厚非。但是，为了健康，那就请你在看电视的时候，别闲着，起来做运动吧。

我一般会在电视机前放一块瑜伽毯，跟着Keep（App）进行核心肌肉训练，或者用哑铃进行前臂和胸部训练。

6. 刷牙的时候，可以进行下蹲训练

牙医说，刷牙必须刷足3分钟，我不知道有多少人真正刷足了3分钟。我在刷牙时，会用手机设置个时钟，考虑到误差，我一般会设定4分钟，然后开始刷牙。

刷牙时，我采用下蹲的姿势。您去试试看，下蹲4分钟刷牙，能不能撑得住？

7. 酒店的房间，也有大天地

出差在外，并非每个酒店都有健身房和游泳池。碰到没有健身房的酒店，在房间里折返跑、进行HIIT训练、做俯卧撑、用背包进行力量训练，都是很好的锻炼。高强度的训练，还有利于身体迅速适应新环境。

8. 家务活，都是好运动

平时在家，换桶装饮用水、倒垃圾、洗碗，凡是需要动一下的，就尽量动一下。碎片时间利用好了，可以节省出很多锻炼时间。洗碗时，凝神聚气，腹部收紧，双臂用力，有锻炼效果。（小贴士：别把碗捏碎）

9. 遛狗是进行热身训练、徒手训练和拉伸训练的最佳时机

我有只名叫"雨果"的中华田园犬，带它出门溜达，是我进行热身训练、徒手训练和拉伸训练的最佳时机，决不能闲着。

所谓"筋长一寸，寿长十岁"，遛狗的时候，就是拉筋的好机会。平时如果在家，我一天至少要遛狗四次，早晨、中午、下午、晚上各一次。遛狗，也是遛自己。多走走，没害处。多拉筋，好处多。

Tips 进出浦东机场，磁浮列车是非常好的选择。上海磁浮列车只有两个站：龙阳路站和浦东机场站。从龙阳路站到浦东机场，如果乘坐地铁，需要近1个小时的时间，出租车大约需要30多分钟，而乘坐磁浮列车，不到10分钟即可到达。磁浮列车最高运营时速能达到420千米/小时，真有风驰电掣之感。

79

新天地办公楼

梦想还真不是万一就能实现的

2009年，五个年轻人在上海成立了一家名为Verawom的广告公司。这群年轻人不是名校出身，没有行业资源，更谈不上家世背景，唯一拥有的就是聪明、勤奋、超越常人的努力和对成功的强烈渴望。

自创立伊始，Verawom每年都会推出风格各异、让人耳目一新的优秀广告作品，最广为人知的包括上海家化六神品牌的《花露水的前世今生》，红星美凯龙的《让挚爱触手可及》《爱木之心》，New Balance英美产系列的《致匠心》，王品台塑牛排的《母亲》等作品。2016年中央电视台的春节联欢晚会上，Verawom的公益广告作品《父亲的旅程》感动了很多人。

2015年1月底，我受邀参加Verawom在江苏溧阳天目湖举行的年会，得以和他们近距离相处了三天。

第一天，2015年1月30日，星期五

下午2点，全体员工从公司驻地——上海新天地出发，分乘多辆大巴，前往250公里外的天目湖。前一天晚上，CEO和副总裁涂晓明通宵加班。出发当天，两人没有片刻休息，红肿着眼睛上了车。

三个半小时的车程，涂晓明接受了一个专访，召开了三个项目会议。与此同时，在我乘坐的大巴车上，至少还有两三个项目会议在同步进行。多个与客户沟通的电话会议，也在旅途中完成。

下午5点半，一行人到达天目湖涵田度假村酒店。这是个五星级度假村，有山有水有温泉。大巴车上人多，不太透气，加之一路颠簸，到达目的地后，

大家普遍感觉不适。

稍事安顿，6点半开饭。

7点半，包括合伙人在内的40多名骨干人员准时开会。会议将40多人分成六个小组，给出三个议题，进行辩论。合伙人被分配在小组中，可以参加讨论，但不允许发言。议题包括"一个人一辈子做一件事好VS一个人一辈子要做很多事情才算好""Social media使人和人之间的距离越来越近还是越来越远"，说实话，议题和公司的具体业务以及工作的相关性并不大。

辩论进行得激烈而认真，不断有火花产生。

晚上9点半，我有些累了。下午在密闭的大巴中晃了三个多小时，晚饭后又在密闭的会议室里憋了整整两个小时，确实有些扛不住了。我中途离席，去山顶泡露天温泉。面对山下一汪湖水，头顶繁星满天，泡在温汤之中，这才是生活应该有的样子。

泡完温泉后，回到酒店，吃饱喝足，已经是夜里11点，我给晓明发微信："还在开会吗？"

晓明回复："还在激烈进行呢！"

对广告公司来说，加班是常态，那是被客户折磨的，没办法。但是开年会，自己给自己安排非业务加班，所有人还像真事一样认真对待，这就很有意思了。

乙方被甲方欺负，能理解；自己欺负自己，这是为啥呀？

晓明解释说，辩论既锻炼员工的思辨能力和表达能力，也是发现人才的有效手段和方法，很多平时不怎么说话的同事，在辩论过程中会表现出非常强的逻辑能力和表达能力。

我提醒晓明："11点，温泉就关门了。"

第二天，1月31日，星期六

上午10点，核心员工继续开会。据说，前一天晚上11点半辩论会结束后，很多人又凑到一起，聊到凌晨。

五个合伙人几乎又是一夜未眠，晓明说，这是一个难得的和大家一起交流的机会，员工们都不睡，老板们怎么好意思去睡觉。

上午会议的主题是经验分享。每个人有5分钟时间，分享一个自己认为最有价值的工作经验、心得或者工作方法。

我认真做笔记，说实话，确实很有价值。可是，我不得不说，时间太长了。会议结束时，已经是下午2点。会议中途，我多次离场，去呼吸新鲜空气，而公司的几位合伙人全程参会，一丝不苟，没有半点懈怠。

下午2点以后，终于进入年会的娱乐流程。公司从南京请来有名的乐队，大家迅速投入彩排。合伙人们终于可以松一口气，他们凑到一起，到山顶喝茶、聊天、开会。

是的，他们自己又开起会来。在这个山顶会议中，副总裁晓明去泡了个温泉，另一个副总裁去跑了个步。

晚上的年会，创意无限，热闹非凡。不说别的，就看看他们为年会拍摄的内部宣传照吧。

Verawom的五个合伙人的内部宣传照

当我把年会的宣传照片分享到朋友圈后，某世界500强公司中负责品牌推广的朋友回复："刘老师，这是哪家广告公司呀？能请他们来参加我们的比稿吗？"

你看，好产品自己会说话。后面的结果是，Verawom在比稿中胜出，参与了这家世界500强公司的多个项目。

爱工作的人，玩起来也疯狂。当晚的年会，闹腾到深夜12点之后。

第三天，2月1日，星期天

前一天晚上的年会闹得太厉害，很多人起床后就已经是午饭时间。吃完午饭，下午2点，大巴车出发，回上海。

直到离开度假村，很多人都不知道这个度假村最有名的温泉在什么地方。一路颠簸、摇晃、各种堵车，晚上6点半，天已经黑了，大巴车到达位于新天地的公司楼下。

我这样一个几乎不晕车的人，在下车时，已经晕得七荤八素，要吐了。Verawom的年轻人们，由于缺氧，一个个脸色红润，满脸倦容。

周日晚上的新天地办公楼，除了一楼门卫有星星点点的灯光，整栋大厦几乎完全淹没在黑暗之中。从大巴车上下来的年轻人们，除了一部分人在车边急不可耐地抽起烟来，大部分背着双肩包，成扇形攻击队列，向办公楼默默挺进，几乎没有一点声音。

这是全体回公司上班的意思吗？还没吃晚饭呢？

不在同一辆车的晓明向我走过来，嗓音沙哑："刘老师，谢谢你能来，我不陪你了。我先上楼开会去了。"

"还有几个会呀？"我问。

"三个。"晓明说，"今晚估计又得通宵。"

我目送晓明和他的伙伴们消失在大楼里。天色彻底黑了，新天地华灯初放，繁华正在上演。

就是这样一群年轻人，在过去几年中，几乎每年都会贡献出中国广告行业的现象级作品。

就是这样一群年轻人，在他们的广告公司里，没有销售，却有着源源不断的客户。

客户喜欢他们，朋友喜欢他们，更重要的是，他们自己也很喜欢自己。毫无疑问，他们是一个聪明的团队，与此同时，他们也是一个玩命工作、无比勤奋、用生命燃烧自己的团队。

这个世界上，聪明的人很多。可是，如果聪明的人比你还勤奋，勤奋的同时还比你踏实，踏实的同时比你更友善，你说说看，谁的梦想更容易实现一些呢？梦想还真不是万一就能实现的。

Tips 有关Verawom更多的优秀作品和公司的情况，请参见《互联网+社会化营销：用匠心创意点燃交互》，刘寅斌著，电子工业出版社2016年出版。

2014年，Verawom被国际知名广告集团收购。几年后，5位创业合伙人在完成收购对赌协议之后，先后离开公司，各自重新创业。

80 古北

她最好了

2014年夏天，Verawom的制作团队前往台北，拍摄李宗盛主演的广告片《致匠心》。在台北期间，Verawom的合伙人王彦特意购买了一把"李吉他"——李宗盛创立的吉他品牌。

在拍摄现场，王彦对李宗盛说，从年轻时代起，她和先生就是李宗盛的粉丝，不知道能否请李宗盛在吉他上为她先生提几个字。李宗盛问："想写点什么？"王彦思量片刻说："就写'把钱都交给老婆'吧。"

李宗盛接过吉他，不假思索，一挥而就，写下四个字："她最好了！！"

李宗盛在吉他上写的字

Tips 李宗盛曾在上海旅居多年，他多次在古北家乐福超市被路人撞见。古北位于上海市区的西部，在虹桥路沿线，那里是上海第一个涉外商务区，也是上海著名的高档住宅区。

81 上海电影博物馆

生活的琐碎羁绊，让我们忘记了自己最初的样子

蔡萌是一位非常优秀的广告创意人，李宗盛出演的广告片《致匠心》，是他的代表作之一。在他的人生成长过程中，有过很多的启蒙者。有的启发了他的文字灵感，有的启发了他对技术的痴迷，有的启发了他对美的认知。这些启蒙者中，有两位特别有意思，一位是他的初中班长，一位是他的表哥。

初中班长是蔡萌的电影启蒙人。"他爸爸是我们当地电影院的负责人，我跟着他，看了很多免费的电影。《大话西游》就是他带我一起看的。当时，整个电影院只有四个人，看完之后，我俩都没看懂，面面相觑，不知所云。"蔡萌说，"他不仅让我喜欢上电影，在很多细节层面也对我产生了很大的影响。比如，他对电影音效有非常高的要求，同样一部电影，如果版本不好，他宁愿不看，也绝不迁就。"

初中班长是个才华横溢的人，上课的时候，经常整节课整节课地趴在桌子上，用圆珠笔画海报，却完全不影响考试成绩。"他画画的时候非常投入，完全沉浸在自己的世界中。头发被汗水粘成一缕一缕的，贴在头皮上，浑身汗流浃背，握笔的手上青筋暴起。在他的笔下，无论是人物，还是建筑，都栩栩如生，仿若近在眼前。"

长大后，班长成了济南一家医院的骨科医生，他曾为国足队员做过腿部运动性损伤的康复治疗。

几年前，班长来上海出差，蔡萌特意邀请班长到家中做客。在蔡萌的家中

有一个非常专业的电影放映厅。那个下午，蔡萌和班长一起看电影，一起看这些年他拍过的广告片。班长唏嘘不已，感慨万千，止不住地流泪。

"在班长看来，我还是那个跟着他一起去电影院看免费电影的热血少年，我一直走在我们共同热爱的道路上，虽然跌跌撞撞，懵懵懂懂，但终究还在做着自己喜欢的事情，而他早已在生活中丢失了曾经的自己。那个下午，在上海的一个家庭电影厅，他想起了那个爱画画爱看电影的少年。"

蔡萌的另一个启蒙人是他的表哥。"在主流世界里，我表哥是个有点不学无术的人。他喜欢摇滚，尤其喜欢崔健、窦唯。窦唯发行第一张个人专辑《黑梦》时，随专辑附赠的一张签名照，被我表哥牢牢地贴在写字台的正前方。"

小学四年级，受表哥的影响，蔡萌开始听摇滚乐，后来慢慢喜欢上各种独立音乐和地下音乐。"听了太多的独立音乐，再回头来听流行音乐，你能明显感觉到这是两个完全不一样的世界。一个充满了情怀和赤诚，另一个是纯粹的商业。在我还是个孩子的时候，表哥就开始把他对艺术和商业最朦胧的想法告诉我。而在后来的工作中，我每天要面对的就是在商业和艺术之间不断进行取舍。商业和艺术，不能简单地说谁好谁不好。在商业为艺术提供表达空间和不断滋养的同时，艺术也让商业表现得更加美好。"

很多年以后，在采访崔健的时候，蔡萌突然想起了表哥。"那个瞬间，想起表哥对音乐的赤诚，我感慨得热泪盈眶。"采访结束后，蔡萌第一时间发微信告诉表哥：当年我们一起喜欢摇滚，如今，我心中依然坚持对摇滚的热爱，你还爱摇滚吗？

表哥只回复了一个"哦"。今天，表哥在老家的一个单位从事着非常普通的工作。"他被生活的琐碎羁绊，早已失去了对摇滚和音乐的热爱。"

Tips 上海电影博物馆，位于徐汇区漕溪北路595号，交通便利。整个博物馆展品丰富，充分展现了电影百年历史和上海电影的发展历程。

82 星巴克甄选上海烘焙工坊

当泥土的芬芳和咖啡的
香气混在一起时

蔡萌大学毕业后,曾经在青岛工作过一段时间。

"那个时候,我的一个好朋友常去上海出差,他曾给我讲过他眼中的上海生活——行色匆匆的上班族、清晨拥挤的地铁,还有星巴克的下午茶。那是我第一次听说星巴克,也是我第一次知道,星巴克是全世界最大的连锁咖啡品牌,是大城市里白领们的生活象征。"蔡萌说,"带着关于上海的零零碎碎的信息,带着对星巴克的向往,我糊里糊涂地来到上海。"

2016年,蔡萌开始负责一个星巴克的广告项目。

"对我来说,去星巴克喝杯咖啡,曾经是一件非常值得炫耀的事情。"蔡萌说,"但是,就在现在,我开始负责这个品牌的广告项目,考虑以什么样的方式去和它的消费者沟通。这一切,发生在不到十年的时间里。当泥土的芬芳和咖啡的香气混在一起时,这种感觉特别奇妙。"

Tips

在中国各大城市,星巴克已经屡见不鲜。但是,对于咖啡爱好者,尤其是星巴克爱好者来说,星巴克甄选上海烘焙工坊是必去之地。

位于南京西路789号兴业太古汇的星巴克甄选上海烘焙工坊,是全中国面积最大的星巴克门店,楼上楼下总面积约2 700平方米,整个区域分为烘焙区、精酿啤酒区、星巴克logo服装售卖区、礼品售卖区,最重要而且最吸引人的则是咖啡豆加工区,顾客目睹从麻袋中倒出的咖啡豆经过加工，变成手中的一杯咖啡，整个过程非常震撼。

  我每到一个国外的新城市，总会买一款当地星巴克门店的马克杯。家里的星巴克马克杯，大大小小，有好几十只。

83

上海证券交易所

那间两平方米铁皮房子里的旅行社不但有了飞机，而且还上市了！

2015年，1月20日，我受邀参加春秋航空的上市仪式。

从此往前追溯，30年前，谁能相信，那个诞生于两平方米铁皮房子里的旅行社，会成为中国旅游行业收入最高的公司？20年前，谁能相信，这家旅行社会成为拥有几十架飞机的航空公司？10年前，谁能相信，这家新成立的航空公司会成为亚洲盈利能力最强的低成本航空公司？5年前，谁能相信，一家航空公司会有几百万的年轻粉丝？3年前，谁能相信，一家航空公司通过社会化媒体，一年能产生几亿元的销售额？

谁能相信，上市仪式一结束，证交所门口的大巴就把来参加上市仪式的所有高管们全部拉回公司，继续上班？谁能相信，上市之后，老董事长还是骑着自行车去虹桥机场视察工作？公司的管理人员依然每周六义务加班？每天晚上7点依然有很多工作会议刚刚开始？

当然，我知道，每次提到春秋航空，总有人会膝跳反射般地抱怨，座位太挤了，飞机上还卖东西，连矿泉水都没有。

可是，我更想告诉你的是，春秋航空是全亚洲最安全的航空公司，春秋航空是全亚洲性价比最高的公司，春秋航空是全中国准点率最高的公司，同时，春秋航空也是全中国单架飞机营收能力最强的公司。

这一切依赖于：最优秀的飞行员、最优秀的工程师、最棒的IT团队、最敬业以及最能吃苦的管理团队。

上市当天，我刚发了条朋友圈，一位朋友的朋友，我连名字都已想不起，号称要做O2O行业××最大的公司，实时评论："春秋航空的服务体验非常糟糕。"我当场石化，这得多低的情商，才能在别人兴头上，使劲给人泼上一盆冰冷的水。

昔日寒山问拾得曰：世间谤我、欺我、辱我、笑我、轻我、贱我、恶我、骗我，如何处之乎？拾得云：只需忍他、让他、由他、避他、耐他、敬他、不要理他，再待几年你且看他。

闻谤不怒，虽谗焰熏天，如举火焚空，终将自息。闻谤而怒，虽巧心力辨，如春蚕作茧，自取缠绵。

默默地删除他，然后继续兴高采烈地投入春秋航空上市的快乐中！

刘老师（中）在春秋航空上市现场

84

上海迪士尼乐园

麦肯寻梦记

林芝青博士是我的好朋友,曾经在一家世界500强公司担任高管,后来选择自己创业。她喜欢旅行,喜欢冒险,喜欢运动,喜欢各种新鲜事物。

她曾远赴南极,在冰天雪地的世界中感受完全不一样的世界。两年前的一天,她给我来电话,说想给我讲讲她在南极的故事。一小时后,她出现在我家楼下的贵州米粉店。

林博士说,南极共有七种企鹅,其中帽带企鹅最为常见。在林博士途经的一个岛屿上,一只长着金色羽毛的麦肯罗尼企鹅突兀地生活在一个由数万只帽带企鹅组成的群落中。这只金色的麦肯罗尼企鹅非常有名,很多旅行杂志和博客中都有它的记录。没人知道它从哪里来,也没人知道它为什么会出现在一群帽带企鹅中……

那只金色的麦肯罗尼企鹅独自站在一个小小的冰山上,昂着头,静静地远望。林博士说:"刘老师,我好想为它写一个童话故事。刘老师,您能帮我吗?"

在随后的一段时间,我阅读了大量有关南极的书籍,也看了很多有关南极的纪录片。南极太宏大太神秘,关于这只麦肯罗尼企鹅的童话,在我脑子里已经演绎过无数次。曾经写过一点文字,后来,因为各种杂事,又停下来,但是念头从来没断过。借着这次机会,让部分已经完稿的文稿跟大家见个面,也算是对林博士的一个小小的交代。如果未来有机会,我找个僻静的所在,一定把脑子里的故事全部写下来。

麦肯寻梦记

主要人物

麦肯：金色的麦肯罗尼企鹅，出生在帽带企鹅部落中。

莫伊：一只可爱的帽带企鹅，麦肯的妹妹。帽带企鹅每次都是生两只后代的。

泰勒爷爷：帽带企鹅中善良、孤独的老者，部落记忆的传承者，德高望重，喜欢麦肯，也是麦肯最信任的人。

威廉国王：帽带王国的统治者。

戴维：威廉国王的第二子，帽带王国的将军，咄咄逼人、野心勃勃、觊觎王位。

沙沙：一条单纯、可爱、不喜欢深海的冰冷黑暗、特立独行的魔鬼鲨，曾经与麦肯为敌，后来成为麦肯的挚友，最后，为了麦肯而死。关于魔鬼鲨，至今都有很多谜团。魔鬼鲨在非常特殊的窘境下，会通过某种方式，把自己炸成一块块碎片。

卡萝：贼鸥的族长，佐伊的外婆。贼鸥是企鹅的天敌。

佐依：年轻的雌性贼鸥。

海豹：贼鸥的天敌。

第一部分　帽带王国的小麦肯

南极的冰川上，太阳懒洋洋地照着这片银白色的大陆，一群小企鹅摇摇晃晃行走在冰层上，所有的小企鹅都戴着小帽子，只有一只小企鹅头上有着一撮金色的毛，那就是麦肯。

麦肯从小不受人待见，在帽带王国，他从小就被视为异类，除了妹妹莫伊之外，几乎所有的小伙伴，都以取笑他为乐。爸爸妈妈也不喜欢他。只有泰勒爷爷爱他，给他讲故事。表面上，泰勒爷爷是王国里的智者，事实上，更多的人将他视为无用的老人、废物和空气。

1 遥远的西方，有金色的企鹅

小麦肯抬头问泰勒爷爷："王国里的每只企鹅都有帅气的帽带，就我没有。爸爸妈妈每次抓磷虾回来，都会抱着莫伊亲了又亲。可是，他们从来不会亲我一下。爷爷，我是世界上最丑的企鹅吗？"

泰勒爷爷叹了口气，语气轻柔："麦肯，听我说，在我很小很小的时候，我的爷爷告诉我，在很多年很多年以前，汪洋大海中所有的冰川大岛都是连在一起的。那个时候，世界上有七种企鹅，其中有一种金色的企鹅，头上长着漂亮的金冠。我的爷爷说，那是世界上最漂亮的企鹅。后来，不知道什么原因，岛屿被海水分割，在我们这个岛上，就只剩下帽带企鹅了。"

麦肯的眼睛猛然亮起来："爷爷，那我就是世界上最漂亮的金色企鹅吗？"

泰勒爷爷："麦肯，相信我，你是爷爷见过的最漂亮的企鹅。"

麦肯："爷爷，那些和我一样的金色企鹅，他们都在哪儿呀？"

泰勒爷爷："我也不知道，我的爷爷告诉我，下海后，一直向西，就能找到金色企鹅。等你长大，可以出海，就能找到和你一样的金色企鹅了。"

麦肯点点头："嗯，爷爷，我什么时候才能长大呢？"

泰勒爷爷用翅膀拍拍麦肯的头："睡觉吧，麦肯，睡醒了，你就长大了……"

2 古老的预言

一群小企鹅围着泰勒爷爷，要泰勒爷爷讲故事。

泰勒爷爷："这是我的爷爷的爷爷的爷爷传下来的故事。当山谷里出现磷虾，海豹将布满黑沙滩……"

麦肯害怕地睁大眼睛，问："爷爷，如果山谷里真的出现磷虾，我们该怎么办？"

泰勒爷爷指着远方的一座高耸的冰山说："在海水冲进山谷之前，沿着雪山，冲过山谷，爬上对面的高山。"

麦肯问："爷爷，那么高的山，有企鹅爬上去过吗？"

泰勒爷爷："从来没有一只帽带企鹅爬上去过。我爷爷说，只要爬上那座高山，等海豹没有东西可吃，他们自然就会离开，我们就可以下海去吃磷虾。"

麦肯："爷爷，要是海豹把磷虾吃光了，怎么办呀？"

泰勒爷爷拍着麦肯的头，哈哈大笑："傻孩子，这世界上，没有一只海豹会吃磷虾。"

3 暴风雪来了

狂风大作，雪花狂舞，强度之大，超乎想象，帽带企鹅队伍一片混乱。按照帽带王国的准则，狂风暴雪来临时，所有的企鹅会彼此紧靠，簇拥在一起，形成一个巨大的抗风团。外围意味着死亡、伤残、奉献和牺牲。年龄不到，不能去外围。

按照以往的规则，麦肯正在往中间挤。戴维粗暴地一把拉出麦肯。

戴维："你给我出来，到外面去！"

小麦肯满脸不解和委屈："为什么？"

戴维："你个金毛怪物，都是小伙子了，还好意思跟着女孩子和老人家往里面拱吗？"

小麦肯流下了眼泪，风一吹，马上就干了。

泰勒爷爷从队伍中间钻出来，拉住小麦肯的手："不怕，爷爷陪着你。"

泰勒爷爷和国王站在一起。

国王喊着："老泰，你怎么能出去？"

戴维："泰勒爷爷，您这样，不是难为我吗？"

泰勒爷爷："戴维，你干得对，快去忙你的。"

泰勒爷爷拉着麦肯去了外围，老国王无奈，没拉住，叹了口气，扭头继续往中间走。

在企鹅抗风团的外围，小麦肯冻得瑟瑟发抖，泰勒爷爷把小麦肯裹在自己的怀里。

小麦肯哆哆嗦嗦地问："爷爷，我会死吗？"

泰勒爷爷皱纹很深，顶着风雪含着笑大声地回答："麦肯，按我说的做，什么都不要想！让身体尽可能停止运转，不要胡思乱想，不要想风，也不要去想雪！别硬撑，也别乱动，思维停止，血液停止，呼吸也停止！"

泰勒爷爷的话像是在施魔法。

小麦肯渐渐地眩晕，眼皮耷拉，头也耷拉下来。

4　戴维将来会是一个好国王吗?

风雪过去，抗风团的外围横七竖八地躺着很多企鹅尸体。死去的企鹅被集中到一边。

泰勒爷爷浑身结冰，感觉也像是死了。麦肯最先醒来，他守在泰勒爷爷旁边，直到冰化掉，泰勒爷爷活过来。麦肯豆大的眼泪滴在泰勒爷爷脸上。

威廉国王和戴维前来看望。

威廉国王:"老泰，我带戴维来向你道歉。"

泰勒爷爷:"戴维没干错什么。"

威廉国王赶走所有人，和泰勒单独聊天。

威廉国王:"老泰，戴维将来会是个好国王吗?"

泰勒爷爷:"陛下，我只是臣子，谁当国王，不是我该议论的，也不是我的本分。"

威廉国王:"那个老大，是你的学生，你也知道，他身体虚弱，胆小怕事，没有威信，也没有担当。这个老二看着还不错。可就有一点，这个老二对人太苛刻。这俩孩子，你更喜欢谁?"

泰勒爷爷:"他们都是好孩子。"

5　威廉国王和戴维的对话

威廉国王:"要是泰勒老头子冻死了，你怎么收拾这个烂摊子? 王国里的人，背后会怎么议论你? 你怎么服众?"

戴维一脸不屑:"是他自己要去外围的，拦都拦不住。"

威廉国王:"你又不是不知道，麦肯是他的小宝贝。"

戴维:"奇了怪了，不就是个金色的怪物吗? 有什么可宝贝的。"

威廉国王:"你还是太嫩了。对待有用的臣子，要施以宽厚之恩，这样在关键时刻，才会有人听你的，才会有人为你卖命。一个国王是否有权威，不在于风和日丽、磷虾成群的日子里多么受爱戴，而在于最困难的时候，有人肯把最后一只虾留给你，把最后一丝生的希望留给你。要让臣子为你卖命，不能光靠吼叫，更不能靠打打杀杀，要靠脑子呀。"

戴维还想争辩，被国王制止了，国王脸上露出一副恨铁不成钢的表情。

第二部分　贼鸥来了

6　该谁倒霉呢？

麦肯长大了，从小企鹅长成了青年企鹅，麦肯加入了戴维领导的青年军。

在青年军里，麦肯每天被派的都是脏活累活，比如清理粪便。

麦肯问泰勒爷爷："什么脏活都是我干，我怎么这么倒霉呀？"

泰勒爷爷："那么谁该倒霉呢？要不，你指定一只企鹅，让他去倒霉？"

麦肯想了想，转头回到青年军，默默地继续干起来。

7　麦肯的特质

麦肯的天性中有别的企鹅没有的特质。

特质1　他能从过往的季风中嗅出磷虾和鱼腥的味道。（帽带企鹅只吃磷虾，但麦肯还吃鱼，这被帽带企鹅们视为野蛮、凶残，但这也为他后来能和魔鬼鲨做好朋友奠定了基础。）

特质2　他能从风云变幻中感知到鸟群，无论是贼鸥，还是信天翁，他总能很早地感知到空中的风云变化。

特质3　对海水的变化，他更敏感，这也是他能预先感知海豹到来的重要原因。

特质4　麦肯在海里游泳的速度非常快，几乎能够超过他能遇到的所有鱼类。

麦肯和莫伊在海里玩的时候，冲出水面，空气中飘来的一丝淡淡的奇怪味道让他打了个喷嚏。

麦肯对莫伊说："莫伊，我能闻到天上有一大群鸟正在向大岛飞来。"

莫伊看了看天空，天空碧蓝一片："麦肯，你总是喜欢胡编故事。爸爸妈妈都说，让我少跟你玩，不要跟你学坏了。"

麦肯无奈地甩甩水："好吧……"

8　贼鸥家族的突袭

贼鸥每年都会来，在吃饱喝足、把小贼鸥养大之后，又会神秘地飞走，没有一只企鹅知道贼鸥从哪里来，然后又会飞到哪里去。

在侦查到青年军出海捕鱼的消息后，贼鸥突然降临。湛蓝的天色猛然暗淡下来，成千上万只贼鸥从天空中突然飞落大岛，一场突袭就这样发生，贼鸥向他们喜爱的小企鹅和企鹅蛋发起了攻击。

这次，贼鸥队伍太不一样了，不但数量很多，而且不停地攻击。

贼鸥一波接一波，采取了车轮战术。三分之一的贼鸥不停地攻击，攻击结束后，另外三分之一的贼鸥马上冲上来，先前的贼鸥则飞到山顶上休息。就这样，当第二小分队攻击结束后，第三小分队继续发起新一轮的攻击。

刚开始，帽带王国的老弱企鹅们还能勉强抵抗，但慢慢地，他们扛不住了。一只蛋被打碎，另一只蛋又被吃掉，一只接一只的小企鹅被叼走……最终，老弱企鹅们阵型大乱，慌乱的企鹅们都在来回扑打贼鸥，可是完全无济于事。

山顶上，年轻的贼鸥佐伊和她的外婆、贼鸥的族长——卡萝，一起看着已经陷入混乱的帽带王国。

佐伊："外婆，我们要把所有的企鹅蛋和小企鹅都带走吗？"

卡萝："是的，孩子，今年天气暖和，族群扩大，我们的小贼鸥需要食物，不带走所有的企鹅蛋和小企鹅，我们的小可爱们就会活活饿死。"

佐伊："可是，外婆，你不是跟我说过，企鹅蛋不能全部吃完吗？"

卡萝："没错，孩子，我是说过。可是，今年没办法，顾不了这么多了，冲啊！"说着，卡萝带领着一支休息片刻的贼鸥小队发起了新一轮的攻击。

在连续不断的攻击中，贼鸥也累得不行，有的贼鸥在飞行中体力不支，直接坠落到冰上，活活摔死。

终于，攻击结束了……

留下一片狼藉的帽带王国，贼鸥们心满意足地飞走了。

所有的企鹅蛋都被贼鸥带走了，一个都没剩下。

此时此刻的帽带王国一片死寂，所有人都是知道，新的一年不会有小企鹅了。对王国来说，这是毁灭性的打击。

9　青年军归来

青年军回来了，面对残局，他们都明白发生了什么，大家都压抑着，没人说话。

戴维跳上一个小冰山，对着一大群企鹅发表演讲：

已经不知道有几千年了，
贼鸥想来就来，
想吃就吃，
我们受够了！
我们是企鹅，
独立自由的企鹅，
不是任他们随意宰割的食物，
不能再允许贼鸥这么干了，
企鹅再也不能受欺负！
我们一定要去找到贼鸥的巢穴！
我们要捣毁所有的贼鸥蛋！
我们再也不要受贼鸥的骚扰！
我们一起，彻底清除大陆上的贼鸥吧！
是的，
我们不知道贼鸥在哪里，
是的，
我们也不知道要走多远才能找到贼鸥的巢穴，
是的，
我们甚至不知道我们能不能活着找到贼鸥，
但是，我唯一知道的是，
自由地生存，
不受威胁的生活，
才是企鹅的未来！

才是帽带王国的未来！
每一只有良知的企鹅，
愿意和我一起去的，
请跳上这个小冰山，
我们去战斗，
我们去打破大陆上千年的魔咒！！
……

麦肯听得热泪盈眶，热血沸腾，直接就要往上跳。

莫伊拉着他："你不能去，贼鸥在哪里，你都不知道，去了就回不来了！"

麦肯甩掉莫伊的手，跳上小冰山："戴维，我跟你一起去！"

企鹅群顿时一片欢呼。

一只接着一只的年轻企鹅跳上小冰山上，欢呼声一浪高过一浪。

威廉国王拉着泰勒爷爷："这，这，这！他们这是要干什么？"

泰勒爷爷拍拍威廉国王的肩膀："我的国王，年轻人的时代来了。戴维如果活着回来，他就是下一任国王。"

威廉国王还想说什么，泰勒老爷爷已经转过身，低下头，驼着背，慢悠悠地走了。

10　什么是正义？

麦肯问泰勒爷爷："爷爷，您不高兴吗？"

泰勒爷爷："麦肯，你想过自己为什么要跟着戴维去征战吗？"

麦肯："为了正义！"

泰勒爷爷："那什么是正义？"

麦肯："贼鸥吃掉那么多无辜的小企鹅，毁掉那么多企鹅蛋，我们找到贼鸥，毁掉他们的家，杀掉他们的孩子，这就是正义！"

泰勒爷爷："麦肯，你平时吃得最多的是什么？"

麦肯："磷虾。"

泰勒爷爷："你有没有想过，要是有一天，深海里的磷虾突然跑过来，要吃掉所有的企鹅，你会怎么办？"

麦肯："哈哈哈，爷爷，磷虾那么小的小不点，怎么能吃掉我们企鹅？"

泰勒爷爷："那你告诉我，磷虾的正义是什么？"

麦肯支吾道："这个……"

泰勒爷爷："如果有一天，磷虾变得跟海豹一样大，你还敢吃磷虾吗？"

麦肯摇摇头："不敢。"

泰勒爷爷："在这个冰川大陆上，生存就是正义。企鹅的正义就是吃磷虾，而贼鸥的正义就是吃企鹅。你比所有的帽带企鹅都厉害，以后，如果帽带王国遇到困难，你不能袖手旁观，孩子，这是你的正义。"

（看到这里，如果您意犹未尽，那我真的很抱歉，因为忙于诸多事务，下面的几部分还尚处剧情梗概的阶段。我一定加快速度，争取在未来，把全本《麦肯寻梦记》呈现给大家。）

第三部分　魔鬼鲨

麦肯爱吃鱼，魔鬼鲨沙沙也爱吃鱼，为了捕食同一条鱼，两位年轻人打了起来，魔鬼鲨沙沙仗着身高马大，耍横，欺负麦肯。

麦肯很可爱，并不因此生气，反而不停逗弄沙沙玩耍，伺机报复。麦肯就是这样，不服输，虽然已是青年，但依然有着一颗顽童心。

麦肯抓住机会想去报复魔鬼鲨沙沙的时候，没想到碰到鲸鱼袭来，麦肯很害怕，吓得不轻，掉头就跑。在跑的过程中，麦肯也不丢下他的魔鬼鲨朋友，一把抓住沙沙就朝海岸方向逃跑，鲸鱼追到海岸边，被巨大的冰川卡住，搁浅在海边，得等到海水涨潮时才能挣脱。魔鬼鲨和麦肯趁机逃跑。

于是，沙沙和麦肯成了好朋友。

第四部分　找到贼鸥

沙沙告诉麦肯，他知道贼鸥在哪里。贼鸥会下蛋，也会生小鸟。每年夏天来大岛上，他们住在黑沙滩的另一头。

昏了头的麦肯找到贼鸥，想去偷袭贼鸥的鸟巢，却被贼鸥们发现，将他一阵痛扁，打得落花流水。幸亏麦肯跑得快，及时跳进了海里。

就在麦肯逃跑的时候，海豹家族正朝着黑沙滩游来，饥肠辘辘的海豹打算偷袭贼鸥。

麦肯提前闻到了味道，又偷偷折回黑沙滩，想把这个消息告诉贼鸥。就在他沿着岸边躲躲藏藏的时候，误打误撞地碰见了贼鸥佐伊。佐伊揪住麦肯打算呼叫，被麦肯一把捂住嘴巴，并告诉了她海豹正在逼近的消息，但佐伊根本不相信麦肯的话，毕竟麦肯只是一只奇怪的企鹅。

就在麦肯极力证明的时候，海岸的另外一边传来了小贼鸥们的惊叫声。一只最先到达的海豹因为实在太饿，贸然对小贼鸥们发起进攻，并成功抓住了一只小贼鸥，正飞快地返回海里。麦肯和贼鸥们都知道，一旦小贼鸥给抓进海里，等待他的就只有死亡。

佐伊这才意识到麦肯说的都是真的，她立刻起飞，组织贼鸥们奋力阻止这只海豹返回大海，麦肯顾不得自己的特殊身份，加入营救小贼鸥的队伍中。

被抓住的小贼鸥大声尖叫，贼鸥们轮番骚扰，但海豹太饿了，他死死抓住他的美餐，奋力冲向大海。终于，这只海豹跳进大海，激起一朵巨大的浪花，佐伊和贼鸥们的心都碎了。海水里，海豹抓着拼命挣扎的小贼鸥正准享用，就在这时，海中如箭一般飞过一个黑影，是麦肯，他撞开了海豹和小贼鸥。海豹还没反应过来，佐伊已经如同一道白光一般掠过海面，一把救起了小贼鸥。眼看着到手的美餐就这样没了，气急败坏的海豹冲向了因为撞击头还有些发晕的麦肯。麦肯被海豹逼得一路朝海岸游去。眼看海豹就冲了过来，麦肯急忙跳上海岸，沿着海岸线狂奔逃跑，要知道，企鹅虽然跑得不快，但在陆地上，和海豹相比，也算能打个平手。麦肯跟跟跄跄，海豹紧追不舍。眼看着扭来扭去的麦肯就要被飞快蠕动的海豹追上，佐伊再一次带领着贼鸥们出现，他们你扑我啄，成功地拖住了海豹的脚步。麦肯抓住机会扇动着翅膀一路跑上了陡峭的冰川。对于海豹来说，这座冰川太高太陡，麦肯安全了。

小贼鸥得救了，海豹来了的消息在贼鸥家族里传开，大家都转移到了高地。麦肯成为贼鸥的英雄，贼鸥家族给麦肯授勋。

麦肯："能不能以后不要偷吃企鹅蛋了？"

卡萝:"孩子,你是我们的英雄,救了我们族群,可是,我们还要吃企鹅蛋,这就是世界的法则,无关乎道德,只关乎生存。在自然界,生存是第一法则。孩子,你再长大一点,就会明白这个道理的。"

贼鸥告诉麦肯,继续往西,人海的西边,有金色的企鹅。他们谁也去不了,只有等着有船经过的时候,如果碰巧停泊,才能去西边。

至于什么时候有船,那就谁也说不准了,只能等,一年一年地等。

麦肯留下来等待停靠着信天翁的船到来。

第五部分　海水漫上来了

麦肯就这样等了一年,一直等到了海平面上升。

麦肯忧心忡忡地告诉贼鸥:"我闻到了一大群一大群海豹的味道,正从四面八方涌来!"

卡萝:"我们能去哪里呢?海豹总是来了就走,我们只要飞起来,什么事都没有。"

麦肯依然觉得事情有些不太对。直到一个深夜……

成群结队的海豹突然从四面八方涌上黑沙滩,还没来得及准备的贼鸥大败,所有的贼鸥都在保护自己的鸟蛋,保护自己的后代,但海豹来得太突然了,而且他们从四面八方一齐涌了上来。海豹不但破坏蛋,而且包围了贼鸥。在黑夜中,贼鸥部落已经陷入了恐慌和混乱,卡萝拼命地呼喊飞掉,试图让贼鸥们冷静下来,但一点用也没有,佐伊也在同海豹们的对抗中受了伤。混乱中,麦肯用尽全力抱起佐伊,他用企鹅特有的方式,滚起来、滑起来,带着佐伊一路往高处跑,往内陆跑,往他的家——帽带王国跑。

危难中,麦肯的好朋友魔鬼鲨沙沙冲到了岸边,沙沙在后面撕咬海豹,努力地阻止海豹的袭击。

第六部分　再见了!麦肯!

帽带王国的企鹅看到麦肯带了一只贼鸥回来,非常不满意。要驱逐麦肯,也要驱逐贼鸥。

麦肯没有时间争辩，冲着企鹅们大喊："快跑！海豹来了！跑到对面高山上，否则就来不及了！"

但帽带王国的企鹅没一个相信他，包括戴维。

终于，海水涨潮，冲进了帽带王国所在的冰山脚下，顺着海潮而来的，是一波又一波的海豹，冰山脚下全部是海豹。

魔鬼鲨沙沙也跟着麦肯一路过来，帮助帽带王国抵御海豹，但海豹实在太多，他们成群结队地冲向帽带王国。企鹅们慌不择路，乱作一团，戴维一边抗击海豹，一边指挥着企鹅们逃跑，但不久他就发现自己陷入了苦战之中。

眼看着帽带王国就要完蛋，眼看着他的朋友麦肯就要落入海豹之口，魔鬼鲨沙沙大喊一声："再见了！麦肯！"只听海豹群里"砰"的一声巨响，沙沙炸掉了自己，天也变成了红色，海也变成了红色，海豹们全部被这浓重的红色吸引住了，饥饿驱使着海豹们本能地向着这抹红色奔去……就在这个空档，帽带企鹅们滑下冰川，迅速涉水冲过山谷，爬上了对面的高山。

帽带王国得救了，危机过后，所有的企鹅都劝麦肯留下来，莫伊和爸爸妈妈也接纳了他，麦肯成了帽带王国的英雄。

麦肯："答应过爷爷的事，我做到了。我现在，要去西边，等待信天翁带来大船，寻找和我一样的金色企鹅。"

Let's go！！蓝色冰川下，阳光耀眼，麦肯头顶上飞着佐伊，在冰川之间越滑越远。

Tips 迪士尼乐园是上海游玩必去之地。迪士尼是有魔法的，如果时间允许，在迪士尼酒店住一晚，是非常值得一试的体验。

85 上海大学（延长路校区）

妈妈，
这就是我的大学

  初一寒假，表姐新婚不久，邀请我们一家去她家过春节。表姐夫在西南师范大学工作，他的爸爸妈妈都是西南农业大学的教授。

  人生第一次走进大学，第一次见到教授，非常兴奋。一天晚上，我跟着教授阿姨和妈妈，在如画般的西南农大校园散步。对着教授阿姨，妈妈突发感慨："要是将来我们家小斌能考上大学，并且还能在大学工作，那该多好。"

  夕阳的余晖映在妈妈的脸上，闪闪发光。

  20多年后的一个冬天，我把爸爸妈妈接到上海来过春节。我陪着妈妈在我工作的上海大学散步。

  我手指前方："妈妈，这就是我的大学。"

  在妈妈的眼睛里，我看到了一样的光。

86 上海国际机场宾馆

一个可以听到航空公司各种八卦的地方

春秋航空总部对面有一家东方航空与日本沙龙餐饮管理公司合资建造的花园式酒店——上海国际机场宾馆,春秋航空的很多朋友都称呼这家酒店为"日航宾馆"。

春秋航空的朋友经常把宾馆一楼的咖啡厅和简餐厅作为接待客人的地方,餐厅的特色是麻婆豆腐饭,味道非常好,我每次必点。

在宾馆的餐厅,经常能看到世界各国的空乘和飞行员一起就餐。当然,如果你静静地坐在那儿,可以听到很多航空公司的八卦。

有一次,我和春秋航空CIO邱仲约了下午1点在咖啡厅碰面。我提前半小时到达,点了壶茶。旁边一桌,一位男士的电话声清晰地传到我耳朵里。他说,和春秋航空IT部门的负责人约了下午2点半在宾馆一楼咖啡厅见面,然后他开始不停地抱怨,春秋航空太抠门,这个要试用,那个要免费,还说春秋航空水平太差,他根本没兴趣伺候这样的公司。

他就这样不停地抱怨着,直到邱仲1点准时到达。

我问邱仲:"你是不是2点半在这儿还有个约呀?"

邱仲大惊:"你怎么知道?"

我嘿嘿一笑,指了指身旁还在打电话的男子:"他告诉我的。"

87 华山医院

我死不了，
我一定能把你要的
单车给造出来

2015年，当王超完成经典版单车的设计后，摩拜单车的创始人胡玮炜拿着王超的设计图，跑去天津、上海等地的多家知名自行车厂商，希望能够借助传统自行车大厂的经验，实现经典版单车的量产，结果没有一家工厂能够按照摩拜的要求生产样车。

胡玮炜意识到，如果找不到顶级的工业设计工程师，摩拜单车永远无法落地。在2015年11月汽车行业的一次峰会上，胡玮炜偶然认识了在摩托车和电动自行车领域有十多年研发经验的徐洪军。

摩托车虽然和自行车是完全不一样的产品，但毕竟是两轮车，两者有非常多的共性。"当时，我已经找遍了国内所有知名的自行车厂商，他们说我们的单车设计有这样或者那样的问题，反正就是造不出来。传统自行车行业不温不火地发展了几十年，能看懂和理解我们产品的人少之又少。现在看来，当初我试图找自行车行业的合作者来做这么超前的产品，方向就错了。"胡玮炜说。

事实证明，徐洪军确实是上天给胡玮炜的一份最好的礼物。几天后，应胡玮炜的邀请，徐洪军从无锡飞往北京。在开云汽车CEO王超的办公室里，胡玮炜第一次见到徐洪军，徐洪军也第一次见到王超手工打造的摩拜单车的设计模型。

王超设计的这辆车太前卫了，能否按照胡玮炜的要求做出样车来，即使像徐洪军这样见过世面的设计师，也没有十足的把握。徐洪军说："当我和胡阿姨

（摩拜的员工对胡玮炜的爱称）充满热望的眼神相遇时，我实在找不出任何拒绝的理由。"

离开北京返回位于江苏太仓的工厂时，徐洪军告诉胡玮炜："我会尽全力帮你把这辆车给做出来。"

摩拜单车和传统的自行车根本就不是一回事，尽管它们都有两个轮子，事实上，它们连轮子都是那么的不同。在王超的原型设计基础上，徐洪军进行了全方位的调整和二次设计，最大的挑战就是如何实现单臂刹车和四年免维护的设计要求。

徐洪军的团队问遍了几乎所有的刹车配件厂，没有一家工厂能够提供单臂刹车产品，也没有工厂敢承诺四年免维护。无奈之下，经过多方选择，徐洪军团队决定采用电磁刹车方案，即在自行车上安装一个可以发电的电动机，利用电机的磁场效应形成阻力，产生刹车效果。面对全世界第一辆单臂刹车自行车，徐洪军和他的工程师们为了防止车架断裂，采取了比较保守的方案，车架锻件做得厚重而结实。电动机和厚重的车架设计，是摩拜经典版单车整车质量偏重的主要原因。在后续版本的优化中，一项非常重要的内容就是不断减轻车架锻件的质量。

胡玮炜告诉徐洪军，摩拜单车准备投放的第一个城市是上海。样车设计之初，徐洪军和设计师，还有摩拜的创始人们反复交流，设想上海市民第一次见到摩拜单车时的情景。徐洪军说："我们每个人都希望摩拜单车能成为上海的一张名片，甚至成为上海的一个符号。如果我们设计的自行车，三个月后螺丝松了，五个月后链条断了，六个月后车架开始生锈，七个月后车身变得破旧，这样的自行车不会成为城市里的一道风景，它只会变成城市的垃圾。"

摩拜单车的车身有两个主色调——橙色和银色。橙色是摩拜单车品牌独有的视觉色彩，而银色则是从第一代单车就开始使用的颜色。在摩拜最早的样车设计要求中，对颜色没有特殊要求。作为摩托车设计师，徐洪军对质感强烈的银色有特殊的偏好，虽然从事了多年摩托车设计工作，但他一直没有找到一个合适的机会，把银色用在某个产品上。借着设计摩拜样车的机会，徐洪军向胡玮炜推荐了拉丝抛光银——一种在他看来最完美的铝合金外形颜色。

胡玮炜只给了徐洪军30天的设计时间。工作开始后，徐洪军意识到，摩拜样车的工业设计复杂程度，远远超过他的想象，30天的时间，显然不够用。带着手下的三名工程师，徐洪军亲自上阵，每天都工作到深夜12点才收工。经过整整20天的努力，徐洪军和他的工程师们完成了摩拜单车第一代车型——经典版的样车图纸设计。图纸设计完成后，立即进CNC①、打样、焊接、抛光、安装。

2015年12月17日，在胡玮炜给定的30天期限的最后一天，摩拜经典版单车的第一辆样车闪亮地呈现在胡玮炜办公室，所有人都被其现代感和时代感深深震撼。

意想不到的事情出现了，因为连续30天超高强度的工作，从来没有心脏问题的徐洪军在将样车送到上海的当晚，突发心肌梗死，被紧急送往华山医院（复旦大学附属华山医院）抢救。那天夜里，跟徐洪军同进一个急救病房的另外两位患者在第二天上午7点之前先后离世，而徐洪军则幸运地被医生从死亡线上救了回来。

胡玮炜送给徐洪军的圣诞卡片

"我的命还是比较大的。"说起这段经历，徐洪军没有劫后余生的胆战心惊，反而还有些小骄傲，"胡阿姨知道后，马上跑到医院来看我。在病床前，她哭得稀里哗啦。"因为病情紧急，医生决定一周后进行心脏搭桥手术。胡玮炜每天都来探望，每次都哭得很厉害，以至于医生为了保证徐洪军能以最好的状态上手术台，明令禁止胡玮炜来探视。

2015年平安夜，是徐洪军动手术的日子。胡玮炜悄悄溜进徐洪军的病房，把一张写满祝福语的圣诞老人卡片放在徐洪军的床头。这张卡片，徐洪军一直珍藏在无锡家中

① CNC：计算机数控机床。

的书桌上。

即将进入手术室的徐洪军安慰已经哭成泪人的胡玮炜："玮炜，你别哭。放心吧，我死不了，我一定能把你要的单车给造出来。"

徐洪军的心脏手术进行得非常艰难，搭了四根桥，心脏还翻了个面，但总算一切顺利。手术完成后，徐洪军在医院待了四天，因为实在不喜欢医院的环境，在征得医生的同意后，回到无锡家中静养。

在徐洪军生病住院期间，胡玮炜发现，没有了徐洪军，项目根本无法推进。"Bruce（徐洪军的英文名）在的时候，只要我提一个要求，他就会先说我试试看，最终总能找到解决方案。他生病之后，我们听到的就是这个不行、那个也不行，量产根本推进不下去。"胡玮炜和CEO王晓峰迅速达成共识，只有把徐洪军挖过来，摩拜单车的量产才能真正启动。

徐洪军回到无锡，刚躺了两天，胡玮炜、王超、王晓峰就从北京赶来了。在徐洪军家门口的必胜客，王晓峰非常直接地向徐洪军发出邀请："Bruce，没人能够实现摩拜的量产，也没人能比你做得更好，你是不是考虑出山，加入我们？"

面对摩拜的加盟邀请，徐洪军没有马上同意，但是答应还会像之前设计单车一样，帮助摩拜来推动单车的量产。徐洪军在设计样车时，胡玮炜之所以只给他30天的时间，是因为胡玮炜需要拿着样车去说服新的投资人，为摩拜尽快争取到新的投资。所以，在样车设计阶段，徐洪军的设计团队将全部精力放在如何用最省钱的方式快速地完成样车设计上，既没有精力也没有时间去充分考虑量产的成本和效率。所以，当样车设计完成后，真正进入量产阶段时，仍然需要重新进行模具设计。模具设计阶段需要解决的核心问题包括：减轻车身的质量、提升消费者的骑行体验以及提高生产效率。

2016年3月，尚未痊愈的徐洪军凭借多年的从业经验和良好的口碑，迅速组织起一支设计团队，协助摩拜进行量产研发。在那个时刻，无论是摩拜单车的投资方，还是管理团队，几乎所有人都等不及了，大家都希望尽快选择一个城市，先投放一批单车，以此来验证商业模式的合理性。胡玮炜亲自拍板，直接采用徐洪军的样车设计图纸也就是CNC的图纸去开模具，进行量产。

在徐洪军为摩拜单车的量产工作出谋划策时，摩拜的管理团队坚持不懈地邀请徐洪军加入公司。同为设计师的王超的一番话，直接击中徐洪军的要害：

"Bruce，如果有那么一天，当你走在上海的马路上，你发现全上海的人都骑着你设计的自行车，你想过没有，那会是一种什么样的感觉？"胡玮炜的话更让徐洪军的内心澎湃不已："我们的目标就是希望全世界的人都能骑上摩拜单车，摩拜真的有可能成长为一家国际性的高科技公司。如果有那么一天，我真的愿意在摩拜单车的模具上刻上你的名字，让全世界的人知道，这辆车的设计师是Bruce。"

徐洪军是个重感情讲义气的人，前一家公司的董事长既是他的上级，也是他非常要好的朋友。对于跳槽，徐洪军内心背负着强烈的"背叛感"。但在与胡玮炜的一次关键性谈话中，徐洪军被彻底说服了。胡玮炜对徐洪军说："Bruce，一个人的一生能有几个十年？如果我们能一起用十年的时间，做一件改变世界的事情，为什么你不和我们一起呢？错过了这次机会，你也许会后悔一辈子。这也许就是你一生最后一份工作，拼一把，做一件当我们老了可以给孩子们当故事讲的事情，难道不值得吗？"

胡玮炜、王晓峰对事业的热爱和创业的激情，也给了徐洪军很大的触动。徐洪军说："我一直在传统企业工作，从来没有见过像胡阿姨、Davis这样拼命的人。他们工作努力，早晨八九点上班，晚上十一二点还在办公室加班。一个在传统企业可能要跑一个月甚至半年的审批流程，在摩拜，可能只需要不到一个小时就可以投票表决了。他们执行力强，一旦决定做什么事情，所有人都会不遗余力，全力以赴。说实话，这让我很着迷。人到中年，内心的躁动眼看就要熄灭，禁不住胡阿姨、Davis的煽动，又轰的一下燃了起来。这一燃，就一发不可收拾。更关键的是，一个好产品不可能没有好的未来，对此，我坚信不疑。"2016年3月，徐洪军正式加入摩拜，担任摩拜单车无锡工厂的总经理。

2017初，摩拜单车在厦门举行年会，当着200多位员工的面，胡玮炜在台上分享了她和王晓峰在从无锡回上海的高铁上商量给徐洪军发工资的往事。徐洪军答应加入摩拜单车的时候，正是摩拜单车资金最紧张、财务最困难的时候，账上的金额甚至不够支付Bruce的薪水。胡玮炜和王晓峰经过商量，达成共识，在新的融资没有进入的时候，两个创始人就是凑钱也要先给徐洪军发工资。台下的徐洪军接过胡玮炜的话，和胡玮炜开玩笑："胡阿姨，我当时要知道摩拜的财务情况这么糟糕，我才不敢来摩拜工作呢！"

Tips

2017年，在摩拜单车成长最快的时候，我曾经花了四个月的时间，往返于北京和上海之间，采访了包括五位联合创始人、各个阶段的投资人、各部门高管、骨干员工在内的近百名相关人士，并且完成了一本书的初稿。

可惜，因为很特殊的原因，书写完了，却没出版，我一直引以为憾。时至今日，我依然认为，摩拜单车是一次伟大的商业创新和技术革命。在那段激情燃烧的岁月中，五个理想主义创业者，带着一群热血澎湃的年轻人，通过不断的创新爆炸，将一个堂吉诃德式的商业梦想，变成脚踏实地的产业实践。

作为一家飞速成长的企业，摩拜的创业历程不可避免地有这样或那样的问题。关于摩拜，关于共享单车，有太多的误会和曲解。如果没有人把这样一场商业盛宴所取得的经验、教训和智慧加以总结，那真是一件非常遗憾的事情。

徐洪军在离开摩拜后，成立了一家新的公司——洪记两轮。有关洪记两轮的故事，请参见我发表在《商业评论》杂志的案例研究文章：《洪记两轮：一个初创企业的疫情创变样本》。

88 崇明金茂凯悦酒店

一只名字叫雨果的狗

2013年初,我从附近一个小区的看门大爷那儿领养了一只可爱的中华黑柴。他当时只有一个多月大,在一群小狗中,我随手挑中了它。领养它的前一天晚上,我刚看过一部音乐剧——《悲惨世界》。第二天一整天,脑子里都盘旋着《悲惨世界》里的音乐。给狗狗起名的时候,总不能叫"悲惨"吧?于是,就给它取名雨果。

雨果1岁多的时候,我带它回到它出生的小区,去见它的妈妈。雨果看到妈妈时,怯生生的,我反复在它耳边讲:"雨果,这是你的妈妈呀。快去,这是妈妈,妈妈,妈妈呀。"

2岁的时候,我又带雨果去了那个小区,看门大爷还在。大爷说,雨果的妈妈被人偷走了,雨果的哥哥还在。雨果的哥哥明显比它大一号,身体强壮,腿也粗得多。雨果看着哥哥,不敢靠近。

雨果8个多月大的时候,我送它去上大路的兽医站洗澡。兽医站的姚医生是位和气的阿姨,她说,狗狗应该早点绝育,对它有好处。我听进去了,正好我要出差,我就把8个月大的雨果留在兽医院。5天之后,我出差回来,兽医站的姚医生已给雨果做完绝育手术。领它回家后,它一直蔫蔫的。

每次想到才8个月大的小狗狗做那么大的手术,在最需要慰藉的时候,孤独地在兽医站待了整整5天,那段日子,它得多么孤独,多么无助,多么痛苦,我就觉得特别对不起它。

曾经有人对我说:"早点做绝育手术,对狗狗身体有好处。"

我反问:"把你阉割了,也是对你好?"

他说:"人和狗不一样。"

我:"都是上天给的,有啥不一样?我拔你根头发,你都嫌疼。一刀就把狗狗咔嚓了，它疼不疼？"

雨果平时也吃狗粮，一直是皇家的配方狗粮。对雨果来说，狗粮更像饼干，而不是主食。

有人说："狗粮更健康，营养更丰富。"

我说："你听说过哪家公司能生产完全符合健康标准和营养需求的人干粮吗？"

那人说："人和狗不一样。"

好吧，又是这句。

我问："就算有符合健康标准和营养需求而且比新鲜食物更健康的人干粮，你会愿意天天吃干粮吗？"

那人照样回答："人和狗不一样。"

人和狗哪里不一样了？人不喜欢吃干粮，至少不喜欢天天吃干粮，狗也一样。人喜欢换着花样吃各种美食，那些充满脂肪、糖分和盐分的食品，人类明明知道不健康，可照样大快朵颐。人知道，活一辈子不容易，得活得有滋味，这个滋味里，非常重要的一条就是吃喝得有滋有味。那么狗呢？狗的一生，就应该只吃狗粮，为了所谓的健康？

有人说："吃多了盐，狗容易掉毛。"

我家雨果应该吃了不少盐，只要没有皮肤病且不在换毛季，基本上不怎么掉毛。

有人说："吃狗粮，狗毛才光亮。"

只有营养好，狗毛才光亮。狗粮配方里赫然写着鸭肉粉、鸡肉粉、牛肉粉，我给它正常吃牛肉、鸭肉、猪肉，不好吗？

我就纳闷了，工业化的狗粮怎么就能比新鲜的肉类营养更好？

我不相信，保质期动辄在1年以上的狗粮里，那些防腐剂和各种看不懂的化学成分，对身体有好处。

说实话，我一直觉得，狗粮就是点心，就是饼干，吃着玩可以，拿狗粮真当粮食，糊弄狗可以，糊弄人，就有点智商税的意思了。智商税，我可以交，但不愿意多交。

Tips　　上海崇明金茂凯悦酒店位于崇明生态岛东部,酒店周围环绕东滩湿地公园、东平国家森林公园。酒店最大的特色是可以携带宠物入住。酒店有宠物泳池和宠物乐园,酒店的草坪是宠物们撒腿狂奔的好去处。带着宠物去那里,是非常好的度假选择。

89 漕河泾开发区

飞行器设计专业的女博士生毕业后可以去研究二次元吗？

我曾有幸将北航飞行器设计专业的一位女博士生推荐给一家顶级市场研究咨询公司的泛娱乐部门。这个女生是位绝顶聪明的学霸，热爱动漫，热爱二次元。我问她，这么大跨度的转行，是不是有点可惜？女生说，读博士是寻找学术乐趣，工作是寻求职业乐趣，两者不矛盾呀。

所以，飞行器设计专业的女博士生既可以从事二次元研究工作，也可以编程序写代码，还可以对时尚圈了如指掌。聪明人真的能触类旁通，一通百通。

Tips 漕河泾开发区是上海最著名的高新技术开发区之一，园区内聚集了包括腾讯、今日头条在内的大量优秀公司。

90 静安大悦城

SKY RING 屋顶摩天轮

那些年相亲遇到的奇葩们

思嘉,90后女生,英国某大学心理学硕士,现在上海某大学担任辅导员。在一次聚餐中,她饶有兴致地讲起了她"丰富"的相亲经历。

1

"先说个闺蜜的故事。她和一个男生在网易云音乐上对同一首歌进行评论而认识彼此。后来,两人结婚,浪漫极了。"

2

一口茶水,温润了思嘉的喉咙,思嘉的相亲"大戏"正式开场:

"有一次,相亲对象是我妈发小的儿子,成熟稳重,比我大十岁,我妈从小看着他长大。看在我妈的份上,我和他见了面。第一次见面,没啥感觉,但觉得人还挺好,可以继续接触,就交往了一个多月。

"某一天,他突然人间蒸发,失联了。我猜想,人家没准是碰到了什么大事。两个月后的一天,我正在理发店烫头发,他突然打来电话,上来就问我现在有没有男朋友。我说先别问这个,先说说你消失了两个月,是怎么回事儿?

"刘老师,你猜他怎么说?他说,人家告诉他,我们俩生肖不合。我强忍住笑,问他,既然生肖不合,你为什么还打电话来?他说,想了两个月,总算想明白了,生肖不重要。

"这下,我炸了。

"我对着电话,一通海骂,畅快淋漓。旁边座位上的几个理发师关了电吹风,整个理发店鸦雀无声,就听我一个人在骂他。

"最后,我撂给他一句话:就算全世界的男人死光了,我也不会跟你这种混蛋。

"我刚一收电话,理发店响起了雷鸣般的掌声。

"哈哈哈,我是个有故事的女孩子哦。"

3

"有一回,这个相亲的男孩子请我吃过两次饭。第二次吃饭的时候,我实在没感觉,就跟他说,咱俩不合适,算了吧。

"他可能看我长得漂亮,一直不死心,非要和我联系。不管我怎么明示暗示,就是要跟我搭话,不停地给我发微信。我没办法,只能冷处理,他发他的,我坚决不回。

"一周后,他来了一句:别闹了,再闹下去,你就要失去我了。

"这种内心戏很丰富的相亲对象,有时也蛮可爱的,哈哈哈哈哈……"

4

"有次相亲,遇到一个很奇葩的男生。他说,我们去吃饭吧。

"你们猜,他带我去了哪儿?

"宜家!是的,宜家!我当时就惊到了,附近有很多餐厅可以选择,为什么非要去宜家呢?

"我当时也没多说什么,跟着他去了宜家。

"宜家的餐厅,你们知道的,就像食堂,自己拿个餐盘一路取餐,我走在前面,他走在后面,到结账柜台时,服务员在结算餐点,我回头看了他好几次,他一点主动买单的意思都没有,我当即就掏了钱。当时我心里就不痛快了,这男的怎么这样呢?第一次见面,不应该是男生主动请女生吗?这到底是相亲好不好。

"第二次见面,还是我自己掏钱买单,我差点晕过去了。我不是说必须男生买单,但至少一人买一次,很合理吧?这男生实在太奇葩,我真的受不了。"

5

"还有一个男生,也挺奇葩。

"某个周末的上午,男生打电话问我下午想去哪里玩。我说,睡醒之后,去喝个下午茶吧。他说,他特别想去动物园。我说,动物园不是爸爸妈妈带着小孩去的地方吗?咱们去动物园干什么呀?男生说,他特别想去。我心想,既然人家这么想去,那就跟他去吧。

"下午,我跟着男生一起去了动物园。那天,真的好晒呀。

"我就跟他说:'今天,怎么这么热呀?'

"您猜怎么着?他说,没关系,我有帽子。

"于是,他从背包里拿出一顶帽子,扣在自己头上。那一瞬间,我彻底无语了。"

6

"还有一个相亲的男生,见了一次面,就没再联系。后来,我谈恋爱了,这个男生发微信问我:'能不能把我们吃饭的钱AA一下?'我回复他说:'不用了,这顿饭我请你!'我把钱打给他后,就把他拉黑了。"

7

"家里还给我介绍过一个男生,我表哥的老婆的表弟,沾点亲戚关系,他被某高校公派到英国留学,拿到博士学位后,回到上海,留校任教。

"我们加了微信,一直没说话,一句话都没说过,连彼此介绍都没有。

"一个星期后的一天,他突然发来微信,上来第一句话就是:'大西瓜,我失恋了,你能开导开导我吗?'

"哎呀妈呀,吓我一大跳。大西瓜是闺蜜们给我起的名字,连同事都没几个人知道。他不但知道我的闺房昵称,还知道我是学心理学的,思来想去,总算明白了,原来人家把我的朋友圈从头到尾都认真看了一遍,真瘆人。"

8

"我们院长给我介绍了一个男生,说是人品好、长相好,反正什么都好,加了微信，也没怎么多聊，那段时间实在太忙，真没顾不上。

"有一天早晨醒来，朋友圈惊现几百个点赞，全是院长介绍的那个相亲对象干的，他给我半年多来发在朋友圈里的所有内容点了赞。

"随后几天，几乎每天早晨都会增加一两百个点赞，他在不停地往前看我的朋友圈，逼得我没有办法，只好把他拉黑了。顺带手，我也把朋友圈的权限设置为只能看最近三天发的内容。在他面前，我有在家睡觉窗帘没拉严实的恐慌感。

"我不是没有热情，更不是不喜欢交朋友，只是这种点赞达人，我确实应付不来。"

9

"还有一个相亲对象约我在静安大悦城坐摩天轮。那是网红打卡地，我经常路过，从没坐过，于是就答应了。

"买好票，我们俩排队等轿厢。

"轮到我们，我先进去了，正等他进来的时候，他突然怂了，说害怕，还说我要是愿意，就自己一个人坐一圈。

"轿厢也不会等我啊，我一脸问号地看着渐渐远去的他，他身边的工作人员也一脸问号地看着临阵退缩的他，就这样，我一个人坐着摩天轮转了一圈。

"下来后，他劝我再坐一圈，说反正还有一张票，千万别浪费。"

Tips

静安大悦城经常举办一些动漫主题活动，商城顶楼还有摩天轮，非常适合情侣打卡，也适合小朋友玩耍。

静安大悦城交通便捷，地铁8号线曲阜路站直达，业态也非常丰富，值得去逛。最近一次我还意外地发现了B1层的一家以出售扶贫助农产品为主的特色小店，当天，我在那儿买了云南的红茶、贵州的辣椒酱，价格实惠，东西很赞，妙不可言。

91 爱琴海购物公园

从拉斯维加斯到上海，那些最壮观的喷泉

我是个特别喜欢喷泉的人。在我看过的喷泉中，有三个地方，给我的印象最深。

1999年，我在《电脑报》工作。那年年底，跟着《电脑报》的创始人兼社长陈宗周老师一同去美国拉斯维加斯，参加全球计算机领域最负盛名的Comdex大展。

拉斯维加斯百乐宫酒店的音乐喷泉，给我巨大的震撼。百乐宫酒店耗资18亿美元，模仿意大利北部科莫湖旁的贝拉吉奥村庄建造而成。夜幕低垂，华灯初放，音乐响起，造型各异的庞大喷泉编组，伴随音乐节奏，翩翩起舞，或柔美妩媚，或气势磅礴，风格迥异，蔚为壮观。那是我第一次去美国，也是第一次强烈感受到美国强大的科技和经济实力。站在百乐宫音乐喷泉前，我当时的感受就是：哇，天呐！

2007年前后，我在南昌开会，住在秋水广场附近。秋水广场的音乐喷泉号称亚洲规模最大的室外喷泉。那天夜里，不知道是庆祝什么，秋水广场音乐喷泉全部开放，与此同时，天空中打出极其绚烂的烟花，整个活动持续近一个小时。江风习习，火树银花，喷泉飞舞，绚烂夺目，我脑子里想的是：要是能带着外公外婆、爸爸妈妈一起来，该多好。

2017年底，上海爱琴海购物公园开业。爱琴海购物公园，最令人叹为观止的就是广场的音乐喷泉，这是上海最大且最漂亮的户外喷泉。每晚6点起，每隔15分钟，喷泉开放一次。我3岁多的女儿刘小师特别喜欢爱琴海的喷泉。夏日的夜晚，喷泉音乐响起，刘小师随着音乐手舞足蹈，太太专心地跟在她身后。看着她们俩，心里温暖而踏实。

Tips

上海爱琴海购物公园,毗邻韩国街,不仅有安藤忠雄设计的上海最美的新华书店,更有丰富多彩的商业业态,特别适合一家人休闲逛街。我们一家总爱先去韩国街吃烤肉,再陪刘小师看喷泉、听街头音乐、逛书店、乘坐各类儿童游乐设施,再去地下一层的超市购物,最后打道回府。

92

宇宙电竞中心

天下无双，
何足挂齿

2018年，全球电竞行业最重要的赛事——英雄联盟全球总决赛进行到四分之一决赛阶段时，中国赛区的三支代表队——RNG俱乐部、EDG俱乐部和IG俱乐部挺进八强。

赛前的舆论普遍认为，RNG俱乐部夺冠的呼声最高，同时，EDG俱乐部和IG俱乐部也都有夺冠实力。中国电竞粉丝热烈盼望能有两支中国俱乐部在决赛中会师仁川。出乎意料的是，四分之一决赛阶段，RNG俱乐部和EDG俱乐部分别输给了自己的对手，中国队冲击冠军的希望全部落到了IG俱乐部头上。在随后的半决赛中，IG俱乐部以3∶0淘汰对手G2，挺进决赛。

决赛的前夜，IG团队最后一轮的备战会议一直开到凌晨2点。会议结束后，IG俱乐部英雄联盟分部的经理祝颂歌（小落）对专程从上海赶来支持备战的青熙（刺猬电竞CEO）说："走，去喝一杯吧。"

在首尔的一家米粉店，小落和青熙一直聊到天亮。当他们走出米粉店时，已经是早晨7点，太阳初升。

小落抬起头，眯着睡意惺忪的双眼，迎着太阳，冷不丁地问了青熙一句："青熙，你觉得，IG夺冠的意义究竟是什么？"

小落的这个问题，让身后的青熙从昏昏欲睡中猛然醒来。2019年1月，青熙在上海大学的课堂上回忆说："如果是EDG站在这里，EDG可以说，我们过去花了5—6年的时间，建立起一个完整的电竞俱乐部体系。如果是RNG，他们可以说：我们花了整整1年的时间，把过去EDG做的东西，有模有样地学了一遍，而且做得还不错。小落则不同，在过去的7年里，小落陪伴IG，努力地等待着新选手的成长。当他培养的队员一个个成长起来，这个小小的俱乐部有机会问鼎世界冠军那一瞬间，我意识到，小落提的问题，我一定要慎重回答。"

青熙大口地吸进一口凉气，首尔冰冷的寒意迅速传遍全身，头脑一下就从宿醉中清醒过来。稍作沉吟，青熙问小落："你知道《浪客行》吗？你听说过宫本武藏吗？"小落摇摇头。青熙点燃一根烟，慢条斯理地讲起宫本武藏挑战柳生宗严的故事。

宫本武藏是日本战国末期至江户幕府时代初期的剑术家，年轻时代的宫本武藏，追求的人生目标是成为天下第一剑客，挡在他面前的巨石是世间公认的天下无双第一剑客、已到暮年的柳生宗严。趁着柳生宗严生病，年轻的宫本武藏夜闯小柳生城，挑战柳生宗严。宫本武藏闯入柳生的卧室后，病榻上的柳生从迷迷糊糊中醒来，随手就制服了武藏。武藏终于意识到，自己的实力还差得太远。跪在柳生的病榻前，武藏诚心发问："天下无双到底是什么？"卧榻之上的老人——柳生宗严漫不经心地回答："天下无双，何足挂齿。"

故事终了，青熙重复了一遍柳生宗严的话："天下无双，何足挂齿。"在梨泰院的阳光下，青熙和小落对望一眼。

"我明白了。"小落掐掉烟头，回望青熙道："走，先去把冠军拿下来。我们有的是时间去思考它的意义。"

青熙回忆说，"那一刻，在首尔清晨的阳光中，我也迈过了自己人生的一道坎。自从开始创业，我们的团队整整忙活了四年，眼看就要陪着一支中国队拿世界冠军。创立公司时，我们思考过很多东西。这个时代的速度太快了，快到我们自己还没发觉，就已经突然来到新世界的大门前。是直接进去？还是想清楚意义再进去？很多时候，我们没有时间多想。你不进去，就会有人先进去。总有一些道理，我们想不明白，总有一些时候，我们会怀疑自己。这样做对吗？值得吗？没有办法，我们必须带着问题，从门里走进去。进门之后，有的是时间去思考，这也是小落给我上的一堂课。"

2018年11月，IG以3∶0的比分夺冠，举国欢腾。

2019年1月7日，小落应邀来到我的课堂上，他走进教室的一瞬间，教室里的数百名同学全体起立，高喊三遍："翻过韩国那座山，我们就是世界第一！"呼声一停，教室里孩子们的掌声和尖叫声响成一片。

小落，2019年1月7日，上海大学

Tips　中国电竞中心在上海，上海的电竞中心则在以灵石路695号珠江创意中心为圆心、方圆2平方千米的土地上。这里集聚着中国电竞行业最核心的从业者，被戏称为"宇宙电竞中心"。2018、2019年，在有中国电竞第一人之称的Sky（李晓峰）和他的合伙人沛公的帮助下，我得以采访了电竞行业百余位从业者。同时，我和经纬创投副总裁、熊猫直播前副总裁庄明浩一起，在"创业人生"课堂上，开设了一个专题课程——"热血澎湃的中国电竞行业"，邀请到电竞行业顶级的大咖前来授课。

93 尚9·一滴水江景西餐厅

憧憬中国电竞
热血沸腾的明天

2018年5月24日，我和我的研究生们一起去eStar俱乐部探营。eStar俱乐部曾获得2016年王者荣耀冠军杯冠军、2017年王者荣耀冠军杯亚军以及2017年王者荣耀KPL职业联赛秋季赛季军。当晚，他们将要在上海静安体育中心参加一场KPL联赛比赛。

俱乐部的战队经理刘经京毕业于上海交通大学，他告诉我们，俱乐部的日常训练从下午1点开始，一直持续到夜里10点。晚上11点之后，队员们上床睡觉，俱乐部会立即收走这些年轻人的手机，以防他们躲在被窝里继续偷偷练习。

采访WE俱乐部和"伐木累"的创始人周豪时，他说，一个热门电竞游戏项目动辄就有数千万乃至上亿用户，在游戏中，能玩到最高等级的用户数以万计，而最终真正能成为电竞职业选手的不超过100人，他们都是万里挑一、绝顶聪明的人。

eStar俱乐部的王者荣耀战队有两支队伍，一队和二队，一队是主力，二队是替补。一名19岁的二队选手来俱乐部之前，在福州大学念大一。为了圆自己的职业电竞梦想，他向学校申请休学一年。他就是刘经京说的夜里会蒙上被子练习的孩子，"我给了自己一年时间，如果一年后，我还是不能打比赛，那我就回去念大学。"我问他："累吗？"他说："太累了。""值得吗？""当然。""为什么？""喜欢呀！"

在静安体育中心，我碰到一位从常州赶来的23岁的公司女职员。她一下班，就从常州乘高铁来上海。她一边啃汉堡，一边和我聊天。

"我是在玩王者荣耀的时候，无意中看了一场KPL比赛，然后就喜欢上了

eStar。只要他们在上海比赛，我基本上都会从常州赶过来。"比赛结束后，她会立即赶往虹桥站，乘坐最后一班高铁回常州。

"我已经有两次没赶上最后一班高铁了。"

"那怎么办呢？"我问。

"先找个酒店住下，第二天，再坐最早的一班高铁赶回去上班。"

"辛苦吗？"

"不辛苦，看到自己喜欢的队员，就特别开心。"

2018年底，这名常州的女生给我发来微信，"刘老师，我已经跳槽来上海工作了。"

"就是为了看eStar比赛？"

"是呀！"

当晚的比赛，eStar表现神勇，经过一番苦战，赢下比赛。比赛现场，一个头戴闪灯的女生又蹦又跳，声嘶力竭地给队员呐喊助威。她从厦门特意飞到上海来给eStar的场上主力选手"橘子"加油助威。当天是"橘子"19岁生日，赛后，粉丝们一起高唱生日快乐歌，为"橘子"庆生。

量子体育VSPN的总裁滕林季告诉我，2004年，他还是辽宁卫视GTV"游戏竞技"频道的主播，有一次去韩国解说电竞比赛，赛场大门外，200多名女生围堵一名韩国星际选手签名的盛况，让他看得目瞪口呆。赛场上近70%的女性观众疯狂的呐喊和尖叫声，更让他大开眼界。他说："在那一刻，我明白了，无法吸引女性用户的电竞，是没有商业价值的比赛。换一个角度讲，能够吸引女性用户的比赛，才是更具商业价值的电竞项目。电竞行业只有充分地服务好非核心用户，尤其是年轻的女性用户，整个行业才有更大的发展机会。如果只聚焦于硬核用户，这个行业是做不大的。"

静安体育中心短暂的生日会之后，我跟着eStar俱乐部的工作人员一起赶往海底捞，为队员们庆功。夜里11点半，我们到达海底捞，被告知没有空位，需要等位。队员们自动地聚在一起，一边看手机，一边聊天。我很好奇，刚刚经过一场激战获胜的年轻人在聊什么。主教练"T将军"告诉我，队员们正在对比赛进行复盘。我的研究生忍不住感叹了一句："哎，真应该把中国足球队拉到电竞俱乐部来，看看人家这干劲。"

我向刘经京提出，能不能安排我和选手们一桌，跟他们聊聊天。经京笑着说："刘老师，你还是和我们一桌吧，咱们还能聊天喝酒，你要跟他们一桌，会很无聊的，他们聊的就是比赛，没人会理你的。"后来，我还是跑到队员们的包房，硬凑进去，认真地听他们聊了十来分钟。没错，他们一边吃火锅，一边复盘比赛，非常无聊，我听得差点睡着了。

在我的电竞行业访谈中，有几个感受特别深的地方。

第一，年轻和聪明。

不但行业年轻，行业从业者也特别年轻。头部企业的创始人或者管理者，大部分都是80后的一群30多岁的年轻人，当然，90后一代也正在快速崛起。例如，EDG俱乐部总经理兼总教练阿布，同时也是2018年亚运会英雄联盟中国代表队总教练，他就是1990年出生的年轻人。

时至今日，依然有很多人对电竞从业者有着非常刻板的印象。2018年，在某省来上海的干部培训班上，一位40多岁的女学员提问，这些网瘾少年真的有那么厉害吗？事实上，中国今天一线的电竞公司创始人们，普遍接受过非常良好的教育，而且很多人还拥有非常良好的职业背景和从业经历。例如，周豪毕业于上海交通大学；周豪的合伙人、CFO谢帆在加入电竞行业前曾是KPMG投资并购部经理；滕林季毕业于东北大学；滕林季的搭档、VSPN的副总裁郑夺则是北京大学的硕士，曾在著名的咨询公司埃森哲担任咨询顾问；OMG俱乐部的总经理陆文俊毕业于上海外国语大学英语系；熊猫直播副总裁庄明浩是毕业于吉林大学的硕士；LGD俱乐部总经理潘婕刚念完长江商学院的EMBA。

第二，热情和坚持。

这个行业中，在我采访的每个人身上，你都能感受到那种扑面而来的热情。这种热情，是创新真正的源头。

采访潘婕（ruru）那天，本来约好下午2点半见面，结果等ruru赶到上海时，已经是下午五点半。我们在一家酒店碰头，当天，酒店里正在举行一个大型会议，国内顶级的极客们正欢聚一堂。ruru问我，要不要和他们一起去吃晚饭？为了采访，我不得不和ruru一起去参加了极客们的饭局。

饭局上怎么可能采访，和饭局最搭的是喝酒、聊天。上百人的聚会上，ruru是为数不多的女生，她几乎认识每一个人。饭局上的人们告诉我，ruru在极客

ruru和她的朋友们，2018年6月

圈中的名气，一点不比在电竞圈小。ruru告诉我，她当年做网站，左边的谁谁谁帮她写代码，右边的谁谁谁给她提供服务器，反正，都不要钱。

我问那些当年帮助ruru的人，为什么要帮她，是因为她的美貌吗？光头的老王告诉我：大家都喜欢ruru那股认真执拗的劲头，这种劲头，在男人身上都很少见，你看她一个姑娘，都那么困难了，还在那儿咬牙坚持，死撑她的俱乐部，不帮她一下，实在于心不忍。2018年，ruru的LGD俱乐部在全球电竞俱乐部年度奖金排行榜中位列第三。

这样一个大家都忍不住要帮的人，到了我这儿，恰恰反过来，我成了那个忍不住就会麻烦她的人。上海卫视"非常惠生活"要录制一档关于电竞的节目，我邀请她来，她二话不说，排好时间，就从杭州赶过来。我在上海大学开设的"创业人生"课程，请她来做嘉宾，12月的上海，天那么冷，她从杭州驱车两个多小时，带着好几箱的礼物来到课堂上，把学生们都乐疯了！

第三，创新和变化。

这个行业变化太快，无论是核心比赛项目，还是商业模式，都在不断地变化，快速迭代。在这个行业中，变化是常态，而变化的主要方式是创新。

作为中国最早的电竞从业者，周豪被行业内的人们称为"电竞盘古"。采访周豪时，他告诉我，他几乎试遍了这个行业现有的各种商业模式。只有不断地试，才能不断地发现机会。他将自己在2012年之后的创业分成1.0、2.0、3.0三个阶段，每个阶段都是上一个阶段的迭代和更新，"这个行业一直在不断地推倒重来，我们必须要适应。"

2006年诺贝尔经济学奖获得者埃德蒙·费尔普斯在《大繁荣》一书中曾明确指出，一个国家或者一个行业，能够繁荣昌盛的根源就在于民众参与创新的热情。

今天的中国电竞行业，沸腾的创业激情仍然滚烫。滕林季把电竞行业的发展比喻为42公里的马拉松，在他看来，今天的电竞行业，最多才跑了100米，整个行业才刚刚起步。

展望未来，这个充满希望的行业中，最不缺的是机会，而最缺的是人才——来自各行各业的人才，来自顶级高校的人才。

在我看来，电竞行业最值得期待的，是商业创新，这比谁拿个冠军有意思多了。这个行业在商业创新上的探索，还远远不够。经过多年的积累和准备，面准备好了，水也有了，氛围也有了，连吃饭的人都已经坐了满满一桌。就看谁有能耐，把面和上水，是做成馒头、花卷还是蛋糕，当然，蛋糕也分普通蛋糕和顶级蛋糕，那个价格，差得可不是一点半点。

Tips 跟着ruru一起参加的极客饭局，餐厅名为"尚9·一滴水江景西餐厅"，地址：东大名路500号，距离地铁12号线国际客运中心3号口大约800米。黄浦江两岸的无敌江景，尽收眼底。当天，喝了四川全兴的一款名为"熊猫赏鉴"的白酒，有点意思。

尚9·一滴水江景西餐厅

94 上海世博会博物馆

警察同志，
我得向您敬个礼

2018年6月29日，带着刘小师逛完世博会博物馆后，乘地铁回家。从上海大学站闸机口出来时，刘小师趴在我肩头睡着了。

一位年轻警察跟着我走了几十米，我主动停下来，向警察报了身份证号。

年轻警察有点不好意思："谢谢您的支持。"

我说："一个光头抱着一个睡着的娃娃，一看就像坏人，必须得查呀！警察同志，我得向您敬个礼。"

Tips 上海世博会博物馆，展品丰富，形式多样，门票免费，遛娃相亲好去处。搭乘地铁13号线至世博会博物馆站，由2号口出。

95

上海环球港

人得知道自己的斤两，千万不能好高骛远

2020年6月，在上海环球港，我和L各拿一杯咖啡，边走边聊。L是一家公司的城市地推团队负责人，34岁，下面是他的故事。

我来自农村，在一所三线城市的高职院校里混了个大专文凭，啥也没学会，就败光了俺姐姐嫁人的彩礼钱。大学毕业后，跟着一群同学，懵懵懂懂地，来大上海，闯世界。前三年，啥工作都干过，房产中介、保险公司业务员、物流公司押车员、快餐公司服务员，至少换过七八份工作，搬了十几次家。最惨的时候，连饭都吃不上，更别提住的地方。

2010年，上海举办世博会那年，误打误撞，进入互联网行业，做地推，碰上"老大"。从2010年到现在，我跟着"老大"已经跑过三家公司，这三家公司都挺有名。在我来这家公司之前，"老大"去哪儿，我就跟着去哪儿，从来没含糊过。别的我不敢说，但是，自从碰上他之后，我真正找到了在这个城市生活的理由，也找到了自信，说到底，就是能挣来钱。

2018年春节，我回老家县城，买了三套房。一套俺自己的，一套给爹娘住，一套给俺姐姐。当年，俺姐姐为了多要点彩礼钱给俺当学费，嫁给俺姐夫后，在婆家一直抬不起头。俺那姐夫也不是个好东西，一个好吃懒做的无赖玩意儿。我这些年拼死拼活地干，就是想着给俺姐争口气，让她婆家看看，俺姐姐娘家有人，不是窝囊废。

话扯远了，说回我自己。"老大"是个能人，跟着他干活，心里踏实，再复杂的任务，他都能讲得简单明白，再难对付的人，只要他出面，就没有搞不

定的。

早些年，我负责一个片区时，对手公司的经理是个横人，我们俩一直不对付，团队之间也彼此看不惯，互相拆台，见面就掐，有几回都把客户吓跑了，谁的业务也做不好。

"老大"知道后，啥也没说，一个人，单枪匹马去了人家公司，结果呢，生生把那伙计说到我们这边来。在"老大"身上，这样奇葩的事多了去了。所以，兄弟们跟着他干活，心里踏实。

"老大"是个好人，他不管带我们去哪儿，都能把我们照顾得很好，所以，我们这帮兄弟也愿意跟着他。我这个"老大"很有意思，对我们这帮人，就是老板对马仔那一套，该骂的骂，该打的打，真打哟，不含糊的。

有一次，在黄山开会，具体什么事，我忘了，有个经理和他争论起来，他冷不丁就是一个耳光，打得那哥们满地找牙，我们一群人都看傻了。他常挂在嘴边的一句话就是："业绩没做好，少跟老子讲道理"。当然，业绩做得好，奖励的时候，"老大"一点也不含糊。

做地推，多少有些猫腻。我不敢说，他全知道，但他真的从来不提这事，除了2018年那唯一的一次。2018年上半年，他来华东开会。晚上，城市经理们一起给老大接风。酒过三巡，大家都有点飘，老大突然指着我来了一句："小子，捞钱可以，有点数哈，适可而止，别太过分。"我本来已经晕晕乎乎，一下子就被惊醒了，估计被"老大"抓着啥把柄了。

那段日子，我开始整天疑神疑鬼。不怪"老大"，只怪我自己心里有鬼。也就是那会儿，现在这家公司通过猎头找到我，许诺让我自己带团队，管整个地推业务。我仿佛抓到救命稻草，试探着谈了几次，心思就有点野了。当了快十年的小弟，我也想试试当大哥的滋味。当然，公司的待遇、期权啥的，也都挺有吸引力。于是，我就答应了，还带了一帮我自己的兄弟过去。

我这边还在琢磨怎么跟"老大"谈，"老大"先找我了。他从北京给我打来电话，告诉我，他要去一家互联网大厂，准备带我们一起过去，兄弟们的待遇，他已经谈好。在他看来，只需要知会我一声就可以，他压根儿没想到我会自己单干。抓着这个机会，我跟他讲了我的想法。一开始，他以为我在开玩笑，后来，他听出来，我是真动了心。

第二天深夜12点，"老大"从北京飞来上海，我去机场接他。在航站楼接上他之后，我拉着箱子在前面引路，他不声不响地跟在身后。他不说话，我哪敢出声？直到我们来到停车库的车前。司机下车给他开门，上车前，他扭过头，盯着我："改主意了吗？"

我低下头，老老实实地回答："没有。"

他回过身，上车，坐定，摇下车窗，轻轻地吐出一个字："滚。"

我灰头土脸地向后退了一步。

站在机场停车库，看着他坐在车里，扬长而去。那个时刻，心里感觉很复杂，既五味杂陈，又如释重负。

2018年底，我加入新公司。当时，公司刚拿到一笔巨额融资，概念新，业务被资本看好，创业团队也有非常资深的行业经验。刚进公司那会儿，整个公司跟打了"鸡血"似的，非常亢奋，业务推进速度迅猛，一路高歌猛进。高速奔跑到2019年下半年，公司渐显颓势，业务增长跟不上烧钱的速度，地推资源开始明显减少。2020年的年会，原本说要去夏威夷，后来不了了之。在互联网行业做地推已经十多年，我经历过好几次类似的情况。靠烧钱维持高速增长的公司，一旦遇到风吹草动，收缩的速度也会非常快。但凡收缩，第一刀一定先砍地推。

公司原定正月初八上班，谁想遇到了这特殊情况，无法正常上班。初十，公司召集视频会议，通知减员优化，明面上是精兵简政，适度收缩，集中力量，共渡难关，实际上就是裁员。我们地推部门是裁员的重头，给我的任务是至少裁掉50%的人，降低60%的预算。我知道，裁完兄弟们之后，就是裁我自己。

我在积极配合公司裁员的同时，也提出辞职，创始人客套一番后，爽快应允。得知我辞职后，很多猎头来找我，但我明白，我哪也不想去，我还是想跟着"老大"干。

我给老大发了条微信，就六个字："老大，我想归队。"

整整一天后，"老大"回复我："你心气太盛，火气太旺，沉不下心。先去干三个月骑手，干完了再来找我。"

没有多想，我立马就去应聘，送起了外卖。我老婆对这事相当有意见。她说，"现在这种特殊情况，还叫你去送外卖，这明摆着欺负人嘛。你是傻还是蠢呀？咱又不是找不到工作，为什么非得听他的？"

我当时就跟我老婆吼了起来："老爷们的事情，老娘们少插嘴，你懂个啥！"

当了外卖骑手后，我真的不觉得有多辛苦，反倒找到了那种很踏实的感觉。吃饭也香，睡觉也香，虽然累，但心里舒坦。

干了两个月，我差点都忘掉"老大"了。真不是开玩笑，干得有点上瘾，差点走火入魔。五一劳动节那天，"老大"发来微信："5月3日，你来三亚，在×××酒店，我们碰头。"

我买了机票，飞去三亚，在飞机上，我准备好一肚子台词。和"老大"见面后，我还没张口，"老大"发话："啥也别说了，回来就好好干。"在三亚两天，吃饭，喝酒，跟着"老大"开会。

现在，我还是城市负责人，还在干地推，收入和以前差不多，但心态已经完全不一样了。

通过这事，我有几个体会。一，人得知道自己的斤两，千万不能好高骛远。二，不是每个人都适合当老大，老大太辛苦，没有金刚钻，别揽瓷器活。三，做好自己的事，照样能吃上好饭。

Tips

2020年夏天，中学同学带小孩来上海旅行。出发之前，她问了我四个问题：上海最大的商场是哪家？上海顶级的商场是哪家？上海最值得逛的商场是哪家？上海最漂亮的商场是哪家？

一下子，我被问得有点懵。我把问题发到万能的朋友圈，很多朋友回复，答案不一。对于上海最大的商场，答案中被提及较多的就是环球港。大家普遍认为，环球港是上海最大的商场，关于顶级的商场，比较集中的答案是港汇恒隆广场。

环球港足够大，交通便利。我是一个喜欢边散步边聊天的人，夏天，在这种大型商场中散步聊天，顺便吃顿饭，非常方便。

96

誉八仙酒楼

我的香港亲戚们

2021年7月的一天,我接到了老纪的电话,电话那头的老纪还是那风格,滔滔不绝。

2020年1月,我去广州出差,坐老纪开的滴滴专车。一路上,老纪给我讲了他和姐夫们的故事。车到站,老纪的故事还没讲完,我也颇有意犹未尽之感。于是,加了老纪的微信。

2021年7月,老纪的儿子大学毕业,被总部在上海的一家由上海交大毕业生创办的顶级游戏公司录用。趁着陪儿子来上海入职的机会,老纪带着太太来上海旅游。

"我老婆一天到晚就知道赚钱,除了广东和香港,哪里都没去过。要不是儿子来上海工作,她根本不肯出来。"老纪的粤式普通话有一种天然的喜感。

"刘教授,经常在电视上看到您。我跟老婆和儿子吹牛,我在上海也有朋友。我老婆和儿子笑话我,说人家教授和你不过是萍水相逢。你真到上海,看人家理不理你?我跟他们说,你们不懂。今天,给您打这个电话,就是想冒昧地问一下,不知道有没有机会,请您吃个饭?我的儿子将来在上海工作,也想请刘教授多多关照。"

平日里,碰到商业宴请,一般来说,我能推则推。但是,对于老纪这样的朋友,虽然只有一面之缘,我倒是很有兴趣和他的一家人坐在一起。在静安大悦城的誉八仙酒楼,我见到老纪一家。老纪的儿子知书达理、阳光上进,太太富态温和,而老纪还是那么能说,滔滔不绝。

下面的文字,就是以第一人称视角,记录的老纪一家人的故事。

我老婆在家里排行最小,上面有三个姐姐和一个哥哥。

20世纪80年代，经人介绍，大姐和二姐嫁到香港。那个年代的广州，谁家有亲戚在香港，可是不得了的事情。用我们本地话说，就是家里有南风窗。岳父家所有的电器，电视机、洗衣机、电冰箱，甚至还有摩托车，都是大姐二姐她们从香港扛过来的。

因为家里有香港女婿的缘故，岳父家常有邻居登门，央求帮忙从香港带点东西来。岳父岳母心肠好，有求必应。只是苦了香港的姐姐姐夫们，每次回广州，都像打仗，肩扛手提，背后还背一大包。

大姐常说，回一次广州，累死半条命。话虽这样说，每次回广州，姐姐姐夫们仍然会乐此不疲、竭尽全力地帮邻居们带回各式的新鲜玩意。二姐说，这关系到老爸在街坊中的地位，只要老爸高兴，再苦再累，都值得。也正因为这样，岳父岳母在左右四邻中，特别受人尊重。他们在小区花园散步，都会有人主动起身让座。

大姐夫

大姐夫是土生土长的香港人，没怎么读过书，字也不认识几个。早年，他是建筑工地的钢丝工。所谓钢丝工，就是在建筑工地上把一根根钢筋用钢丝捆绑起来，形成一个个框架，随后就可以浇注水泥或者混凝土。

这个工作非常辛苦，常年日晒雨淋，没有任何遮挡，唯一的好处就是工资高。当时，我们广州人一个月工资只有几百元的时候，大姐夫一天的工资就是一千五百元港币。

一千五百元港币呀，对80年代的我们来说，简直是天文数字！

80年代乃至整个90年代，香港到处是工地，大姐夫忙得不可开交，每个月出工二十几天，一个月能挣三万多。

大姐读过中专，在小学教书，人长得漂亮，心气特别高。年轻时，很多广州本地的男孩子追求，她一个都没答应。

经人介绍，认识大姐夫后，才谈两个月恋爱，就结了婚。那年，大姐25岁，大姐夫38岁。大姐夫又粗又黑，大姐有文化而且漂亮，完全不般配。好长一阵，街坊邻居背地里嘀咕，说老岳父为了找个南风窗，连女儿都舍得卖。

因为收入高，大姐夫每年春节回广州的时候，我们一大家子十几口人外出吃饭，他都抢着买单。90年代后期，开始有外国劳工进入香港，后来内地也去了很多工人，钢丝工的工资很快就从一千五降到一千二，然后是一千一、一千、八百，一路下滑至2005年的五百元港币一天。

2005年，大姐夫54岁，爬不动脚手架，干活也不如年轻时麻利，哪怕是五百元港币一天的活，也没有包工头请他了。无奈之下，托人帮忙，他找到一份花匠的工作，给人家公司里的花花草草浇浇水、除除草。工作轻松，收入也就高不起来，一个月八千元港币，一直干到今天。从2000年开始，大姐夫不再抢着买单，他主动提出，我们AA制吧。

2019年春节，大年初三刚过，大姐夫就急着回香港，去公司浇花。我打趣他，快70岁的人，没几天活头，该退休了。他跟我诉苦，说年轻时缴纳的强制保险金到现在，也就四十多万元港币，全部买了香港政府的推荐基金。想着后面的日子还长，儿子还没结婚，这点钱不敢动，得留着应急。这几年，就看它一会儿涨一会儿跌，一辈子就这么点老本，根本不敢拿出来乱花。

现在，每个月就只有政府发的两千多元港币的生果金（香港地区的高龄津贴）是稳定收入，这点钱在香港能干个什么？在街上，吃碗面都要好几十元港币。他烟瘾挺大，一天至少抽两包烟，一包烟三十到四十元港币，一个月抽烟就把生果金抽光了。

2000年初，孩子小，大姐夫一家住在政府的公屋，五十多平方米的三室两厅，这在香港，算大房子。他们夫妻两人住一间，儿子和女儿年龄小，住另一间屋，上下铺。多出来的一间，大姐夫以三千元港币的价格租给一个年轻人，补贴家用。他和年轻人约好，厨房不能用，客厅不能用，卫生间可以共用，如果遇到外人来查，年轻人就冒充是刚从广州来的亲戚。结果，房子租了半年多，大姐夫被人举报，直接被取消公租资格。后来，他重新申请，又排了好几年队，才终于等到一个二十几平方米的小公屋。

大姐夫的女儿很争气，人长得漂亮，在航空公司当空姐，已经嫁人，有自己的家。大姐夫的儿子读书不好，中学毕业后，就在超市打工，一个月也就挣个一万多元港币。香港物价那么高，这点钱，有啥用？这孩子今年已经30岁，恋爱还没谈过，更别提结婚了。

在香港，没有房子，谁肯嫁你呀？

大姐刚嫁到香港那几年，大姐夫挣钱多，大姐待在家里照顾家庭。后来，大姐夫的收入每况愈下，大姐只能出来工作。大姐能干，在一家点心店，从普通店员做到店长，一个月也能挣一万五千元港币。

前些年，大姐还打算退休后回广州买个房子养老。现在，广州房价这么高，她哪里买得起？以前，大姐夫经常讲，香港男人再差，还可以回内地讨个老婆。前年春节，一家人吃饭的时候，大姐夫问我老婆，有没有合适的广州女孩介绍给他儿子认识？我老婆嗯了一句，没敢接话。

除非疯了，哪个广州女孩会去嫁给他儿子？

二姐夫

二姐夫是开货柜车的，每天在香港和内地之间来回跑，相当辛苦。早年，货柜车司机是高薪工作，我这个二姐夫，特别本分，挣来的每一分钱，都一五一十地全部上交给老婆。

不同于大姐夫有多少钱花多少钱的做派，二姐夫省吃俭用，攒下一笔钱，很早就买了香港的经济适用房。

二姐夫家的房子在元朗，总共三十多平方米，隔成三房一厅，他们夫妻住一间，儿子女儿各住一间，每间都特别小。这个房子，我去过一次，一开门得脱鞋，因为紧抵门口，就是一张大床。房间里一条窄窄的过道，通往其他房间。整个房子，转身都很困难，所有家具和家电，能吊在房顶的全部吊在房顶。我跟二姐开玩笑，晚上睡着觉，要是房顶上吊着的家电突然掉下来，会砸死人的吧？二姐冷冰冰地回了一句，死了就不用这么受罪了。

2005年，二姐的左臂长了个瘤子，开始没在意，后来越长越大，越来越疼，二姐赶忙跑去医院。医生预检后，怀疑是肿瘤，但究竟是良性还是恶性，需要正式检查后才能知道。二姐忙问，什么时候可以检查？医生说，现在排队检查的人太多，最少需要半年时间。

二姐等不及，跑回广州，由我老婆陪着，去了广州的一家三甲医院。医生说，第二天就可以手术，把肿块割下来就没事了。看医生说得那么轻松，我老婆和二姐很兴奋，当即就同意了。

第二天，二姐的手术进行到一半，护士突然出来，一脸严肃地将我老婆请去办公室。在办公室里，满脸愁容的医生告诉我老婆，切开肿块后，他才发现情况非常糟糕，里面已经坏得一塌糊涂。医生不敢再切，建议二姐回香港重新诊断，我老婆急得直跺脚。

二姐手臂的肿块被重新包好。当晚，二姐脸色煞白地回到我家，跟我老婆说了一晚上话，时不时还有哭声传来。我大概听到几句，无非就是埋怨老岳父当年不该把她嫁到香港，苦了这么多年，到现在，连看病都看不起。

二姐回香港不久，有天早晨刷牙，突然眼前一黑，人就晕过去。被救护车送到医院，经过紧急抢救，命暂时保住了。医生说，脑部有个肿瘤压迫了神经，已经非常严重，需要马上化疗。我老婆从广州赶去香港照顾，去之前，我跟老婆说，如果是晚期，就劝她别治了，该吃吃，该喝喝，把最后的日子过好。

我老婆不听，跑到香港，陪着她二姐，天天去化疗。两个月不到，她二姐就走了。这个时候，我老婆后悔了，说不该让她二姐在最后的日子里还过得那么憋屈。可是，世界上哪里有后悔药卖呢？

二姐走的时候，45岁，好年轻。两个孩子，老大是个女儿，上初一，老二是个儿子，还在念小学。二姐夫一边供房贷，一边供大货车的车头贷款，每天在香港和内地之间忙得不可开交，一天都不敢休息。

没了老婆，两个孩子没人照顾，连饭都吃不上。没办法，二姐夫很快就找了个女人结婚，专门照顾两个孩子。

二姐刚走的那年春节，二姐夫带着两个孩子和新老婆来广州，和我们一起团圆。他的来意很明显，尽管二姐不在了，他仍然希望是我们大家庭中的一员。

站在男人的立场，我很理解他，家里小孩没人照顾，不找个老婆，怎么办？可是，家里的女人们不这么想。吃年夜饭的时候，饭桌上气氛很压抑，冷冰冰的，没人说话，筷子的声音都听得到。

吃完饭，孩子们出去玩，家里的三个女人，我老婆和她的两个姐姐，开始阴阳怪气地骂人，"仆街啦，二姐的百日都没过，就急吼吼地找了新女人，野猫都没这么着急！"

二姐夫性子好，没还嘴，任凭她们骂。二姐夫的女人更老实，像犯了错误，坐在角落里，耷拉着头，一动不动。我们家的三个女人越说越起劲，她们说了个把小时后，二姐夫起身，拉起他老婆，唤回一双儿女，从房间里拉出行李箱。

二姐夫一家人对着老岳父老岳母齐刷刷地鞠个躬，转身出门。我和老婆的大哥、大姐夫赶忙去劝，二姐夫满眼含泪，"我不是这家的人了，你留我做什么？"

从那以后，我们和二姐夫一家再没往来，我有十多年没见过他了。岳父岳母走的时候，我给二姐夫打过电话，他听完我说话，一句话没说，就挂断电话。

第二天，二姐夫托人送来吊唁金。听说他现在不开大货车，改开出租车了。

2000年以前，过春节，我们一家人吃饭，都是大姐夫买单，这些年，换成了大舅。我这个大舅，政府公务员退休，单位分了一套房子，自己在广州买了一套房子，退休后在佛山又买了一套房子，岳父岳母去世的时候，家里的两套房子也都留给了他，他家里一共有五套房子。

我经常笑话他，你就一个女儿，将来你走了，所有的房子都给了女婿，你亏不亏？大舅的女儿能干，嫁的老公也好，自己在广州老早就买了大房子。大舅把不住的房子全部租出去，每个月的房租收入有三万多元钱。

现在春节，一家人吃饭喝茶，全是大舅买单。年三十晚上，大舅给每个人都派利是（红包）。前年春节，无论老幼，大舅给每个人派了两千元钱。大姐夫接红包的时候，嘴都笑歪了，竖着大拇指夸："你们广州人，比我们香港人有钱。"大舅子就是笑："一家人别谈钱。"

我刚有儿子的时候，老婆就打算好了，将来要把儿子送到香港去。后来，儿子长大后，在广东最好的大学念书，对香港一点兴趣都没有。高中的时候，他就说要出国留学，我们把钱都给他准备好了。大学毕业前，他突然告诉我们，要去上海的游戏公司工作。说真心话，我不希望儿子来上海工作。广州多好呀，实在不行，深圳也可以，为什么非要来上海？再说了，游戏公司能行吗？可是，儿子说，他就想来上海，他就喜欢这家公司。儿子说，这家游戏公司规模很大，全世界的年轻人都在玩它家的游戏。我就这一个孩子，孩子大了，有自己的主见，他想干什么就干什么吧，我们全力支持。

前几年我们家里拆迁，房子也买得早，现在在广州有三套房子。我身体还好，平时开滴滴，每个月挣个一万五左右，老婆在公司里给人家做会计，挣得比我多。我有大房子住，要看病，有医保，随时都能看，还有工作干，比起香港的亲戚，我很知足。

　　人年龄大了，常常会怀念过去的事情。这些年，我常常想起二姐夫。二姐夫喜欢吃打边炉，喜欢吃新鲜的活鸡，喜欢喝酒，我们三个连襟原来关系好得很，二姐没走之前，每年春节，我们都一起吃吃喝喝，好开心，我好想我们三个人再在一起喝一次酒。

　　人这一辈子，走着走着就老了。只剩下一点点时间了，谁知道，以后还能不能见得到？

Tips　　誉八仙酒楼是静安大悦城里的一家粤菜餐厅，地铁8号线/12号线曲阜路站1号口出来，步行即可到达。用老纪的话说，誉八仙的粤菜算不得惊艳，但中规中矩，即使在广东人看来，也算不错的。老纪的太太补充了一句，誉八仙的蜜汁叉烧做得外酥里嫩，是她吃过的最好吃的蜜汁叉烧，这个评价可不低。

97

长风大悦城

善待孩子，
做最温柔的商业

长风大悦城是个遛娃的好地方，我曾带刘小师去过好几次。先从卫生间说起，您见过这种样式的吗？

卫生间大门是这样的：

长风大悦城的卫生间

进卫生间大门后，卫生间又分为男亲子、女亲子、儿童、母婴室等几种不同的类别。

有了刘小师之后，开始越来越多地站在孩子的立场观察世界。这个世界，对小孩子并不是那么友善。楼梯的把手太高，小孩子根本抓不着；楼梯的层阶太高，小孩子爬一级楼梯，还要歪着腿；公交车下车的地方，小孩子太矮，根本下不去。

善待孩子，做最温柔的商业。在长风大悦城的卫生间，我看到了商业的温柔和细腻。真想对这个亲子卫生间的设计师说一声："谢谢。"

Tips 长风大悦城屋顶的高登花园，有全粉屋顶、星空跑道、梦境花海，还有一只戴头盔的喵喵雕像，是火遍小红书的打卡胜地。

98 筑桥实验小学

飞，只是想飞而已

郑腾飞，网名小飞机，上海平和教育集团课程中心总监助理，筑桥实验小学校长助理。腾飞来自河北小城——山海关，2003年，腾飞考进北京大学化学系，2007年，大学毕业后，前往美国留学，2012年，于麻省理工学院（MIT）获得化学博士学位。

2020年春节前夕，在筑桥实验小学，我拜访腾飞。以下是我们的对话节选。

刘老师："腾飞老师，您为什么会选择做一名中学教师？"

郑腾飞："这个问题，我经常被问到。每学期给高中新生上课，做自我介绍的时候，学生们的第一反应通常都是，哇，你为什么要来平和？"

刘老师："这代表了大多数'正常人'的第一反应。"

郑腾飞："我1984年出生于河北山海关，一个典型的四线小城市。我是一个充分享受了应试教育红利的人，如果没有应试教育，我根本没有机会从一个北方小城一步一个脚印地走到今天。回望我的小学和初中时代的大部分同学，我们的人生际遇完全不同。从这个角度说，我一直感恩应试教育。

"但是，这并不意味着，我认同应试教育。这些年，我见过太多在应试教育体系游刃有余却最终被它毁掉的人。很庆幸，我只是适应它，而没有被它毁掉。"

刘老师："什么叫适应这个体系，又没有被毁掉？您给了两个变量，一个是是否适应应试体系，一个是有没有被毁掉，两个变量，就有四种组合可能。您能先给我解释一下什么是毁掉吗？"

郑腾飞："被应试教育毁掉的，至少有两类人。

"第一类人，考进北大之后，完全不知道自己的人生方向是什么。在进北大之前，他接受的所有教育，都在不断强化一个信念，他的人生目标就是考进北大清华，仿佛只要考进北大清华，所有的人生问题都会迎刃而解。

"这类人在考进北大之后，到达人生巅峰。然后呢？他完全不知道接着该干什么。打游戏、看电影、看漫画、逃课，毕业后随便找份工作，人生就这样一路混下去，成为茫茫人海中的一个普通人。我并不是说，普通人有什么不好，但至少和整个社会对一名北大毕业生的期许有差距。

"第二类人，比如我们化学系这批人，之所以没有丧失人生目标，是因为我们一进北大，就把出国设为下一个假想目标。出国之后，又完蛋了，不知道这辈子该干什么。出国的目标实现后，就开始在国外混。读完博士之后，随便找到地方做博士后，做十几年博士后的人都有，或者找份工作，窝在美国，再或者，有的女生博士毕业后，留在家里做家庭主妇。这是个人选择，没有对错。但是，对于能够考进北大的人来说，如果仅仅满足于在美国混个衣食无忧的生活，就太没意思了，至少对我来说，这说不过去。

"这两类人，我将他们归为适应应试教育却又毁于应试教育的人，因为应试教育把他真正的人生目标给消磨掉了。考进北大，出国念书，这只是路径，不应该是人生目标。"

刘老师："你把自己归为适应应试教育又没有被毁掉的人，这是怎么定义的呢？"

郑腾飞："我在北大的四年，跟大家一样迷茫，不知道自己到底要干吗。我是一个自制力比较强又好面子的人，同时还有一个出国念书、申请一所好大学的目标在那儿刺激着我，所以，北大期间，我仍然非常努力地学习。"

刘老师："你的同事，也是你的北大校友安佳·罗娜告诉我，你在北大化学系的时候，也是班里的学霸，这可不简单。"

郑腾飞："没错。在北大那会儿，我啥也不会，只会考试。直到进入MIT，我才有了自我的觉醒。"

刘老师："你发现了什么？"

郑腾飞："教育距离真实世界实在太远了。我一直认为，大学本应完成一个年轻人从学校这样一个虚假世界向真实世界的过渡，但是，纵然是北大，距离真实世界依然比较遥远。

"化学科学的真实世界就是科学研究，在北大的最后阶段，我们开始逐渐接触真实世界。科学研究的玩法，和考试完全是两回事，对于我这样一个只会考试的人来说，那个阶段，感觉非常吃力。我咬着牙，总算拿到一个还算不错的GPA（平均学分绩点），然后顺利出国。

"在MIT，我被完全扔到一个真实的世界。这个世界的核心，不是考试，而是科学研究——很不幸，这是我不喜欢而且不擅长的领域。在MIT念博士的第二年，我就萌生了退学的念头。那个时候，我妈跳出来，直接跟我讲：'你要敢从MIT退学，我们就直接断绝母女关系。'"

刘老师："你妈妈够强势。"

郑腾飞："我妈妈是一个很传奇的人。她早年是运动员，后来去了工厂，然后当公务员，还当过幼儿园的园长，后来从公务员体系退休。"

刘老师："最后，硬扛着没有退学？"

郑腾飞："没错。但是感觉非常不好，每天早晨一起床，想着要去实验室，心情就非常糟糕。"

刘老师："心情这么糟糕，你还能准点毕业？"

郑腾飞："是呀，我用了五年时间读完博士。我是导师的第一个学生，所谓的开山大弟子。毕业之前，我的论文发得还不错。至今，我们那个实验室还沿着我当年的开拓性工作，继续在做深化。如果我毕业后，一直在原来的方向上做下去，现在的结果应该也不错。"

刘老师："听起来，你在MIT的项目，无论在商业上还是科学上，都很有价值。这对从事研究的人来说，不是最好的一种组合吗？为什么不以此为基础，在大学工作呢？"

郑腾飞："做研究，对我来说太痛苦了。这不是说，我做不出成果来。如果我硬逼着自己去做研究，也能做出点东西来，但是，我是真的不喜欢。我们这个领域的研究，做到后面，就是Labour（苦干）加Luck（运气），实在太没意思了。

"很长一段时间，每天早上起来，一想到要去实验室，我就觉得非常痛苦。对于科研，我既不喜欢，也不擅长。所以，当我决定离开科研时，非常决绝，没有任何犹豫，更没有任何留恋。我内心深处还有那么一点悸动，还有那么一点追求，不能被冷冰冰的科学研究消磨殆尽。

"MIT的校训是Mind and Hand（既学会动脑，又学会动手），强调知行合一。从进校第一天开始，就不断有人告诉你'think big, do small'，想大问题，但是要从小处着手。MIT聚集了多名诺贝尔奖得主、学术大牛以及各种各样的天才。在我看来，他们最可贵的地方，不在于他们所取得的成就，而是他们在取得世人看来已经高不可攀的成就后，仍然乐此不疲、孜孜不倦地从事着自己喜欢的工作。在我看来，工作的价值既不在于能挣多少钱，也不关乎获得多大的名声，而是让这短暂的人生活得更有意思。"

刘老师："活得更有意思？"

郑腾飞："没错。怎么才能活得更有意思，以及我到底能给这个世界带来些什么，对我来说，是比名利更为重要的事情。"

刘老师："腾飞，不从事科研，还可以有很多选择，是什么样的原因，让你选择去中学？"

郑腾飞："读博士的时候，我有了第一个孩子。生完孩子之后，我就开始思考如何教育他。在不断琢磨的过程中，我发现，我受的教育是值得商榷的。"

刘老师："问题在哪儿？"

郑腾飞："活到30岁，当我发现，自己最宝贵的青春岁月已经全部耗费在既不喜欢也不擅长并且未来注定不会从事的领域时，感觉非常沮丧。"

刘老师："腾飞，你在北大读化学系的时候，喜欢这个专业吗？"

郑腾飞："不喜欢，完全不喜欢。"

刘老师："那为什么高考的时候，选了这个专业？"

郑腾飞："好出国。"

刘老师："出国是在高考前就想清楚了的事情吗？"

郑腾飞："是的。因为我是理科生，当时就一门心思地认为，聪明孩子一定要学理科。数学，我感觉玩不上去，高中的时候，智商已经到顶。物理，我觉得对一个女生来说太可怕了。化学和生物里面选一个，当时觉得，化学是生物的上游学科，把化学学好，就可以把生物也学好，于是就选了化学。"

刘老师："没想过学商科吗？"

郑腾飞："没有。当时完全看不上，觉得那东西虚头巴脑的。"

刘老师："没想过学计算机这样的专业吗？"

郑腾飞："没有。我考大学的时候，还有一个想法，认为学计算机的人太多了，将来计算机毕业的人，找不到工作。在那个年代，一个没有手机、信息闭塞的四线城市的中学生所能接触的信息非常有限。

"直到进了北大化学系，我才发现，我对化学完全不了解，更谈不上喜欢，这还不是我一个人的感受，和我有同样想法的人还真不少。去了MIT，我发现，他们的本科生和我们这帮人不太一样。MIT化学系本科生的规模非常小，每年只有二三十人，但就这二三十个人，是真的了解化学，喜欢化学，才会选择去学化学。他们对化学的那种天然的、自发的、昂扬的热情，和我们当年被逼无奈埋头苦读的态度，截然不同。"

刘老师："为什么会造成这种不同？"

郑腾飞："根源可能就在K12教育体系。美国的教育体系，有很多缺点，但是在和真实世界的对接上，它做得比我们要好很多。至少从MIT化学系的本科生身上，我看到，同样是中学毕业，他们对化学学科的认知和了解，要比我们深入得多。甚至，我们在博士阶段才想明白的事情，人家在中学阶段就想清楚了。

"我们的K12教育体系，距离真实世界太过遥远。我开始有了个念头，既然MIT的博士生涯让我了解到科学的真相，那我是不是可以把这种认知传递给更多的孩子们呢？至少，让他们知道，科学研究不是做题。"

刘老师："科学的真相是什么？"

郑腾飞："科学的真相是你如何去认识这个世界，如何思考问题。这个问题可以是生活中鸡毛蒜皮的小事，也可以是一个历史问题、人文问题或其他问题，你如何分析它、看待它，你接收信息的时候，如何去筛选、甄别、思考，你的逻辑链条是怎么样的？这是科学。"

刘老师："反正肯定不是做题。"

郑腾飞："你要明白你为什么做题，而且你现在做的那些题，大部分是没有用的题。你想想，我们自己以及我们的孩子花了那么多时间和精力去做的那些题目，只在学校里出现，一离开学校，这辈子可能都不会再碰到。我们为什么要做它们呢？难道仅仅是为了思维训练？思维训练的途径和方法太多了，我们为什么偏偏要选择一种最低效的呢？"

Tips 网上有很多介绍腾飞的文章,腾飞也以"小飞机"的名义发表了很多有关教育的文章。我曾邀请腾飞来到我的课堂给学生上课。课程结束时,我用了一首我国台湾著名儿童诗人的诗来作为课程结尾。

飞,只是想飞而已

中国台湾 林焕彰

飞,只是想飞而已
想飞,就感觉是
飞了起来

我们,冉冉上升
我们,不要翅膀
我们想飞
就飞了起来,而且是
高高兴兴地
飞了起来

99

黄浦江

一个上海家庭的50年，人生就像海上的波浪，有时起，有时落

我的狗狗雨果和豆豆的小京巴犬西莫是好朋友。两只狗每次见面，都互相闻来闻去，舍不得分开，我和豆豆也因此成了朋友。2018年，我写的《聚丰园路是一条快乐的街道》出版后，我送了一本给豆豆。豆豆看完后，很郑重地告诉我："刘老师，我想给您讲讲我家里的故事。"

故事得从豆豆说起。

我叫豆豆，出生于1988年。2003年，从番禺路的老房子动迁到学林苑新居的第一天，在两室一厅78平方米的敞亮新居里，我从一个房间冲进另一个房间。比起之前我们一家三口只有10平方米的亭子间来说，新家实在太大了，简直就像皇宫。

那天晚上，爸爸破天荒地下厨房做饭。我第一次知道，爸爸做饭竟然这么好吃。妈妈做的红烧肉总是硬邦邦的，有种风干了的感觉，而爸爸做的红烧肉，软糯入味，一口咬下去，满嘴香甜。

我的人生中第一次有了属于自己的房间。妈妈把我的房间刷成那个年代少见的粉红色，小床上摆放着姑姑从日本给我寄来的米老鼠玩偶。那天夜里，我抱着米老鼠，睡得特别香甜。

1 爷爷因公殉职

我从来没见过爷爷。1970年，爸爸10岁，在远洋邮轮上工作的爷爷因公去

世。至于死因，奶奶和爸爸谁都说不清楚。那年国庆节前，家里突然来了两个干部模样的人，一男一女，自称是爷爷的同事，说有要紧事，要接奶奶去爷爷工作的单位。奶奶忙问有什么急事，干部模样的两个人什么也不肯说，只是催着奶奶快跟他们走，说有领导要见奶奶。

那个年代，爷爷在远洋轮船上工作，一家人的生活条件比街坊四邻好太多了。虽然奶奶一直不上班，但全街坊，我们家第一个有收音机，第一个有缝纫机，第一个用电风扇，第一个有电视机。那个时候，家里连自行车都有四辆——爷爷一辆，奶奶一辆，爸爸和姑姑一人一辆儿童自行车。最难得的是，奶奶的自行车是那个时代极为少见的女式自行车，而爸爸和姑姑的自行车是两轮儿童童车，这些都是爷爷路过香港时买的。爸爸回忆说，爷爷每次远洋出海回来，都会带回各种各样的洋物件。按照奶奶的要求，爸爸曾经把爷爷带回的一些洋玩意送给自己的小学老师，老师们喜欢得不得了。

奶奶被两个干部带走时，隐隐感觉出了大事。两个干部一副公事公办的样子，奶奶也就放弃了打探的愿望。平时，因为奶奶在家，爸爸和姑姑上学从来不带钥匙。那天，奶奶走得匆忙，没把钥匙留给邻居。爸爸和姑姑放学回到家，见奶奶不在，就只能在门外傻等，一直等到晚上7点，天都黑了，奶奶还没回来。隔壁阿姨心肠好，把爸爸和姑姑叫进家里，给他们一人煮了一碗鸡蛋面。"还是别人家的东西好吃呀。"爸爸说。

晚上11点，奶奶终于回家，爸爸和姑姑已在隔壁阿姨家的小饭桌上趴着睡着了。对隔壁阿姨千恩万谢后，奶奶把爸爸和姑姑领回家。奶奶两眼通红，眼泡都肿了，"大宝，小囡，你们过来，姆妈要和你们说件要紧的事情，你们先去把门窗关紧。"

爸爸和姑姑关好门窗后，奶奶把他们拉到怀里："大宝，小囡，侬爸爸走了。"

那年，姑姑7岁。"姆妈，爸爸不是在海上吗？"姑姑问，"姆妈，爸爸不是在大轮船上吗？"

奶奶压低声音，"你们的爸爸死了，从今天起，你们没有爸爸了。"奶奶的眼泪夺眶而出。

姑姑说过，她的童年在7岁那年结束了。"在你奶奶流着眼泪说我们没有爸爸的时候，我一瞬间明白了死亡的含义。"姑姑说，"我爸爸再也不会突然回家，把我抱起来，举高高，甩上天。那个时候，最真切的感受就是跌入深渊般地无助，看不到光明，看不到未来，钻心般地害怕。我趴在你奶奶身上，哇哇地哭。"

"小囡，不怕，有姆妈在。小声哭，不要吵到隔壁邻居睡觉。"奶奶说。10岁的爸爸看着奶奶和姑姑哭成一团，站在一旁，手足无措。奶奶拉着爸爸的手，对爸爸说："大宝，你现在是家里唯一的男人。答应妈妈，一辈子要保护妈妈，保护小囡，好不好？"

爸爸意识到事态的严重性，眼泪开始一颗一颗往外涌。奶奶一边给爸爸擦眼泪，一边拉过姑姑，强忍住哽咽："大宝，小囡，不怕，有姆妈在。"

当晚，安顿爸爸和姑姑入睡后，奶奶一个人连夜整理爷爷的遗物，直到天明。

关于爷爷的死因，单位的说法是爷爷在船上工作时，失足落水，因为水深浪高，没有救起来。奶奶和爸爸虽然对此颇有怀疑，但无奈所有当事人都众口一词，又无从查证，时间久了，也只能不了了之，这也成为奶奶一生永远无法释怀的心结。

爷爷活着的时候，每个月总有个礼拜天，奶奶会把一家三口打扮得漂漂亮亮，先去南京路吃西餐，然后再去看电影。每次爷爷出海归来，总会带来一些大家从未见过的布料，有的厚实古朴，有的漂亮柔软。奶奶不会把爷爷带回来的布料整块做成衣服，那实在太招摇了，也穿不出去。奶奶的手非常巧，她会把爷爷从外洋带回的布料和国内的咔叽布、蓝色布巧妙地结合在一起，给一家四口做个领子或者外显的布袋或者袖口的小花边。那么一点点小心思和小花样，常会招来路人的赞叹和艳羡。

爷爷去世后，单位发了一笔当时看来数目不小的抚恤金，并询问奶奶，是否还有别的要求。奶奶提出，能不能退还一半抚恤金来换取另外两个要求：一是我爸爸长大后，可以顶替到单位来上班，但是只能在陆地上工作，不能出海，家里已经有男人死在海上，不能让下一代也在海上吧；二是，爷爷走了，家里没有收入来源，奶奶希望能够进单位的大集体（相当于今天大型企业的三产）工作。

爷爷单位的大领导逐一回复了奶奶的请求。第一，抚恤金是多少就多少，单位不会克扣一分一厘；第二，按照国家、上海市的规定，因公殉职家属子弟，成年后可以顶替上班，这个有明文规定，只要孩子年满18岁，可以照章执行，至于是否出海，我们会尊重家庭和个人意见，尽量满足要求；第三，单位大集体本来就是用于解决家属就业的，爷爷是因公殉职，家庭确实有实际困难，随时报到，随时上班。

就这样，奶奶进了单位的大集体上班。爷爷走后，曾经习以为常的西餐、电影、新布料，和这个家庭永别了。

"奶奶的适应能力真的很强。"爸爸回忆说，"你爷爷在的时候，我们家的日子虽然不是大富大贵，但也是衣食无忧。在街坊四邻眼里，我们家无论吃的穿的还是用的，都是最好的。爷爷走了后，家里的日子和过去比，已经不可同日而语。奶奶以前从来没上过班，去了大集体后，干活卖命，年年拿先进，在大集体工作十年后，竟然当上了大集体的工会主席。"

奶奶在大集体的收入，虽然不能完全支撑全家的开销，但靠着爷爷的抚恤金和单位每年的补助，一家人总算熬到爸爸技校毕业可以上班工作的那一天。

2　爸爸参军入伍

爷爷还在的时候，每次出海归来，最爱带着爸爸去码头看轮船。爷爷有一个非常要好的朋友，爸爸称他"王叔叔"——王叔叔是轮船上的电工，爷爷非常尊重他。"你爷爷跟我讲过，在轮船上，最威风的不是水手，也不是船长，而是王叔叔。要是没了王叔叔，整条船就是瞎子、聋子和瘸子，哪儿也去不了。"爸爸说。

爷爷走了之后，一有机会，爸爸总会一个人跑到码头去看船。"我从小的梦想就是长大后成为一名和你爷爷一样的水手。"爸爸说，"在爷爷离开后，我对大海有着和你奶奶完全不一样的感情。奶奶痛恨大海，痛恨轮船，因为大海夺走了她的丈夫。但是，对我来说，我的爸爸就是大海。在轮船上，在码头上，在大海上，我能感觉到爸爸就在身边。"说着说着，爸爸的眼中已经泛起泪花。

爸爸知道，奶奶无论如何也不会允许她的孩子再靠近大海。可是，少年时代的爸爸心中还是存着那么一点点的念头,也许等到他长大了,奶奶就管不着他了。"结果,我完全想错了。"爸爸叹了一口气。

1978年,爸爸技校毕业。毕业前夕,奶奶找到单位的新领导,希望能按照前任领导的承诺,给爸爸安排一份陆地上的工作。没想到,新领导不但没把前任领导的承诺当回事,还语重心长地教育了奶奶一番:"侬大小也是个领导,怎么凡事只知道替自家着想?如果所有的年轻人都在陆地上,那谁去出海?不能只想着自己的小家,不顾单位这个大家。别人都抢着要出海,你还躲。你家男人的事情,那是意外。都过去那么多年,该放下包袱了。"说完,新领导连哄带劝,把奶奶轰出了办公室。

眼看老领导的承诺已经无效,奶奶四处活动,打算给爸爸另外找个单位。一门心思只想上船的爸爸,终于第一次和奶奶爆发了激烈的冲突。爸爸执意要出海,奶奶坚决不同意,最终,奶奶以死相逼,爸爸被迫妥协。

"临近技校毕业那段时间,我的心情非常低落。一想到毕业后,我要去你奶奶费了九牛二虎之力找到的国有企业上班,我就觉得生活没有了希望。那段日子,我不爱说话,心里烦躁,浑身上上下下,到处都疼,心脏也疼,整晚整晚地睡不着觉,感觉前途渺茫,连活着也没有意义。"爸爸说。

我曾经把爸爸说的这段话告诉过我的一位医生朋友,朋友说,这是典型的抑郁症症状,从医生的角度来看,如果不进行适当干预,可能会越来越严重。

在20世纪70年代,几乎没人知道还有抑郁症这种病。非常幸运的是,爸爸没有在抑郁症的道路上继续滑下去,学校门口张贴的征兵通知救了他。看到征兵通知那瞬间,爸爸眼睛亮了,仿佛抓到救命稻草,报名、体检,直到部队到单位政审,奶奶才知道爸爸已经报名参军。虽然奶奶试图阻止,但面对更强大的力量时,奶奶的一切努力都只是徒劳。

年轻的爸爸很快就踏上新兵入伍的专列。奶奶眼泪汪汪地把爸爸送上火车,千叮咛万嘱咐:"大宝,在外面,你可要照顾好自己,千万不能像你爸爸那样出事,我们家只有你一个男人呀。"火车还没开走,奶奶已经哭得几乎要晕厥过去。姑姑说,你奶奶一辈子都在担心,你爸爸千万不要死在外面。爷爷的死,给奶奶留下的心理创伤实在太大了。爸爸回忆说:"看着你奶奶哭晕在站台上,我差点就要从火车上跳下来了。"

火车将爸爸送去了东北的某空军基地。一入伍，爸爸的抑郁症就彻底消失了。"也真是奇怪，我们这一批刚到东北的南方兵，大多数人既不习惯东北的天气，也不习惯东北人的饮食。"爸爸说，"可是我一点都没有问题，馒头能吃，小米粥能喝，乱炖我喜欢，小鸡炖蘑菇，那是我的最爱。"

在部队里，爸爸找到了和大海一样海阔天空的感觉。"一到部队，我就觉着自己像一滴水，部队像一个大沙漠，我这滴水滴到沙漠上以后，就完全融入沙漠里，一点痕迹都没有了。"

最初，爸爸只是在基地站岗执勤的小兵，后来，部队要挑选一批文化程度高的战士去学习飞机机械维修。爸爸是技校毕业，学过电工，幸运地被挑中。在空军基地服役整整六年后，部队领导暗示他，他有机会提干了。

爸爸兴奋极了，立刻写信，把这个好消息告诉奶奶。一个月后，奶奶从上海坐火车，长途跋涉，来到爸爸所在的部队。一到部队，奶奶先直接找到部队领导，扑通一声跪倒在地，吓得领导忙不迭地将她扶起来，让她先坐下，有话好好说。

奶奶拉着首长的手，一把鼻涕一把眼泪："阿拉就这么一个儿子，他要是留在部队里厢，谁给阿拉养老？各位首长，阿拉丈夫是因公牺牲，已经为人民服务了。这个小子，求你们放他回家吧。"我曾经求证姑姑，姑姑说："侬奶奶这么精明的人，会演戏得很。"

爸爸提干的事，就这样被奶奶搅黄了。在部队服役六年后，爸爸垂头丧气地回到上海，那年他24岁。

3 爸爸和妈妈的爱情

1984年，爸爸从部队回到上海，作为优秀转业军人，他有很多单位可以选择，可以去造船厂，也可以去宝钢。按照爸爸的心思，他的第一愿望是去造船厂，这辈子当不上水手，那就去造船，第二愿望是去宝钢，如果不能造船，至少能为轮船制造钢板。但是奶奶不同意，奶奶认为，造船厂、钢铁厂都太偏僻，是乡下地方，工作环境不好，上班还要住单位，每个礼拜才能回家一次，那怎么可以。奶奶给爸爸拿了主意，进了市区的一家工厂，上下班近，骑自行车半小时就可以到。

在部队历练一番之后,爸爸为人处世都精明能干。去了新单位,很快就熟悉业务,并成为单位里的技术能手。上班第二年,车间的新设备出了问题,没人修得好,不知道谁说了句:那谁谁谁以前不是在部队里修飞机的吗,让他来试试呗。

于是,爸爸被叫去维修这台他从来未见过的设备。妈妈当时19岁,是车间里新来的学徒工。爸爸修机器,学徒工负责帮忙倒水,递工具。花了两天的功夫,爸爸竟真把设备修好了,用爸爸的话说,至少能转起来了。爸爸在厂里一炮而红,很快就破格提了技术员。妈妈说,技术员走的是技术路线,不是纯粹干活的普通工人,对普通工人来说,就算是鲤鱼跳龙门了。

甚至,厂长还专门召见爸爸,夸爸爸是部队里培养出来的好年轻人。厂长自己也是军队转业干部,对爸爸可能有天然的好感。我爸爸长得很帅,又有才气,还成了厂长的红人,给爸爸介绍对象的人纷至沓来,连厂长夫人都亲自出面,把自家妹妹的女儿介绍给爸爸,没想到爸爸硬是一个都没看上。

爸爸和妈妈的爱情,也在这个时候开始萌芽。

那个时候周六是要上班的。一个周六的中午,爸爸妈妈都去食堂买午饭,妈妈正好排在爸爸前面。看着技术员、老工人和长辈排在自己后面,妈妈当然很惶恐,主动请爸爸排到自己前面去。爸爸没有拒绝,大咧咧地排到妈妈前面。如果大家继续默默排队,也就相安无事了。

但是,爸爸突然转过身,问了妈妈一句:"侬星期六晚上有啥事体要做吗?一起白相,好伐啦?"

爸爸没来由的一句话,让毫无思想准备的妈妈差点吓晕过去。"那个时候,我从来没有谈过恋爱,一点经验都没有,根本不知道怎么回答。从来没人教过我呀!"妈妈说。

正因为妈妈自己的经历,所以我刚上小学,妈妈就教我,如果有男生对我说这个、说那个,应该怎么回答,应该如何拒绝。我爸拿出领导做派,说:"今天晚上有场电影,我已经买好票子,下班后,我在工厂大门出门左拐的邮局等侬,我们一起去。嗯,就这么定了。"说完话,爸爸转过身,排他的队、买他的饭,然后自顾自地飘走了。

我那只有19岁的妈妈,整个下午,就彻底懵圈了。我妈妈的长相实在太平庸，乏善可陈。从小到大，她没有和任何男孩子有过交往，当然也就没有和男孩子打交道的经验。她说，在男生眼里，她就像空气。整个下午，妈妈的心一直怦怦直跳。她完全慌了神，面对爸爸的邀请，妈妈根本不知道如何招架。

"平时一下班，我就急急忙忙往家赶。"妈妈说。

我问妈妈："为什么那么着急回家？"

"饿了呀。在工厂里干一天活，急着回家吃饭呀。"妈妈说，"侬爸爸说下班后去邮局等他，我当时就想，直接去看电影吗？那我怎么吃晚饭呢？好饿哟。"

"难道你还担心爸爸不请侬吃饭吗？"我问。

妈妈抢白我说："我一个小姑娘，从来没谈过恋爱，哪里知道，看电影前，还可以一起吃饭的？"

"哦……"我接着问妈妈，"除了吃饭，你还担心其他事情吗？"

"担心的事情太多了。在哪里看电影？远不远？看完电影后，有没有公交车回家？今天不回家吃饭，没有提前跟你外公外婆说过，他们肯定急死了，回去怎么跟他们讲？会不会被外公打爆头？"

"啊！你都上班了，外公还会打你？"我确实有点吃惊。

我妈妈说："有什么好奇怪？你外公是码头工人出身，粗得很。我和你爸爸结婚后，有一次，你爸爸和外公下象棋，你爸爸要悔棋，外公不同意，你爸爸多说了几句废话，你外公不高兴了，二话不说，拿起拖把，照头就打。别看你爸爸当过兵，硬是没反应过来，当头就狠狠挨了一棍。"

"爸爸不反抗吗？"我问。

"反抗？"妈妈哼了一句，"你外公打完人，把棋盘一掀，气呼呼地走了。你爸爸过了好半天，才缓过神来。"

"打得不重吧？"

"不重？你去问问你爸爸，重不重？头上起了好大的乌青块。"

我问爸爸："正好好下棋，突然挨了外公狠狠一棍，有什么感想？"

"哎哟，苍天有眼，你的老外公平时每次下棋，都要拿着大铁茶杯，用开水泡满满一大杯浓茶。那天不知道什么原因，你外公没泡茶，手边也没有茶杯。要是有的话，肯定比拖把顺手。他要是把滚烫的一杯茶朝着我扔过来，我不被烫成残疾人才怪。"爸爸有些庆幸。

这下，你知道我亲爱的老外公有多凶了吧？

就是这个把女婿一棍子打懵了的老外公，在去世前，办了一件把全家人都搞懵了的事。

外婆比外公早走两年。外公去世前一年的除夕，一家人团聚吃年夜饭，老外公突然拿出一堆银行本子，开始给每家派钱，说要趁着清醒的时候，分家产。当时的场面相当热烈，各家一边假惺惺地表示不要不要，一边都迅速打开银行本子，急着看数目。

看完银行本子上的数目后，大家个个笑逐颜开。能不高兴吗？谁也没想到，老外公居然有这么多钱。凭空就到手几十万元，谁不开心呀？

可是，当老外公宣布完分配方案后，热烈的气氛突然冷寂下去。老外公把家产分成四份，我爸爸一份，我妈妈一份，这样我家就拿了2份，然后，我的姨妈和舅舅，各家只有一份。本来大家还挺高兴，可是当舅舅和姨妈发现他们比我们少一半的时候，心里的想法就发生了变化。姨妈首先嘟囔了一句："大家都是女婿，为什么老二家有，我们家就没有？"舅妈也跳出来："爸爸，女婿有一份，儿媳为什么就不能有一份？"

外公的回答特别高级："如果大女婿和儿媳都有一份，那分那么多份做什么？分三份不就好了，一家一份。你们文化程度再低，这个数学题还不会算吗？"

"爸爸，我来说两句……"姨父刚说话，外公站起来，用手指着姨父："你给我闭嘴。我自己的钱，想分给谁就分给谁。想要的，把银行本子放进自家包包里，闭上嘴，乖乖吃饭，别给我阴着脸，我不吃这一套。不想要的，马上退给我，滚出去。不退也可以，密码我还没告诉你，拿了银行卡，你照样取不出来，没用的。"

舅妈反应快，马上变脸色，对着姨父说："哎哟，大哥，你惹爸爸生气了。大过年的，一家人吃饭，要和气，和气生财，和气生财。"舅妈拉了舅舅一下，"我们一起给爸爸敬酒。"舅舅马上接招，招呼大家："来来来，我们一起给老爷子敬酒。"

再回到年轻的学徒工妈妈这儿。

在如何回应爸爸第一个约会邀请这个问题上，妈妈在去与不去之间犹豫了整整一个下午。下班后，妈妈还是鬼使神差地去了邮局，爸爸早已经换上白衬衫，坐在那儿等她了。

妈妈回忆说，你爸爸下班前，在单位里洗好澡，换上新衣服，衬衣上有着一股淡淡的洗衣粉味，头上有肥皂味，真好闻呀。那个时候，洗澡不容易，一般人家，一周洗一次澡是正常的事。妈妈说，周六基本上是一周最脏的时候，结果还和爸爸第一次约会，和爸爸站在一块儿，妈妈都觉着自惭形秽。

爸爸带着妈妈先去吃了生煎。妈妈平时饭量大，但是为了保持矜持，没敢多吃，就吃了两只，爸爸一口气吃了八只后，一直劝妈妈继续吃，妈妈推说吃饱了，爸爸就把妈妈碗里剩下的另外两只也吃了。看电影时，爸爸一个劲地打嗝，而坐在一旁看电影的妈妈饿得死去活来。

看完电影，爸爸骑着自行车，送妈妈回番禺路家里。"第一次坐男生的自行车，真的好害羞呀。"妈妈说。回到家，舅舅来开门。外婆躺在床上问是不是姐姐回来了。舅舅大声应答："有个男的，送姐姐回来的。"外婆立即从床上起来，抄起衣服，直奔门外。

站在门口，借着马路上幽暗的灯光，外婆上上下下仔细打量爸爸。爸爸说，那眼神，非常犀利。过了一会儿，外公出来了。

爸爸比外公高出一个头。外公仰头看了一会儿爸爸，嘟囔一句："侬是在和小琴搞对象吗？"妈妈马上拉着外公的手，想说点什么，外公挣脱妈妈的手，对着妈妈吼了一句，"男人之间说话，你个姑娘家家的，插什么嘴？没有家教。"

外公打量一圈后，拍着爸爸的肩膀："小伙子，侬要是欺负小琴的话，我会打爆侬的脑袋。"我爸爸这才敢回话："阿伯，不会的，不会的，我不会欺负人。"

外公又重重地拍了拍爸爸，仿佛在验货："不错，好样的年轻人。"

拍完爸爸后，外公对妈妈说："进屋吧，都这么晚了。我同意啦。"

然后，外公对爸爸说："你回去吧，今天太晚了。明天中午来家里吃饭。"随后，外公转身，拉上外婆，"走，回家困觉。"

就这样，爸爸第二天来到妈妈家里吃饭。

星期一上班的时候，爸爸中午下班，就到妈妈车间，等妈妈一起去食堂打饭。全工厂都轰动了，那么英俊的技术员，竟然和新来的小学徒工谈恋爱了。妈妈说，也是从那一刻开始，爸爸在工厂的进步就走到头了。厂长夫人在工厂里管干部管人事,对爸爸没有看中她介绍的女孩而选了个其貌不扬的学徒工非常不满意。

事情很快传到奶奶耳朵里。在奶奶看来,爸爸没有选择厂长夫人妹妹家的女儿,显然是妈妈从中作梗。奶奶非常清楚,要是和厂长夫人攀了亲,爸爸前途肯定一片光明。

奶奶跑到工厂,在妈妈下班的时候,拦下了妈妈。这次,奶奶没有哭,也没有闹,她非常理智地和妈妈摆事实、讲道理。奶奶拉着妈妈的手,和蔼而温柔:"我家大宝,人生得漂亮,心思也活络得很。现在他是一分钟热情,等将来没了热情,吃亏的还不是侬呀?阿姨不是来拆散你们的,阿姨知道侬是个好孩子,怕侬吃亏。阿姨家这个大宝,就是混世魔王,侬肯定驾驭不住。阿姨劝侬,早点认清形势,快点分手。不然将来吃了大亏,侬跑来找阿姨,别怪阿姨没有提前跟侬打过招呼哟。"你看,我奶奶说得多在理。

我妈妈是没什么主见的人,突然看到奶奶,自觉矮了一头。一来是被奶奶的气势吓住,二来妈妈确实觉得自己配不上爸爸,爸爸都是要和厂长家攀亲的人了。奶奶和妈妈谈话后的第二天,妈妈就告诉爸爸,以后不要在一起吃午饭了,你妈妈都来找过我啦。爸爸没说什么,晚上回到家,把我奶奶狠狠地训了一顿。

姑姑曾经绘声绘色地给我描述过那个场面:

爸爸下班后,回到家里,提起家里的开水瓶,把开水倒完之后,啪的一声,抡在地上,一屋子碎片。见过妈妈后,奶奶早已做好迎接暴风雨的准备,但无论怎么准备,也没想到开场会来得这么激烈。姑姑说,奶奶当场脸色就变了。

爸爸指着奶奶说:"姆妈,我当初技校毕业,想跟爸爸一样,去当海员,侬硬是拦着我,不让我去。阿拉晓得,侬是怕阿拉死在海上,没人给侬养老。可是,姆妈,侬晓得吗,我从三岁起,阿拉爸爸就跟我讲,长大后要和他一样去出海。那是我从小的梦呀,侬硬是不让我去,我难受呀!周末没事的时候,我爱骑车去码头,侬以为我是去白相呀?我是去看轮船,去听汽笛声,就是干不了,听听那声音也是好的。"说着说着,爸爸开始掉泪。

"姆妈,后来我当了兵,参了军。没想到,竟然去了空军。姆妈,侬知道空军一年才招多少兵?侬知道空军招的兵里有多少人有机会当上技术兵?又有几个技术兵有机会提干，留在部队里厢？姆妈，侬知不知道，我一个南方人，能在北方的部队里混出名堂来，得吃多少苦？可是，我愿意，因为我觉得在空军待着，有意思，有干劲，有奔头。人家妈妈都是拼命支持自己的孩子进步，孩子要干什么，家庭拼命支持，为什么我的妈妈总是扯我的后腿？姆妈，侬知道吗？从部队离开、摘帽徽的那天，我难受，我哭，我连死的心都有了，为什么我有个这样的姆妈呀？"

姑妈说，我爸爸说到这儿的时候，奶奶开始掉泪了。

爸爸继续愤怒地哭诉："回到上海，我想去船厂上班。我当不了海员，去造船，总可以吧？侬又不同意，嫌上班的地方太远，看不到我。姆妈，我有那么好看吗？侬非要天天看到我呀！不看到我，会死吗？"

"姆妈，侬晓得嘛？我在工厂里上班，每天看上去开开心心，那都是装的！侬知道啥叫行尸走肉吗？我就是行尸走肉，我对什么都没有兴趣。好不容易，我碰到小琴，她是不好看，但她老实、可爱，我喜欢呀。她们家条件是不好，可是她们一家人对我好，在他们家，我觉得比在自己家自在，我喜欢那样的家庭氛围。厂长家的亲戚，好是好，我不想高攀还不行吗？侬想高攀，侬自己去嫁人呀？"

本来奶奶还在悄悄地哭，爸爸说到嫁人时，奶奶突然找到了反击的武器："我嫁人，我要是嫁了人，还有你们今天呀。侬爸爸活着的时候，一年回家一两次，十天半个月就走，我跟守活寡有什么区别？他走了，我当然可以再找人。为什么不找呀？还不是怕你们受欺负。不是为了你们，我会吃那么多苦？受那么多罪？不让侬当海员，不让侬留在部队，不让侬去造船厂，是害侬吗？不都是为了侬好。现在倒好，侬回到上海，当上技术员，在市区工作，样样都好，反而埋怨起我，恨起我来。是不是嫌我不死，挡侬路了？我去死给侬看，好不好？"

奶奶成功的反击，打得爸爸哑口无言。奶奶边哭边骂，爸爸不再作声。最后，大家都累了，才各自关灯睡觉。

那晚，他们俩都没吃饭，姑姑也只能跟着饿了一夜。姑姑后来告诉我，那一晚，她好饿好饿呀，饿得一辈子都忘不掉。

第二天早晨，奶奶出门买好豆浆、油条、粢饭团，叫爸爸和姑姑起来吃早饭。吃早饭的时候，爸爸先开口："姆妈，我错了。"奶奶也退让了："我也有错，我不管侬了，侬想做什么就做什么吧。"

妈妈经奶奶一闹，坚决不肯跟爸爸在一起了。熬到星期天，爸爸骑车去了外公家。一进门，爸爸就跟外婆和外公诉苦，说妈妈不和他在一起，妈妈看不上他了。

外公跳起来，把我妈妈找来，指着我妈妈狠狠地骂："侬也不看看自己的长相，侬以为自己多招人喜欢？我跟侬讲，这个后生，我喜欢，侬别七想八想的。要是再乱想乱说，小心我打爆侬的头。"

说完，外公举手就准备给妈妈一巴掌，幸亏爸爸有准备，马上拦住了："阿伯，侬交给我，我来收拾她。"外公抽出另外一只手，啪的一巴掌重重打在爸爸脑袋上。爸爸说，他被打得眼前火花四射。外公哼了一句："她又没做错什么，侬凭什么收拾她。我警告侬，不要欺负我家小琴，我什么都知道的。滚！"

最近一两年，爸爸特别爱和讲我外公的故事。爸爸说，爷爷死得早，爸爸从小缺乏父爱，自从他和妈妈谈恋爱后，他从心里就把外公当成自己爸爸了。"你外公那一巴掌打下来，我就知道，我和你妈妈一辈子也分不开了。"

"为什么呀？"我问。

"只有对自己人才会下重手呀。如果是外人，谁打你呀？"说话之间，爸爸竟然有些得意。

1986年，爸爸26岁，妈妈20岁，他们领证结婚了。

爸爸妈妈结婚后，爸爸主动跟外公商量，他和妈妈能不能住到外公家。外公很不解，奶奶家明明有两间屋子，姑姑和奶奶住一间，爸爸和妈妈住一间，不正好吗，为什么非要挤回娘家来？当时，外公家在老房子的基础上搭了个二楼，外公外婆、舅舅住一楼，姨妈姨父住在二楼，住房非常紧张。爸爸红着脸，低着头，跟外公解释说，奶奶比较凶，又不喜欢我妈妈，如果妈妈住到奶奶家，奶奶一定不会给妈妈好脸色看。

外公明白了爸爸的用意，叹口气："唉，那就住过来吧，再搭个三楼亭子间，你们俩就住亭子间。"就这样，从结婚第一天起，爸爸妈妈就住在外公外婆家10平方米的三楼亭子间里。

对此，奶奶的意见非常大，尽管爸爸反复跟她解释，这是他自己的主意，可是，奶奶坚持认为我妈妈抢走了她唯一的儿子。

4　姑姑：我的第二个"妈妈"

姑姑比我爸爸小3岁，爸爸技校毕业去当兵那年，姑姑初中毕业。姑姑成绩好，人也聪明，如果念高中，肯定能考上大学。但是，姑姑听从奶奶的意见，初中毕业后，念了中专。80年代初期，初中毕业，成绩最好的学生通常有两个选择，要么去念重点高中，要么去念中专。念中专的好处在于，毕业之后，国家能分配工作，可以早点挣钱养家。1981年，姑姑中专毕业，进了上海一家大型国有企业工作。

姑姑所在的那家国企，1983年，通过日元贷款，购买了很多大型日本设备，工厂里来了很多日本专家，姑姑被单位安排跟着一个日本专家学技术。姑姑聪明，学习日文非常勤奋，钻研技术也很用心，非常受日本专家的器重。

1985年，日本专家工作两年后要回国了。回国前，日本专家问姑姑：是否愿意去日本留学？那个年代，出国留学是所有年轻人的梦想。姑姑想过很多次，可从来没想过这样的机会能落到自己头上。日本专家告诉姑姑，他可以帮姑姑提供财务担保，也可以帮姑姑推荐合适的语言学校。

在日本专家的帮助下，经过一年多的努力，1987年初，姑姑踏上了去日本的求学之路。姑姑出国前，有一个男朋友。在姑姑出国后，两人和平分手。这段感情，在姑姑的生命中没有留下太重的笔墨，所以，姑姑也不太提及。

1995年，我念小学一年级，在去日本八年后，姑姑带着日本姑父还有我的日本小妹妹，第一次回上海探亲。姑姑去日本的第四年，和一个日本人结婚，同年生下一个女儿，就是我的日本小妹妹。去机场接姑妈一家的时候，妈妈把我打扮得花枝招展，还给我抹了腮红，我就像个马上要登台报幕的小主持人。

为了给姑姑一家准备礼物，妈妈愁了大半个月。妈妈到底送了什么礼物，我完全记不清了。但是，姑姑送给我们的礼物，就算再过20年，我也记得一清二楚。姑姑送给爸爸一部摩托罗拉手机，送给妈妈一只LV包和一套女式西装。姑姑送给我的礼物是两只发夹、两条裙子、一双红色小皮鞋，还有两双小袜子，但是真正吸引我的是姑姑的女儿，我的日本小妹妹随身抱着的一只比她还高的米老鼠玩偶。和姑姑见面的当天，在奶奶家里，我一直和小妹妹玩那只米老鼠玩偶。我太爱米老鼠了，是迪士尼的铁粉，大学时代，我还去过美国迪士尼乐园实习。现在，我已经去过全世界所有的迪士尼乐园了。上海迪士尼，我每年要去几次，不是为小孩子，就是因为我自己喜欢。

　　日本小妹妹虽然比我小，但心智比我成熟多了。小妹妹见我特别喜欢她的米老鼠，就要把米老鼠送给我。可妈妈不同意，说不能拿人家的东西。我当场就要起脾气："姑姑送你们东西，你们能拿，为什么小妹妹送我米老鼠，我就不能拿？"那时心里的委屈劲儿，我现在都记得。妈妈先是哄了我两句，我不依。第一次见姑姑的面，我就要拿日本小妹妹的东西，妈妈的脸面放不下，直接动起手，啪啪打在我的屁股上，我痛得哇哇大哭。

　　姑姑拦着妈妈："嫂嫂，小豆豆欢喜这个玩具，又是妹妹自己要给她，拿着就是了。"我妈妈这才说了实话："她姑姑，不是不让豆豆拿，都是自家人，不怕侬笑话，家里那么小的亭子间，我们三个人住在里厢，都挤不下，哪里放得下这么大的东西？"

　　姑姑听了这话，忙不迭地对我妈说："嫂嫂，是我考虑不周到，对不起侬。侬勿要见怪。"安慰好妈妈，姑姑马上蹲下，细声细气地对我说："豆豆，米老鼠太大了，他需要一个地方睡觉，家里睡不下，对不对呀？"姑姑一辈子都是特别温柔的人，在我小时候，我经常在想，要是姑姑是我妈妈，该多好。姑姑接着说："等以后小豆豆搬新家，换新房子，姑姑一定给小豆豆送一个最大最大的米老鼠，好不好？"

　　从小，我就知道，我的眼泪对妈妈来说没有任何杀伤力。我哽咽着问姑姑："姑姑，那我们什么时候搬家呢？"姑姑脸上始终洋溢着笑容："很快就搬家了，相信姑姑，姑姑会算的，小豆豆马上就要搬家了。"

　　2003年，外公外婆家动迁，我们家分到聚丰园路上学林苑一套两室一厅的房子。听说我们家动迁的消息后，姑姑特意从日本飞回来，新家所有的电器，都是姑姑送的。爸爸妈妈要推辞，姑姑说："哥哥从小照顾我长大，给自己哥哥家送几样电器，有什么大不了？"当然，姑姑也没忘记送我一只两米多高的米老鼠。

　　这么多年过去了，妈妈仍然时常念叨姑姑的好处："侬奶奶虽然对我们不好，可是侬这姑姑做人真是爽气。侬爸爸那只摩托罗拉的手机，真是大气，阿拉工厂两千多人,侬爸爸是第一个用手机的,那个辰光,连厂长也才只有一只BP机。送阿拉的那只包包,一背出去,坐公交车,都有人过来摸我的包包,一边摸,一边说'哎哟,侬这包包还是真货色呢!'。小姐妹们羡慕得伐得了,每个礼拜天,都有同一个单位里的小姑娘来借我的包包,背出去轧马路。刚开始,我心疼包包,这么贵的包包,一年的工资不吃不喝,都买不起,哪能随随便便借人。可是挨不住人家天天说'琴姐,就借我背一天,一定爱护侬的包包,清清爽爽地还给侬'。有了第一次,就有第二次,第一个人借成功,就有第二个人借。厂里要好的姐妹,几乎每个人都借过我的包包,有的背着去见相亲,有的背着轧马路,有的借去拍照片,各种各样的理由,后来还有不认识的同事拐弯抹角来借。"

5　爸爸妈妈下岗了

我爸爸在工厂里当了一辈子技术员,一直没机会提工程师。厂方的理由很充分,没有大学学历,不能提工程师,除非破格,而破格必须领导说了算。妈妈常说,她耽误了爸爸的前程。可我爸爸总说,单位最后都倒闭了,有什么好耽误的。

1998年开始,爸爸妈妈所在的工厂效益开始下滑,慢慢地,工资也开始不能准时发了。1999年,妈妈下岗;2000年,爸爸主动申请下岗。那段时间,工作太难找了。妈妈说,全上海的中年女工都在找工作。妈妈学会了开车,早出晚归,跑起了出租车。爸爸下岗后,找了大半年,也没有找到合适的工作。

爷爷的好朋友、电工"王叔叔"(爸爸这样称呼他,我们可应该叫他"王爷爷")在关键时刻帮了爸爸一把。爷爷去世后,"王叔叔"每年春节前后都会带着年货来看望奶奶一家。爸爸从部队回上海后,每年春节变成了爸爸带着礼物去看望"王叔叔"。2001年春节,爸爸妈妈去看望"王叔叔",聊着聊着,就谈到爸爸的工作问题。

"王叔叔"试探性地问了一句:"大宝,我的一个徒弟在外国人的远洋轮船上当电工。他们4月会开到上海来,想临时找个电工,在船上工作半年,侬想不想试试?我怕你姆妈不同意,一直没敢跟侬讲。"

我爸爸当然高兴了,但是也有疑虑:"我不会说外国话,行不行哟?""王叔叔"说:"没有谁天生会说外国话,不都是学的吗?你才40岁出头,学什么学不会呀?"

从"王叔叔"家一回来,在办理各种出国手续的同时,爸爸翻出我的英文课本和磁带,认认真真地自学起来。2001年4月,爸爸登上一艘外轮游船,开始了半年的电工临时工生涯。

结果,从登船那天开始,爸爸一直干到2018年退休。爸爸的临时工合约满了之后,先签了一年的合约,后来变成三年合约,三年合约期满后,爸爸和船公司签了长期固定合约。我爸爸是个非常好学的人,在船上,除了工作之外,就是不断地学习语言。2001年,刚上船的时候,他从只会说Hello和Bye bye;没过几年,他已经可以用英文正常工作了;到了2010年左右,爸爸的英文水平已经非常高,日常的听说,完全没障碍。

爸爸和轮船公司签了三年合约后,妈妈就不开出租车了。爸爸一个人的收入,已经可以支撑我们一家人的生活。

6 姑姑走了

2011年3月,我在同济大学念大四。大学最后一学期,基本就在单位实习,下班后,我就住回家里。一天晚饭后,我和妈妈正在厨房收拾碗筷,听到有人按门铃,我忙冲出去开门。

门一开,奶奶面色苍白地站在门口,我一下子没反应过来。奶奶一直不喜欢妈妈,爸爸大部分时间在海上,平时,奶奶几乎从不来我家。

我还没来得及喊奶奶,奶奶已拉住我的手,眼泪开始刷刷地往下淌:"小豆豆,侬姑姑走了。"姑姑走了!什么意思呀?姑姑去哪儿了呀?

厨房里的妈妈擦好手,出来接待客人,一看是奶奶,妈妈也是一愣:"姆妈,您这是怎么了?"奶奶又拉住妈妈的手:"小琴呀,豆豆她姑姑走了呀!"说完,奶奶双手捶胸,弯着腰,号啕大哭。妈妈立马上前扶着奶奶,"姆妈,先进屋,喝口水再说话。"

2011年3月11日,东日本发生9.0级大地震,并引发特大海啸,日本姑父的老家宫城县就在此次大地震最中心的位置。地震前两天,日本姑父和姑姑一起回老家,给姑父的妈妈过生日。日本小妹妹因为学校有课,留在大阪家中。没想到,遇上史无前例的大地震。

当天下午2点,在当地的小酒馆里,姑父在和老朋友们喝酒叙旧,正晕晕乎乎的时候,地震发生了,小酒馆摇晃了一下,就直接解体了,姑父和他的朋友连反应的机会都没有,全被压在一片瓦砾之中。

姑父运气好,一只板凳横在了他的胸前,所以,当他倒下的时候,板凳支起了一个小空间。小酒馆本来就不大,姑父自己扒了一下土,从瓦砾中钻了出来。姑父说,他出来的时候,眼前的一切把他吓傻了。小酒馆边上本来笔直的马路,已经扭曲翻转得没了形状。整个小镇上,一片狼藉,他连家的方向一时都分辨不清了。

姑父在小酒馆里喝酒的时候,姑姑正在家里,忙着收拾衣物,准备第二天回大阪。地震发生后,姑姑和姑父的妈妈被埋进瓦砾中。地震后第三天,姑父见到了姑姑和他妈妈的遗体,早已面目全非。

地震后的第六天,姑父回到大阪,会说中国话的日本小妹妹在电话中哭着向奶奶报丧。突遭丧女之痛的奶奶,手足无措,坐着出租车来到我家。面对突如其来的噩耗,我和妈妈惊呆了。

姑姑这么美丽温柔的人,怎么会说没有就没有了呢?奶奶捶胸顿足:"我跟她说过,念完书,早点回上海。她不听,非要留在那里。这下好了,把命都搭上了。老天呀,你是故意折磨人吗?我们家造什么孽了,男人不明不白地死在海上,女儿又不明不白地丢在日本?老天,你睁睁眼呀!"

妈妈陪在奶奶的身边,默默地流着泪。奶奶哭得快要晕过去了,妈妈扶住奶奶:"姆妈,我本不该劝您。可是现在,豆豆爸爸不在家,您是家里长辈,豆豆姑姑的事情,还要靠您拿主意。您不能哭坏了自己的身体。"

奶奶确实哭累了:"小琴,我儿子不要我,我女儿又走了,侬说我以后,该怎么办呀?"妈妈忙不迭地劝奶奶:"姆妈,您儿子哪里不要您了,您别乱想。现在,我们要想想,我们要不要去日本奔丧呀?"

奶奶一下子拉着妈妈的手:"小琴,我求求侬,帮我去日本把我的小囡囡接回来,好不好?"在来的路上,奶奶早已想好了。妈妈按着奶奶的手:"姆妈,我们不仅要把豆豆姑姑接回来,还要想好怎么把这件事告诉豆豆她爸爸。"

奶奶觉得应该等爸爸下船回家时再告诉他,妈妈不同意奶奶的做法,她认为必须第一时间告诉爸爸。

当妈妈通过远洋电话告诉爸爸姑姑的噩耗后，电话那头的爸爸如当头一棒，半天说不出话来。

电话里停顿了好长时间，爸爸才问妈妈："小琴，侬要去日本帮我把小囡囡接回来吗？"

妈妈："是的，给侬打这只电话的时候，我已经决定了。"

爸爸说："也只有侬能去，豆豆还要上学。侬要注意安全。小囡囡虽然是我们家的人，但也是日本人家的媳妇。人家那边也是一家人，侬去日本，要尊重人家的习俗，如果他们同意侬把囡囡带回来，侬就带回来，如果不同意，侬也别坚持，就让囡囡留在日本吧，毕竟人家是一家人。"

妈妈飞到日本后，姑父向妈妈提出他们一家人想让姑姑留在日本，这样他们会感觉姑姑一直陪在身边。姑姑的两个孩子，日本小妹妹和小弟弟跪在妈妈面前，恳求妈妈不要带走姑姑。

当妈妈自己一个人回到上海后，奶奶的失望和落寞可想而知。从此以后，奶奶再未踏足我家半步，直到2015年，奶奶离世。

7　爸爸的海上奇遇

2005年，爸爸在去轮船上一个高级套房修理空调时，认识了一对优雅的日本老年夫妇。在爸爸工作完成之后，这对日本夫妇非常礼貌地向爸爸道谢。日本老爷爷递来一张100美元的小费，爸爸吓了一跳。

爸爸说，虽然在游轮上工作，经常会收到客人的小费，但最多也就是10美元，20美元都很罕见，100美元真是第一次见。爸爸一紧张，把钱退了回去。

日本老人接回美元后，邀请爸爸坐下来喝杯咖啡。爸爸说，游轮有规定，维修人员不能因为非工作原因在客人活动区域逗留。老人家笑了，没有强留爸爸。

没想到，几个小时后，爸爸的上司告诉爸爸：有位贵宾客人，晚上在××餐厅定了座位，邀请你前往就餐，这是客人给你的邀请信。

当晚，爸爸准时赴约。这对日本老人到底是做什么的，爸爸一直没弄清楚，他也从没刻意去打听。唯一知道的是，每年樱花盛开的季节，游轮靠近日本港口,这对老人就会上游轮来,住上一个星期。

从2005年开始,两位老人每次登船,都会邀请爸爸一起吃饭、喝咖啡。两位老人的英文非常好,爸爸和他们交流,主要用英文。认识他们之后,爸爸对日本文化和日语的兴趣大增,在自学英文的同时,爸爸开始学日文。

2009年,日本老人家又登船了,他们邀请爸爸吃饭的时候,爸爸用英文混杂着日文,给他们讲了姑姑的故事。从姑姑怎样到日本留学,嫁给日本人,如何尽心尽力照顾中国家人,两位日本老人听得颇为感慨。您也看出来了,我爸爸的英文乃至日文,都已达到相当高的水准。说实话,爸爸的学习能力和表达能力,实在太强了。

第二天,在爸爸的休息时间,日本老人邀请爸爸一起喝咖啡。日本老爷爷问爸爸,买过股票没有?爸爸说,在上海买过,亏得很厉害,再也不敢买了,有钱就买房子,不敢买股票了。日本老爷爷告诉爸爸,买股票就跟过去的日本武士找主人一样,找对主人,就要把自己的一生和主人捆绑在一起。日本古代,武士都是靠主人来供养。日本有句老话,宁愿没有主人,穷困而死,也不能随便找个庸主,饱食终日。如果找到合适的主人,就要一心一意和主人在一起,主人发达也好,落魄也罢,就是死,也要和主人一起去死。

我爸爸听得一愣一愣的:"买到垃圾股票,也不卖掉,和它一起去死吗?"

日本老爷爷哈哈大笑:"作为武士,我们首先要选对主人。选对了主人,哪怕主人暂时有起伏也要跟下去。人的一生,都会有起伏,股票也一样。但是,如果碰到真正具有雄才大略的主人,武士一定会有飞黄腾达的那一天。"

日本老爷爷又问爸爸一年的薪水有多少钱。

爸爸老老实实地说了数目。

日本老爷爷在餐巾纸上写了几个英文缩写,对爸爸说:"这几支股票,你可以看一看。如果我是你,我会把吃饭之外的所有钱都用来买这些股票,跟随它们五年,你会很不一样。"

从2009年起,爸爸开始关注美国证券市场的股票,尤其是日本老爷爷推荐的那几支股票。爸爸胆子小,不敢多买,第一次就买了2万多美元。2010年,日本老爷爷又来了,问爸爸买他推荐的股票了吗。爸爸老老实实地回答,买了2万美元,已经有20%的年化收益。

日本老爷爷笑了:"哈哈,不要看收益,可能要跌哟!真正的武士,最强大的地方不在于他有多么勇猛、多么有力,而是当主人身处最低谷的时候,依然对主人不离不弃,哪怕全世界都背叛了他,真正的武士依然会在主人身边。"

爸爸又问:"那我该怎么做?"

老爷爷笑着指点:"每年拿出吃饭之外所有的钱,去买我告诉你的那几支股票,不要去研究股市。你是工程师,不是证券分析师,你怎么算得过他们?不要去研究,不要去看股价,只要买就行了。等五年甚至十年后,你再自己决定要不要卖掉。"

爸爸一下子就轻松了,过去一年中,爸爸虽然只花了2万美元买股票,却每天都在大量地研究股市,不但影响了英语学习,也搞得自己神经很紧绷。

我问爸爸:"你为什么会相信这个日本老爷爷?"爸爸说,有的人身上自带气场,这两位日本老人家就是不说话,安安静静地坐在你对面,你也能感觉到他们身上强大的气场,那是常人根本就不具备的能力。

从2010年起,爸爸每年都会把一半的薪水放到那几支股票上。不得不说,日本老爷爷太厉害了,到今天,这几支股票已经涨得非常吓人,翻了很多倍。

好吧,一定有人好奇,都有什么股票。其中有一支股票,大家都很熟悉,名字叫"苹果"。您去看看苹果从2009年到2018年的涨幅,就知道日本老爷爷有多厉害了。是的,我爸爸从2010年到2018年,一次都没抛过股票。

2018年,苹果市值过1万亿美元当天,我给爸爸打电话,"是不是可以卖了呀?"

猜猜我爸爸怎么回答?他说:"卖什么呀?你急吼吼的,把话说清楚。"

他脑子里压根就没股票这事。我说:"股票,您的美国股票呀!爸,您还不知道吧,苹果市值突破1万亿美元了!"

我爸爸非常冷静地回答:"哦,1万亿了,好事呀。"

我忙问:"您不打算卖掉一些,先套个现吗?"

我爸爸说:"侬着急用钱吗?"

我忙说:"不着急呀。"

爸爸:"那侬打我的股票主意干什么?迟早都是侬的,别着急,十年时间还不到呢。"

我说:"万一跌了呢?"

爸爸说:"不是跟侬讲过好多次吗?武士找到主人之后,就不会变了。"

我顿时无语,这能是一回事吗?可是,在我爸爸心里,可能真的是一回事了。

2014年樱花盛开的季节,日本老爷爷和老奶奶没有登船。从那年之后,爸爸再也没有见过他们。希望他们一切安好。如果他们在天堂,也祝愿他们快乐幸福。

8 2018年,爸爸退休了

2018年春节,爸爸从远洋游轮上退休。本来爸爸准备干到2020年满60岁再退休,但是,在参加了一个朋友的葬礼之后,爸爸突然觉得,他的海上生涯可以结束了。后面的岁月,他想更多地留给家庭,留给妈妈。退休前,爸爸的年薪已经达到15.6万美元,他最初几乎不懂英文,现在已经可以和老外自如地聊天、谈工作。

姑姑的孩子和我都已经长大,我们都有自己热爱的事业、稳定的家庭以及稳定的收入。妈妈说,她不需要为我们的未来操心了。爸爸退休下船那天,我们去岸边接他,妈妈泪流满面,她的丈夫终于从海上归来,重新做回她的老公。妈妈说:"身体好的话,我和你爸爸还能做30年夫妻,身体不好,可能也就只有十来年。"

妈妈最近常说,她现在特别理解奶奶:"你奶奶一直不喜欢我,我也很委屈,我做了那么多努力,为什么她一直不理解我?你爸爸下船那天,我终于释怀了。你奶奶和我一样,都只是最普通的女人,我们都希望有个家,身边有丈夫、有孩子,不求富贵,只求平平安安。"

2018年清明,妈妈陪着爸爸去给奶奶上坟。在奶奶的墓前,妈妈说:"姆妈,您放心吧,您的儿子已经回家。从今以后,他再也不出海了。"

2018年圣诞节,日本小妹妹和日本小弟弟两家加上日本姑父共7口人要来上海,和我们一起庆祝爸爸退休。

日本亲戚来上海之前,爸爸和我有一次特别的谈话。

爸爸告诉我,他有个不成熟的想法,他想学当年外公的样子,把股票分成三份，日本小妹妹、日本小弟弟、我，一人一份。

说实话，我有五雷轰顶的感觉。本来那么多钱都是我一个人的，现在三分之二要被日本妹妹和日本弟弟拿走，真的不甘心。我一下子有点理解我舅舅和姨妈的感受了。我很怀念姑姑，一直把姑姑当第二个"妈妈"，可是，真要分钱的时候，我发现，我也一样痛苦！

"爸爸，咱们能分成六份吗？日本妹妹一份，日本弟弟一份，您一份，我妈一份，我一份，咱们家小牛牛（我的儿子）一份，您看合适吗？"在那么短的时间里，能想出这样的方案，我都忍不住为自己的智商点了个赞。

"你个小财迷！"爸爸笑着说。

100

上海交通大学

盈盈一水间，
脉脉不得语

1
0岁
四川，浙江，相距1900公里

1975年，罗密出生在四川，父母是国有大型央企的普通工人。

"小时候，我们厂里仅职工就有五六万人，加上家属，全厂起码有十来万人。建厂初期的老职工大部分是东北人，所以，在我们厂里，通用语言是东北话，不是普通话哟。直到今天，还常有人问我是不是东北人。"罗密说。

罗密的姥爷是建厂初期的东北创业者，爸爸是四川人。"用四川话说，我爸爸是典型的耙耳朵，就是怕老婆的男人。"罗密说，"我妈是东北人，性子烈，说一不二。小时候，经常看到我妈冲着我爸发火。我爸有时忍不住，会爆发，但结局总是非常惨，他常被我妈打得满屋乱跑。是真打哟，不是闹着玩的。我记得特别清楚，有年冬天，我爸爸穿着秋裤，就被我妈妈打到了屋外。"

罗密曾经问过爸爸："为什么这么纵容妈妈？"

爸爸的回答一点都不耐人寻味："你又不是不晓得，她恁个凶，哪个打得赢她嘛。"

"那你为什么要娶这么凶的婆娘？"罗密问。

"结婚前，哪个晓得你妈恁个歪（四川话：很厉害的意思）。年轻的时候，啥子都不懂，看到女娃儿皮肤白，就觉得她乖得很。哪个晓得，她外头温柔，里头凶恶。"罗密的爸爸说。

朱丽爸爸是边防军人。70年代，军官是最受年轻女子青睐的结婚对象——地位高、待遇好，还有用不完的票证。

朱丽爸爸是嘉兴人，回乡探亲时，经人介绍，认识了在嘉兴当地小学当语文老师的朱丽妈妈。朱丽爸爸在家里总共待了6天，和朱丽妈妈见了3次面，相处不到6小时，而这就是朱丽的爸爸妈妈婚前相处的全部时间。

"爸爸回到部队以后，就开始和妈妈通信。"说起父母的婚姻，朱丽语气平静，仿佛在说别人家的事情。

朱丽妈妈来自普通的市民阶层，相比起来，朱丽爸爸的家庭要显赫得多。爷爷在政府部门工作，是主管农业的领导，奶奶是供销社的干部。那个年代，物资匮乏，谁家有人在供销社工作，是件非常了不得的事情，更别说是供销社的干部了。

"自从妈妈认识爸爸，外婆家再也不为肉票、鱼票、布票犯愁，也再也不用为买条带鱼而排一整天的队了。"朱丽说，"爸爸家是年轻时代的妈妈能想到的最好的归宿，谁听了都羡慕。"

通信一年后，朱丽的爸爸妈妈在1974年，领证结婚。

1975年，朱丽出生。

1975年，罗密在四川，朱丽在嘉兴，相距1 900公里。

2
6岁
四川，呼和浩特，相距1 700公里

朱丽出生时，妈妈大出血，医生问保大人还是保小孩时，朱丽的爸爸正在千里之外的军营。因为那次大出血，朱丽的妈妈从此没有再生小孩。

朱丽爸爸所在部队的一位老首长和朱丽爷爷家是世交。1980年，朱丽5岁，在老首长的直接关怀下，朱丽妈妈从嘉兴调动到呼和浩特，在军队后勤部门的一所幼儿园当幼儿教师。

本以为到了内蒙古，就能和丈夫待在一起，到呼和浩特后，朱丽妈妈发现，自己完全想错了。内蒙古实在太大，从朱丽爸爸的军营到呼和浩特的家，整整还有710公里。710公里有多远呢？从北京到呼和浩特的距离大约有500公

里，也就是说，朱丽爸爸从军营回呼和浩特的家，比从呼和浩特去一趟北京还远。

"从江南水乡来到呼和浩特，无论天气、饮食，还是生活习惯，妈妈和我都有太多的不适应。"朱丽说，"爸爸一两个月才回家一次，时间长的时候能待上两三天，大部分时间，第一天夜里到家，第二天下午他就得急匆匆地往部队赶。"

在嘉兴的时候，虽然朱丽爸爸不在家，但有爷爷奶奶、外公外婆的帮衬，朱丽妈妈也能把生活安排得井井有条。到了呼和浩特，人生地不熟，朱丽妈妈既要上班，又要带孩子，一个人撑起一个家，过得特别不容易。

"最困难的是，在很长一段时间里，我都无法适应爸爸这个角色的存在。我从小就习惯了和妈妈生活在一起的二人世界，所以，每次爸爸出现的时候，我就感觉特别别扭。"朱丽说，"爸爸每次回来，晚上睡觉，妈妈总会先哄我睡着，然后把我从卧室抱到客厅的沙发上。好几次，我都没睡着。当妈妈蹑手蹑脚屏住呼吸，把我抱到客厅的时候，我只能假装睡着，直到听见卧室里的插销被啪嗒一声插紧。我蜷缩在客厅的小沙发上，把头深埋进被子里，试图屏蔽全世界所有的声音。"

和朱丽相比，罗密的童年要简单得多。罗密更喜欢爸爸，爸爸讲道理，也有耐心陪他玩。罗密一直觉得，妈妈从来不在乎自己。在罗密4岁的时候，妈妈生了个小弟弟，对罗密的关注就更少了。

"我妈妈喜欢弟弟远胜过喜欢我，她对此一点也不遮拦。每次回家过年，弟弟一回来，妈妈就欢天喜地，前后脚地追着我弟弟，满屋子都是她那被四川话带歪了的东北口音：幺儿累不累？先休息一下要不要得？幺儿想吃点啥子？妈妈给你做。幺儿明天想去哪儿耍？妈妈陪你一起去。"

有一年春节，罗密的弟弟一家去澳大利亚过春节，没有回四川老家。吃年夜饭的时候，罗密的妈妈说："幺儿都没回家，这个年有啥子意思？""在她眼里，我从小就是一坨空气。"罗密说。

1981年，罗密和朱丽6岁，开始上小学。

1981年，罗密在四川，朱丽在呼和浩特，相距1 700公里。

3
15岁
四川，嘉兴，相距1 900公里

1986年，朱丽爸爸所在部队被整建制裁撤，朱丽爸爸带着一家人返回嘉兴老家。

按照当时的政策，作为随军家属，朱丽妈妈得以重新回到之前工作的小学。在内蒙古待了整整六年后，重返工作岗位的朱丽妈妈宛若重获新生。

朱丽爸爸没那么适应，经过爷爷的努力，朱丽爸爸进了一家大型国有银行。银行里没有太多的位置留给军转干部，朱丽爸爸被安排到银行工会担任专职副主席。

回到嘉兴，朱丽的爸爸妈妈第一次有机会长期生活在一起。

"可能是在内蒙古压抑得太久，妈妈回到嘉兴后，工作特别努力，一门心思全扑在工作上，每天忙得不可开交。爸爸的日子特别闲，上班就是喝茶看报纸，一下班就回家买菜做饭。妈妈在学校里风风火火，回到家，常常累得连话都不想说。爸爸从带兵打仗的军官，变成了温和的家庭主夫，每天的主要任务就是安排好一家三口的吃喝拉撒。妈妈先是评上优秀教师，后来担任语文教学组组长，再接着当教务处副主任、主任，然后一路升到副校长、校长。爸爸在银行工会副主席的位子上一直干到退休。"朱丽说。

不知道从什么时候开始，朱丽发现，爸爸妈妈之间的交流越来越少了，慢慢地变成，除非特别有必要，否则他们绝对没有交流。紧接着，朱丽的爸爸妈妈不再同桌吃饭了。爸爸下班早，晚饭通常由爸爸来做。妈妈在家的时候，朱丽爸爸会用饭盒盛好饭菜，自己去书房吃晚饭。碰上妈妈加班，爸爸会和朱丽一块吃晚饭。晚饭后的碗筷，通常由妈妈来收拾。

再往后，朱丽爸爸妈妈开始分居，妈妈住主卧，爸爸睡书房。爸爸妈妈在家虽然不说话，但是出门在外，他们俨然一对模范夫妻。"无论爷爷奶奶、外公外婆，还是他们的同事朋友，没人相信他们已经形同陌路。"朱丽说，"从十几岁开始，我就是很好的演员了。去看望外公外婆、爷爷奶奶，我甚至会一只手拉着爸爸，一只手牵着妈妈，幻想着我们是世界上最相亲相爱的一家人。"

罗密在工厂的子弟学校念完成了小学和初中。工厂是个小社会，仅教学体系就有8所幼儿园、4所小学、2所中学、1所技工学校、1所职工大学。"厂里大部分家庭对孩子的要求都不高，只要长大后有一份像样的工作就行。"罗密说。罗密上初中的时候，所在年级一共有13个班，每个班都有50名以上的学生。

初中毕业，对工厂子弟学校的孩子来说，是一次大分流。每年，罗密所在的城市给工厂子弟学校10个重点高中的入学名额。"首先，你的分数得超过全市重点高中的统一录取分数；其次，你还必须在厂子弟学校排进前十名。如果进不了前十名，你分数再高也没用。"罗密回忆说，"那年，中考总分700分，我考了657分，全厂第十名是659分，全市重点高中录取分数是620分。而我因为2分之差，就和重点中学无缘了。"

"和重点高中擦肩而过，是我人生的第一次大失败。这个失败不是由我造成的，纯粹是因为户籍问题。也是从那个时候起，我开始意识到，户籍制度真不是个好东西。如果我是市区的户籍，我完全有资格进全市任何一所重点高中。可是，就因为我是工厂的孩子，我如果不能进到工厂前十名，分数再高也没用。"罗密说，"子弟学校的初中总共有13个班，即使每个班的第一名，也肯定有进不了前十名的。"

对子弟学校的学生来说，大部分学生的命运，从一出生就已经注定。厂里大部分初中毕业生选择了技工学校，只有极少数学生进了工厂子弟学校的高中。"那一年，厂里技校招了10个班，高中勉强招了3个班。"罗密说，"厂里高中的升学率实在太低了，我初中毕业那年，厂里高中只有2个学生考上大学，都还只是普通的二本，一本都没有。你想想，在这样的学校念书，得多绝望。"

在罗密妈妈看来，既然没考上重点高中，直接上技校就好了，技校念完，厂里给安排工作，多好呀。如果念高中，考不上大学，将来还是只能读技校，何必浪费高中三年的时间呢？

看着身边几乎所有的同学都选择了技校，罗密有点动摇。在这个关键时刻，罗密爸爸起到了扭转乾坤的作用。罗密爸爸说："技校有啥子好上的嘛，不就是进工厂当工人吗？读高中，就算考不上大学，又能啷个样？人一辈子要工作三四十年，晚个三五年，有啥子了不起的嘛。"当然，真正让罗密下定决心读高中，是爸爸的另外一句话，"你莫非想一辈子和你妈待在一个厂里吗？"

1989年，罗密进入工厂子弟学校的高中，朱丽考上了嘉兴最好的中学。对朱丽来说，住读是名正言顺地逃离家庭的最好理由。

1989年，朱丽15岁，罗密15岁，一个在嘉兴，一个在四川，相距1 900公里。

4
17岁
成都，相距0.4公里

高中三年，罗密过得非常艰苦，他找来所有能找到的书，借来所有能借到的习题，从高一开始，每天凌晨3点睡觉，7点起床，课间10分钟，他也能趴在课桌上流着口水睡一觉。上课铃一响，他马上又生龙活虎起来。

"高中三年，太压抑了，主要是没有希望。"罗密说。"上高中第一天，我发现课本是乙种本，而市里重点中学用的是甲种本。我特意找来甲种本，一一对照，看看到底有什么差别，虽然差别并不大，但给我造成的心理阴影，直到今天还没消除。"

"高中三年，我做了太多的无用功。说实话，我的高中老师们，有的水平很高，比如物理、数学和语文老师，但其他老师的水平非常一般。我花了大把时间去做的题目，基本上都是低水平的重复刷题，对提高高考分数的效果非常有限。"罗密说。

朱丽所在的高中，每年保送清华、北大、复旦、交大的就有数十人。朱丽的成绩非常好，她担心的不是学业，而是爸爸妈妈越来越僵的关系。朱丽离家住读后，爸爸失去做晚饭的动力，每天下班，在单位吃完晚饭才回家，妈妈索性回外婆家吃饭。爸爸妈妈之间的不合，全世界都知道了，但有意思的是，两人谁都没有离婚的打算。"我曾和爸爸妈妈分别谈过，他们的态度出奇一致——小孩子不要管大人的事情。"

高考前夕，罗密在填高考志愿时，最想填的是上海交通大学，班主任老师的一句话让他瞬间打消了念头："厂里高中，能考上四川的重点大学，就相当不得了了，年轻人千万不要好高骛远。"于是，罗密就在第一志愿里填报了四川最好的大学。

朱丽妈妈希望朱丽考浙江大学，爸爸则希望朱丽考上海交通大学，而朱丽的心思则是远远地离开父母，跑得越远越好。"高三寒假，学校组织上一届的学长来和大家交流。一个考到成都的学长向我们绘声绘色地描述了四川火锅和川菜，给我留下特别深刻的印象。填写志愿时，我想都没想，就填了四川的大学。"朱丽说。

1992年，罗密和朱丽同时被成都的一所重点大学录取。按照他们的考分，他俩本可以在上海交通大学相遇。

1992年，他们来到成都，罗密进了自动化系，朱丽进了中文系。

1992年，他们宿舍的直线距离为400米。

1992年，罗密17岁，朱丽17岁，同在成都，相距0.4公里。

5
18岁
成都，相距0公里

"我们是在'中国革命史'的课堂上认识的。"罗密说。大学里上课，大家都想着往后面坐，罗密是少有的每门课都坐第一排的人。

大一第一学期的"中国革命史"，有次上课，朱丽去晚了，悄悄地从后门进去，试图在后排随便找个座位坐下。教"中国革命史"的高老太太出了名的严厉。高老太太操着四川话大喊一声："那位女同学，过来，坐到第一排来，坐到这个男同学边边上。"朱丽被老师的猛然一喝吓得魂飞魄散，低着头来到第一排，坐在罗密身边的空位上。

一缕暗香袭来，罗密的心神一片慌乱。罗密用眼角的余光瞥了朱丽一眼，好白好白的皮肤，长发披肩，"朱丽是90年代大学校园里最受欢迎的白衣飘飘的女生。这种女生走在校园里，我都不敢多看一眼。"

朱丽坐下后，高老太太让朱丽报了学号和姓名，然后警告道："朱丽同学，你已经不是第一次迟到了。以后上课，你就坐这个位置，记得没有？我要看看，你胆了有多大，还敢不敢再迟到。"

"朱丽是有个性的姑娘，她喜欢的课就会努力去学；不喜欢的课能逃的绝对逃，不能逃的，身在曹营心在汉，坐在课堂里，也在忙活别的事情。"罗密说，"'中国革命史'是大课，三个专业的同学一起上课，一起考试。考试的时候，高老师又把我们排到一起，朱丽毫不客气地抄我的试卷。其实，那个时候，我们真的还不熟。"

"中国革命史"的考试结束后，一个周五的晚上，朱丽请罗密去吃米线，答谢罗密帮她考试过关。两人有说有笑地吃完米线后，朱丽问罗密，是否愿意陪她去电信营业厅打个电话。

90年代初期的大学生，不但没有手机，连BP机也是90年代末期才出现的新事物，整个宿舍楼只有值班阿姨的房间有部电话，学生打长途电话，唯一的办法就是去学校的电信营业厅，那里有四个玻璃电话亭。

那个年代，长途电话费很贵，根据区域不同，白天1.2元到1.8元一分钟，晚上9点以后半价。学生们为了省钱，一般都会在9点以后开始打长途电话，但为了抢位置，很多人晚上8点甚至7点就去电信营业厅排队。

"那天晚上，我们到营业厅的时候，大概是8点左右，已经有不少人在排队，我们一直排到10点半才等到一部电话。营业厅晚上11点要关门，留给朱丽的时间就只有30分钟。"罗密说。

快11点的时候，朱丽从电话间里出来，满脸是泪。罗密没有多问，陪着朱丽去营业柜台缴费。学校宿舍夜里11点关灯，11点20分关门。从电信营业厅出来后，罗密陪着朱丽回宿舍。朱丽还沉浸在电话的氛围中，眼圈红红的。"那个瞬间，我突然觉得，我有义务要保护她。"罗密说。

罗密主动开口："朱丽，结账的时候，怎么会有两张单据呢？"

朱丽说："打了两个电话，一个打给爸爸，一个打给妈妈。"

罗密："为什么要分开打呢？难道他们不住在一起吗？"

"他俩已经很多年不说话了。"话音未落，朱丽的眼泪大颗大颗地滚落下来。

罗密慌了神，不知道该说什么。

"不好意思。"朱丽一边擦眼泪，一边道歉。

罗密连忙搬出自己的妈妈来插科打诨："如果我爸爸妈妈不说话，我肯定会笑死过去的。"

"为什么？"朱丽用手指擦掉眼角的泪痕，不解地问。

"我老妈太凶了。如果我爸爸在家里不说话,我老妈会生气打人。但是,如果我爸爸说话太多,惹我老妈不高兴,我老妈也会打人。我老妈厉害得很,经常拿着扫把,把我爸爸从家里追到院子里,追得他满院子乱跑。"

罗密左手指着朱丽,右手高高举起,仿佛手里真拿着把扫帚,语调切换成他妈那被四川话带歪了的东北口音,有模有样地演起来:"你个龟儿子,给老娘站住,老娘今天不把你的脑壳打个稀巴烂,老娘不是人!"罗密围着朱丽一边跑,一边气急败坏地大喊,"给老娘站到,不许跑!站到!站到!站到!"

朱丽破涕为笑:"你妈妈这么厉害呀?"

"是呀,我妈把我爸爸管得服服帖帖。"罗密。

"你不是四川人吗?你妈妈骂人还用普通话?编故事逗我开心吧?"朱丽的大眼睛扑闪扑闪。

"我妈是东北人,她骂人的时候,是把东北话和四川话混在一块的。"罗密又开始绘声绘色地学起来。

"你们家还真有意思。"朱丽情绪明显好了些,"我倒是宁愿我爸爸妈妈能打起来,怎么也比冷战强。"不知不觉,两人已经走到女生宿舍楼下。

"罗密,我不想回宿舍,你愿意陪我走走吗?"朱丽问。

"当然可以。"罗密。

5月的夜晚,天气还不太热,罗密和朱丽在学校里,从操场转到湖边,从湖边转到图书馆。

凌晨3点左右,朱丽对罗密说:"我困了,罗密。"两人找到图书馆旁的一张长椅,朱丽躺在长椅上,头枕在罗密的腿上,沉沉睡去。

"那个年代,真的啥也不懂。根本没想到,可以去学校的宾馆或者校外的酒店住一晚上。当然,就算想到了,我们可能也住不起。"朱丽睡了两个多小时,罗密硬是一动没动。

"我当时都不敢碰她一下,看着她的长睫毛,我暗暗告诉自己,我要保护她一辈子。"罗密说。6点钟,天亮了,罗密陪着朱丽回到女生宿舍。

朱丽进宿舍前,罗密壮着胆子问了一句:"朱丽,我以后还能来找你吗?"

朱丽回头嫣然一笑:"你要敢不来,老娘打死你。"

朱丽那一瞬间的模样和眼神,永远定格在罗密心中。

1993年5月,罗密牵着朱丽的手,一块儿去食堂吃午饭。

1993年5月,罗密18岁,朱丽18岁,同在成都,相距0公里。

6
21岁
上海,广州,相距1 460公里

"从小到大,我生活的世界就是工厂和子弟校,身边的人要么讲四川话,要么讲被四川话带歪了的东北话。那天晚上,我和朱丽说了一晚上的普通话,虽然第二天感觉舌头都有点捋不直,但是感觉特别棒。至少在谈情说爱上,普通话比东北话和四川话细腻多了。很多细腻的情感,用普通话来表达,可以表达得非常有美感,如果用东北话或者四川话来说,实在太粗糙了。"罗密说,"对于我这样一个从小生活在四川工厂里的孩子来说,在大学里,和来自江南的美丽女生用普通话谈恋爱,我想象不出这世间还有比这更美妙的事情。"

随后的大学时光,白天两人各上各的课,每天晚饭后,两人会约在同一间固定的教室自习,各看各的书,各做各的题。晚上10点,自习教室关灯,两人手拉着手出门,或在河边散步,或去学校大门外吃火锅、吃米线、啃猪蹄。周末,两人一起去看电影、唱卡拉OK、逛书店。

在中学阶段,罗密是胆小、怯懦、充满失败感的孩子,他的生活里只有学习。"学习是我唯一的稻草。我不想待在工厂,说一辈子东北话。我更不想天天和我妈在一起,每天看着她刚喊完她的乖乖幺儿,就拿起扫把追打我爸爸。"

和朱丽在一起,罗密的世界丰富了很多。

朱丽带着罗密听谭咏麟、张国荣,时至今日,罗密还能唱一口标准的粤语歌。

朱丽带着罗密读完了普希金几乎所有的诗,普希金永远是罗密最喜欢的诗人,"'你最可爱',我说时来不及思索,而思索之后,还是这样说。"

朱丽喜欢电影,尤其是好莱坞不同时期的电影,她带着罗密看遍了学校电影院、录像厅播放的几乎所有的美国电影。

朱丽带着罗密,加入学校话剧团,罗密的表演天赋得到尽情发挥。大学几年,罗密正经排练过好几部非常不卖座、极其不受欢迎的校园话剧。

在中学阶段,朱丽是个孤独、忧伤、敏感的孩子,时刻想着如何远离父母。

和罗密在一起后，朱丽发现，男女之间原来真有说不完的话。

罗密带着朱丽一起，参加同学们的聚会，朱丽第一次发现，和一大群人一起玩，原来那么有意思。

罗密带着朱丽，吃遍了成都的小吃，朱丽深深爱上四川美食，无辣不欢。

罗密带着朱丽，跑遍成都各个茶馆，喝大碗茶，听说书艺人讲书，甚至有那么一段时间，朱丽一度迷上风靡四川大街小巷的李伯清（曾经风靡川渝地区的评书艺人），至今，朱丽还能讲一口李伯清式的四川话。

罗密和朱丽一起去都江堰，也一起爬过峨眉山。

在峨眉山金顶的舍身崖旁，朱丽问罗密："诺查丹玛斯预言说，1999年世界会大毁灭，你信吗？"

罗密："我才不信呢。"

朱丽："万一是真的呢？最后的时光，你愿意和谁在一起？"

罗密抱紧朱丽："当然是你。"

朱丽："万一没毁灭呢？"

罗密："那我们就结婚。到2000年，我们结婚吧。"

转眼到了大四，毕业近在眼前。

朱丽选择去广州，那里有当年中国最好的报纸、最好的杂志，她要到那里实现自己的文学梦想。罗密选择了上海，他要重圆少年时代的梦想。

大学四年，罗密重塑自我，他已不再是工厂子弟校那个自卑的少年，门门功课优秀，他放弃了保送研究生资格，选择了自己考研。

"我的一位同班同学，从小升初到中考、高考、研究生考试乃至后来博士考试，一路保送，也真是奇葩。保送这种事情，对我这样在工厂子弟校上学的孩子来说，简直不敢想象。所以，当我拿到人生第一次保送机会的时候，我犹豫了很久，是稳妥地留在成都念完研究生，还是拼一把？"罗密说，"关键时刻，朱丽推了我一把。"

朱丽对罗密说："走吧，别在四川待着了，我们一起去看外面的世界。"

"和我一起去上海吧？"罗密说。

"不，我要去广州，中国最好的媒体在广州。"朱丽说。

"那我们以后怎么办？"罗密问。

"两情若是久长时，又岂在朝朝暮暮。"朱丽说，"等你读完研究生，我们再决定一起去哪个城市，好不好？"

1996年，罗密考上上海交通大学的研究生，朱丽去了广州，进入中国最优秀的一家报纸媒体。

1996年9月，同是21岁，罗密在上海，朱丽在广州，相距1 460公里。

7
24岁
上海，广州，相距1 460公里

90年代末期，中国纸媒发展最迅猛的阶段，广州得风气之先，聚集了中国最优秀的媒体人。朱丽的职业生涯从财经记者起步，因为聪敏好学、文风犀利，她很快脱颖而出，从只专注财经领域的条线记者开始向着深度调查记者转型。

因为工作的原因，朱丽时常来上海出差，罗密在交大读研究生那三年，他们每年总能见上七八次面。

1997年春节，朱丽带着罗密回了嘉兴。朱丽的爸爸妈妈热情地接待了罗密。等罗密自我感觉良好地回到上海后，朱丽打电话告诉罗密："我妈妈不喜欢你，她嫌弃你是外地人。我爸爸也不太喜欢你，他说你没出息，只知道围着女人转。"

1998年春节，朱丽跟着罗密第一次去了罗密的家。两人到家那天，罗密妈妈刚发完火，罗密爸爸脸上的新鲜抓痕显示，距离上一次肉搏战不超过一小时。罗密爸爸一边帮着朱丽拿拖鞋，一边喊罗密妈妈："老婆，你看，我们罗密的女朋友好漂亮哟，像白雪公主一样白。"

罗密妈妈这一辈子最大的骄傲就是白，也最讨厌比自己白的女人，听罗密爸爸这么一说，罗密妈妈心里就有点搓火，从里屋晃悠悠地出来，一脸挑衅，她想看看这世界上还有哪个女人敢比她还白。

和朱丽的眼光一交火，罗密妈妈的眼睛就发出灿烂的光芒。罗密妈妈冲上前，一把拉住朱丽，把朱丽吓了一大跳。"哎哟，这是哪家的女娃儿，啷个长得恁个好看哟？"

大学时，罗密一没事就会拿自己的妈妈开涮，他给朱丽表演了好几年被四川话带歪的东北话。朱丽直到这时才相信，原来罗密妈妈真的这样说话。

罗密妈妈紧拽着朱丽，朱丽想挣脱都不行。"我们家罗密乖得很哟，又聪明，又能干，虽然不太爱说话，但是和他老汉（四川话：爸爸）一样，都是耙耳朵（四川话：怕老婆的男人）。他要是不听话，你就使劲捶他。"罗密还没来得及说话，他妈先对他说起来："你个死娃儿，不声不响地整了恁个乖的妹妹回来。"

在罗密家过的这个春节，喧闹嘈杂。每天一大早，罗密妈妈一起床，就安排老公买这买那，然后在厨房里指挥罗密爸爸做饭。下午，罗密妈妈带着朱丽到处走亲访友，恨不得让全厂都知道，他们家罗密找了又白又漂亮的记者女朋友。

离开罗密家的那天，罗密妈妈抱着朱丽，哭得妆都花了："朱丽，明年要再来哟。罗密这个娃儿，人老实，我交给你了，你莫要欺负他哈。"

朱丽说，在罗密家的这个闹哄哄的春节，是她人生中最棒的一个春节。

1999年，罗密研究生毕业。

毕业前夕，罗密拿到微软、IBM的录用通知，正在犹豫去微软还是去IBM。一个周末，一位研究生师兄带着罗密参加了一家新创互联网公司的员工周末派对。这家以"奔向互联网黄金时代"为号召的互联网公司，是当时最热门的新经济公司。今天，几乎没人记得这家公司，可是，当年，在上海市区的大街上，这家公司的广告随处可见。

这家公司成立于1999年，管理团队是由五名哈佛MBA和两名芝加哥大学MBA组成的"梦幻团队"。公司刚一成立，即从两家著名美国风险投资公司前后拿到两期共约5 000万美元的融资。公司行事高调，办公室位于上海核心商业区的顶级写字楼，员工待遇极好，薪资水平甚至比当时的外资企业还高出50%。

周末派对上，CEO热情洋溢的演讲，一群年轻人高举啤酒，纵情肆意。他们坚信，他们正在创造未来，改变世界。"我一下子就被镇住了！"罗密说，"在上海读研究生这几年，多少也见过些世面，但从没见过这么大的阵仗。现在想起来，还是年轻，阅历太少，又没人指点。唉，成长总是有代价的。"

派对之后，罗密主动投送简历，并很快获得了公司的录用通知。他不但拿到比微软和IBM都高得多的薪水，还获得了一大笔公司期权。根据人力资源部的说法，如果未来三年，公司能成功上市，罗密会在一夜之间成为百万富翁。

对于罗密的选择，朱丽有不同看法。她建议罗密先去大公司历练，薪水不低、晋升机会也多，更重要的是，只有工作稳定，两人才能考虑结婚成家的事情。从专业财经记者的角度出发,朱丽始终对所谓新经济心存疑虑,"天天只烧钱,不挣钱,稍微有点理性的人都知道,这种模式肯定长不了。"

可是,罗密已经听不进去。在电话中,罗密跟朱丽大谈互联网必将改变未来,鼠标+水泥是未来商业的主要模式,未来的商业将全部在互联网上进行。"从现在的情况来看,当时公司高管对互联网未来的认知基本还是正确的。可是,纵然我们准确地预见了未来,架不住上商业本身的残酷性,'起个大早,赶个晚集'的事,屡见不鲜,更何况,还有很多公司自己把自己给'作死'了。"罗密说。

朱丽在报社的发展越来越好,已经成长为报社的骨干记者。她曾经考虑,如果罗密选择了IBM或者微软,她就跳槽去上海,以她的资历,她能很容易地找到一份媒体的工作。

但是,当罗密选择去这家初创互联网公司后,朱丽隐隐感觉到某种不安全的信号。而这时,报社的这份工作能给她最大的安全感,她决定继续留在广州。

1999年,同是24岁。罗密在上海,朱丽在广州,相距1 460公里。

8
25岁
广州,相距:咫尺天涯

罗密读研究生的时候,每天晚上10点,罗密和朱丽都会通半个多小时的电话,两人总有说不完的话。每隔一两个月,两人还能见上一面,每个相见的日子,两人总是恨不得能把时间掰成两半用。

罗密毕业后,一头扎进公司。公司的管理层想象力非常丰富,方向一直在变,思路始终在调整。罗密接手的任务越来越多,但真正实施落地的项目却少之又少。

朱丽被报社安排去负责一家新杂志的筹办,忙得不可开交。

两人都要加班,夜里10点雷打不动的电话,开始变得可有可无,大家都太累了。

每次通电话,也没有了以前的那种兴奋劲。罗密总会给朱丽讲他又在做什么新项目,这个项目一旦成功,会多么了不起。刚开始,朱丽还会耐着性子听,可听到后来,朱丽实在听不下去了,一是大部分项目有始无终,二是朱丽发现,罗密有点走火入魔了,罗密对互联网狂热到不允许任何人说互联网的缺点,甚至连朱丽多说几句，罗密也会暴跳如雷。

"朱丽是非常优秀的财经记者，从她的专业角度出发，她早就看出我加入的那家公司的问题所在。只是那个时候，我已经完全深陷其中，任何负面声音，我都听不进去。"罗密说，"更可笑的是，我还不断地给朱丽洗脑，埋怨她跟不上时代的潮流，要求她多学互联网知识。"

当罗密完全沉浸在自己的互联网创富梦想的时候，朱丽发现，以前那个温柔体贴、幽默可爱的罗密不见了。两人的电话越来越少，从一天一个电话，到两天一个，慢慢地发展到一周一个，甚至两周一次电话。

2000年，千禧年到了，世界没有毁灭。

千禧年元旦前夕，朱丽特意请假，从广州飞来上海，希望和罗密一起共同迎接千禧年元旦的到来。"我一直以为，他会在千禧之夜向我求婚。"朱丽说。

千禧年之夜，朱丽打扮一新，在上海外滩边一家餐厅，等着罗密的到来。晚上7点，朱丽等来罗密的一条短信。罗密告诉朱丽，他要在公司的机房通宵加班，不能去饭店了。望着外滩的璀璨灯火，看着外滩边一对对情侣，朱丽泪如雨下，她给罗密回复短信："好的，我知道了。"

千禧年第一天的清晨，当罗密拖着疲倦的身体回到住处，冰箱贴上多了一张朱丽留下的字条："罗密，我走了，再见。"

朱丽一个人回到广州。很快，罗密从上海追到广州，朱丽避而不见。罗密打了无数电话，朱丽的手机始终处于关机状态。

罗密在广州待了整整一周，朱丽则整整躲了一周。在罗密到广州的第七天，收到朱丽发来的短信。那是一首在大学时朱丽带着罗密一起读过的普希金的诗。当时，朱丽曾经开玩笑似的对罗密说，如果有一天，我给你送去这首诗，一定是对你彻底心灰意冷，你不许再来烦我。

一切都已结束

一切都已结束，不再藕断丝连。
我最后一次拥抱你的双膝，
说出这令人心碎的话语，

一切都已结束——回答我已听见。
我不愿再把你苦追苦恋,
我不愿再一次把自己欺诳;
也许,往事终将被我遗忘,
我此生与爱情再也无缘。
你年纪轻轻,心底纯真,
还会有许多人对你钟情。

站在广州熙熙攘攘的街头,罗密给朱丽发了最后一条短信,同样是一首普希金的诗。

我曾经爱过你

爱情,也许
在我的心灵里还没有完全消亡,
但愿它不会再打扰你,
我也不想再使你难过悲伤。
我曾经默默无语、毫无指望地爱过你,
我既忍受着羞怯,又忍受着嫉妒的折磨,
我曾经那样真诚,那样温柔地爱过你,
但愿上帝保佑你,
另一个人也会像我爱你一样。

2000年1月,同是25岁,同在广州,相距:咫尺天涯。

9
28岁
美国,广州,相距:13 500公里

回到上海后,罗密很快恢复到打满"鸡血"的状态。

该来的总会来。2000年3月，伴随美国纳斯达克指数到达历史最高峰，以".COM"为标志的互联网泡沫开始破裂。熬到2000年底，罗密所在公司已经从之前的激进昂扬变成苦撑危局。公司新一轮融资完全没有希望，各业务线没有一个能够盈利，公司大幅度削减费用，办公场地搬离豪华写字楼。2001年，公司开始大规模裁员，罗密选择了主动离开。

"我一下子从互联网的忠实信徒和疯狂鼓吹者坠落为互联网的怀疑论者。"罗密说，"那个阶段，如果我想进腾讯、网易、阿里、新浪，都是分分钟的事情。可是，我自己的心已经乱了。或者更严格一点说，我对互联网从来就没有坚定相信过。和众多的互联网创业者一样，我不过是滚滚红尘中的逐利之徒，逢赌必输是大部分赌徒必然的归宿。"

罗密给微软、IBM投了简历，但没有一家给他回复。最后，他进入一家国内最大的财务软件公司。一边上班，一边复习GRE、TOEFL，罗密准备出国了。"我在交大的研究生同学，一大半都出国了。在那个阶段，我感觉已经走投无路，出国是我能想到的最好出路。"

2003年9月，罗密获得美国某大学的全额奖学金，赴美攻读计算机科学博士学位。

2003年，同是28岁，罗密在美国，博士研究生，朱丽在广州，相距13 500公里。

10
43岁
上海，相距：17公里

"到美国读博士，对我来说，是对现实的一种逃避。"罗密说，"我对互联网彻底绝望后，想换一种生活重新开始。"罗密说。

美国的五年博士生涯，味同嚼蜡，食之无味，弃之可惜。2008年，罗密的博士论文已经完成，眼看就要答辩，恰巧赶上美国金融危机爆发。各大公司纷纷裁员，美国各高校也受到连累，很多招聘计划都临时终止。2008年上半年，罗密已经拿到好几个大公司的录用通知，也拿到美国两所大学的录用通知，没想到临近9月，所有的录用通知都被取消。在罗密焦头烂额之际，导师建议他在实验室多待一年，2009年底再答辩，这样罗密就能以学生身份继续留在美国。

罗密接受了导师的建议，在导师的实验室多待了一年。2009年，罗密完成论文答辩，在硅谷一家规模不大的互联网软件公司找到一份研究员的工作。"这家公司对我而言，纯粹就是一份工作。"罗密说。

没有想到的是，就是这样一家罗密没有太大兴趣的公司，在罗密加入不到两年后，被另一家全球顶级的互联网公司收购，罗密也跟着成为全世界最著名的互联网公司的员工。

这家特别强调发挥员工创造性的顶级互联网公司最大限度地激发了罗密的创造力。"直到进入这家公司，我才知道，好公司和差公司之间真是有云泥之别。当你身边的同事都是全世界最优秀的工程师的时候，当你的老板、你的老板的老板都是一群充满想象力同时执行能力超强的人的时候，更重要的是，当公司有源源不断的资源支持你的想法的时候，如果你是聪明人，你的创造力真的会爆发。"从2011年开始，罗密所在项目团队完成了很多非常优秀的项目。

2017年，罗密被公司派往上海，担任公司某个业务板块的负责人。"自己想想，都觉得有点匪夷所思。我从上海逃到美国，就是为了躲开互联网公司。没想到，兜兜转转，我不但回到互联网行业，而且回到了上海。"

在罗密出国念书和工作的这些年，中国互联网行业已经发生天翻地覆的变化，它已经从一个边缘小产业发展成为引领全球趋势的国家创新主体产业。

回上海后，罗密的爸爸妈妈来上海，和他一起生活了一段时间。退休后，罗密妈妈彻底变了，那个厉害了一辈子的女人，现在变得特别依恋丈夫，出个门，逛个街，没有罗密爸爸陪伴，都不行。罗密的爸爸特别感慨："我奋斗一生，总算制服了这只'母老虎'。"说这话的时候，那个曾追着罗密爸爸满院子乱跑的"母老虎"正双手紧挽着老公的胳膊，咯咯地笑。

罗密爸爸和罗密有过一次长谈。"罗密，你读了研究生，还在美国读了博士，现在又在外国大公司工作，这是我们老罗家的坟头上冒青烟。你看看厂里头子弟校和你同年级的几千个同学，现在大部分都还在厂里，就是个普通工人嘛，再过两三年，满45岁，好大一批人都可以退休回家了。哪个比得上你，全世界到处飞，哪样稀奇你干哪样，哪样好吃你吃哪样，哪个地方好耍你去哪里。厂里的很多人都羡慕我们屋头，说我们培养娃儿得行。我晓得你吃了那么多的苦，现在嘛，也算苦尽甘来。人要学会知足，你看嘛，你都40多岁了，还没娶到老婆。挣恁个多钱,有啥子用吗?厂里的人说起来,好烦嘛。偏偏厂里头的人,个个都爱问这个。我们能说啥子嘛,只能说罗密工作忙,先忙事业。你再忙嘛,老婆还是要找,娃儿还是要生的。如果找不到年轻的妹儿,结过婚的,只要没生过娃儿,也要得呀,我们没得意见。你莫不是因为你妈和我,心头有阴影吗?你妈和我两个,年轻时候打打闹闹,那是我们表达式爱情的方式,你莫要有阴影哈。你看,我和你妈两个,现在不是好得很吗?"

看着老妈挽着爸爸的手出门遛弯,罗密自己也有些恍惚,世界怎么变得这么快?

回到上海后,罗密的首要任务就是研究和熟悉中国互联网行业的某个细分领域。在研读2017年某家新上市公司的新闻稿中,罗密发现了一个熟悉的身影,没错,是朱丽!他迅速找来这家公司的IPO申报材料,赫然发现,朱丽竟然是这家互联网新上市公司的联合创始人兼副总裁,而且朱丽也在上海。

2017年,同是43岁,同在上海,相距17公里。

圈了不大,罗密很快就找到了朱丽的电话号码。酝酿很久,罗密终于拨通了朱丽的电话。

电话那头的声音无比熟悉:"您好,我是朱丽,请问您是哪位?"

罗密:"朱丽,你好。你能猜到,我是谁吗?"

电话那头顿了一下,语气依然客气:

"似曾相识,请问先生贵姓?"

后　记

1

每个人的一生，都会有非常紧迫的时刻。在这些紧迫时刻，你脑子里第一个蹦出来的人，也许就是最对的人。

2021年，吾家有喜。4月26日，我在医院陪太太生产，情况错综复杂。下午3点，我意识到，晚上的"创业人生"课可能去不了，必须找人代课。第一时间，想到高杰。高杰是上海大学悉尼工商学院的副教授，一直以来，他的"市场营销"课深受学生欢迎。这些年，他一直奋战在创业一线，有着极其丰富的实战经验。

我直接拨通了他的电话，顾不上问他在哪儿，也没问他在干什么，更没问他有没有时间，开门见山，直接发问："今天晚上方便来宝山校区帮我代一次课吗？"

高杰没有半点犹豫，回答干脆明了："啥课？需要我怎么做？"

我把课程要求和具体内容快速给他讲了一遍，高杰爽快回复："老刘，你放心，我马上就赶过去。"

事后，我的研究生也是这门课的课程助理美灵告诉我，接到我的电话时，高杰正在开会。电话一挂，他就结束会议，直奔宝山校区。当晚，我邀请了点创力CEO肖灿妮（Candy）作为课程的分享嘉宾，她的演讲题目是"穿越你的人生"。

晚上8点40分，课程结束，美灵发来微信："刘老师，高杰老师和Candy老师的课程特别棒，我们真的要爱上他们了。"谢谢高杰、Candy以及所有的学生，陪着我一起，穿越了一个新的人生。此刻，幼子刘小乐已经诞生，母子平安。又一次当爸爸的我，站在医院的阳台上，向外张望。适逢农历十五，皓月当空，宛若白昼，白云游走，清风微徐，花香阵阵，人间美好。

2

经常有人说，在合适的年龄做合适的事情。可是，什么是合适的年龄？什么又是合适的事情？标准由谁来定呢？

同龄的朋友里，无论是结婚还是生宝宝，我几乎都是最晚的那一个。去年，大学时代的一位朋友送孩子来上海读大学，我为其设宴接风。酒过三巡，朋友感慨，他26岁结婚，28岁有了孩子。刚有孩子那会儿，他的事业刚刚起步，正处于痛苦的爬坡阶段，每天拼死拼活地工作，早晨出门，孩子还没醒，晚上回家，孩子早已睡下。周六周日，他不是在加班就是在出差。他总想着，过了这个最困难的阶段，等一切稳定下来，再好好陪孩子。等他终于熬到可以喘一口气的时候，猛然发现，儿子已经比他高出一个头。看着这个脸颊已经稀稀拉拉长出胡子的大男孩，朋友觉得很陌生。

"寅斌，孩子小的时候最可爱，千万不要错过。"朋友将杯中酒一饮而尽，一双大手重重地搭在我的肩上。

2016年，我的女儿刘小师出生。她第一次翻身，自己得意地咯咯直笑；第一次学走路，走出几步就摔倒，照样倔强地站起来；3岁多，就能背完《三字经》全本；提着裙边上舞蹈课，动作架势有模有样；在小小运动馆，翻腾飞跃；在跆拳道训练馆，嘿嘿哈哈出拳踢腿。我陪着她一起玩耍，陪着她一起做游戏，陪着她一起长大。小小运动馆的老板说，我从来没见过像小师爸爸这么有耐心的父亲。我曾试想，如果我在20多岁有了宝宝，我还会和今天一样有耐心吗？会和今天一样，愿意拿出大把的时间陪她吗？会和今天一样，感觉生命之火被重新点燃吗？

此刻，对我来说，就是最好的年龄。此时，对我而言，就是最美的时光。

一切都不晚，一切都刚好。

3

我在上海大学开设了两门通识课——"智慧城市与数字化"和"创业人生"。

"智慧城市与数字化"开设于2011年,是上海大学第一批通识课中的一门。最开始,系里一位老师申报这门课程,后来不知道什么原因,稀里糊涂地落到我头上。说老实话,上课这件事,我比较有信心,但对于怎么上好通识课,我心里真没底。开课前的那个暑假,备课花了不少时间。第一学期下来,学生评教竟然全校第一,紧跟着的第二学期,又拿了第一。2020年,在教务处公布的近十年来"大学生最喜欢的通识课"综合排名中,这门课排名全校第一。

通过这门课,我结识了顾晓英教授,通过顾晓英教授,我又认识了顾骏教授。2014年,顾骏教授和顾晓英教授启动"大国方略"系列课程,先是邀请我在其中两门课程——"大国方略"和"创新中国"中各主讲一个单元的课程。紧跟着,顾骏教授和顾晓英教授又为我量身定制了"大国方略"系列课的第三门课程——"创业人生",这也是我开设的第二门通识课。

只听说过衣服可以量身定制,课程也可以定制吗?在课程设计之初,两位顾教授就为这门课程定下基调:这门课程不是纸上谈兵,更不是知识讲座,而是要给学生带来"真刀真枪"的创业实战案例。从第一节课开始,每次课程,我都会邀请一位或多位创业者走进课堂,和学生们面对面地进行深度交流。在最开始的两个学期,两位顾教授全程参与所有教学过程。

从2016年冬季学期至今,"创业人生"已经连续开设13个学期,超过100位嘉宾相继走进我的课堂。我的课程嘉宾们几乎都是来自各行各业的精英,其中包括上市公司董事长及高管、世界500强公司高管、互联网创业公司及独角兽公司创始人、风险投资机构负责人、"90后"优秀年轻创业者、作家、艺术家,很多嘉宾专程从北京、广州、深圳、成都甚至美国飞来上海,只为给学生们带来最鲜活最真实的人生体验和经验分享。

"创业人生"每次开课时的旁听生通常在30人至100人不等。2017年10月30日,曾经获得WCG(世界电子竞技大赛)2005、2006两届世界冠军,有"中国电竞第一人"之称的李晓峰(Sky)作为课程嘉宾,来到"创业人生"课堂,那天旁听生的峰值数据达到185人,而课程标准人数为100人。在这门课上,很多学生连续多个学期旁听课程，旁听最多的一名学生，连续上课7个学期，从本科一直上到研究生毕业。

关于这门课，我经常被问到的主要问题有：

第一，邀请嘉宾来上课，产生的费用怎么办？

几乎所有的嘉宾都是自己承担所有费用，甚至在学校的宾馆住宿，大部分嘉宾们也是自付费用。除此之外，很多嘉宾们来上课时，都会给听课的学生捎带一些他们各自企业的产品，作为"课件"的一部分，以增加课堂的体验感。有时候，这些"课件"数量很大，市场价格也挺昂贵，我多少有些不好意思。比如，全场每人一套面膜，每人一套T恤，每人一套化妆品试用装，不一而足。

第二，人脉总有尽头，认识的人请完了，怎么办？

最开始，我也曾有过类似疑虑。当课程真正"跑"起来之后，对我来说，核心问题不是如何请到优秀的嘉宾，而是优秀企业家和优质创业者一呼百应，根本安排不过来。

第三，通过这门课，学生究竟学到了什么？

在课程设计之初，两位顾教授和我就非常明确，我们希望通过这门课，让学生们从不同的创业者上身上汲取养分，培养创业者精神，以开放、兼容、合作、创新、坚忍的心态，勇敢面对未来变幻莫测的世界和纷繁复杂的竞争。这些年，我们很欣喜地发现，很多孩子在我们的课堂上找到了未来的方向，找到了实习、工作的机会，找到了志同道合的合伙人、投资人，甚至找到了自己的人生伴侣。据不完全统计，这个课堂，提供的实习岗位超过300个，正式工作岗位超过200个，其中不乏各行各业的顶级公司。

顾骏教授常对我说："小刘，你做的这个事情很有意义，你知道吗？像这样每周邀请嘉宾来学校上课，换了别人做，一个学期或者两个学期，可能没问题，但是，能坚持十几个学期，还越做越来劲，不要说在上海大学，在全国高校，也很少听说有人这样干。别人做着很吃力的工作，你干得很欢乐，这就是你和别人不同的地方，也是你的价值所在。"

课程推进过程中，难免会遇到困难。这时，顾晓英教授总会给我很多指点。在顾晓英教授那里,我也是小刘。过了40岁,还能被人称呼"小刘",这是件很幸福的事情。两位顾教授带着我,从上海大学的教学成果特等奖,到上海市的教学成果特等奖,一直冲到教育部的国家级教学成果二等奖。

人生的每个阶段,都有可能碰到合适的人。前提是,你自己是那个别人希望碰到的合适的人吗?

4

顾晓英教授和顾骏教授的"大国方略"系列课程出了很多书,这些书几乎都由上海大学出版社的副总编傅玉芳老师亲自担任责任编辑。傅老师的专业能力,在上海大学出版社首屈一指。她编辑稿件,速度快,效率高,再小的问题也难逃过她的眼睛,同事们戏称她为"人工扫描仪"。

傅老师是个极温柔的人,为人温润婉约,和她在一起,总有如沐春风之感。出版社和我所在的管理学院是邻居,每次路过出版社,我总是禁不住朝她的办公室看一眼,想进去坐一坐。2018年,我的一本书《聚丰园路是一条快乐的街道》在傅老师的帮助下,得以出版,无论内容还是装帧设计,无论是印刷体例还是纸张选择,均获得众多赞誉。

大家正在看的这本书,在写作之初,就得到傅老师的关心和鼓励。她多次对我说,这本书肯定精彩,大家一定会喜欢。

5

这本书的初次校对,得到我的两位研究生——龙美灵和吴雪莉的全力支持。美灵和雪莉都是2020级的保送研究生。

2019年,她们来上海大学参加保送生面试时,表现并不突出,很显然,她们俩都不是面试型选手。但是,她们入学后的表现,确实可圈可点。首先,这是两个学习能力非常强的孩子。我带着她们一起做商业案例访谈,她们上手非常快。第一学年,她们就已经发表了两篇案例文章。其次,她们是非常认真的孩子。美灵和雪莉是我的"创业人生"课程助理,自从她们加入后,我真的轻松很多。我向一位嘉宾老师夸耀,很多事情,只要我说过，就相当于做过了。在课堂上，我一旦有个想法或思路，雪莉和美灵就会立即记录下来，并予以落实。去年以来，她们俩帮我填了不少表格。那些表格，真的不容易填，连我自己都有点扛不住，但是她们俩做得非常好。再次，这是两个情商极高的孩子。所有认识她们的朋友都会喜欢她们，而我在和她们一起工作的过程中，也开始反思自己对待研究生还有哪些不足，还可以做哪方面的改进。教学相长，好学生也是一面好的镜子。

今年的一天，我和美灵一起去录制"创业中国人"节目。录制结束时，已经是深夜11点。从闵行出发，开着我的电动小汽车，我先把美灵送回嘉定校区，再从嘉定开回家。有朋友问我，为什么不让学生自己打车回学校呢？我问朋友，如果是你的女儿，深夜11点，你是希望我开车送她回学校还是希望她自己坐车回去？学生对我来说，和我的刘小师一样，都是我的孩子。

我很想通过这本书，向各位推荐我现在的几位研究生，不仅是美灵和雪莉，还有朱佳芸、张艺馨，她们在商业案例研究上，都表现得非常优秀，她们情商高、人品好，真心希望每个孩子都能找到自己的美好未来。

6

来上海近20年，见过太多人，经历过很多事。一本书，无法承载所有的事；一本书，也无法记录所有的人。我想对家人和朋友们说，我之所以是我，不是因为我自己，而是因为你们。所以，我的好，是因为你们。哈哈，我的不好，也是因为你们。

谢谢你们的一路相伴，请相信我，这本书里，肯定有你的影子，或某个人物，或只言片语。真心地希望你喜欢这本书。

万千世界，缤纷多彩。上海是个魔幻的城市，在这里，一切都刚刚开始，一切都还来得及。

刘寅斌

2021年8月